Tanja Neise

Das Zeitenmedaillon – Die Auserwählte

47NORTH

Das Buch

Als Isabelle mit einem geheimnisvollen Medaillon um den Hals aufwacht, befindet sie sich plötzlich im Trier des Jahres 1805 zur Zeit der französischen Besatzung. Doch wie ist sie dort gelandet?

Verwirrt und verängstigt macht sich Isabelle auf, das Geheimnis zu lüften. Dabei begibt sie sich unwissentlich in Gefahr, denn der mächtigste Mann der Stadt hat es auf sie abgesehen. Zum Glück kommt Pierre ihr zur Hilfe und gibt sie sogar als Verlobte seines gutaussehenden Sohnes Henri aus, um sie zu schützen.

Dieser kann dem Plan seines Vaters zunächst wenig abgewinnen und steht Isabelle feindselig gegenüber, doch schließlich beginnt für die beiden ein unglaubliches Abenteuer gegen mächtige Kontrahenten – und eine Liebesgeschichte voller Gefahren …

Die Autorin

Tanja Neise wohnt in einem kleinen brandenburgischen Dorf. Bereits in frühester Jugend schrieb die verheiratete, mehrfache Mutter gerne Gedichte und Geschichten, doch im Laufe des Erwachsenwerdens trat dieses Hobby immer mehr in den Hintergrund. Da sie eine eifrige Leserin ist, fragte ihr Mann eines Tages, ob sie nicht selbst ein Buch schreiben wolle. Nach und nach nahm der Gedanke Gestalt an. Da die Autorin an einer seltenen Autoimmunerkrankung leidet und viele Freizeitaktivitäten nicht möglich sind, stürzte sie sich mit Eifer auf das wiederentdeckte Hobby.

TANJA NEISE

Das Zeitenmedaillon

DIE AUSERWÄHLTE

ROMAN

47NORTH

Deutsche Erstveröffentlichung bei
47North, Amazon Media EU S.à r.l.
5 Rue Plaetis, L-2338 Luxembourg
Mai 2018

Umschlaggestaltung: semper smile, München, www.sempersmile.de
Umschlagmotiv: © vectortatu / Shutterstock; © George J / Shutterstock; © Anastasiya Bleskina / Shutterstock; © dwph / Shutterstock; © Extezy / Shutterstock
Lektorat: Cathérine Fischer
Korrektorat: Manuela Tiller/DRSVS
Gedruckt durch:
Amazon Distribution GmbH, Amazonstraße 1, 04347 Leipzig /
Canon Deutschland Business Services GmbH, Ferdinand-Jühlke-Str. 7, 99095 Erfurt /
CPI Books GmbH, Birkstraße 10, 25917 Leck

ISBN: 978-2-919-80086-5

www.47north.de

1. Kapitel

Ich hasste dieses Dorf. Das ständige Getratsche und Gehetze. Wer mit wem was machte. Als ob es auf der Welt nicht genug andere Probleme gäbe. Diesmal hatte es mich erwischt. Leider. Das war auf kurz oder lang nicht zu vermeiden gewesen, auch wenn ich bestimmt nicht »Hier« geschrien hatte. Doch so sehr ich mich ärgerte und aufregte, es half mir nicht weiter. Im Gegenteil, die Tatsachen waren unerschütterlich und ich konnte absolut nichts daran ändern.

Daniel hatte mir gerade den Laufpass gegeben. Nun war mir auch endlich klar, warum ich den ganzen Tag so ein merkwürdiges Gefühl gehabt hatte. Ach was, nicht nur an dem Tag, dieses Gefühl hatte ich schon seit geraumer Zeit. Doch bevor ich selbst irgendetwas erfahren hatte, musste es das gesamte Dorf schon gewusst haben.

Seit einigen Wochen jobbte ich in dem kleinen Zeitungskiosk am Bahnhof, bis hoffentlich eine Zusage für einen richtigen Job eintrudeln würde. Fast alle Kunden hatten mich heute so merkwürdig mitleidig angesehen. Kurz hatte ich überlegt, ob ich einen Ausschlag oder Ähnliches bekommen hatte oder ein Kleid trug, das mir nicht stand oder ein Loch hatte. Doch nun wusste ich es besser.

»Pass auf, du kannst gerne noch ein paar Tage hier wohnen, aber such dir so schnell wie möglich etwas Neues.« Sein kalter Blick ließ mich frösteln. Seit wann sah er mich so an? Wann war es passiert, dass er sich emotional dermaßen von mir abgewendet hatte? »Mensch, Isa! Reagier doch wenigstens mal!« Genervt fuchtelte er mit den Armen, doch mir hatte es schlichtweg die Sprache verschlagen. Kurz sah ich von meinen ineinander verhakten Fingern auf, die ich die ganze Zeit schon nervös knetete, und blickte ihn an. Er sah gut aus, mein Daniel, der nun nicht mehr mein Daniel war. Sein weiches Gesicht war von blondem Haar umgeben. Er wirkte normalerweise nicht annähernd so hart, wie er sich gerade gab. War er etwa schon immer so kaltherzig gewesen?

Die Wohnung lief zwar auf seinen Namen, aber wir hatten sie zusammen eingerichtet und nun schmiss er mich raus, so als ob ich nicht mein ganzes Herzblut in unser gemeinsames Zuhause gesteckt hätte. Ganz toll! Na klar, und auf die Schnelle würde ich auch irgendwo eigene vier Wände finden, die auch noch bezahlbar waren. Kein Problem. So gar nicht! Das beantwortete meine Frage – ja, er war kaltherzig. Und vermutlich war er es auch schon immer gewesen. Ich war nur zu blind gewesen, es zu erkennen.

»Nimm es mir nicht krumm«, druckste er in diesem Moment herum, »aber Nadine und ich, wir sind jetzt zusammen«, ließ er die Bombe platzen.

Nadine? Meine beste Freundin? Mir fiel tatsächlich der Unterkiefer herunter, als ich ihn fassungslos anstarrte. Ich konnte es nicht glauben, doch anstatt mir Luft zu machen und ihm ordentlich die Meinung zu sagen, bekam ich immer noch kein einziges Wort heraus.

»Ab heute schläfst du bitte auf der Couch.« Kalte Worte, die mich noch kälter erwischten.

Dachte er ernsthaft, dass ich noch mit ihm in einem Bett schlafen wollte, nachdem er mir erzählt hatte, dass er es mit Nadine trieb? Vielleicht sogar in unserem gemeinsamen Bett? Sein Gehirn musste sich in der Auflösung befinden. Vielleicht hatte er es sich herausgevögelt. In unserem Bett und nicht mit mir!

Ich starrte auf meine Hände, die nicht gerade als filigran zu bezeichnen waren, und versuchte, meine Gedanken zu sortieren. Wie ich es hasste, sprachlos zu sein. Warum hatte ich nicht schon vorher erkannt, was er ganz offensichtlich schon eine ganze Weile hinter meinem Rücken tat?

In diesem Moment zerbrach etwas in mir, eine einzelne Träne stahl sich aus meinem Auge, die ich hastig versuchte wegzublinzeln. Er sah es, schüttelte missbilligend den Kopf. »Isa, du hast doch mitbekommen, dass zwischen uns nichts mehr läuft, und das schon seit Ewigkeiten! Jetzt spiel nicht die verletzte Freundin. Wir haben nur noch zusammengelebt, weil wir es so gewohnt waren.«

Zaghaft nickte ich. Das stimmte schon, aber ging man deswegen gleich fremd? Konnte man eine unvermeidliche Trennung nicht wie ein zivilisierter Mensch mit seinem Partner klären, ehe man mit jemand anderem in die Federn hüpfte? Und dann ausgerechnet mit der besten Freundin?

»Gut! Wenigstens das hast du geschnallt.« Sein abfälliger Ton ließ mich zusammenzucken. Er drückte alles aus, was er noch für mich empfand – nichts außer Abscheu. »Dann ist ja alles geklärt.« Mit diesen Worten ließ er mich einfach allein. Ich hörte noch, wie er sich den Autoschlüssel vom Flurschrank schnappte, dann knallte die Tür. Irrwitzigerweise fiel mir auf, dass er noch immer den Anzug trug, den er heute Morgen angezogen hatte, als er zur Arbeit gegangen war. Daniel, der Banker. Er sah wie ein Schnösel in diesen Klamotten aus. Hätte ich ihn so kennengelernt, wäre ich nie in seinen Armen gelandet.

Ich fand lässige Männer eindeutig anziehender. Er wirkte wie ein Lackaffe mit gegeltem Haar.

Mir fiel auf, dass ich nicht einen Ton herausbekommen hatte, seit meinem »Hallo Schatz«, als ich in die Wohnung gekommen war, und nun stand ich auf dem Scherbenhaufen meines Lebens und fragte mich, wie es nun weitergehen sollte.

In unserer Beziehung lief es bereits seit einiger Zeit nicht mehr ganz rund, aber hatte er deshalb gleich was mit Nadine anfangen müssen? Mit meiner Nadine? Und was dachte SIE sich eigentlich dabei? Seit unserer Grundschulzeit waren wir unzertrennlich. Hätte sie nicht wenigstens den Mumm haben und anwesend sein können bei diesem Gespräch? Sie, die immer alles richtig machte, die nur Einsen auf ihrem Zeugnis hatte, sogar im Abi. Eine Jurastudentin, die den Menschen in ihrem Umfeld immer und ständig etwas von Moral und Anstand predigte, doch selbst besaß sie offenbar nichts von alledem.

Heiße Tränen rannen meine Wangen hinab, während ich fieberhaft überlegte, wie ich so schnell wie möglich ausziehen konnte. Nur wohin? Mit dem bisschen Geld, das ich in dem Kiosk verdiente, waren keine großen Sprünge möglich, und bezahlbare Wohnungen gab es hier im Speckgürtel von Trier nicht gerade haufenweise.

Meine Eltern lebten nicht mehr. Nein, es war kein herzzerreißender Autounfall oder Flugzeugabsturz gewesen. Mein Vater hatte sich schon vor meiner Geburt eine Überdosis einverleibt, und meine Mutter hatte sich vor Kummer zu Tode gesoffen. Ich durfte dabei zusehen und landete anschließend mit zwölf Jahren im Heim und in etlichen Therapien. Ohne Nadine wäre ich zerbrochen. Und nun verursachte sie einen Riss in meinem Innern, den sie so schnell nicht mehr kitten konnte. Diese Schlange! Niemals hätte ich so etwas von ihr gedacht. Niemals!

Nadine! Daniel! Nadine und Daniel! Wo bitte schön hatten die beiden ihre Liebe füreinander entdeckt? In unserem Bett?

Mein Kopfkino klatschte in die Hände und ließ den Film ablaufen. Allein bei dem Gedanken daran, was die beiden alles auf unserer Matratze getrieben haben könnten, wurde mir speiübel.

Mit einer Wut im Bauch, die ich kaum kontrollieren konnte, stürmte ich in unser Schlafzimmer und fing an, das Bettzeug abzuziehen. Angewidert riss ich an dem Bezug der Decke. Zwei Knöpfe flogen ab, und als sie auf dem Laminat auftrafen und unter die Kommode rollten, wurde mir klar, dass dies nicht mehr länger mein Bett war. Ich würde nicht eine Nacht mehr hier schlafen. In dieser Wohnung gehörte mir fast nichts. Ich hatte zwar alles mit ausgesucht, hatte dekoriert und gestrichen, aber bezahlt hatte Daniel so gut wie alles, weil er damals die große Kohle verdiente und ich nicht. Warum also sollte ich das Bett frisch beziehen? Damit sich Nadine hier noch wohler fühlte? Ganz bestimmt nicht!

Bis vor Kurzem hatte ich Geschichte studiert und kein Geld verdient, lediglich ein paar Nachhilfestunden hatten dafür gesorgt, dass ich zumindest ein kleines Taschengeld mein Eigen nennen konnte. Von dem bisschen BAföG konnte man nicht leben und auch nicht sterben, wie man so schön sagt. Daniel war für die Möbel aufgekommen, hatte die Miete bezahlt und ich war für das Essen zuständig gewesen. Tja, der Kühlschrank war leer. Und nichts in der Wohnung gehörte mir.

Als hätte mir jemand den Stecker herausgezogen, ließ ich mich auf die Bettkante plumpsen und stierte vor mich hin. Welche Gedanken waren Nadine durch den Kopf gegangen, als sie sich auf Daniel eingelassen hatte? Hatte überhaupt einer von den beiden an mich gedacht? Wohl eher nicht. Die Luft im Schlafzimmer war plötzlich dickflüssig und ich bildete mir ein, Nadines süßes Parfüm zu riechen. Ich musste hier dringend und so schnell wie möglich raus.

Außer meinen Klamotten hatte ich so gut wie nichts, was ich von hier mitnehmen würde. Zwei, drei Koffer und ich hätte gepackt. Aus und vorbei! Es war fast wie damals, als ich im Heim gestrandet war. Allein und ohne Halt, lediglich mit zwei Reisetaschen bewaffnet, in denen alles drin war, was mein Leben ausmachte.

Doch damals war ich nicht allein gewesen, denn ich konnte immer auf meine beste Freundin zählen. Dieser Mistkerl hatte mir sogar Nadine geklaut, dafür hasste ich ihn plötzlich aus tiefstem Herzen. Keinen Moment länger konnte ich in dieser Wohnung bleiben. Nicht eine Minute mehr an die gemeinsamen vier Jahre denken. Okay, ich musste zugeben, dass wir eigentlich wirklich nur noch zusammen gewesen waren, weil es halt schon so lange funktioniert hatte. Wir hatten uns eben aneinander gewöhnt. Wir waren schon so lange ein Paar gewesen und alle hatten immer nur von Isa und Daniel gesprochen. Dann würden wir das Dorf nun enttäuschen müssen und in Zukunft würde es Nadine und Daniel heißen. Isa war von nun an Geschichte. Irgendwann würde sich niemand mehr an Isa und Daniel erinnern. Und die Zeit würde es schaffen, dass man auch mich vergessen würde.

Vier Jahre meines Lebens, die nun ein Ende fanden. Ein neuer Lebensabschnitt würde vor mir liegen und vielleicht ein viel schönerer. Vielleicht. Nadine würde ich allerdings nie wieder vertrauen können. Irgendwann wäre ich in der Lage, ihr zu verzeihen, das hoffte ich zumindest. Aber im Moment war daran nicht annähernd zu denken.

Bevor mich der Mut verlassen konnte, riss ich meinen schweren Koffer und mehrere Sporttaschen vom Schrank herunter. Ohne darauf zu achten, ob die Sachen zerknitterten, schmiss ich alles an Kleidungsstücken hinein, was ich zu greifen bekam. Die paar physischen Bücher, die ich noch hatte, wanderten hinterher. Das meiste an Literatur hatte ich auf dem Reader oder Tablet. Ladegeräte! Die durfte ich auf keinen Fall vergessen. Das vom Reader war zeitgleich das von Daniels

Smartphone. Ganz kurz zögerte ich, doch dann schmiss ich es in eine der Sporttaschen. Sollte er sich doch ein Neues kaufen, so wie er sich eine neue Freundin besorgt hatte. Tja, so einfach war das, man wurde ersetzt durch jemand anderen, so wie das Ladekabel ersetzt werden würde.

Zugegeben, Nadine sah besser aus als ich. Das war schon immer so gewesen. Sie war von schlankerem Körperbau, ihre Haare waren dafür fülliger und sie hatte ebenmäßige Zähne. Kurzum, sie war hübsch und ich nur normales Mittelmaß mit vielen Kurven. Eigentlich kam ich damit gut zurecht und Daniel hatte es immer besonders an mir gemocht, dass ich nicht mit ständigem Kaloriengezähle nervte. Ich aß, was mir schmeckte, und ich fühlte mich auch einigermaßen wohl in meiner Figur.

Doch plötzlich, hier in diesem Schlafzimmer, das mir auf einmal viel zu eng erschien und mir fast die Luft raubte, nahm ich die Fettpölsterchen an meinen Hüften anders wahr. Während Nadine im Sportstudio auf dem Laufband Hunderte von Kilometern gelaufen war, hatte ich am Schreibtisch gesessen, um zu büffeln, weil ich nicht alle Zeit der Welt für ein Studium hatte, sondern schnell fertig werden musste. Das BAföG-Amt zahlte nur, solange ich Leistungen brachte. Und so war ich in den letzten Jahren mal schnell um zwei Größen gewachsen, leider in die falsche Richtung.

Ich war keine achtzehn mehr und das ständige Sitzen und ungesunde Essen machten sich nun bemerkbar. Aber zählten nicht eigentlich die inneren Werte? Ich war lieb und hilfsbereit. Ich umsorgte Daniel bei jeder Männergrippe und versuchte ihm jeden Wunsch von den Augen abzulesen.

Hey! Was machte ich da eigentlich? War ich in den letzten zwei Jahren nicht selbst immer wieder an einen Punkt gekommen, an dem ich mich fragte, ob das mit uns überhaupt noch Sinn machte? Warum war ich nun so traurig? Warum tat es so weh?

Es war die Hinterlist, dieses Sich-hintergangen-Fühlen, und das gleich von zwei Menschen, was mir echt heftig zusetzte. Von den zwei Menschen, die mir am nächsten standen. Ich hatte jedes Recht der Welt, mich beschissen zu fühlen.

Wussten Nadines Eltern davon? Das würde dieser Wunde in meinem Herzen einen weiteren Riss verursachen. Doch anstatt den Kopf in den Sand zu stecken, griff ich nach meinem Handy und rief kurz entschlossen Petra an.

Petra war seit dem Tod meiner Mutter so etwas wie meine Ersatzmutter gewesen und sie war immer für mich da, wenn ich etwas auf dem Herzen hatte. Okay, sie war Nadines Mutter, doch an wen sollte ich mich sonst wenden?

»Müller?«

»Petra? Ich bin es, Isa.« Solange ich denken konnte, hatte ich mit Petra ein sehr inniges Verhältnis, und wenn es mir nicht gut ging, habe ich schon immer ihren Rat gesucht. Das war für Nadine unverständlich, doch mir hatte Petra ein Stück weit die Mutter ersetzt. Nadine und Petra hatten erst in den letzten Jahren mehr zueinandergefunden. Was gut war, schließlich waren sie Mutter und Tochter.

»Hey, mein Schatz, wie geht es dir? Du hörst dich irgendwie geknickt an.« Das konnte sie schon immer – hören, was in mir vorgeht. Sie hatte mich ertappt und prompt fingen meine Augen an zu brennen.

»Nicht gut«, gab ich leise zu.

»Was ist los, mein Schatz?« Ihre warme Stimme, aus der so viel Mitgefühl sprach, ließ meine notdürftig aufrechtgehaltene Selbstbeherrschung bröckeln.

»Hat Dinchen dir davon erzählt?« Ich merkte selbst, wie jämmerlich sich meine Stimme anhörte, aber ich war nicht fähig, stark zu klingen, während ich mich wie ein Häufchen Elend fühlte.

»Von was?«

»Von Daniel.«

»Warum redest du um den heißen Brei, Isa? Ich weiß nicht, um was es geht, aber jetzt erzähl schon.« Sie wusste es nicht. Petra Müller log nicht, sie hätte es zugegeben, wenn sie etwas davon gewusst hätte. Zumindest eine, die integer geblieben war. Das ganze Dorf war auf dem Laufenden, nur Petra und ich lebten anscheinend auf einer Insel.

Sollte ich ihr am Telefon erzählen, dass ihre Tochter, meine beste Freundin, mir meinen Freund ausgespannt hatte? Das wäre doch geschmacklos gewesen. So geschmacklos wie die Affäre der beiden, die sie nun in einer festen Beziehung gipfeln ließen.

»Isa?«, hakte sie nach.

»Ähm, Petra, kann ich mich ein paar Tage in dem Gartenhäuschen einnisten?« Die Müllers besaßen eine Laube, von der ich die Ersatzschlüssel hatte. Eigentlich wollten sie das Ding schon längst verkaufen, denn seit einigen Jahren hatten sie ein Einfamilienhaus mit Garten, aber bisher hatte sich kein Käufer gefunden. Ab und an wurde es an Feriengäste vermietet, aber ansonsten stand es leer. Das Haus, in dem sie jetzt wohnten, gemeinsam mit Nadine, war ein Traum. Modern und dennoch verspielt eingerichtet und mit einem Meer aus Blumen im Garten.

»Oh, hast du Streit mit Daniel? Das tut mir leid. Na klar darfst du da übernachten, aber komm doch zu uns. Da kannst du im Gästezimmer schlafen, ist gemütlicher.«

»Nein!«, stieß ich ein wenig zu laut hervor. Auf gar keinen Fall konnte und wollte ich mit Nadine unter einem Dach hausen, auch wenn sie ab jetzt wahrscheinlich die meiste Zeit in meiner, ähm Daniels Wohnung verbringen würde. »Danke, aber ich nehm die Laube.«

»Okay.« Petra klang misstrauisch und ich konnte klar heraushören, dass sie mehr wissen wollte.

»Und bitte sag Nadine nix davon. Sie soll nicht wissen, wo ich bin. Versprich es mir!«

Am anderen Ende der Leitung herrschte Stille, als Petra eins und eins zusammenzählte.

»Versprich es mir bitte, Petra«, bettelte ich.

»Ja, ist ja schon gut, ich verspreche es. Und wenn ich Dinchen sehe, werde ich mich eingehend mit ihr unterhalten.« Ihre Stimme klang entschlossen und eine ungewohnte Härte war darin zu hören. Nadine wurde von ihren Eltern abgöttisch geliebt und Strenge war das Letzte, an was sie gewöhnt war.

»Danke und lass es sein, red nicht mit ihr. Das ist etwas, das ich allein klären muss.« Nervös riss ich die Schublade des Nachttisches auf und nahm alles heraus, ohne genau zu erkennen, was es war, da mir die Tränen die Sicht verschleierten. Ich musste mich zusammenreißen, um nicht laut aufzuschluchzen.

»Isa? Willst du darüber reden?« Sanft glitt das Gesagte über meine Seele, streichelte, tröstete, doch ich konnte noch nicht darüber sprechen. Es tat zu weh.

»Nein, im Moment kann ich das noch nicht.« Ich schniefte laut. »Danke.« Dann legte ich auf und weinte, bis keine Tränen mehr kamen.

* * *

Zwei Stunden später stand ich in der Laube, ließ die Taschen fallen und setzte mich an den Küchentisch. Hier in diesen vier Wänden war die Zeit stehen geblieben. Es roch wie in meiner Kindheit und es sah noch haargenau so aus wie damals. Hinzu kam ein leicht modriger Geruch, der daher rührte, dass hier kaum noch gelüftet wurde. Die vielen Brauntöne waren schon lange nicht mehr modern und auch die orangenen Plastikstühle am Esstisch sprachen von einer anderen Zeit, obwohl die Modelle jetzt ja schon fast wieder in waren. Retro war die neue

Mode. Die Uhr tickte über der Küchenanrichte, das war das einzige Geräusch. Und als ich den Kühlschrank in Betrieb nahm, gesellte sich das monotone Summen des Geräts zur Geräuschkulisse hinzu. Dieser Stromfresser wurde nur angeschaltet, wenn er gebraucht wurde, doch morgen würde ich ein bisschen einkaufen gehen und bis dahin musste er runtergekühlt sein.

Auch draußen konnte man den langsamen Verfall beobachten. Früher war der Garten ein Meer aus Farben gewesen. Tausende von Blumen hatten geblüht und nirgends war Unkraut zu sehen gewesen. Aber Petra fand jetzt nur noch selten Zeit, um hierherzufahren und zu gärtnern. Lieber werkelte sie in dem Garten ihres Einfamilienhäuschens herum und hielt ihn in Schuss.

Mein Magen machte merkwürdige Geräusche. Ich hatte Hunger. Als ich auf die Uhr sah, musste ich feststellen, dass es schon nach acht war. Keine Chance, in diesem Kuhkaff noch etwas Essbares zu bekommen. Vielleicht hatten die Müllers ja noch eine Packung Kekse im Schrank, doch bevor ich den Gedanken in die Tat umsetzen konnte, hörte ich, wie ein Schlüssel ins Schloss gesteckt wurde.

Irrationalerweise dachte ich als Erstes an einen Einbrecher. Als würde der die Tür mit einem Schlüssel öffnen. Aber mein Herz schlug Purzelbäume und mir stockte der Atem, bevor anstatt eines zerzausten bärtigen Mannes Petra ihren dauergewellten Kopf durch die Tür steckte.

»Oh Schatz. Entschuldige, aber ich konnte dich nicht einfach so allein lassen. Du hast dich so traurig angehört«, entschuldigte sie sich und kam mit geöffneten Armen auf mich zu. Ohne Zögern schmiss ich mich in die dargebotene Umarmung.

Petra wiegte mich, gurrte beruhigende Worte und strich mir immer wieder über das Haar, ganz so, als wäre ich immer noch zwölf Jahre alt. Ich ließ es geschehen und merkte, wie der harte Klumpen, der anstelle meines Herzens in meiner Brust lag, langsam leichter wurde.

Und als ich mich beruhigt hatte, packte sie doch tatsächlich eine dieser uralten Thermogefäße aus und servierte mir eine Linsensuppe mit einem Wienerwürstchen drin. »Suppe ist so etwas wie ein Heilmittel für die Seele«, sagte sie und drückte mir einen Löffel in die Hand.

Ich aß und sah nicht auf, während sie die Ausklappcouch bezog. Es tat gut zu wissen, dass es da trotz allem jemanden gab, der mich auf irgendeine Art und Weise liebte. Mir war klar, dass ich nie Nadines Stellung haben könnte, doch ich bekam vom großen Kuchen ein Stück ab, was mehr war als das, was ich je von meiner Mutter bekommen hatte.

Und auf abstruse Weise liebte ich Petra Müller mehr als meine eigene Mutter.

»So, jetzt hast du es schön gemütlich.« Ihr Blick ruhte auf mir und ich rutschte nervös hin und her. »Erzähl schon. Ich komm damit klar, egal, was Nadine damit zu tun hat.«

Kurz zögerte ich, doch dann schüttete ich ihr mein Herz aus, weinte und schlief letztendlich in ihren Armen ein.

2. Kapitel

Am darauffolgenden Tag sah die Welt auch nicht wirklich rosiger aus. Der Verrat der beiden saß tief und ich hasste mich selbst dafür, dass es so sehr wehtat. Im Grunde genommen war es nicht Daniel, der mich verletzt hatte. Es war vielmehr der Hinterhalt meiner besten Freundin. Ich hatte ihr vertraut, mehr als jedem anderen Menschen auf diesem Planeten. Doch was tat sie? Sie hinterging mich, spannte mir den Freund aus (auch wenn ich ihn nicht mehr wirklich geliebt hatte) und sie hatte mir dabei jeden verdammten Tag ins Gesicht gesehen, ohne auch nur die Spur eines schlechten Gewissens zu zeigen.

Neben mir bewegte sich etwas und ich musste schmunzeln, als ich Petra entdeckte, die sich mit wild abstehenden Haaren und einem Gähnen aufrichtete. Sie war wirklich mehr meine Mutter als es sonst irgendein Mensch je gewesen war. Ich liebte sie und war ihr dankbar, dass sie in einer so schweren Zeit für mich da war. Selbstverständlich war das nicht, schließlich war ihre einzige leibliche Tochter involviert.

»Hey, da bin ich wohl gestern weggesackt.« Hastig rappelte sie sich auf und versuchte ihre Frisur zu richten. Was ihr nicht sonderlich gut gelang.

Ich lächelte sie an – dankbar, diese erste Nacht nicht allein gewesen zu sein. »Danke.« Doch noch bevor Petra etwas erwidern konnte, prallte die Realität in mein Bewusstsein, als ich auf die alte Küchenuhr sah. »Scheiße!«

»Was ist los?«

»Ich hab seit einer Stunde Schicht im Zeitungsladen.« Fahrig suchte ich mein Handy, doch als ich es endlich fand, war das blöde Ding tot. Batterie leer. Und das Kabel lag irgendwo in einer dieser vielen Taschen, die überall verstreut waren. Okay, also anziehen und nix wie hin, dachte ich. Ich konnte ja schlecht den Chef anrufen und ihm sagen, dass ich nicht in der Lage war zu arbeiten, weil ich Liebeskummer hatte. Dafür hätte er definitiv kein Verständnis, so kulant war er nicht.

Das nutzlose Handy ließ ich also liegen, es würde mich sowieso niemand außer Nadine oder Daniel anrufen, und das war das Letzte, was ich wollte. Sollte einer der beiden es versuchen, war es völlig okay, wenn ich nicht ans Telefon ging. Da konnten sie sich gleich dran gewöhnen. In Zukunft würde ich für sie nicht mehr erreichbar sein. Nie wieder!

Petra fuhr mich mit dem Auto zum Laden, da mich gestern ein Taxi zur Laube gebracht hatte und mein Rad sich noch in Daniels Keller befand. Als wir ankamen, stand bereits ein älterer Herr vor der Tür und versuchte ins Innere des Kiosks zu blicken. Die kleine, achteckige Hütte war grün gestrichen und hatte Fenster, die schon blind geputzt waren. Der Kiosk stand bereits seit fast hundert Jahren an dieser Stelle und würde bestimmt bald zu einem der Kulturgüter unseres Dorfes auserkoren werden. Mir war sofort klar, wer da versuchte, einen Blick hineinzuwerfen, also beeilte ich mich noch mehr.

»Danke, Petra! Für alles!« Ein Kuss auf ihre Wange und schon sprang ich aus dem Auto. Sie hupte kurz und fuhr los.

»Guten Morgen, Herr Treske. Entschuldigen Sie bitte meine Verspätung«, keuchte ich, als ich mich joggend dem Kiosk näherte.

Der Mann mit dem schlohweißen Haar drehte sich zu mir um und lächelte. »Morgen, Mädchen. Hab schon gehört, dass es dir heute nicht gut geht. Spricht sich ja schnell im Dorf rum, so was.« Traurig schüttelte er seinen Kopf. Herr Treske, einer der Stammkunden des Kiosks, war mir in den letzten Tagen ans Herz gewachsen. Er hatte ausgezeichnete Manieren und immer ein freundliches Wort für mich übrig. Und er interessierte sich für die Menschen um ihn herum und unterhielt sich mit vielen, die ihm begegneten.

So war es eigentlich nicht verwunderlich, dass er schon von meinem persönlichen Unglück wusste. Trotzdem war ich gefrustet. Na toll, das konnte ja ein guter Tag werden! Ich sah bereits vor meinem inneren Auge die mitleidigen Blicke. »Ja, scheint nicht meine Woche zu sein.«

»Und die Bewerbungen bei den Firmen in der großen Stadt? Schon was gehört?«, wollte er von mir wissen, ohne mich aus den Augen zu lassen.

Ich schloss die Tür auf, über der ein Glöckchen leise bimmelte, und ließ ihn ein. Mehr als drei Leute passten nicht in den kleinen Raum vor dem Tresen. »Nein, noch nichts.« Ich hatte mich bei fünf Museen beworben und bangte nun darum, eine Anstellung zu bekommen. Jetzt noch mehr als zuvor. Herr Treske hatte sich so interessiert gezeigt, dass ich ihm ohne zu zögern erzählt hatte, wie es um meine berufliche Zukunft stand.

»Gut.«

Irritiert sah ich ihn an. Was meinte er jetzt damit? Gut war das ganz bestimmt nicht, schließlich wollte ich nicht mein Leben lang Zeitungen an Rentner verkaufen. Missmutig stiefelte ich hinter den Verkaufstresen.

»Ähm, nein, nicht gut«, versuchte er, als er meine Reaktion bemerkte, das eben Gesagte zu revidieren, aber etwas stimmte heute nicht mit ihm. Er wirkte plötzlich fahrig und tat so, als interessierte er sich brennend für die Zeitschrift vor ihm. Blöd nur, dass es eine Computerzeitung war und ich von ihm persönlich erfahren hatte, dass er von diesem neumodischen Kram nichts hielt. Was war mit ihm los?

»Alles in Ordnung, Herr Treske?«

»Ja, ja. Mir ist gerade etwas eingefallen. Vielleicht kann ich dir helfen, dass alles gut wird.« Mit diesen Worten machte er auf dem Absatz kehrt und ging strammen Schrittes aus dem Laden. Ohne die Tageszeitung zu kaufen, die er täglich las.

Alte Leute waren manchmal ein wenig merkwürdig, dachte ich mir und zuckte mit den Schultern, während ich anfing, die neuen Zeitungen ins Regal zu sortieren.

* * *

Der Tag ging fürchterlich weiter. Nadine wagte es tatsächlich, mich zum Schichtwechsel abholen zu wollen. Sie stand wie ein Häufchen Elend unter der alten Eiche vor dem Kiosk. Nervös tippelte sie von einem Fuß auf den anderen, als sie sah, wie ich aus der Tür trat.

Krampfhaft versuchte ich, sie zu ignorieren, und marschierte entschlossen in die andere Richtung davon, doch sie ließ sich nicht so schnell abschütteln und hetzte auf ihren Stöckelschuhen hinter mir her. Warum tragen Frauen, die sowieso hochgewachsen sind, solche Mörderteile? Ich war schon froh, wenn ich in Turnschuhen nirgends aneckte oder über ein Staubkorn stolperte. Und Miss Perfekt konnte mit solchen Dingern auch noch locker einen Einhundert-Meter-Sprint hinlegen!

»Warte doch, Isa!«, rief sie mir hinterher, aber ich reagierte nicht. Natürlich holte sie mich schnell ein und als sie nach meinem Arm griff, um mich zum Anhalten zu zwingen, musste ich mich beherrschen, ihr keine runterzuhauen. Dennoch entriss ich ihr meinen Arm.

»Was willst du, Nadine?«, stieß ich zwischen zusammengebissenen Zähnen hervor, während ich sie möglichst abfällig ansah. Schwer fiel mir das jedenfalls nicht.

»Es tut mir leid«, stammelte sie und setzte ihren Hundeblick auf, der an mir abprallte, als hätte ich einen Lotuseffekt.

»Was tut dir leid? Dass du mir den Freund ausgespannt hast? Dass du nicht mal die Traute hattest, es mir selbst zu sagen oder zumindest bei dem gestrigen Gespräch anwesend zu sein? Oder tut es dir leid, dass du unsere Freundschaft ruiniert hast?« Abwartend blickte ich sie an. Zum ersten Mal wurde mir bewusst, wie enttäuscht ich von ihr war. Und als sie mir so gegenüberstand, konnte ich genau erkennen, dass sie sogar in dieser Situation wie besessen darauf achtete, perfekt auszusehen. Ihre Haltung wirkte unnatürlich, ihre Mimik war aufgesetzt und sie legte sich jedes Wort zurecht, ehe sie sprach. Was war sie? Ein verdammter Cyborg? Konnte sie nicht ein verdammtes Mal so sein wie früher? Warmherzig und einfühlsam und meine Freundin?

»Isa, mir tut einfach alles leid. Aber meine Gefühle für Daniel sind sehr stark.« Nadine hatte doch tatsächlich den Nerv, zerknirscht auszusehen. Sollte ich jetzt ein schlechtes Gewissen haben, weil ich ihr nicht verzeihen konnte? »Mann, mit deinen vierundzwanzig Jahren müsstest du doch langsam wissen, dass das Leben manchmal unergründliche Wege geht.«

Oh ja, und wie ich das wusste, wahrscheinlich besser als sie selbst. »Na, dann wünsche ich euch viel Glück. Zu eurer Hochzeit braucht ihr mich jedenfalls nicht einzuladen.« Ich drehte mich um und lief weiter. Leider musste sie offenbar in die gleiche Richtung, denn sie blieb stets hinter mir, ohne mich noch einmal anzusprechen.

Ich war auf dem Weg zu meinem alten Zuhause, um mein Rad dort aus dem Keller zu holen. Und Miss Perfekt war auf dem Weg zu ihrem neuen Lover. Zu einer Hochzeit würde es vermutlich nie kommen, denn sie hatte einen hohen Verschleiß an Männern, die sie dafür nutzte, ihr Selbstbewusstsein aufzuwerten. Diesmal war es leider mein Freund gewesen, den sie zu diesem Zwecke missbrauchte. Aber so wie ich Daniel einschätzte, diesen Lackaffen, genoss er es, sich ausnutzen zu lassen. Wenn ich es mir recht überlegte, passten die beiden hervorragend zueinander. Mister und Miss Perfekt. Vielleicht sollten sie doch heiraten und noch perfektere Kinder zeugen. Ich musste mich zusammenreißen, um mich nicht gleich hier auf dem Gehweg zu übergeben.

Nadine beobachtete mich, während ich die Außentreppe zum Keller hinabstieg, doch aus den Augenwinkeln konnte ich genau sehen, wie sie einen Schlüssel herauszog, ehe ich unten ankam. Dieses Miststück richtete sich schon häuslich in Daniels Wohnung ein. Zum wiederholten Male fragte ich mich, wie lange dieses Spiel schon ging. Wochen? Monate? Oder gar noch länger? Seit wann hatte sie einen Schlüssel?

Und in diesem Moment musste ich wieder einmal erkennen, dass es gar nicht darum ging, Daniel verloren zu haben, sondern vielmehr darum, belogen worden zu sein. Ich wollte Daniel nicht mehr und mein Herz schlug schon lange nicht mehr für ihn. Wir hatten in den letzten Monaten zusammengewohnt wie Bruder und Schwester, die zufällig im gleichen Bett schliefen. Sex hatten wir keinen mehr gehabt, seit … Keine Ahnung, ehrlich nicht. Es war so lange her, dass ich mich nicht daran erinnern konnte. Und eines fiel mir auf: Wir hatten uns genauso lange schon nicht mehr geküsst. Ich meine nicht den Kuss auf die Wange oder den Begrüßungskuss auf den Mund. Nein, einen richtigen Kuss, der die Liebe füreinander zeigt, der einem ein Seufzen und Herzklopfen entlockt.

Rational betrachtet konnte ich froh sein, dass es vorbei war. Vermutlich hätte ich von alleine nie aus dieser Beziehung gefunden. Ich sollte Nadine dankbar sein, dachte ich sarkastisch.

Nach dieser Erkenntnis kam mir das Fahrrad plötzlich viel leichter vor, als ich es die Treppe hochtrug und vor der Haustür stehen blieb. Es war, als wenn eine Last von mir abfiele. Entschlossen drückte ich auf die Klingel, neben der noch immer mein Name prangte.

»Ja?«, hörte ich Nadines Stimme, die blechern aus dem Lautsprecher drang.

»Ich wollte mich noch bedanken, dass du mir den Langweiler von der Pelle geschafft hast. Leb wohl.« Auf eine Antwort wartete ich nicht. Plötzlich gut gelaunt schwang ich mich auf das Rad und stellte mir vor, während der Fahrtwind mein Haar durchpustete, wie Nadine völlig perplex in dem weiß gestrichenen öden Wohnungsflur stand. Sobald ich eine eigene Wohnung hätte, würde ich die Wände bunt streichen und die originellsten Möbel aufstellen.

* * *

Leider hielt meine Euphorie nicht lange an. Als ich an der kleinen Laube ankam, wurde mir bewusst, dass ich vergessen hatte, etwas einzukaufen. Also drehte ich um und fuhr zum Supermarkt. Unentschlossen schlenderte ich durch die Reihen und überlegte, was ich heute kochen sollte.

Ich musste auf nichts und niemanden mehr Rücksicht nehmen. Das war doch ein Grund, sich zu freuen. Oder etwa nicht? Nein, ich würde mir den Spaß nicht verderben lassen, indem ich wieder irgendwelchen trüben Gedanken nachhing.

Beherzt griff ich nach einem Sack Kartoffeln. Daniel hasste Kartoffeln. Unbegreiflich, aber wahr. Und ich nahm Zucchini und Schafskäse mit. Alles Zutaten, die seit Jahren nicht mehr auf meiner Einkaufsliste gestanden hatten. Und Knoblauch – und Zwiebeln. Allein die Vorfreude trieb mir das Wasser in den Mund.

Plötzlich spürte ich ein Kribbeln im Nacken, so eins, das einen angst und bange werden ließ. Abrupt drehte ich mich um. Vor dem Saftregal stand Herr Treske und beobachtete mich mit glasigem Blick. Ja, er stierte geradezu durch mich hindurch. Eigentlich mochte ich den alten Mann, doch nun breitete sich ein ungutes Gefühl in meinem Bauch aus. Dann ging ein Ruck durch seinen Körper und er blinzelte. Im nächsten Augenblick lächelte er mich herzlich an, ganz so, als hätte er mich zuvor nicht gesehen. Doch mein ungutes Bauchgefühl wollte sich nicht genauso ruckartig verändern. Ich war auf der Hut.

Was wusste ich schon von ihm? Nicht viel. Er wohnte seit zwei Jahren in unserem Dorf und niemand hatte groß Kontakt zu ihm, außer die Menschen, die mit ihm auf der Straße oder in Geschäften plauderten. Er war in unser Dorf gekommen und seither einfach da, aber keiner hatte je gefragt, warum er hier lebte und von woher er gekommen war. Er gehörte plötzlich dazu. Allein das war schon merkwürdig, wo doch jeder Hinzugezogene sonst seine Zeit brauchte, um einen Platz in einer Gemeinde zu finden. Bisher hatte ich mir darüber nie irgendwelche Gedanken gemacht, aber jetzt tat ich es. Etwas stimmte nicht mit Herrn Treske. Oder bildete ich mir das nur ein? Meine Fantasie war schon immer mehr als rege.

»Da sehen wir uns am heutigen Tage gleich zweimal, Fräulein Riebel. Wie schön.« Vorsichtig schob er seinen Einkaufswagen neben meinen und nahm beiläufig meinen Einkauf unter die Lupe. »Ah, du kochst selbst. Das ist gut. Heutzutage können ja nur noch die wenigsten Frauen selbst kochen.«

»Das stimmt nicht ganz, denke ich. Aber die wenigsten Frauen haben nach einem langen stressigen Arbeitstag noch die Kraft, sich stundenlang in die Küche zu stellen und zu kochen«, gab ich zu bedenken.

Er lächelte und tätschelte meine Hand. »Wohl war. Die Frauen haben es nicht leicht in der jetzigen Zeit. Diese doppelte

Belastung tut auch den Beziehungen nicht gut.« Autsch! Betreten schaute er zu Boden, als er merkte, in welches Fettnäpfchen er da gerade getrampelt war.

»Ähm, ja. Das könnte schon sein, aber dann trifft den Mann mindestens die gleiche Schuld. Er hätte ihr dann ja auch ein wenig von der Hausarbeit abnehmen können«, wandte ich ein. Dieses Denken in alten Zöpfen hing mir zum Hals raus. Warum sollte sich immer die Frau um alles kümmern? Ich war ganz bestimmt keine Feministin, aber diese Einstellung war nicht mehr angebracht.

»Wie wahr! Und die Liebe, die wahre Liebe, ist stark genug, so etwas Banales zu überstehen.« Ein Philosoph, Herr Treske war ein Philosoph. Deshalb stand er vermutlich gerade so neben sich. Solche Menschen lebten in ihren eigenen Sphären. An ihm war nichts Gruseliges. Er war einfach ein etwas kauziger alter Mann. »Man muss sie nur finden und manchmal muss man große Entfernungen dafür überbrücken. Das ist nicht einfach, aber hin und wieder klappt es, wenn man es sich nur stark genug wünscht.« Seine Stimme hatte sich tiefer als sonst angehört und schwebte eindringlich zu mir herüber.

Traurig zuckte ich mit den Schultern. »Tja, vielleicht schaffe ich es auch irgendwann einmal, den Richtigen zu finden. Geduld wurde mir nur nicht gerade in die Wiege gelegt.« Ein wenig gelöster als zuvor zwinkerte ich ihm zu. »Aber ich gebe die Hoffnung nicht auf.«

»Das solltest du auch nicht, Mädchen. Du musst aufgeschlossen sein und es dir wünschen, dann kann es funktionieren.« Ernst musterte er mich. »Du kannst kochen, siehst gut aus. Ich meine, du bist kein Hungerhaken und kannst dich auch ohne Schminke vor die Tür trauen, das können nicht alle von sich behaupten. Deine Freundin zum Beispiel, die ist bestimmt ohne ihre ganze Farbe in den Haaren und im Gesicht nicht annähernd so anziehend wie du.«

Fassungslos, das war die einzig richtige Bezeichnung, die erklärte, wie ich in diesem Moment aus der Wäsche geschaut habe. Noch nie hatte jemand so etwas zu mir gesagt. Alle hielten Nadine für das hübscheste Mädchen in unserem Dorf. Ich auch, aber das mit der vielen Schminke stimmte schon. Sie ging weder ins Fitnessstudio noch ins Schwimmbad, ohne das Zeugs im Gesicht verteilt zu haben. Ich wiederum wirkte recht farblos neben ihr, weil ich dieses Geschmiere nicht auf meiner Haut ertrug. Stets hatte ich das Gefühl, in meiner Haut zu ersticken, sobald ich Make-up darauf kleisterte.

Herr Treske bemerkte, dass ich nichts darauf erwiderte, und sagte zu mir: »So, nun muss ich allerdings nach Hause, gleich regnet es und bis dahin muss ich die müden alten Knochen in meine Wohnung schaffen.«

Immer noch perplex riss ich mich ein wenig zusammen, um mich von ihm zu verabschieden. »Dann wünsche ich Ihnen noch einen schönen Abend, Herr Treske. Bis morgen früh.«

Er nickte mir zu und machte sich auf den Weg zur Kasse. Am nächsten Morgen würde er wieder einer der ersten Kunden im Kiosk sein, so wie alle vorherigen Tage. Diese Kontinuität hatte etwas Tröstliches, auch wenn mich die Unterhaltung von gerade eben ganz schön aus der Bahn geworfen hatte.

Rasch bezahlte ich meinen Einkauf und als ich vor die Tür des Geschäfts trat, hob ich mein Gesicht zum Himmel. Ein Tropfen traf auf meine Wange, dann ein zweiter auf meine Nase. Herr Treske hatte recht gehabt, dachte ich, als es anfing zu regnen.

3. Kapitel

Am nächsten Morgen erwachte ich mit hämmernden Kopfschmerzen, die Nacht war ein absoluter Horror gewesen. Albträume hatten mich gequält, immer wieder hochschrecken lassen und nun fühlte ich mich wie durch den Wolf gedreht. Der blöde Kühlschrank hatte dermaßen laut gesummt, dass ich jedes Mal, nachdem ich mein hämmerndes Herz beruhigt hatte, kaum noch hatte einschlafen können.

Eine Dusche gab es in der Laube nicht, also blieb mir nichts anderes übrig, als mich über dem Miniaturwaschbecken neben der Toilette mit einem Lappen zu waschen. Das brachte mir leider nicht die Erfrischung und das Behagen, das ich so bitter benötigte. Eine Dusche tat da manchmal Wunder. In mir wütete noch immer die Angst, die ich in der Nacht in meinen Albträumen empfunden hatte. Angst vor Herrn Treske, der nicht Herr Treske war. Aus toten Augen, die schwarz wie die Nacht waren, hatte mich etwas angeglotzt und ich war um mein Leben gerannt. Aber egal, wie schnell ich lief, die Augen waren immer hinter mir gewesen. Allein die Erinnerung ließ mich schwitzen und nach Luft schnappen.

Das Knäckebrot schmeckte fade und der Instant-Kaffee war mies. Vier Jahre mit einem Kaffee-Vollautomaten verwöhnten selbst eine bescheidene Studentin wie mich. Angewidert verzog ich das Gesicht und kippte den Rest des Gesöffs in die Spüle. Die Tasse mit dem bereits verblassten Blumenmuster wusch ich ab und stellte sie zum Trocknen auf das Geschirrtuch. Gut, also würde es am heutigen Morgen keinen Kaffee für mich geben.

Der Albtraum ließ mich den ganzen Vormittag nicht los. Hinzu kam, dass Herr Treske entgegen seiner Gewohnheit am Morgen nicht aufgetaucht war. Irgendwie machte ich mir deshalb Sorgen. Vielleicht war er krank und lag allein in seiner Wohnung, völlig hilflos. Was war, wenn er einen Arzt brauchte?

In so einem Kiosk gab es viele Minuten, in denen niemand in den Laden kam und man seinen Gedanken und Fantasien nachhängen konnte. Und das tat ich natürlich – ausgiebig. Das Gute an den Hirngespinsten um Herrn Treske war, dass ich darüber meine persönliche Misere völlig vergaß und die Zeit ein wenig schneller verging.

Und als er dann gegen Mittag auftauchte, konnte ich endlich durchatmen. Er sah aus wie immer, lächelte herzlich und sein Blick war völlig normal. Keine dämonischen Augen. In Gedanken schüttelte ich den Kopf über meine abstrusen Träume.

»Guten Morgen, Mädchen, immer wieder freue ich mich, dein bezauberndes Gesicht zu sehen.«

Da er bestimmt schon bald achtzig wurde, hatte ich auch keinerlei Probleme damit, ein wenig mit ihm zu flirten. »Das geht mir mit Ihnen ganz genauso. Ich hab Sie heute Morgen vermisst.«

Er strahlte wie ein Weihnachtsbaum am Heiligen Abend und belohnte mich mit einem Zwinkern. »Na, na, junge Frau. Du schäkerst ja mit mir.«

»Und Sie mit mir«, gab ich lächelnd zurück.

»Ja, das tue ich. Du bist auch eine ganz besondere junge Frau, auch wenn du das selbst noch gar nicht realisiert hast. Die Männer heutzutage sind doch alles Waschlappen, sonst wärst du schon längst unter der Haube.« Kopfschüttelnd griff er nach seiner Tageszeitung, legte mir das Geld passend hin und ging mit den Worten: »Du gehörst hier nicht her.«

Verwundert sah ich ihm hinterher. Was meinte er damit? Vielleicht wurde er auf seine alten Tage merkwürdig, das sollte ja mit fortschreitendem Alter öfter vorkommen. Bereits gestern hatte ich schon solche Gedanken hinsichtlich seines Benehmens gehabt. Und auch heute verhielt er sich nicht wie sonst.

Der Rest des Tages verlief Gott sei Dank ereignislos. Am Abend, nachdem ich meine Schicht beendet hatte, legte ich mich mit einem Buch auf das Sofa und genoss die Stille. Ich vermisste Daniel nicht, stellte ich verwundert fest. Ganz im Gegenteil, erstmals seit Monaten hatte ich das Gefühl, frei atmen zu können.

* * *

Der nächste Morgen begann wie der vorherige. Nebel lag über den Feldern, als ich zum Kiosk radelte. Der gestrige Abend hatte mir die Augen geöffnet. Ich war froh, Daniel los zu sein, und hatte beschlossen, mich auf weitere Stellen bei Museen und anderen Einrichtungen zu bewerben. Und am besten wäre es, wenn ich einen Job in einer anderen Stadt fände. Dann könnte ich irgendwo neu anfangen. Am Nachmittag wollte ich mich im Internet umsehen, wo es zurzeit freie Stellen gab. Von nun an würde ich nicht mehr ausschließlich in der näheren Umgebung suchen, sondern auch andere Bundesländer in Betracht ziehen. Mit diesem neuen Vorsatz und dem Gefühl, auf dem richtigen Weg zu sein, genoss ich die Aussicht und freute mich auf meine Suche.

Eine halbe Stunde nachdem ich den Kiosk aufgeschlossen hatte, stand Herr Treske wieder pünktlich vor dem

Verkaufstresen, doch diesmal wirkte er ernster als jemals zuvor. Keine Spur mehr von dem flirtenden Mann des gestrigen Tages.

»Ich möchte dir etwas schenken, Mädchen«, begann er ohne Umschweife und ehe ich etwas erwidern konnte, hob er die Hand, damit ich schwieg. »Meine Frau hat diese Kette ihr Leben lang getragen. Es war ein Geschenk ihrer Urgroßmutter, die eine weit gereiste Frau gewesen war. Ich habe keine Töchter oder sonstigen Verwandten und wenn ich sterbe, dann geht mein Besitz an den Staat. Dieses Schmuckstück sollte eigentlich unsere Tochter bekommen, doch sie ist schon als Sechzehnjährige an Tuberkulose gestorben. Bitte, nimm du die Kette. Ich bin mir zu hundert Prozent sicher, dass du die Richtige dafür bist.«

Er griff in seine Jackentasche und legte mir die Kette auf die abgewetzte Resopalfläche des Tresens. Sie war aus Silber und der Anhänger war mit wunderschönen Rankenmustern verziert. Unmöglich, das konnte ich nicht annehmen! Doch noch bevor ich ablehnen konnte, hatte er mir schon den Rücken zugekehrt und das Glöckchen über der Tür klingelte. Der ältere Mann verließ den Laden, ohne sich noch einmal umzuschauen.

Die Kette machte ein kratzendes Geräusch auf dem Tresen, als ich sie ergriff und Herrn Treske hinterherrannte. Er überquerte gerade die Straße vor dem Kiosk. In dem Moment, als ich die Tür aufriss und nach ihm rufen wollte, drehte er sich zu mir um und blickte mich lächelnd an.

In der nächsten Sekunde war er verschwunden, erfasst von einem Lkw, der mit quietschenden Reifen zum Stillstand kam – es war ein großer, lilafarbener mit Blumen an der Seite. Meine Beine knickten ein und mein Magen rebellierte. Merkwürdigerweise hörte ich die Vögel zwitschern und es schrie zuerst auch niemand. Alles wirkte friedlich, solange ich die Augen geschlossen halten würde. Ich redete mir fest ein, dass es nur eine Halluzination gewesen sein konnte. Es durfte einfach nicht wahr sein, was ich da eben gesehen hatte.

Das Metall des Schmuckstückes bohrte sich tief in meine Handinnenfläche, so fest klammerten sich meine Finger darum. Ich traute mich nicht, die Augen zu öffnen, wollte nicht das Blut des Mannes, der gerade noch mit mir gesprochen hatte, auf der Straße, an den Reifen oder sonst wo sehen. Ich wollte das alles ungeschehen machen. Irrationalerweise schwirrte in meinem Kopf herum, dass sich das Rot des Blutes mit dem Lila des Lkws beißen würde. So kniete ich im Eingang des Kiosks und betete das erste Mal seit Jahren zu Gott, obwohl mir klar war, dass selbst ein Wunder nicht mehr helfen würde.

* * *

Zitternd lag ich im Gästezimmer der Müllers, es war mitten in der Nacht. Mir war kalt. Die Matratze unter meinem Körper kam mir zu weich vor und die Bettdecke hatte ich bis zum Kinn hochgezogen, doch ich fror trotzdem. Die Bettwäsche roch viel zu stark nach Weichspüler und verursachte mir Kopfschmerzen. Im Flur brannte Licht, Petra hatte es angelassen, damit ich nicht im Dunkeln aufwachen müsste, aber ich war gar nicht erst eingeschlafen.

Die Sanitäter, die eigentlich herbeigeeilt waren, um Herrn Treske zu retten, waren zu mir gekommen, nachdem sie festgestellt hatten, dass sie für ihn nichts mehr tun konnten. Der Kiosk war geschlossen worden und ich bekam ein Beruhigungsmittel gespritzt. Als man mich fragte, wen sie kontaktieren sollten, war die einzige Person, die mir einfiel, Petra gewesen. Natürlich kam sie sofort, ließ alles stehen und liegen und war innerhalb von fünf Minuten am Ort des Geschehens. Ganz so, als wäre sie meine Mutter.

Meine Mutter hätte das nie für mich getan. Sie wäre gar nicht fähig dazu gewesen, weil sie noch nicht mal verstanden hätte, was die Sanitäter ihr gesagt hätten. Drogen und Alkohol machten es möglich, der Realität zu entfliehen. Heiße Tränen kullerten meine Wangen hinab. Ich weinte um Herrn Treske, der niemanden hatte. Ich weinte um meine verlorene Kinderseele, die zu viel erlebt hatte, bevor sie alt genug war, um zu verstehen. Und ich weinte, weil das Leben an sich einfach nur beschissen war. Zumindest zu mir. Natürlich konnte ich mich daran festhalten, dass es mich stark gemacht hatte und mich so schnell nichts aus der Bahn warf, aber hin und wieder fragte ich mich dennoch – warum immer ich?

Meine Hand hielt immer noch krampfhaft die Kette umklammert. Ich hatte sie den ganzen Tag nicht ein einziges Mal losgelassen, höchstens mal ganz kurz in meine Hosentasche gesteckt. Ich hatte das Gefühl, Herrn Treske zu verraten, wenn ich sie jemand anderem geben oder irgendwo achtlos liegen lassen würde. Er war mit einem Lächeln auf den Lippen gestorben, weil er der Meinung gewesen war, dass dieses Schmuckstück ausgerechnet bei mir in den richtigen Händen war.

Meine Finger fanden den Schalter der Nachttischlampe und der Raum wurde in ein sanftes gelbes Licht getaucht. Das konnte nur eine alte Glühbirne sein, die heutigen strahlten lediglich ein kaltes Weiß aus. Der runde Anhänger glänzte zart. Als ich genauer hinsah, konnte ich einen feinen goldenen schnörkeligen Rand erkennen, der um das Altsilber verlief. Er war mit filigranen floralen Ornamenten versehen und in der Mitte war ein kleiner türkisfarbener Stein. Die Rückseite war in schlichtem Silber gehalten. Er war wunderschön und ich nahm mir vor, das Schmuckstück niemals herzugeben und es in Ehren zu halten. Irgendwann würde ich es meiner Tochter vererben und ihr die Geschichte von Herrn Treske erzählen und von seiner Frau, die zu früh ihr einziges Kind verloren hatte. Er hatte es mir geschenkt, wollte, dass ich es besaß. Er würde nicht in Vergessenheit geraten, dafür würde ich schon sorgen.

Vorsichtig strich mein Zeigefinger über den Stein, der im Schein der Lampe in verschiedenen Farben schimmerte, die aber nie das wunderschöne, klare Türkis überlagerten. An der Seite erkannte ich ein zartes Scharnier. Man konnte das Medaillon öffnen! Meine Neugier war augenblicklich geweckt. Vielleicht hatte Frau Treske darin ein Bild ihrer Tochter aufbewahrt.

Der Verschluss klemmte ein wenig. Es musste seit langer Zeit nicht mehr geöffnet worden sein. Doch irgendwann schnappte es widerwillig auf. Zuerst sprang mir eine Art Uhrwerk ins Auge. Viele kleine goldene Zahnräder griffen ineinander, aber es bewegte sich kein einziges davon. Da kein Schutzglas davor angebracht war, hatte vermutlich ein Sandkorn oder etwas Ähnliches die feine Mechanik lahmgelegt. Schade, es wäre bestimmt bezaubernd gewesen, die vielen kleinen Räder bei der Arbeit zu beobachten.

Dann sah ich mir die linke Innenseite an. Da war irgendetwas eingraviert worden, doch das Metall war an dieser Stelle schwarz angelaufen. Ich musste das Silber aufpolieren. Nur mit was?

Auf leisen Sohlen tapste ich in die Küche und wurde in dem Schrank unter dem Waschbecken fündig. Mit dem Poliertuch in der Hand ging ich zurück ins Bett und deckte mich rasch wieder zu. Meine Füße fühlten sich an, als hätte ich sie in Eiswasser gebadet. Es war erst Frühling und es wurde nur zögerlich wärmer, kein Wunder, dass ich fror.

Ganz vorsichtig, um ja nicht an das Laufwerk zu kommen, polierte ich die Oberfläche der Innenseite und langsam, aber sicher erkannte ich ein paar Buchstaben. Ein aufgeregtes Kribbeln lief durch meinen Körper. Dann sah ich Wörter und letztendlich stellte ich fest, dass im Innern dieses Medaillons ein lateinischer Spruch eingraviert worden war.

In schnörkeliger Schrift stand darin:

METALLUM NOBILIS
VIS MAGNA
TEMPUS VERTITUR
CAVE

Mein Latein war ein wenig eingerostet, aber ich konnte die Worte ja erst einmal einzeln übersetzen. In meiner Handtasche fand ich das Notizbuch, das ich immer mit mir herumtrug, und einen Stift. Zuerst schrieb ich die lateinischen Wörter untereinander hinein, dann begann ich die deutsche Übersetzung danebenzuschreiben. Nach kurzer Zeit war ich fertig und versuchte die Bedeutung zu entschlüsseln.

Edles Metall,
große Kraft,
Zeit wird gedreht,
nimm dich in Acht.

Eine Gänsehaut überzog meine Unterarme. Es klang so mystisch und meine Fantasie schlug Purzelbäume. Das Schmuckstück musste uralt sein – die Sprache, das Metall, alles sprach dafür. Und es machte mir irgendwie Angst.

Mit klopfendem Herzen klappte ich den Deckel des Medaillons zu und legte mich hin. Ich konnte die Kette nicht weglegen, musste sie in meiner Hand halten. Dennoch war an Schlaf nicht zu denken. Immer wenn ich die Augen schloss, sah ich Herrn Treske, wie er mich anlächelte und dann von dem Lkw erfasst wurde. Unruhig wälzte ich mich hin und her und bei jeder meiner Bewegungen klimperten Kette und Anhänger in meiner Hand.

4. Kapitel

Wieder träumte ich. Ich wusste, dass es nicht real war, wegen des Leuchtens um mich herum, das wie ein Weichzeichner über allem lag. Vor mir stand Herr Treske, sah mich mit diesem bezaubernden Alte-Herren-Lächeln an und sagte: »Meine liebe Isabelle, manchmal findet man sein Glück auf Pfaden, die man nie zu gehen gewagt hätte. Nein, man wusste vorher noch nicht einmal, dass es diese Pfade überhaupt gibt.«

Schweißgebadet erwachte ich und richtete mich abrupt auf. Ich bekam keine Luft, zitterte am ganzen Körper. Die Kette! Wo war sie? Hastig zog ich das Kissen zur Seite und da lag sie. Erleichtert ließ ich mich zurückfallen.

Was war nur mit mir los, dass ich ständig so schlecht träumte? Im nächsten Moment prasselten die Erinnerungen an die Ereignisse des gestrigen Tages auf mich ein und schlagartig wurde mir schlecht. Ich schaffte es gerade noch so ins Badezimmer, ehe ich anfing zu würgen. Doch es half nichts; in meinem Magen herrschte gähnende Leere, denn seit dem Knäckebrot gestern Morgen hatte ich nichts mehr zu mir genommen.

»Oh Schatz!« Hinter mir stand Petra, strich mir sanft über den Rücken und anschließend das feuchte Haar aus dem verschwitzten Gesicht. »Alles gut. Atme tief ein, dann hört die Übelkeit wieder auf.«

Nach ein paar tiefen Atemzügen wurde es tatsächlich besser und ich ließ mich auf den Hintern plumpsen. Alles drehte sich um mich herum. Ein enormer Schwindel hatte mich erfasst.

»Kopf zwischen die Beine und atmen!«, befahl Petra und drückte meinen Kopf nach unten.

Der Schwindel ließ nicht nach. Ich wollte mich unbedingt hinlegen. Mit wackligen Beinen rappelte ich mich auf, Petra half mir und auf sie gestützt schaffte ich es bis zum Gästezimmer. Wie ein nasser Sack ließ ich mich auf das Bett fallen und griff dabei automatisch nach der Kette. In dem Moment, als meine Hand die Kette berührte und meine Finger sich um das Medaillon schlossen, ging es mir besser. Nicht schleichend, nein, schlagartig!

»Schlaf noch ein bisschen, mein Schatz, der Schock sitzt offenbar tiefer, als wir angenommen haben. Ich werde den Bereitschaftsarzt anrufen, damit er dir noch ein paar Medikamente verschreiben kann.«

Heute war Sonntag, fiel es mir da ein. Irgendwie war die Woche so schnell an mir vorbeigerauscht. »Nicht nötig, Petra, es geht mir schon besser. Vielleicht sollte ich eine Kleinigkeit essen. Mein Magen fühlt sich an wie eine Waschmaschine im Schleudergang, aber ohne Inhalt.«

Ihr Gesicht hellte sich auf und fürsorglich deckte sie mich zu. »Du ruhst dich noch ein wenig aus und ich werde dir ein Frühstück ans Bett zaubern. Was hältst du davon?«

Dankbar nickte ich. »Das wäre großartig.«

Aus der Küche drang das Geklapper von Geschirr zu mir herüber und kurz darauf konnte ich frisch gebrühten Kaffee riechen. Mein Magen fing an, fürchterlich zu knurren. Ich hatte einen Bärenhunger, also stand ich auf und legte die Kette auf den Nachttisch. Sofort fing das Schwindelgefühl wieder an. Es war diesmal so heftig, dass ich mich nach vorne beugte und an dem kleinen Schränkchen abstützen musste. Als ich dabei das Medaillon berührte, verschwand das Unwohlsein genauso schnell wie bereits zuvor.

Das konnte doch nicht wahr sein! Was war das für ein Hokuspokus? Ich versuchte es erneut ohne das Schmuckstück, um sogleich wieder danach zu greifen, da ich mich hundeelend fühlte. Mir fiel der lateinische Spruch wieder ein, den ich in der Nacht übersetzt hatte:

Edles Metall,
lebendige Kraft,
Zeit sich dreht,
nimm dich in Acht.

Das Metall der Kette war wirklich sehr edel. So wie es schien, hatte es eine Kraft, die auf beängstigende Weise lebendig war. Die Kraft, über meinen Körper eine gewisse Macht auszuüben. Die Zeit dreht sich? Ja, das tat sie, aber was genau dieser Satz zu bedeuten hatte, konnte ich in diesem Moment nicht ergründen. Ich sollte mich in Acht nehmen. Ja, das hätte ich vielleicht lesen müssen, bevor ich das gute Stück von dem netten alten Mann entgegengenommen hatte. Nun war es zu spät.

Moment, was reimte ich mir da eigentlich für ein fantasiertes Zeug zusammen? Ich grübelte, ob ich irgendeine Art von Posttraumatischer Belastungsstörung entwickelt hatte, schließlich war ich Zeugin eines furchtbaren Unfalls gewesen. Doch die Symptome passten nur bedingt.

Egal, wie oft ich versuchte, das Metall nicht zu berühren, es gelang mir nicht ein einziges Mal, es länger als ein paar Sekunden nicht auf der Haut zu spüren. Ich litt wie ein geprügelter Hund. Mir blieb nichts anderes übrig, als die Kette am Körper zu tragen.

Vorsichtig legte ich sie mir um den Hals und versteckte sie unter meinem Shirt. Augenblicklich überkam mich eine Ruhe und ein Gefühl der Sicherheit. Und endlich ging es mir gut. Nicht nur gut, nein, blendend. Seit langer Zeit hatte ich mich nicht mehr so ausgeglichen gefühlt. Im Grunde genommen konnte es mir doch egal sein, dann trug ich eben eine Kette, um mich besser zu fühlen. Andere Menschen hatten ganz andere abergläubische Rituale. Sie war bestimmt aus echtem Silber. Das hoffte ich, da ich gleich nach dem Frühstück duschen gehen wollte und sie dabei ja nicht ablegen konnte.

»Hey, dir geht es ja schon viel besser.« Petra kam mit einem überladenen Tablett ins Zimmer und allein der Anblick des gebratenen Specks auf dem Rührei versetzte mich in Jubellaune.

»Ja und gleich wird es mir noch viel besser gehen. Das riecht einfach köstlich.« Mit Vorfreude setzte ich mich an den kleinen Tisch in dem Gästezimmer und Petra strahlte über das ganze Gesicht, als ich anfing, wie eine Verhungernde das Frühstück in mich hineinzuschaufeln.

* * *

Die Dusche tat mir gut und ich stand so lange darunter, bis meine Haut schon ganz schrumpelig wurde. Mit einem Handtuch bekleidet und einem anderen, das ich mir als Turban um den Kopf gewickelt hatte, trat ich auf den Flur und prallte gegen jemanden. Ausgerechnet Nadine quiekte in diesem Moment hysterisch auf und ließ einen Stapel mit Briefen fallen.

»Entsch…« Moment mal, hatte ich mich gerade echt entschuldigen wollen? Nein, definitiv nicht! Hocherhobenen Hauptes marschierte ich an ihr vorbei und verschwand im Gästezimmer. Doch ich hatte die Rechnung ohne Nadine gemacht, die kurz darauf energisch an der Zimmertür klopfte.

Ich kam mir irgendwie kindisch vor. Sie zu ignorieren wäre fast, als würde ich mir während eines Gesprächs die Ohren zuhalten, um nichts hören zu müssen. Also öffnete ich die Tür einen Spalt und sah sie fragend an.

»Ich hab dir deine Post mitgebracht.« Mit diesen Worten reichte sie mir den Stapel und verschwand wieder aus meinem Blickfeld. Ah, jetzt waren wir bei dem Punkt angekommen, an dem wir nur das Nötigste miteinander sprachen.

Mir fiel ein Stein vom Herzen, denn ich hätte es echt nicht fertiggebracht, hier in diesem Aufzug mit ihr zu reden. Ich hatte schon immer leichte Komplexe in ihrer Gegenwart gehabt, doch jetzt, nachdem sie mir meinen Freund ausgespannt hatte und ich mit nichts als einem Handtuch bekleidet war, wäre ich mir wie ein absoluter Dorftrottel vorgekommen.

Erst einmal würde ich mich für die Allgemeinheit fertig machen. Es ging nicht an, dass ich niemandem in die Augen blicken konnte. Also legte ich die Post auf die hölzerne Kommode neben der Tür und griff nach dem Föhn, den mir Petra hingelegt hatte.

Kurze Zeit später hatte ich mich vorzeigbar gemacht. Meine Haare glänzten, sie waren zwar nicht besonders dick, aber dafür lang, und meine Naturhaarfarbe schimmerte in den unterschiedlichsten Brauntönen. Andere mussten sich Strähnchen machen lassen, mich hatte der liebe Gott damit von Haus aus gesegnet. Ich band mir einen geflochtenen Zopf, das musste genügen. Das Sommerkleid, das an dem Schrank hing, musste von Petra sein, sie hatte zwar ungefähr meine Kleidergröße, aber sie war bestimmt fünfzehn Zentimeter größer als ich. Als ich es anzog, hing es mir deshalb bis über die Waden und umspielte meine Knöchel. Der dreiviertel lange Ärmel war eng geschnitten und der Ausschnitt war taktisch gut gewählt, er gab nicht allzu viel preis, aber versprach eine Menge. Es war aus einem wunderschönen lavendelfarbenen Blau und passte perfekt zu meinen hellblauen Augen und meinem hellbraunen Haar. An mir war alles hell, auch die Haut, man hätte auch sagen können langweilig oder fade, ganz normaler Durchschnitt eben. Im Grunde genommen war das Kleid etwas altbacken. Wer bitte schön trug heutzutage noch Leinen, außer ältere Frauen? Aber ich fühlte mich einigermaßen hübsch genug, Miss Perfekt unter die Augen zu treten, und sobald ich in der Laube war, würde ich mich eh umziehen.

Doch als ich in die Küche trat, erklärte mir Petra: »Sie ist gegangen, aber sie kommt heute Nachmittag mit Daniel vorbei.« Ich konnte ihre Unsicherheit und das schlechte Gewissen aus den Worten heraushören.

Wie sollte ich reagieren? Ihr die Absolution erteilen? Immerhin war es ihre Tochter, die ihren neuen Freund den Eltern vorstellen wollte. Gut, sie kannten ihn schon, aber es gehörte nun mal dazu. Also erwiderte ich nur: »Keine Angst, ich verschwinde gleich.«

»So war das nicht gemeint, Isa!«, stieß sie hervor, fast schon atemlos.

»Ich weiß. Aber ich hab es so gemeint, also beruhig dich wieder. Freu dich auf Dinchen und ihren neuen Freund und mach dir mal um mich keine Sorgen. Es geht mir gut und ich bin froh, den Idioten los zu sein.« Und auch das meinte ich so, wie ich es gesagt hatte. Ich war ausgeglichen. Für Petra musste es aussehen, als hätte ich nicht mehr alle Latten am Zaun, aber das war mir ebenso egal. Ich wollte mit der Sache abschließen.

Mit offenem Mund blickte sie mich an, während der Kuchenteig, den sie gerade in die Form gießen wollte, aus der Schüssel auf die Arbeitsplatte tropfte.

»Ähm, Petra, pass auf, sonst habt ihr heute keinen Kuchen auf dem Tisch stehen.« Mit einem Zwinkern verschwand ich wieder im Gästezimmer und griff dort nach meiner Handtasche, in die ich auch die dreckige Wäsche gestopft hatte. Wie gut, dass ich, bevor ich die Laube verlassen hatte, die große genommen hatte, ansonsten hätte ich noch eine Tüte extra tragen müssen.

Ich rief noch ein fröhliches »Tschüss« in den Flur und verließ dann die Wohnung. Es war besser, dass ich niemandem mehr begegnete, womöglich hätten sie versucht mich aufzuhalten, um mich persönlich an der Laube abzusetzen. Mir war es lieber, noch ein wenig spazieren zu gehen. Das Wetter spielte mit. Die Einsamkeit hatte etwas Tröstliches, man konnte seinen Gedanken nachhängen, ohne dass man dabei beobachtet wurde.

Draußen schien die Sonne fröhlich vor sich hin, ganz so, als wäre gestern nichts Weltbewegendes passiert, und wärmte mein Gesicht. Der Frühling zeigte sich heute von seiner warmen Seite. Ich beschloss, zur Laube zu laufen und das Fahrrad vorerst am Kiosk stehen zu lassen. Ich war noch nicht so weit, an den Ort des Geschehens zurückzukehren. Viel lieber würde ich die Natur genießen. Das Medaillon baumelte an meinem Hals, gab mir Sicherheit und passte perfekt zu dem Kleid von Petra.

Zwei Straßen weiter lag der Stadtpark und der zog mich magisch an. An dem Weiher stand eine alte Holzbank, auf die ich mich setzte. Die Luft war rein und es duftete nach frisch gemähtem Gras. Um mich herum hörte ich Vogelgezwitscher und das Wasser schlug mit kleinen leisen Wellen an Land. Alles wirkte so friedlich.

Diese Kette war meine Rettung, veränderte mein Leben und machte mich glücklich. Ganz kurz flackerte der Gedanke auf, dass ich mich wie ein Junkie anhörte, der sein Dope lobpreiste. Doch so schnell, wie er aufgetaucht war, verflüchtigte er sich auch wieder.

Vorsichtig griff ich nach dem Anhänger, der schwer in meinem Dekolleté hing, ohne die Kette vom Hals zu lösen. In meinem ganzen Leben hatte ich nie ein schöneres Schmuckstück gesehen, geschweige denn besessen. Im Stillen dankte ich Herrn Treske für sein Geschenk und sprach ein kurzes Gebet für ihn. Nun war er bei seiner Frau und seiner Tochter, zumindest das beruhigte mich ein wenig.

Es musste wundervoll sein, einen Menschen zu finden, den man selbst über dessen Tod hinaus noch liebte und mit ihm verbunden war. So etwas wünschte ich mir auch von ganzem Herzen. Für immer zu jemandem gehören. Nicht einmal mit meinen Eltern war mir das vergönnt gewesen, denn zu ihnen hatte ich nie gehört.

Plötzlich fing das Medaillon an zu summen und vibrierte in meiner Hand. Verwundert sah ich den türkisfarbenen Stein an, der von innen zu leuchten begann, und dann sprang der Anhänger auf. Meine Augen quollen fast aus ihren Höhlen – das Laufwerk im Innern begann zu arbeiten. Die vielen kleinen Rädchen drehten sich. Erschrocken ließ ich das Medaillon los, als um mich herum im nächsten Moment die Welt aus ihren Angeln gehoben wurde.

Ich fiel, fiel in endlose Leere, die wie ein Farbwirbel um meine Achse pulsierte. Meine Gedanken schrien, doch mein Mund war geschlossen. Das Letzte, was ich dachte, war, dass sich so Alice im Wunderland gefühlt haben musste, nachdem sie in den Kaninchenbau gekrabbelt war. Dann wurde alles um mich herum schwarz.

5. Kapitel

Mein Kopf dröhnte, als hätte ich die Nacht durchgefeiert und viel zu tief ins Glas geschaut. Nicht dass ich das schon allzu oft getan hätte. Im Gegenteil, eigentlich erst einmal, aber ich konnte mich noch sehr gut an den Tag danach erinnern. Jeder Knochen in meinem Körper schmerzte. Ich fühlte mich wie durchgekaut und wieder ausgespuckt.

Meine Lider waren verklebt und mein Mund staubtrocken. Ich litt eindeutig unter Flüssigkeitsmangel, der mir schwer zu schaffen machte. Und unter meinem Gesicht piekte mich das Gras in die Wange. Ich musste von der Bank gefallen sein, als ich eingeschlafen war. Wie lange lag ich schon hier? Solche Ausfallerscheinungen kamen doch nicht innerhalb von kurzer Zeit. War der Schock, den ich bei Herrn Treskes Unfall erlitten hatte, doch so heftig, dass selbst mein Körper streikte? Oder waren das Nachwehen des Medikaments, das der Notarzt mir verabreicht hatte?

Mit letzter Kraft stemmte ich mich hoch. Bis ich endlich saß, perlte mir der Schweiß auf der Stirn und mein Atem kam nur noch stoßweise. Meine große Handtasche hing noch an meiner Schulter, also hatte mich immerhin keiner bestohlen während meiner Ohnmacht. Oh Mann, wo war das Glücksgefühl von gerade eben hin? Automatisch wanderte meine Hand zu dem Medaillon und mir fiel ein Stein vom Herzen, als meine Finger das filigrane Schmuckstück berührten. Es war fast so, als würde es zu mir gehören, und ich hatte Angst, mit ihm einen Teil meiner selbst zu verlieren.

Nachdem ich meine Augen gerieben hatte, konnte ich sie endlich öffnen, doch ich sah trotzdem nichts. Es war stockdunkel. Ich sah, von ein paar vereinzelten Sternen abgesehen, nichts. Mein Herz fing an zu rasen. Es war zudem still, zu still, kein einziges Geräusch war zu hören.

Ich schüttelte über meine eigene Angst den Kopf und suchte in meiner Tasche nach dem Handy. Wie ein Fremdkörper flammte das Licht des Displays in der Dunkelheit auf. Kein Empfang. Na toll! Einmal brauchte man das blöde Teil wirklich dringend und dann funktionierte es nicht. Aber zumindest war es jetzt nicht mehr so duster. Mit dem Licht des Smartphones leuchtete ich meine unmittelbare Umgebung ab und stutzte. Die kleine Bank von vorhin war nicht mehr da und auch der Rasen sah sehr ungepflegt aus. Er war doch frisch gemäht worden. War ich etwa, bevor mich die Ohnmacht übermannt hatte, tiefer in das kleine Wäldchen des Parks getaumelt? Welche Medikamente hatte der Arzt mir gestern gespritzt? Das musste ja heftiges Zeugs gewesen sein.

Die spiegelnde Oberfläche des Weihers gab mir zumindest auf eine meiner Fragen die Antwort. Nein, ich war immer noch nahe dem Ufer. Ich schaute in alle möglichen Richtungen, aber nichts, was ich in meiner Nähe erkennen konnte, sah hier so aus wie noch vor ein paar Stunden. Mit Ausnahme des Weihers. Ein ungutes Gefühl machte sich in meinem Magen breit und Angst streckte ihre Fühler aus, in der Hoffnung, mich zu erobern.

Irgendwie schaffte ich es auf die Beine und lief ein Stück weiter in den Park hinein – der kein Park mehr war! Ich konnte keine Wege mehr ausmachen und nirgends fand ich einen Anhaltspunkt, in welche Richtung ich gehen musste, um die Straße zu erreichen. Hätte ich nicht schon längst die Straßenlaternen sehen müssen? Zumindest ein wenig Helligkeit, die darauf hindeutete?

Vielleicht gab es ja einen Stromausfall im Dorf. Ich tapste weiter. Irgendwann musste ich ja irgendwo an irgendeiner Straße ankommen und dann würde ich schon wissen, wo ich war, schließlich lebte ich schon mein ganzes Leben hier. Ich fand einfach keine Erklärung für diese merkwürdige Situation und bekam langsam Panik.

Ich lief lange und war mir dabei absolut sicher, mich nicht im Kreis zu drehen. Ganz sicher. Doch vorsichtshalber fing ich an, mir bestimmte Merkmale an Pflanzen einzuprägen. Sie wiederholten sich nicht. Meine Handyuhr zeigte mir an, dass ich mittlerweile schon seit einer halben Stunde herumirrte, und dann ertönte ein schriller Ton, der mir in der Stille der Nacht viel zu laut erschien. Der Akku des Smartphones – er wurde schwächer und wollte aufgeladen werden. Die Taschenlampe verbrauchte zu viel Strom. Und ich hatte immer noch keinen Empfang. Weder Internet noch Telefon.

Mein Körper war noch zu sehr geschwächt, von was auch immer. Ich war so schrecklich müde. Die Angst ließ mich jedoch immer weiterlaufen, bis ich nur noch taumelte. Vielleicht träumte ich ja bloß und das alles würde sich morgen früh, wenn ich aufwachte, als ein Szenario meiner überbordenden Fantasie erweisen. Ich stolperte plötzlich und knickte um. Ein heftiger Schmerz schoss durch meinen Knöchel und ich war den Tränen nahe, da ich mich hilflos fühlte und es mir vorkam, als stimmte hier etwas ganz und gar nicht. Beim nächsten großen Baum ließ ich mich erschöpft am Stamm hinabgleiten und setzte mich auf das weiche Moos am Boden. Das Handy schaltete ich vorsichtshalber ganz aus, damit ich morgen noch genug Saft hätte, um zu telefonieren. Ich würde einfach hierbleiben, bis es hell wurde. Hier weiter herumzutaumeln brachte doch nichts und am Ende würde ich mir noch etwas brechen. Warum ich so müde war, konnte ich mir nicht erklären. Ich hatte schließlich in den letzten Stunden mehr als genug geschlafen. Doch ich konnte kaum noch die Augen offen halten, als ich mir aus der Handtasche, die dank der darin enthaltenen Kleidung gut gepolstert war, ein Kissen machte. Es kostete mich Überwindung, mich auf dem Waldboden auszustrecken. Die ganzen Tiere, die hier herumwuselten, freuten sich bestimmt darauf, auf mich raufzukrabbeln. Doch meinen Körper interessierte das wenig, er wurde von Sekunde zu Sekunde schwerer. Zuerst musste ich ein wenig schlafen, vielleicht wäre danach die Sache mit dem Strom wieder in Ordnung und ich könnte dann anhand der Straßenlaternen meinen Weg finden. Oder es wäre dann schon Morgen und ich würde von allein den Ausgang aus diesem Labyrinth finden. Merkwürdig war nur, dass ich schon in meiner Kindheit hier gespielt hatte und es nie für möglich gehalten hätte, mich in diesem kleinen Park jemals zu verlaufen.

* * *

»Welche Freude, seht her, was der liebe Herrgott uns da am Wegesrand hat liegen lassen.«

Mein Schädel brummte fröhlich vor sich hin, als auf den eben gehörten Satz Gelächter folgte. Wahrscheinlich hatte ich vergessen, den Fernseher auszuschalten. Nachts liefen ja öfter solche historischen Schinken, in denen die Schauspieler so geschwollen daherredeten. Ich gähnte ausgiebig und drehte mich um. Seit wann war meine Couch so ungemütlich? Ach ja, ich wohnte ja jetzt in der Laube. Schlagartig war ich wach. In der Laube gab es keinen Fernseher!

Plötzlich verstummte das Gelächter. Wo war ich? Ich traute mich nicht, die Augen aufzuschlagen, doch die Männer wussten ja bereits durch mein Gähnen, dass ich nicht mehr schlief, also tat ich es doch. Entschlossen, mich nicht überfallen zu lassen, richtete ich mich auf.

Um mich herum gab es keine Laube, und die ungemütliche Couch entpuppte sich als Waldboden, der von Baumwurzeln durchfurcht war.

»Wo bin ich?«

Die Ereignisse der Nacht sprinteten als Erinnerungen zurück in mein Gedächtnis und entfalteten sich dort mit ganzer Macht. Ungläubig sah ich die Männer an. Vor mir standen an die zwanzig von ihnen in Uniformen und alle waren bewaffnet. Manche sahen aus, als hätten sie seit Wochen nicht mehr geduscht. Mühsam rappelte ich mich auf und lehnte mich schwankend an den Baum, dessen Borke sich hart in meinen Rücken drückte.

»Das Frauenzimmer scheint verwirrt zu sein.« Langsam kam ein Mann, dessen rote Haare wild von seinem Kopf abstanden, auf mich zu. Lüstern glitt sein Blick über meinen Körper. »Na, schönes Kind, soll ich dir zeigen, wo du bist?«, raunte er und drängte sich an mich. Ich war so erschrocken, dass ich nicht in der Lage war, mich von meinem Platz zu bewegen.

»Rupert!«, dröhnte eine Männerstimme herrschend durch den Wald. »Du trittst sofort zurück! Wir müssen weiter.«

Außerstande zu schauen, von wem die Anweisung gekommen war, starrte ich noch immer den Mann vor mir an, der sichtlich ungern den Rückzug antrat. Ich hatte Angst. Noch nie war ich dermaßen von einem Mann bedrängt worden.

»Wir können sie unmöglich hier zurücklassen. Sieh dir ihre Kleidung an, und ihre Zähne sind weiß und gerade wie die eines Kindes. Sie muss aus gutem Hause stammen, vielleicht wird schon nach ihr gesucht«, sagte in diesem Moment ein bärtiger älterer Mann zu dem Rothaarigen neben ihm.

Dann huschte mein Blick ängstlich umher und traf auf den, der zuvor diesen Rupert von mir wegkommandiert hatte.

Der Kerl war riesig, er verströmte eine Aggression, die ich bis in meine Haarspitzen spürte. Dennoch war er gut aussehend, auf eine gefährliche Art, die mein Herz höherschlagen ließ. Mit gefurchter Stirn nickte er, während sein Blick abschätzend an meinem Oberkörper hinabglitt und ruckartig bei dem Medaillon hängen blieb. Sein Stirnrunzeln verstärkte sich, auch wenn ich zuvor nicht gedacht hätte, dass dies möglich gewesen wäre.

»Ab mit ihr auf den Karren, wir werden sie mitnehmen und dem Hauptmann übergeben. Binde sie von mir aus notfalls fest. Wer weiß, welche Dummheiten dieses verrückte Weib sich ausdenkt. Soll Durand sich den Kopf darüber zerbrechen, was mit ihr geschehen soll.« Die tiefe grollende Stimme war noch nicht ganz verklungen, als auch schon der Bärtige auf mich zukam.

Ängstlich wich ich auf allen vieren zurück, doch ich stieß mit dem Rücken an den Baumstamm. Da ich saß, kam ich nicht schnell genug wieder auf die Beine, um vor ihm wegzulaufen. Ich fühlte mich schwach und ausgeliefert.

Die Situation drückte meine Selbstbeherrschung in eine Ecke, so weit hinten, dass sie kaum noch existierte. Ich verstand nicht, was hier vorging. Mein Gehirn fand keine annehmbare Lösung für dieses Szenario. Meine Umgebung hatte sich vollkommen verändert. Irgendwelche Typen, die Soldat spielten, wollten mich zu einem Hauptmann bringen? War das hier so ein Live-Rollenspiel, in das ich aus Versehen hineingeschlittert war? Doch wie bitte schön war ich überhaupt hierhergeraten? Wo war mein Dorf? Hier kam mir nichts bekannt vor. Nichts! Absolut nichts, bis auf den Weiher, der zumindest noch die gleiche Form hatte, so einigermaßen.

Der ältere Mann spürte offenbar meine Unsicherheit und sah ganz bestimmt das Zögern in meinen Augen. »Mädchen, keine Angst. Wir werden uns um dich kümmern.«

Das konnte ich mir gut vorstellen, wie diese Horde sich um mich kümmern würde. Aber als ich ihm ins Gesicht sah, konnte ich darin keine Zweideutigkeit erkennen. Er meinte es ernst. Er wollte mir helfen. Seine Hand, die er mir entgegenstreckte, um mir aufzuhelfen, bekräftigte meine Vermutung. Doch konnte ich ihm wirklich trauen? Was sollte ich tun? Wenn ich mich weigern würde, wären die Männer bestimmt nur allzu bereit, dem dunklen Lord, wie ich insgeheim nun den Befehlshaber nannte, zu gehorchen und mich auf dem Karren festzubinden.

»Wo bringt ihr mich hin?«, war das Einzige, das mir in diesem Moment über die Lippen kam.

»Zum Palais, und nun komm«, antwortete er eilig.

Zaghaft griff ich nach seiner Hand und kaum hatten meine Finger seine Haut berührt, wurde ich auch schon von ihm hochgezogen. Für so kräftig hätte ich ihn nicht gehalten.

»Mein Name ist Pierre Vieille. Los, Mädchen, ich bring dich zum Karren«, raunte er mir zu, während er ein paar Zahnlücken präsentierte. »Wie lautet dein Name?«

Ich schüttelte nur den Kopf und folgte ihm. Er erschien mir zwar vertrauenswürdig und nachdem ich zurück zu dem stirnrunzelnden dunklen Lord gesehen hatte, war ich davon überzeugt, dass Pierre sozusagen das geringere Übel darstellte. Aber irgendetwas sagte mir, dass ich in großen Schwierigkeiten steckte, deshalb schwieg ich und stieg mit einem flauen Gefühl im Magen auf die hölzerne Pritsche des Wagens, der von zwei stämmigen Pferden gezogen wurde.

Nach einem kurzen Pfiff begann sich die Truppe aus zwanzig Mann in Bewegung zu setzen.

Die Landschaft zog an mir vorbei und ich fand nichts, das mir bekannt vorkam. Es gab weder Straßen noch irgendwelche Bauten, die ich aus der Entfernung sehen konnte. Es war fast, als hätte sich die Welt, wie ich sie kannte, in Luft aufgelöst. Außerdem, stellte ich erstaunt fest, konnte ich, von dem Geklapper des Pferdegeschirrs und Getrampel der Hufe abgesehen, nichts hören. Gab es hier keine Flugzeuge? Über unser Dorf flogen sie ständig hinweg. Von Norden nach Süden und von Westen nach Osten überquerten sie in großer Höhe unseren Luftraum. Ich war in der Nacht doch unmöglich so weit gelaufen, dass ich selbst die nicht mehr hören oder sehen konnte.

Stoßdämpfer kannten die hier auch nicht. Der Karren war eindeutig nicht mit Federn versehen, denn jede Kuhle des unebenen Weges ging direkt als harter Stoß in meine Wirbelsäule über. Meine Sitzhöcker taten schon weh und mein Gehirn fühlte sich an, als wäre es zu Brei verarbeitet worden.

Aus dem Augenwinkel nahm ich eine Bewegung rechts von mir wahr. Der dunkle Lord war neben den Karren geritten und zügelte nun das Pferd, damit es die gleiche Geschwindigkeit annahm. Tapfer versuchte ich, ihn zu ignorieren.

Ein tiefes Räuspern. »Hast du Durst, Mädchen?«

Ich antwortete lediglich mit einem Kopfschütteln, woraufhin ich ein Schnauben hörte. Der Kerl lachte mich aus! Mit zusammengekniffenen Augen sah ich zu ihm rüber. Für einen kurzen Moment schien die Welt den Atem anzuhalten, als unsere Blicke sich trafen. Doch dann sah ich, wie sich Falten um seine Augen bildeten – er amüsierte sich ganz offensichtlich. Sein Gesicht, das von einem Dreitagebart verziert wurde, leuchtete geradezu vor Spott. Zu jedem anderen Zeitpunkt wäre mir sein gutes Aussehen wohlwollend aufgefallen, doch in diesem Augenblick ging mir sein blödes Gehabe einfach nur auf die Nerven. Darüber konnte auch ein männlich geschnittenes, höchst attraktives Gesicht nicht hinwegtäuschen.

»Eure Lippen sind ausgetrocknet wie die Erde im Hochsommer. Aber bitte schön, wenn Mademoiselle sich zu fein ist, dann habt doch weiterhin Durst.« Daraufhin gab er seinem Pferd die Sporen und ritt lachend an die Spitze des Trupps. Das tiefe Lachen war noch lange zu hören.

Verlegen leckte ich mir über die besagten Lippen und musste ihm wohl oder übel recht geben. Sie waren spröde und rissig. Eindeutig ein Zeichen von Flüssigkeitsmangel. Diese Sache setzte mir entschieden körperlich zu. Das ständige Vibrieren unter meiner Schädeldecke und die Trockenheit in meinem Mund, das würde noch eine Migräne werden, wenn ich dem nicht entgegenwirken würde. Ich hatte glücklicherweise eine Packung Aspirin in meiner riesigen Umhängetasche, sobald wir irgendwo stoppten, konnte ich eine davon nehmen.

Ein paar Meter hinter dem Karren trabte Pierre auf seinem stämmigen Pferd. Ich winkte ihn zu mir. Er schnalzte mit seiner Zunge und schloss sogleich zu mir auf.

»Na, Mädchen, willst dich ein bisschen unterhalten?« Pierre war mir eindeutig sympathisch, seine Art, mit mir umzugehen, war väterlich und keinesfalls von Abfälligkeit geprägt, so wie bei diesem anderen Kerl.

Ich überwand meinen blöden Stolz und nickte. »Ja, gerne.« Dann fasste ich mir ein Herz und fragte: »Was seid ihr für Leute?«

Verwirrt blickte er mich an. »Na, kann man das nicht sehen?« Seine Faust klopfte kurz auf den silbernen Helm, den er trug. Erst da fiel mir auf, dass er der Einzige war, der einen solchen Kopfschmuck trug. Alle anderen hatten einen Tschako auf, das waren diese militärischen Kopfbedeckungen, die in zylindrischer Form und meistens in schwarz getragen wurden. Da ich Geschichte studiert hatte und mich mit Originalen auskannte, musste ich zugeben, dass es sich bei diesen Rollenspielfanatikern um Menschen handelte, die auf detailgetreue Kostüme Wert legten. »Wir sind Soldaten der französischen Armee.« Die Brust drückte er stolz heraus und rückte sich das Revers seiner Uniformjacke zurecht.

»Ähm, ja, schon. Aber was macht ihr hier?« Irgendwie war das alles total bescheuert. Ich wollte ihm ja nicht die Freude an seinem Rollenspiel verderben.

»Wir waren auf Patrouille unterwegs, als wir dich dort unter der alten Eiche haben liegen sehen. Wir hätten die einsame Mademoiselle ja schlecht hier allein zurücklassen können. Aber wie bist du denn hierhergekommen? Wo ist deine Familie oder deine Entourage?«

Meine Entourage? Was faselte er denn da? »Ich habe keine Familie mehr.«

Erschrocken sah er mich an. »Niemanden? Bist du jemandem versprochen?«

Oh Mann, dieses Gespräch schlug jetzt aber idiotische Wege ein, also schüttelte ich nur den Kopf.

Der kleine bärtige Mann, der mir so gutmütig erschien, sagte streng: »Das darfst du hier niemanden wissen lassen. Wenn die Männer das spitzkriegen, wirst du nicht mehr glücklich. Es sind doch nur Männer, von denen die meisten ungebunden sind. Ich habe eine Tochter, die ist in etwa in deinem Alter.«

Höflichkeitshalber fragte ich: »Oh, wie alt ist sie denn?«

»Claire ist neunzehn Jahre alt und wird demnächst mit einem netten jungen Mann verheiratet werden. Eine sehr gute Partie. Es wird ihr an nichts mangeln in dieser Verbindung.« Pierre strahlte über das ganze Gesicht, als hätte er im Lotto gewonnen.

»Na, dann herzlichen Glückwunsch. Neunzehn bin ich aber schon lange nicht mehr. Mittlerweile bin ich vierundzwanzig.« Wie kam er nur auf die Idee, ich wäre erst neunzehn? Vermutlich sah ich in dem etwas unförmigen Kleid von Petra jünger aus, als ich in Wirklichkeit war, und die zusätzlichen Pfunde ließen mich auch weicher und kindlicher im Gesicht wirken, das wusste ich ja schon. Aber neunzehn?

»Oh, das hätte ich nun wirklich nicht gedacht. Wie ist dein Name, Mädchen?«

»Isabelle.«

»Ah, ein wunderschöner Name, Isabelle.« Er sprach meinen Namen ganz weich aus, was wirklich sehr schön klang mit dem französischen Akzent. Eigentlich mochte ich meinen altmodischen Namen nicht besonders, doch so fand ich ihn gar nicht mal schlecht. Vielleicht sollte ich dieses Spiel einfach mal mitspielen und schauen, wohin mich das führen würde. Ich wurde umsorgt, für jünger gehalten und mein Name wurde aufgehübscht. »Sag, Isabelle, möchtest du etwas trinken?«

»Ja, sehr gerne, Pierre.«

Pierre kramte in seiner Satteltasche und holte eine Flasche hervor, die mit einem Korken verschlossen war, und reichte sie mir. Durstig öffnete ich sie und setzte sie an den Mund, ohne daran zu riechen, und trank. Fast hätte ich mich verschluckt. Es war eindeutig ein alkoholisches Getränk – vermutlich Cidre – und es war zuckersüß. Es schmeckte vorzüglich und ich trank immer weiter, weil ich merkte, wie ausgedörrt meine Kehle war.

Ich hatte fast die halbe Flasche geleert, bevor ich sie Pierre zurückgab. Er sah verdutzt zwischen mir und dem Gefäß hin und her. »Du kannst das hoffentlich vertragen, ansonsten haben wir ein Problem. Der ist ziemlich stark, was du am Zuckergehalt merkst. Nicht dass du mir vom Karren plumpst.«

Was sollte ich daraufhin sagen? Ein Nicken musste genügen. Ich konnte ja schlecht zugeben, dass ich so gut wie nie Alkohol zu mir nahm.

»Dein Französisch ist im Übrigen vorzüglich.«

Mein Französisch? Ich hatte lediglich zwei Jahre Unterricht gehabt und mich mehr schlecht als recht durch die Stunden gequält. Allein die Grammatik dieser Sprache hatte mich in den Wahnsinn getrieben. Gut, das gehörte offenbar zu dem

Rollenspiel. Deutsch sprechen und sich vorstellen, dass es Französisch sei. Das konnte sogar ich.

»Monsieur Vieille!« Der Dark Lord ruft nach seinem Untertan, dachte ich sarkastisch.

Pierre zuckte zusammen und verdrehte die Augen. »Ich hasse es, wenn er mich so anspricht.« Kurz darauf gab er seinem Pferd zu verstehen, dass es nach vorne laufen sollte. Ich kicherte, weil mir die Situation mehr als albern vorkam. Lord Helmchen und der Dark Lord. Ich kicherte und kicherte und konnte gar nicht mehr damit aufhören. Ob das am Alkohol lag?

Doch als ich von Weitem die Stadtmauer von Trier entdeckte und die nicht zu verkennende Porta Nigra, das nördliche Tor der Stadt, verging mir mein Humor schlagartig. Das Lachen blieb in meiner Kehle stecken wie ein fetter Kloß. Unendliche Panik ergriff von mir Besitz. Unwillkürlich glitt meine Hand zu dem Medaillon, augenblicklich beruhigte ich mich ein wenig. Was zum Teufel war hier los?

6. Kapitel

Ich wohnte schon mein Leben lang in dieser Gegend und war tausende Male mit Nadine in diese Stadt gefahren, unter anderem um shoppen, in die Disco oder ins Kino zu gehen. Früher waren wir mit dem Bus und in den letzten Jahren mit Dinchens altem Golf hierhergedüst. Aber so hatte Trier kein einziges Mal ausgesehen. Zumindest nicht im Jahre 2018.

Mit der Schule hatten wir etliche Ausflüge in die älteste Stadt Deutschlands unternommen. Hatten Museen besucht und uns Filme über die Geschichte Triers angesehen. Das hatte mich damals so sehr fasziniert, dass ich dieses Fach letztendlich studiert und nun meinen Master in der Tasche hatte. Leider gab es viele mit diesem Abschluss, aber nur wenige Stellen, die es zu besetzen gab. Dementsprechend war ich bisher ohne Anstellung und wartete sehnlichst darauf, irgendwo angenommen zu werden. Ich war beschwipst, das war sonnenklar, aber dennoch erklärte das nicht das, was ich da sah.

Einer meiner Lieblingsautoren war Sir Arthur Conan Doyle, der literarische Vater von Sherlock Holmes und Doktor Watson. Und einer meiner Lieblingssprüche aus seiner Feder – er entstammt der Sherlock-Holmes-Geschichte *Das Diadem aus Beryll* – lautete:

»Wenn man das Unmögliche ausgeschlossen hat, muss das, was übrig bleibt, die Wahrheit sein, so unwahrscheinlich sie auch klingen mag.«

Tja, und so datierte ich anhand der Uniformen und dem Zustand des Tores und der Stadtmauer die Zeit auf Anfang des 19. Jahrhunderts. Es musste vor 1814 sein, denn da waren die Preußen in Trier und nicht mehr die Franzosen. Die Männer, die mich hierhergebracht hatten, trugen eindeutig französische Uniformen. Und zwar solche, die nach der Französischen Revolution die Soldatenkörper geziert hatten.

Wahrscheinlich träumte ich. Ich hatte Unmengen von Zeitreisegeschichten in meinem Leben gelesen und liebte es, darin abzutauchen und den alten Traum der Menschheit zu erleben. Das waren wohl ein paar Bücher zu viel gewesen.

Die andere Option – dass es sich hier tatsächlich um eine Zeitreise handelte – war ja einfach nur lächerlich. So etwas gab es gar nicht, leider. Wahrscheinlich lag ich in meinem Bett, würde gleich aufwachen und alles wäre wie immer.

Wie immer war eigentlich gerade gar nichts mehr, seit meiner Trennung von Daniel und dem Bruch mit Nadine. Ich war ungebunden und frei und konnte das hier genießen. Mit wem auch immer. Meine Gedanken hüpften hin und her und mir wurde schwindlig von dem ganzen Gehüpfe. Oder lag es etwa doch an dem Cidre?

Egal, was es war, ich würde es auf mich zukommen lassen. Das Leben war zu kurz und ich wollte endlich mal wieder glücklich sein. Auch ich hatte ein Stück vom Glück verdient.

Irgendwann würde ich jedenfalls meinen Traumjob bekommen und einen heißen Typen kennenlernen, vielleicht so einen wie den Dark Lord. Einen Kämpfer, einen, der seinen Gegner und etwaige Konkurrenten allein schon mit einem Blick in die Knie zwang. Oh ja, so einen wollte ich – einen richtigen Mann. Einen, bei dem meine Knie weich würden.

So saß ich auf dem Karren, schaute verstohlen zu dem düster aussehenden Mann und grinste immer noch dümmlich vor mich hin, als wir durch die Porta Nigra fuhren.

Ich sah die ganzen historischen Bauten, sie erstrahlten in neuem Glanz, und obwohl sie vertraut waren, konnte ich mich nicht sattsehen. Vielleicht hätte ich Autorin werden sollen. Dann könnte ich zumindest all das, was ich mir hier zurechtfantasierte, auf Papier bringen, damit andere Menschen sich daran erfreuen konnten.

Die schöne Altstadt war nicht mit Millionen von Schildern zugepflastert und sah dadurch noch viel schöner aus. Keine Ampeln und Reklametafeln oder Leuchtschilder, die den Anblick der hübschen Architektur verunstalteten. Meine Fantasie fuhr mit uns die Simeonstraße entlang und schwenkte irgendwann nach links. Das kurfürstliche Palais, das zur Kaserne umfunktioniert worden war, lag rosafarben vor mir. Es entfaltete seine ganze Pracht in der Mittagssonne. Dieses Bauwerk hatte mich schon immer fasziniert. War es da ein Wunder, dass ich ausgerechnet das Palais mit in diesen Traum einbaute? Nein, eigentlich nicht, dachte ich lächelnd. Ich hatte eindeutig schon schlimmere Träume gehabt. Ich beschloss, dieses Abenteuer in vollen Zügen zu genießen.

Als der Karren hielt, kam Pierre zu mir geeilt. Insgeheim war ich froh, dass er derjenige war, der mich holte, und nicht dieser Finsterling. »Mademoiselle Isabelle, darf ich bitten?« Er war auf einmal wie ausgewechselt und hielt mir ritterlich die Hand hin.

»Warum so vornehm, Monsieur Vieille?«, fragte ich kokett.

Pierre hielt den Kopf leicht gesenkt, während er mir half, und flüsterte: »Weil hier selbst die Kieselsteine Ohren haben und du möchtest bestimmt nicht wie ein Mündel behandelt werden. Was man hier sofort tun würde, wenn die feinen Herren erführen, dass du keine Familie mehr hast. Ich rate dir, dir eine Geschichte zurechtzulegen, damit man hier nicht mit dir tut, was den Herren so in den Sinn kommt.«

»Ich verstehe.« Natürlich verstand ich die Zweideutigkeit seiner umschreibenden Worte, denn schließlich war es mein Traum. »Und ich weiß auch schon eine sehr gute Geschichte.« Ich zwinkerte ihm zu, woraufhin er doch tatsächlich unter seinem Bart errötete. Diesen Mann musste man doch einfach gernhaben. Hätte ich einen Vater gehabt, dann hätte er genau so sein müssen. Liebevoll, ehrlich und fürsorglich. Ja, genau so. »Mein Name ist übrigens Isabelle Adjani, falls man dich fragt.« Das Kichern stieg meine Kehle hinauf und ich konnte es nur mit Mühe unterdrücken. Oh ja, ich würde dieses Abenteuer auskosten. Isabelle Adjani war eine meiner Lieblingsschauspielerinnen. Ich hatte eine Affinität zu Frankreich und zu französischen Filmen und Adjani vergötterte ich. Als es mit der französischen Sprache nicht so recht klappen wollte, war ich sehr enttäuscht gewesen. Vielleicht sollte ich es ein weiteres Mal versuchen. Die Volkshochschulen boten ja etliche Kurse an. Ja, genau das würde ich tun! Von nun an würde ich mein Leben genießen und leben und nicht mehr auf jemanden achten, der es nicht verdient hatte und an dem mein Herz sowieso nicht mehr hing.

»Es ist mir eine Ehre, Mademoiselle Adjani.« Er machte eine tiefe Verbeugung, als ich auf den Kieselsteinen mit Ohren vor ihm zum Stehen kam.

»Pierre Vieille, was soll der Unfug? Mutierst du nun zu einem dieser Lackaffen?« Dark Lord trat zu uns und auch diesmal konnte ich das Kichern nicht mehr zurückhalten.

Er sah mich befremdlich an, was ich mit einem Hicksen quittierte, woraufhin er noch finsterer schaute und ich umso mehr kichern musste. Das würde zu einem Lachanfall heranwachsen, wenn ich nicht aufpasste. Krampfhaft sog ich Sauerstoff in die Lungen und versuchte mich ein wenig zu entspannen. Gott sei Dank gelang es mir.

Darky kam näher und um ihm nicht auf die Brust zu starren, hob ich den Kopf an. Leider verursachte mir das einen enormen Schwindel und ließ mich taumeln. Kräftige Hände hielten mich fest und mir stockte der Atem, als das Gesicht des dunkelhaarigen Mannes vor meinem stoppte. Er würde mich doch nicht jetzt und hier küssen wollen, oder? Doch er schnüffelte nur und schon im nächsten Moment verzog sich sein Gesicht angewidert und er ließ mich los. »Das Weibsbild ist besoffen!« Als ich dem Blick des dunklen Lords begegnete, konnte ich darin die Abscheu erkennen, die er für mich empfand. Ich war eindeutig ein widerliches Insekt unter seinem Stiefel, das er im Begriff war zu zertreten.

Zuerst wollte ich ihn wütend anfunkeln, doch mir wurde bewusst, dass eine Rechtfertigung vergebens wäre, schließlich war das alles nur ein Traum. Also entschloss ich mich, heute mal ganz anders zu reagieren, als ich es sonst tat.

»Pierre?«, sagte ich in zuckersüßem Tonfall.

Pierre sah zwischen mir und Darky – ich hatte wirklich einen Schluck Cidre zu viel getrunken – hin und her. »Ja?«

»Ich bin so weit, bring mich zu dem Hauptmann.« Darky würdigte ich keines Blickes mehr, lediglich aus den Augenwinkeln konnte ich erkennen, wie er die Hände zu Fäusten ballte. Ha! Das war besser, als hysterisch zu meckern. Das musste ich mal in der Realität ausprobieren.

* * *

Als ich in den prunkvollen Saal geführt wurde, in dem der Hauptmann Hof hielt, erkannte ich, warum Pierre plötzlich so förmlich geworden war. Der Spaß war an dieser Stelle eindeutig zu Ende, und auch wenn dies ein Traum war, klopfte mein Herz nun schneller.

Der Mann stand an einem Tisch, auf dem Kartenmaterial ausgebreitet lag. Auch ein Tablett mit einem knusprigen Braten darauf stand dort. Als er sich aufrichtete und sein Blick sich auf mich heftete, beschlich mich eine finstere Vorahnung und breitete sich wie zäher Teer in mir aus. Dieser Mann strahlte Boshaftigkeit aus und seine Augen bohrten sich in meine. Ich hätte schreien können, aber mein Gehirn gab mir den Befehl, meinen Blick zu senken. Ich hasste es, klein beizugeben, aber ich war dem nicht gewachsen. Na gut, vielleicht war es ja auch einfach meine Stärke zu erkennen, wann ich mich anzupassen hatte. Diese Geschichte, die so verheißungsvoll begonnen hatte, entwickelte sich zu einem Albtraum. Es war fast wie bei einem Fahrradunfall: Man sieht die Straßenlaterne näher kommen, aber man ist nicht fähig, den Lenker herumzureißen und ihr auszuweichen. Ich war das Fahrrad und der Hauptmann eine Straßenlaterne von gigantischem Ausmaß.

Als ich wieder aufschaute, fixierte er mich immer noch mit Augen so schwarz wie die Nacht. Erst als ich direkt vor ihm stand – Pierre hatte meinen willenlosen Körper einfach weiter nach vorne geschoben –, erkannte ich, dass sie die Farbe eines Sommerhimmels hatten, doch die Pupillen waren stark vergrößert, weshalb das dem Betrachter von Weitem verborgen blieb.

»Was bringst du mir denn da Hübsches, Pierre?« Der Hauptmann sah mich an, als wäre ich ein Pferd, das auf dem Markt versteigert werden sollte. Ich fühlte mich allein durch seine Blicke beschmutzt. Am liebsten hätte ich den Saum des blauen Kleides angehoben und wäre sofort im Endspurt aus diesem Palais geflüchtet.

»Das ist Isabelle Adjani. Isabelle, dies ist unser Hauptmann Jean-Luc Durand.« Pierre legte mir beruhigend die Hand auf den Rücken und wartete. Er wollte mir die Möglichkeit geben, für mich selbst zu sprechen, wofür ich ihm außerordentlich dankbar war, doch ich wusste plötzlich nicht mehr, welche grandiose Geschichte ich hier zum Besten geben wollte. Es hatte mir schlichtweg die Sprache verschlagen und in meinem Kopf herrschte gähnende Leere. Selbst der Name, den ich nun hatte, wollte mich nicht wieder aufmuntern.

»Bonjour, Mademoiselle Adjani. Schön Euch kennenzulernen.« Er nickte mir lediglich zu, reichte mir jedoch nicht seine Hand, wofür ich ihm insgeheim dankbar war. Ich hatte nicht das Bedürfnis, ihn zu berühren, also erwiderte ich sein Nicken. »Gehöret Ihr einem Adelsgeschlecht an?«, wollte der verschlagene Kerl von mir wissen.

Mir war sofort klar, warum er so hinterlistig fragte. In einem französisch regierten Trier Anfang des neunzehnten Jahrhunderts war eine junge Frau, die einem Adelsgeschlecht angehörte, nicht gern gesehen und würde schneller im Kerker landen oder in einem Bett, in das sie nicht wollte, als es ihr lieb war. Nicht ohne Grund waren nun die Bürgerlichen an der Macht.

»Oh nein, wie kommt Ihr denn darauf? Ich bin nur eine …«, ja, was war ich denn? Warum fiel mir nur in diesem Moment nichts ein?

Pierre merkte, in welcher Misere ich steckte, und stürzte sich Hals über Kopf in meine Rettung. Dafür mochte ich ihn noch mehr. »Hauptmann, sie ist eine entfernte Nichte meiner Frau, Gott hab sie selig.« Er bekreuzigte sich, ehe er fortfuhr. »Meine Schwägerin hat sie mir geschickt, um im Haushalt zu helfen und meiner Claire ein wenig Gesellschaft zu leisten.« Entgeistert sah ich zu ihm herüber. Er log schamlos.

»Ah, diese junge Frau!«, entfuhr es Durand.

Pierre hielt kurz inne, als zögerte er, doch dann sagte er: »Ja, genau. Ich hatte Euch bei einer anderen Unterredung bereits darüber informiert.« Pierres Kopf glitt ein wenig nach links unten, während er weiterhin den Hauptmann beschwörend anstarrte. Welches Geheimnis teilten die beiden?

Mein Kopf sackte nach unten, bis mein Kinn das Brustbein berührte. Meine Mutter hatte immer behauptet, man könne mir jede Lüge am Gesicht ablesen. Sie schlug sowieso auch zu, wenn ich nicht gelogen hatte. Das war so tief verwurzelt in mir, dass ich in diesem Moment nicht fähig war, jemandem in die Augen zu sehen. Erst recht nicht diesem Hauptmann, der vermutlich eine Lüge sieben Meilen gegen den Wind riechen würde.

»Ich kannte eine Familie de Adjan.« Als er einen Schritt näher auf mich zukam, schnappte ich seinen Geruch auf. Er roch nicht schlecht, eine Mischung aus Fichte und Zitrone, dennoch bekam ich eine Gänsehaut, die er zum Glück nicht sehen konnte, da die Ärmel meines Kleides meine Arme weitgehend bedeckten. Dieser Jean-Luc Durand verursachte mir Angst, tief sitzende Angst, die ich auch nicht wirklich erklären konnte. »Aber das wäre ein zu großer Zufall gewesen. Mademoiselle ist nicht verheiratet, nehme ich an?« Wieder hörte ich die Verschlagenheit aus seiner Stimme heraus.

Pierre räusperte sich. »Nein, aber wie Ihr wisst, habe ich da schon eine Verbindung für Isabelle im Sinn.« Nun schnellte mein Kopf zu dem netten alten Mann herum. Hatte ich mich doch in ihm getäuscht? Von welcher Verbindung redete er?

»Ah, sie ist also dein Mündel. Fein, dann gib auf das hübsche Pflänzchen acht. Hier gibt es zu viele Männer, deren Frauen nicht das Privileg hatten, mit nach Trier zu kommen.« Das sollte wohl eine Warnung sein, zumindest erfasste ich das Gesagte so und ich würde das auch beherzigen. Zumindest solange ich in diesem unheimlichen Traum gefangen war.

»Das werde ich«, erwiderte Pierre sehr ernst.

Der Hauptmann, der sich wieder an den Esstisch setzte, machte eine Bewegung mit der Hand, die mich eigentlich beleidigt hätte, wenn ich nicht so froh gewesen wäre, aus diesem Raum verschwinden zu können. Er scheuchte uns weg wie ein lästiges Insekt. Pierre griff nach meinem Oberarm und lotste mich wieder nach draußen. Hastig sog ich die Luft ein, als ich merkte, dass ich sie die letzte Minute angehalten hatte. Die Angst war allgegenwärtig, obgleich ich immer noch davon ausging, in einem Traum gefangen zu sein.

7. Kapitel

Pierre und ich wechselten vorerst kein Wort miteinander, alles, was gesagt werden musste, würde in den falschen Ohren viel zu viel Staub aufwirbeln. Niemand durfte wissen, dass Pierre für mich gelogen hatte. Also schwiegen wir und eilten aus dem prächtigen Bau.

Als ich die unterste Stufe verfehlte, die uns von dem Hauptgebäude des Palais wegführte, knickte ich schmerzhaft um. Für einen Traum war das aber definitiv eine saftige Ladung Schmerz, die da an mein Gehirn gesendet wurde. Er erinnerte mich an das unangenehme Gefühl, als ich in der letzten Nacht im Dunkeln über eine Baumwurzel gestolpert war. Und überhaupt wollte ich so langsam doch wieder aufwachen. Wenn also ein Umknicken des Fußes nicht half, dem Ganzen hier zu entfliehen, würde es vermutlich auch nichts nützen, sich zu kneifen. Dennoch versuchte ich es. Beherzt griff ich in das Fleisch meines Oberarms und drückte kräftig zu. Ich konnte das Jaulen nicht unterdrücken und erntete daraufhin einen fragenden Blick von Pierre.

»Alles in Ordnung«, stieß ich atemlos hervor, da der Schmerz noch fröhlich vor sich hin pulsierte.

Wieder blickte er mich fragend an. »Und warum kneifst du dich dann, Mädchen?«

»Ich hatte die Hoffnung, aus diesem Albtraum aufzuwachen, aber wie du siehst, ich bin immer noch hier.« Meine Hand machte eine ausladende Bewegung von meinem Kopf zu meinen Füßen.

Pierre gluckste vor sich hin, was sich fast so anhörte, als würde er sich an etwas verschlucken. »Das Leben lässt sich leider nicht so einfach austricksen. Ich habe das auch schon versucht und bin kläglich gescheitert.« Eine leichte Traurigkeit hatte sich in seine Worte geschlichen und ich dachte an seine verstorbene Frau. Er musste sie sehr geliebt haben.

»Es tut mir leid«, stammelte ich berührt.

»Mir auch. Glaub mir, jeden Tag.« Das klägliche Lächeln, das er sich abrang, täuschte nicht über das Gefühl des Verlusts hinweg, das er offenbar empfand. »Komm, Mädchen, ich bring dich zu meiner Claire. Dort können wir in Ruhe reden.«

Wir gingen zu Fuß und da es ein wundervoller Tag war, machte mir der Spaziergang sogar Spaß. Die Mokassins, die ich trug, waren bequem, nur die Handtasche zog nach einer Weile an meiner Schulter, aber es war kein allzu weiter Weg. Außerdem war ich fasziniert von dem, was ich sah. Die Bauten, die Gassen, die Kutschen und die Kleider der Leute. Das alles war, als wenn man live in einem Kostümfilm umherwandelte. Das Kopfsteinpflaster unter meinen Füßen wirkte grob, und die Pfützen, die sich an manchen Stellen gebildet hatten, rochen nicht gerade angenehm. Ich wollte mir nicht weiter den Kopf darüber zerbrechen, aus welcher Flüssigkeit diese bestanden, also sah ich lieber nach oben. Der liebe Pierre würde mich schon sicher um diese Pfützen führen.

Vor einem kleinen, schmalen und dennoch liebevoll mit Blumen geschmückten Haus hielten wir an. Pierre schob die nicht verschlossene Tür auf und im Innern empfing uns kühle Luft, was angenehm war angesichts der steigenden Temperaturen an diesem Morgen.

»Vater? Bist du das?«, erklang eine helle Stimme aus dem oberen Stockwerk.

»Ja, mein Augenstern, ich bin zurück«, antwortete mein Helfer in der Not, woraufhin ein Poltern auf der Treppe zu hören war, und kurz danach konnte ich einen schwarzhaarigen Wirbelwind erblicken, der um die Ecke schoss und erst in Pierres ausgebreiteten Armen zum Stillstand kam.

»Ich dachte schon, du kommst gar nicht mehr wieder. Fünf Tage!« Mit einem Schnauben kuschelte sie sich noch tiefer in die Umarmung. Sie war klein und zierlich, fast wirkte sie wie ein Püppchen auf mich – ein zerbrechliches Porzellanpüppchen. Größer als einen Meter fünfzig konnte sie nicht sein und auch nicht mehr als vierzig Kilo wiegen.

Pierre drückte sie an den Schultern ein Stück von sich weg und sah sie wohlwollend an. »Claire, darf ich dir Isabelle vorstellen?«

Irritiert drehte sich das elfengleiche Wesen um und sah mich aus riesigen blauen Augen an. Bei ihrer stürmischen Begrüßung hatte sie mich gar nicht wahrgenommen. »Oh, Entschuldigung. Ich habe Sie nicht gesehen.« Ein Lächeln, das süßer nicht sein konnte. »Willkommen, Isabelle, möchten Sie etwas trinken?«

»Das wäre sehr nett von Ihnen, Claire.« Und schon huschte sie davon. »Pierre, deine Tochter ist zauberhaft.«

»Ja, sie kommt ganz nach ihrer Mutter. Man könnte meinen, sie wäre es.« Wieder schwang diese Traurigkeit in seiner Stimme mit und ich konnte nicht anders, als ihm meine Hand auf den Arm zu legen. »Ist schon gut, ich bin froh, dass ich diesen Engel bei mir habe. Wer weiß, für wie lange noch.«

»Du meintest ja, du hättest ihre Hochzeit schon geplant?« Mit neunzehn Jahren war Claire in diesem Jahrhundert definitiv schon lange im heiratsfähigen Alter angekommen.

»Ich nicht, mein Sohn auch noch nicht, aber Claire und ein gewisser junger Mann schon. Der Apothekersohn ist in der engeren Wahl, aber das ist nichts, was ich über den Zaun brechen möchte, zumindest vorerst nicht. Er wohnt in Rouen und damit wäre meine Tochter für mich verloren. Ich weiß, ich bin egoistisch, aber ich würde sie gerne noch ein wenig bei mir behalten. Und damit sind wir beim Thema. Ich bin froh, dass du hier bist, Mädchen. So ist Claire zukünftig nicht allein, wenn ich oder mein Sohn nicht im Haus sind. Du musst wissen, mir macht die Hartnäckigkeit mancher Herren ganz schön zu schaffen. Und solange sie hier ganz allein ist …« Er ließ den Satz unvollendet, doch ich konnte mir schon denken, worüber er sich Sorgen machte.

»Ah, deshalb die Lüge vor dem Hauptmann, dass du für mich schon eine Verbindung im Sinn hättest! So kannst du mich hier unterbringen und mich zeitgleich schützen und deine Tochter ebenso.«

Ertappt sah er mich an, doch ich konnte ihm nicht böse sein, schließlich hatte er mich aus einer schwierigen Situation gerettet und ich konnte ihn auch sehr gut verstehen. Seine Tochter war eine wunderschöne junge Frau, vermutlich hatte er keine ruhige Minute mehr, seit seine Frau gestorben war. Zu wissen, dass sie alleine war und niemand sich um sie kümmerte, wenn er ein paar Tage unterwegs war, zermürbte den gutmütigen Mann wahrscheinlich.

»Du bist hier willkommen, solange du hierbleiben möchtest. So hast du erst mal ein wenig Ruhe vor dem Hauptmann und ich habe jemanden, der ein Auge auf Claire hat. Denn der Hauptmann ist zwar hinter jedem Rock her, aber er hat sich in den Kopf gesetzt, Claire zu ehelichen.«

»Was? Aber er ist doch viel älter als Claire!«

»Das ist für ihn kein Hindernis. Er forciert diese Verbindung in einem Maße, dass mir angst und bange wird.«

Ich nickte bestätigend, auch wenn ich nicht wusste, was der gute Mann alles tat, aber so wie ich ihn vorhin erlebt hatte, war er zu allem fähig.

»Der Hauptmann möchte immer alles ganz genau wissen, außerdem hatte ich das Gefühl, dass du ihm suspekt warst. Das wäre gar nicht gut, besser er vergisst dich ganz schnell wieder. Deshalb dachte ich mir, eine Hand wäscht die andere. Ich hoffe, du verzeihst mir meine spontane Entscheidung.« Während er mir das alles erzählte, führte er mich in die Stube und bot mir einen Platz an.

Mein Magen krampfte sich zusammen bei dem Gedanken, dem Hauptmann in irgendeiner Weise negativ aufgefallen zu sein. Mittlerweile musste ich wieder an Doyle und seine Theorie denken, die besagte, dass wenn man das Unmögliche ausgeschlossen hat, die Wahrheit das ist, was übrig bleibt. So unwahrscheinlich sie auch klingen mochte. Machte ich wirklich gerade in diesem Moment eine Zeitreise? Ein Traum war niemals so *echt*. Die Schmerzen waren niemals so real gewesen und nie in meinem ganzen Leben, obwohl ich eine sehr lebhafte Träumerin war, hatte ein Traum je so lange angedauert. Ich musste davon ausgehen, dass es keiner war, ansonsten würde ich unnötigerweise mein Leben aufs Spiel setzen. Mir drehte sich alles. Vielleicht verlor ich auch einfach den Verstand. Träume, Zeitreisen, Theorien … Wer wusste schon, was real und was Fiktion war? Ich definitiv nicht mehr.

Pierre sah mich immer noch erwartungsvoll an. Was hatte er gesagt? Ach ja, ob ich ihm verzeihen würde, dass er für mich gelogen hatte und die Situation ein wenig für seine Zwecke ausnutzte. »Selbstverständlich verzeihe ich dir, Pierre. Ich bin dir sogar von ganzem Herzen dankbar.«

Dieses väterliche Grinsen, das mir so gut gefiel, legte sich auf sein Gesicht und er sagte: »Gut und nun erzähl mir mal, was du da am Wegesrand getan hast.«

Was sollte ich darauf erwidern? Ich bin durch die Zeit gefallen? Ich träume gerade und du bist eine der Hauptpersonen darin, sorry, dass es dich in Wirklichkeit nicht gibt? Ähm, nein. Beides keine Option.

»Ich weiß es nicht, Pierre. Ich kann mir vorstellen, dass sich das für dich merkwürdig anhört, aber ich bin gestern auf einer Bank am See eingeschlafen und dann nachts im Dunkeln umhergeirrt. Als ich heute Morgen wach wurde, da standet ihr vor mir.« Entschuldigend zuckte ich mit den Achseln und versuchte mir selbst zu erklären, was da geschehen war. Bisher war ich mir nicht sicher, für welche der haarsträubenden Erklärungen sich mein gemartertes Hirn entscheiden würde.

Pierre tippte sich gedankenverloren auf die Unterlippe, dann sah er auf und fuhr mit dem Verhör fort. »Und was hast du an dem See gemacht?«

Oh Mann, jetzt ging es ans Eingemachte. Ich musste so nah bei der Wahrheit bleiben wie möglich, sonst würde ich mich in meinen eigenen Lügen verstricken. »Ich habe geschmollt.«

Seine Brauen schnellten in die Höhe und berührten fast seinen Haaransatz. »Du hast geschmollt? Warum das?«

»Mein Verlobter hat mich versetzt oder besser gesagt, er hat mich betrogen. Und das mit meiner besten Freundin.« Okay, verlobt waren wir zwar nicht, aber immerhin waren wir schon lange zusammen gewesen. »Ich saß an diesem See und dachte über meine Zukunft nach.« Dass wir schon zusammengelebt haben und ich, nachdem ich ausgezogen war, nicht so recht wusste, wie es weitergehen sollte, sagte ich nicht laut. Es musste reichen, wenn Pierre wusste, dass ich betrogen worden und meine Zukunft mir nun ungewiss war.

»Oh!« Mehr bekam er nicht heraus und grübelte weiter.

Ich sah aus dem kleinen Fenster der Wohnstube hinaus. In einer Ecke konnte ich das Häuschen erkennen, das man bei uns Plumpsklo nannte. Ein wunderschöner kleiner Garten hinter dem Haus lud mit schattenspendenden Bäumen ein, in ihm zu ruhen. Er war einfach bezaubernd und ich stand kurz entschlossen auf, um einen besseren Blick in das Kleinod zu haben. Meine Gedanken wanderten zu Daniel und zu Nadine. Zu den beiden Menschen, die mir eigentlich nahestanden und mich so hintergangen hatten. Ich fühlte mich verloren, ohne Wurzeln. Dieser Garten war ein Kleinod, eine Oase der Ruhe, die mir jedoch ebenso schmerzhaft klarmachte, dass ich fortan alleine wäre. Irgendwann würde mich dieser zugegebenermaßen sehr reale Traum wieder ausspucken und der Realität überlassen, dann musste ich mir klar darüber sein, was ich wollte. Was ich wirklich wollte. Ich würde Nadine nie wieder so vertrauen können wie bisher. Daniel konnte von mir aus zur Hölle fahren. Nadines Eltern wären fortan auch nicht mehr das, was sie bisher für mich gewesen waren, denn sie waren und blieben ein Teil von Nadine – nicht von mir. Ich sollte meinen Plan von den bundesweiten Bewerbungen in die Tat umsetzen. Woanders hinzuziehen gäbe mir die Chance, noch einmal von vorne zu beginnen.

»Das war der ganze Stolz meiner Frau.«

Erschrocken fuhr ich herum. Ich war dermaßen in Gedanken versunken gewesen, dass ich vergessen hatte, wo ich mich befand.

»Der Garten, Mädchen«, erklärte er, nachdem er meinen verwirrten Blick registriert hatte. »Sie verbrachte jede Minute dort draußen und erledigte nach Möglichkeit alle Arbeiten unter dem großen Kirschbaum. Ich sehe sie noch heute dort sitzen. Verborgen in den Schatten und glücklich. Egal, ob sie Gemüse oder Obst schnippelte, sie lächelte. Sie starb im Mai 1804, nachdem sie sich eine schwere Erkältung zugezogen hatte. Seit einem Jahr liegt der Garten nun verlassen da. Ohne sie ist es nicht mehr das Gleiche.« Er war in Gedanken weit weg, als er mir das erzählte, und ich konnte die Liebe und

Sehnsucht in seinen Worten hören. Doch die Jahreszahl hatte ich sehr genau registriert. Demnach mussten wir uns im Jahr 1805 befinden, was meine Theorie bestätigte, die ich aufgestellt hatte, als wir die Porta Nigra passiert hatten. Anfang neunzehntes Jahrhundert war goldrichtig gewesen.

»Ah, hier seid ihr!« Claire kam mit einem Tablett, auf dem ein großer Krug stand, in das Zimmer, und als sie erkannte, wie es ihrem Vater ging, verdunkelte sich ihr strahlendes Gesicht ein wenig. »Vater, soll ich dir etwas zu essen bringen?«

Betrübt wandte er den Blick von dem Fenster ab und lächelte Claire an. »Das wäre wunderbar, mein Kind. Und die liebe Isabelle hat bestimmt auch Hunger.«

Es war berührend, die beiden zu beobachten – wie Claire ihrem Vater einen Kuss auf die Wange drückte und ihn so in die Realität zurückholte. Er hatte seine Frau sehr geliebt und seine Tochter vergötterte ihn regelrecht. Es war schön zu sehen, wie sehr sich eine Familie füreinander interessierte und zusammenhielt.

»Ich werde euch eine schöne Mahlzeit zubereiten.«

Hastig erhob ich mich. »Ich werde dir zur Hand gehen.« Irgendwie war ich teilweise über meine Wortwahl erstaunt. Ich hatte mein Vokabular bereits an diese Zeit angepasst.

»Das musst du aber nicht, Isabelle, schließlich bist du unser Gast.« Sie verharrte in der Bewegung und sah mich lächelnd an.

»Doch, doch, Claire. Ich werde ein paar Tage hierbleiben und da werde ich mich nützlich machen.« Sie sah mich mit leicht irritiertem Blick an und dann legte sich das Lächeln erneut auf ihr Gesicht. Sie freute sich. Gott sei Dank! Ich hatte schon damit gerechnet, dass sie sich von mir gestört fühlen würde. Oder dass sie Angst bekäme, dass ich ihr ihren Platz streitig machen würde.

Moment mal, warum war mir das plötzlich so wichtig? Warum ging ich auf einmal davon aus, dass ich nicht träumte?

»Na, dann komm. Ich zeig dir unsere Küche. Und du, Vater, ruhst dich jetzt ein wenig aus. Leg dich doch ein bisschen in den Garten.« Im nächsten Moment fühlte ich ihre zarten Finger an meinem Arm, als sie mich Richtung Tür zog. Kaum hatten wir die Küche erreicht, als sie auch schon mit dem Verhör fortfuhr, das ihr Vater zuvor begonnen hatte. »Isabelle, versteh mich nicht falsch, ich freue mich sehr, dass du mich hier unterstützen und mir Gesellschaft leisten willst, aber warum bist du hier? Ich meine, warum bist du wirklich hier? Wegen des Liebeskummers?« Als sie meinen ungläubigen Blick bemerkte, erklärte sie: »Ich habe euch belauscht.« Das sagte sie so locker dahin, als wäre es das Normalste auf der Welt. Claire hatte die Hände in die Hüften gestemmt und sah mich abwartend an.

Jetzt durfte ich keinen Fehler machen, denn sie beobachtete jede Regung meinerseits mit Argusaugen. Ich wurde nervös, meine Hände fingen an zu schwitzen, und ich hielt den Atem an.

»Ich verstehe, Isabelle, dein Körper spricht für sich. Egal, welche Lüge du mir auftischen möchtest, vergiss sie und sag mir die Wahrheit.«

Ungläubig erstarrte ich in meiner Bewegung. War ich so einfach zu entlarven? Woher nahm eine Neunzehnjährige eine solche Lebenserfahrung? »Ehrlich gesagt, weiß ich selbst nicht, was ich hier mache. Dein Vater hat mir in einer total verworrenen Situation seine Hilfe angeboten, und ich habe nicht gezögert, sie anzunehmen. Ich bin mittellos und obdachlos und eine Waise.« Erleichtert, die Wahrheit sagen zu können, fuhr ich fort: »Das ist die einzige Erklärung, die ich dir in diesem Moment geben kann.«

Sie blieb in ihrer Position und wartete. Als von mir nichts mehr kam, fragte sie: »Und warum brauchst du die Hilfe meines Vaters?« Ihre Stimme blieb ruhig, sie wirkte nicht skeptisch, eher neugierig. Was ich ihr auch nicht verdenken konnte, schließlich war ich eine Fremde in ihrem Haus. Da sollte man schon wissen, wer diejenige war, mit der man die nächste Zeit unter dem gleichen Dach wohnen würde.

»Ich weiß nicht, wie ich an den Wegesrand gekommen bin, an dem dein Vater mich gefunden hat. Als er mich diesem Hauptmann Durand vorgestellt hat, hat der wissen wollen, ob ich einem Adelsgeschlecht entstamme, und sah mich ganz merkwürdig an. Dein Vater hat für mich geantwortet, als mir die Worte fehlten. Ich weiß wirklich nicht, wie ich hier gelandet bin, und ich weiß auch nicht, wie ich zurück in mein altes Leben kommen kann. Ein Leben, das es so nicht mehr gibt. Es ist eine wirklich schwierige Geschichte.« Diese junge Frau mir gegenüber sah mich weiterhin durchdringend an, ganz so, als wollte sie mir auf den Grund meiner Seele blicken und ergründen, ob ich log oder nicht.

»Du erzählst mir nicht alles, aber damit kann ich leben, solange du nicht lügst, und wenn du jemanden zum Reden brauchst, kannst du gerne zu mir kommen. Willkommen in deinem neuen vorläufigen Zuhause, Isabelle.« Mit diesen Worten drückte sie mir ein Messer in die Hand und schob mir drei Zwiebeln auf der Arbeitsfläche zu. Zwiebelschneiden war offensichtlich das Aufnahmeritual im Hause Vieille. Mir stand der Schweiß auf der Stirn angesichts der Befragung, die ich über mich hatte ergehen lassen müssen.

8. Kapitel

Es wurde ein schöner Abend, Pierre war ein sehr liebenswerter Gastgeber und Claire und ich hatten den gleichen Humor, was in ausgelassener Albernheit ausuferte. Seit Jahren hatte ich nicht mehr so viel und herzlich gelacht. Es war wie eine Befreiung. Eine Abnabelung von Nadine, die mir erst viel später wieder einfiel. Ich fühlte mich wohl und willkommen. Lag es daran, dass die beiden nicht wussten, woher ich stammte? Was meine Eltern für Menschen waren?

Claire und Pierre behandelten mich, als gehörte ich zur Familie. Doch als wir beiden Frauen schon im Begriff waren, das Geschirr abzuwaschen, schneite plötzlich Dark Lord herein. Ohne anzuklopfen, wirbelte er in die Küche, drückte der kichernden Claire einen Kuss auf die Wange, nickte mir unterkühlt und mit einem grimmigen Gesichtsausdruck zu und verschwand in der Stube zu Pierre. Fassungslos starrte ich ihm hinterher. Was machte der hier?

»Das war übrigens Henri.« Summend lächelte Claire vor sich hin und wusch das Geschirr seelenruhig weiter ab. Hastig griff ich nach dem Handtuch, um ihr behilflich zu sein. Die Ankunft dieses düsteren Gesellen machte mich mehr als nervös.

Vermutlich war Claire verliebt in Henri, ihrem Gesicht nach zu urteilen sogar bis über beide Ohren. Verdenken konnte ich es ihr nicht. Henri war groß, gut gebaut und mit seinen fast schwarzen Haaren und stechend blauen Augen eine wahre Augenweide, egal, in welcher Zeit. Zumindest, wenn er nicht gerade jemanden so böse anschaute wie mich. Ganz kurz hatte ich sein freundliches Gesicht gesehen, bevor er sich mir zugedreht hatte. Wäre ich nicht so schlecht auf ihn zu sprechen gewesen, dann hätte ich ihn vermutlich angeschmachtet.

Nebenan konnte ich mittlerweile Henri und Pierre hören, die eine hitzige Diskussion führten. Hin und wieder konnte ich sogar verschiedene Satzteile verstehen.

»... wer sie ist, du bist zu gutherzig. Sie könnte eine Mörderin oder eine Hure sein.«

Betreten sah Claire mich an, doch ich zuckte mit den Schultern, als würde das eben Gehörte an mir abprallen.

»Du hast recht, aber ...«, das war Pierre, der ebenfalls ein wenig lauter geworden war. Dennoch waren die folgenden Worte zu leise, als dass ich sie hätte verstehen können.

In dieser Unterhaltung ging es eindeutig um mich, und Henri hatte offenbar Angst um Claire und Pierre. Sah ich aus wie eine Meuchelmörderin? Entrüstet legte ich das Handtuch zur Seite und marschierte strammen Schrittes in die Stube. Claire grinste und versuchte nicht mich aufzuhalten.

Zwei Männerköpfe drehten sich zu mir und starrten mich an, als ich in die Stube gestürmt kam. Einer davon war peinlich berührt, der andere jedoch mit einem wütenden Ausdruck im Gesicht, so als hätte ich nicht das Recht, hier zu sein, obwohl es um mich ging. Diese Zeit erlaubte es Frauen nur zu kochen und Kinder zu gebären, aber keinesfalls während eines Männergesprächs anwesend zu sein.

»Isabelle, es tut mir leid.« Pierre wollte sogleich die Wogen glätten, doch mein Blick hatte diese eiskalten blauen Augen gefunden und versuchte, es ihnen gleichzutun. Ich sah Henri an, als wäre er eine Küchenschabe in einem vornehmen Restaurant, und ging energisch auf ihn zu. Der Anstand ließ ihn aufstehen. Wieder einmal registrierte ich, wie groß er war, doch ich ließ mich davon nicht irritieren. »Ich bin eine ehrliche Person und ich werde Pierre und Claire nichts antun. Da brauchen Sie ganz bestimmt keine Angst zu haben. Ich bin weder eine Mörderin noch eine Frau, die ihren Körper verkauft!«

Eine schwarze Augenbraue wurde nach oben gezogen, was Henri ein noch arroganteres Aussehen verlieh, falls das überhaupt möglich war. Er wurde mir von Sekunde zu Sekunde unsympathischer. »Das sagen Sie!«

Dieser Mistkerl! Wütend bohrte ich ihm meinen Zeigefinger an die Brust. »Ja, das sage ich. Wer sind Sie eigentlich, dass Sie sich anmaßen, die Entscheidungen von Herrn Vieille infrage zu stellen? Ich denke, Pierre ist alt genug und braucht keinen Wachhund.«

Nun war ich einen Schritt zu weit gegangen, was ich daran erkennen konnte, dass seine Augenbrauen nicht länger hochgezogen wurden, sondern vielmehr kurz über der Nasenwurzel zusammentrafen und der gute Dark Lord seinem Namen alle Ehre machte. Henri baute sich vor mir zu seiner ganzen Größe auf. Er war fast eineinhalb Köpfe größer als ich, starrte auf mich nieder und spie die folgenden Worte aus: »Sie wissen, dass ich Henri bin, was Sie vielleicht noch nicht wissen, ist, dass ich Pierres Sohn bin. Gestatten, Henri Vieille.« Er deutete keine Verbeugung an oder reichte mir gar die Hand. Er war wütend wie ein Stier in der Arena, der das rote Tuch entdeckt hatte. Dieses rote Tuch war offensichtlich ich! Und ich war gelinde gesagt schockiert, da ich davon ausgegangen war, dass er Claires Liebster war. »Und damit hänge ich mit in dieser Geschichte drin, denn was Ihnen mein werter Vater noch nicht anvertraut hat, ist, dass er vor einer Woche dem Hauptmann das Märchen erzählt hat, dass demnächst meine Verlobte hierherkommt, da der Hauptmann mich mit seiner Tochter verkuppeln wollte, um über diesen Weg an Claire zu kommen. Wohlgemerkt, eine Verlobte, die es bis heute Nachmittag überhaupt nicht gegeben hat. Dreimal dürfen Sie raten, wer diese Frau in Zukunft sein wird.« Er kam noch einen Schritt näher. Unsere Oberschenkel berührten sich kurz und mir lief ein Schauer über den Rücken, der mir die Knie weich werden ließ. »Chérie!« Das Kosewort sagte er gleichzeitig so sanft und doch abfällig, dass ich hin- und hergerissen war zwischen schnurren und fauchen.

Während dieses Monologs stand ich nur da und glotzte ihn an, nicht weil ich ihn so anziehend fand, na ja, ein bisschen schon. Aber hauptsächlich, weil ich mir des Ausmaßes dieser Lüge bewusst wurde. Da hatte ich mich in ein ganz schönes Schlamassel reinziehen lassen, vorausgesetzt, das war kein Traum. Wovon ich immer mehr ausging, von wegen Doyle und sein Sherlock Holmes.

»Hat es Ihnen die Sprache verschlagen?« Der Sarkasmus traf mich hart und unerbittlich. Kurz drückte er noch einmal mit seinem Körper meinen gegen die Wand, was Wellen durch mich schickte, die mich zittern ließen. Wellen, die nicht unbedingt unangenehm waren. Dann trat er mit einem abfälligen Ausdruck auf dem Gesicht zurück.

»Lass das Mädchen in Ruhe!« Pierre war es nun offenbar zu viel geworden, denn er war aufgesprungen und stellte sich zwischen uns beide. »Sie kann am wenigsten dafür.«

»Am wenigsten? Dass ich nicht lache. Du weißt noch nicht einmal, was sie für ein Mensch ist, lädst sie hier in unser Haus ein und machst sie dann noch zu meiner Verlobten. Vielleicht hättest du mal ein Wort mit mir wechseln können. Ist dir nie in den Sinn gekommen, dass ich keine weiteren Verlobungen in Betracht ziehe?« Ohne auf eine Antwort zu warten, stürmte er aus dem Raum und stampfte missmutig die Treppe hinauf. Im Grunde genommen konnte ich ihm seine Wut nicht verübeln, obwohl er mich persönlich angriff.

»Es tut mir leid, Isabelle. Ich wollte es dir nachher noch alles erklären, aber mein edler Herr Sohn ist mir da zuvorgekommen.« Kraftlos ließ er sich auf einen Stuhl fallen und sah wieder aus dem Fenster in den kleinen Garten hinaus, als würden da draußen die Antworten auf all seine Fragen und Probleme darauf warten, von ihm entdeckt zu werden.

»Ist schon gut, wir reden darüber, wenn sich die Lage ein wenig beruhigt hat. Ich gehe mal Claire weiter in der Küche helfen.« Befangen und verwirrt von den vielen Informationen ging ich zurück, nur um festzustellen, dass Claire schon fertig war. Es gab nichts mehr zu tun für mich.

»Mach dir nichts draus, mein Bruder war schon immer ein harter Brocken, der mit netten Worten geizt.« Auch Claire stand an einem Fenster und sah in den Garten hinaus. Sie alle, alle Mitglieder der Familie Vieille, trugen eine schwere Last mit sich herum und nun kam ich noch mit hinzu und bürdete ihnen mein Schicksal auf. Ich sollte versuchen, so schnell wie möglich von hier wegzukommen. Entweder musste ich nur aufwachen oder einen Weg finden, um in meine Zeit zurückzukehren. Das sollte doch nicht allzu schwer sein, oder?

Claire drehte sich entschlossen zu mir um. »Komm, ich zeige dir deine Kammer. Am besten klären wir morgen alles Weitere. Schlaf erst einmal darüber und nach dem Frühstück haben sich die Gemüter, insbesondere das meines Bruders, bestimmt ein wenig beruhigt.«

Hastig griff ich nach meiner Tasche, die noch immer unangetastet, das hoffte ich zumindest, auf dem Küchenstuhl lag, und ging hinter Claire her. Während wir eine schmale Treppe erklommen, deren Stufen unter unserem Gewicht ächzten und knarrten, tobte in meinem Kopf ein Sturm von gigantischem Ausmaß – ein regelrechter Tsunami.

Im oberen Flur war es dunkel, heiß und stickig. Die Sonne hatte das Stockwerk aufgeheizt. Kurz nachdem ich die letzte

Stufe erklommen hatte, öffnete Claire eine Tür und es wurde ein wenig heller. Es war eine sehr kleine Kammer, in die gerade mal ein Bett, eine Kommode und ein Hocker passten, doch sie war sauber und es roch überhaupt nicht muffig, was mich erleichtert aufatmen ließ.

Schlagartig überkam mich eine enorme Müdigkeit. Das Bett sah so einladend aus, dass ich das Bedürfnis hatte, mich augenblicklich hineinzulegen. Erst jetzt merkte ich, dass mich die Anspannung des Tages ganz schön zermürbt hatte.

»Isabelle, dein … äh …«, Claire hielt kurz inne und musterte mich, »… Gepäckstück sieht nicht so aus, als wäre darin Wechselkleidung. Hab ich recht?« Ihr skeptischer Blick hing an meiner Handtasche. Vermutlich hatte sie so etwas noch nie gesehen, wurde mir in diesem Moment bewusst. 1805 gab es solche Taschen noch nicht.

»Nein«, sagte ich schnell, denn mit meinen Leggins und der Tunika konnte ich hier ganz bestimmt nicht herumlaufen. Die Sachen konnte ich höchstens als Nachtwäsche benutzen. »Ich hab nur Unterwäsche und einen … ähm … Nachtanzug dabei.« Wahrscheinlich benutzten sie noch Nachthemden und niemand hatte je zuvor einen Schlafanzug gesehen. »Die Kleidungsstücke sind allerdings dreckig.«

»Nachtanzug?«

Ich nickte kurz, als wäre sonnenklar, was ich damit meinte.

Irritiert fuhr sie fort: »Das macht nichts. Da in der Kommode liegt ein frisch gewaschenes Nachtkleid. Morgen früh bringe ich dir ein Kleid von meiner Mutter, die müsste so ungefähr deine Größe gehabt haben.« Die arme Frau, war mein erster Gedanke. Wie immer breiteten sich meine Komplexe wie Spinnweben aus und machten es mir schwer, eine normale Konversation zu führen. Claire merkte davon Gott sei Dank nichts. »Schlaf gut.« Sie drückte mir noch einen Kuss auf die Wange und war dann verschwunden.

Unruhig lief ich in dem Zimmer umher und fragte mich immer wieder, ob meine Fantasie einen solch ausufernden Traum überhaupt fertigbringen würde, doch ich bezweifelte es mittlerweile. Was, wenn es wirklich das war, auf was alle Tatsachen hindeuteten – eine Zeitreise? So unfassbar der Gedanke erschien, so unsicher war ich. Das Medaillon! Es musste etwas damit zu tun haben, anders konnte es nicht sein. Vielleicht würde es mich auch einfach wieder nach Hause bringen. Beherzt griff ich danach und öffnete es. Ich las den Spruch, rieb an dem Metall herum, doch nichts geschah.

Vielleicht träumte ich ja doch. Oder nicht? Mein Hirn war kurz vor dem Kollaps, so hin- und hergerissen war ich. Doch was sollte ich tun?

Ich fing an, mich zu entkleiden. Das blaue Kleid legte ich vorsichtig über den Hocker und ließ mich schlapp auf die Bettkante plumpsen. Müde rieb ich mir die Augen. Das Gedankenkarussell drehte sich unaufhörlich. Wo war ich nur gelandet? Von draußen drang Vogelgesang durch das kleine geöffnete Fenster, ganz so als wollte das gefiederte Tier mir eine Antwort geben. Eine Nachtigall, deren geträllertes Lied so schön klang, dass ich mich unwillkürlich fragte, ob es real war. Was von allem, was ich in den letzten Stunden erlebt hatte, war überhaupt real? Ich nahm mir vor, jetzt ganz rasch zu schlafen, und sollte ich am nächsten Tag hier wieder aufwachen, konnte ich vermutlich davon ausgehen, dass es kein Traum war, in dem ich mich befand. Was ich irgendwie nicht hoffte.

9. Kapitel

Langsam wurde ich wach und mir fiel sofort die Stille auf. Kein Fluglärm und auch keine Autos waren zu hören. Keine elektrischen Geräte, die leise surrend, kaum wahrnehmbar, das Unterbewusstsein störten. Es überkam mich ein friedliches Gefühl. Als ich jedoch die Augen aufschlug und mein erster Blick auf das blaue Kleid fiel, das über dem Hocker hing, war mir sofort klar, was dies bedeutete, und dahin war der Frieden. Ich musste mich den erdrückenden Tatsachen stellen. Immer wieder war ich in der Nacht hochgeschreckt und musste feststellen, dass ich in der kleinen Kammer auf dem einfachen, recht harten Bett lag. Der Morgen hatte bereits gedämmert, als ich endlich fest eingeschlafen war, dementsprechend gerädert fühlte ich mich und war immer noch todmüde.

Ich musste den Fakten Glauben schenken: Es konnte sich hierbei um keinen Traum handeln. Dennoch war mir das Wort Zeitreise zu beängstigend, um es lange genug in meinen Gedanken zu belassen, bis ich hiervon überzeugt war. Doch eine andere logische Erklärung fand ich auf die Schnelle nicht.

So oder so, ich musste hier weg, und zwar schnellstens. Ich gehörte hier nicht her. Was, wenn ich etwas im Ablauf der Geschichte veränderte? Wieder glitt meine Hand zu dem Medaillon. Ich wiederholte die Prozedur. Ich strich darüber, öffnete es, doch es passierte nichts. Die Rädchen begannen nicht sich zu drehen. Dann versuchte ich es ein weiteres Mal. Und dann noch einmal. Tränen verschleierten meinen Blick, die ich rasch wegblinzelte. Entschlossen, mich nicht unterkriegen zu lassen, wischte ich mir über die Augen und stand auf.

Erst jetzt nahm ich das Zimmer richtig wahr. Denn gestern Nacht im Schein der Kerze hatte ich nicht viel erkennen können. An den Fenstern waren weiße Gardinen mit Stickerei angebracht und die Kommode war mit einer wunderschönen Malerei verziert. Sollte dies das Werk von Claire oder ihrer Mutter sein, waren sie wahre Künstlerinnen. Andächtig strich ich über das Holz, das sich warm von der Sonne anfühlte, die in das Zimmer schien. Die niedrige Decke war typisch für Bauten aus dieser Zeit und verlieh dem hübschen Zimmer etwas Gemütliches.

Was sollte ich jetzt tun? Ich konnte ja schlecht in dem Nachthemd durch das Haus laufen. Das wäre nicht schicklich gewesen und wäre Dark Lord in der Nähe, hätte er wieder einen Grund gehabt, an meiner Tugend zu zweifeln. Das wollte ich auf keinen Fall riskieren.

Vorsichtig, um keine Geräusche zu verursachen, öffnete ich die hölzerne Tür. Als ich meinen Kopf auf den Flur hinausstreckte, traf mich fast der Schlag. Claire stand dort mit einem Wäscheberg in den Armen, lediglich ihre Augen und der Haaransatz waren noch zu sehen. Auch sie schien sich erschrocken zu haben, denn ihre Augen wirkten riesengroß. Doch schon im nächsten Moment konnte ich ein Lächeln auf ihren Zügen erkennen, weil sich kleine Fältchen um ihre Lider bildeten.

»Guten Morgen, Isabelle. Das ist großartig, dass du wach bist. Ich hatte schon befürchtet, dich wecken zu müssen. Husch, husch, lass mich rein.« Sie schob ihre beladenen Arme in meine Richtung und ich wich hastig zur Seite. »Ich hab dir drei

Kleider mitgebracht und Unterwäsche. Wie gesagt, die haben früher meiner Mutter gehört, deshalb sind sie mir zu groß. Ich hatte für den kommenden Winter geplant, sie abzuändern, doch vorerst werden sie dir gute Dienste leisten.« Es war kein Bedauern in ihrer Stimme zu finden, obwohl ich angestrengt danach suchte. Die Kleider der eigenen Mutter wegzugeben, auch wenn es nur vorübergehend sein sollte, war bestimmt kein einfacher Schritt.

Das Bündel, das nun auf dem Bett landete, war in Blautönen und in weißer Spitze gehalten. Eigentlich genau meine Farben. Neugierig strichen meine Finger über die Stoffe. Entgegen meiner Befürchtung waren sie weich und fließend und überhaupt nicht kratzig.

»Ich hole noch rasch warmes Wasser und Tücher, dann kannst du dich waschen. Sobald du fertig bist, kommst du bitte runter. Das Frühstück ist fertig.« Ihr Lächeln war so bezaubernd, dass ich mich unwillkürlich fragte, wie sie das anstellte. Sie kommandierte mich herum und ich fühlte mich umsorgt, das musste ein Talent sein. Ich beneidete sie darum.

Kaum war Claire verschwunden, stand sie auch schon wieder im Zimmer. Mit einem Krug füllte sie die Waschschüssel auf und legte drei weiße Tücher bereit, deren Stoffe schon recht fadenscheinig wirkten.

»Ich warte unten auf dich. Vater und Henri frühstücken auch bereits.« Und so schnell, wie sie wieder aufgetaucht war, war sie aus dem Zimmer herausgerauscht. Darky war also auch noch hier? Was ich davon halten sollte, wusste ich nicht so recht.

Rasch zog ich das Nachtkleid aus und auch die Unterwäsche, die ich aus einem anderen Jahrhundert mitgebracht hatte. Das warme Wasser tat gut auf der Haut und ich fühlte mich augenblicklich besser. Das Wort Unterwäsche verdienten die monströsen Wäscheteile, die mir Claire gebracht hatte, jedoch nicht. Es war mir unangenehm, keine eng anliegende Unterhose am

Leib zu tragen, und auch der fehlende BH war nicht gerade befreiend, wie man es hätte vermuten können. Doch als ich das Kleid anlegte, welches ich mir ausgesucht hatte, merkte ich schnell, dass ich gar keinen brauchte, weil mein nicht gerade kleiner Busen durch den raffinierten Schnitt gut gestützt wurde. Und Claire hatte recht behalten, ihre Mutter hatte meine Größe gehabt.

Mir fehlte meine Feuchtigkeitscreme, die ich hin und wieder benutzte. Meine Haut spannte unangenehm, was vermutlich von dem gestrigen Flüssigkeitsmangel herrührte. Das Einzige, was ich annähernd hätte benutzen können, war die Handcreme in meiner Handtasche, aber das ließ ich dann doch besser bleiben, da ich die schon Jahre mit mir herumschleppte. Zumindest hatte ich eine Bürste dabei und ein paar Spangen, mit denen ich meine Haare bändigte und auf dem Kopf feststeckte. Vielleicht wirkte ich dadurch ein wenig seriöser auf diesen Henri und er würde mich nicht länger wie eine Aussätzige behandeln. Was ich allerdings bezweifelte.

Auf dem Weg die Treppe herunter konnte ich bereits drei Stimmen hören, die hastig und schnell in französischer Sprache miteinander redeten, und als ich näher kam, konnte ich plötzlich jedes Wort verstehen. Das war wie Zauberei für mich. Zuerst war es ein verworrener Wirrwarr gewesen, denn diese Sprache verstand ich wirklich so gut wie gar nicht. Und im nächsten Moment war es, als würde jemand einen Schalter umlegen und ich hörte die Worte in meiner Sprache, auf Deutsch. Oder war es noch immer Französisch? Das war überaus interessant, da mir dies vieles ermöglichen würde. Ich würde auch in Zukunft keinerlei Verständnisprobleme haben. Wieder legte ich kurz meine Hand auf das Medaillon, dem ich dieses Wunder hoch anrechnete.

Als ich in die Küche kam, wurde es augenblicklich still. Die Gespräche verstummten. Und drei Augenpaare starrten mich an. Hatte ich etwas falsch gemacht? Das Kleid nicht richtig geschnürt? Hatte ich irgendwo einen Fleck hineingezaubert? Doch ich konnte nichts erkennen. Waren die Männer eventuell wütend, weil Claire mir die Kleidungsstücke gegeben hatte?

»Guten Morgen.« Ich versuchte mich an einem Lächeln, doch meines war mit Sicherheit nicht annähernd so herzlich wie das von Claire. Also ließ ich es ganz schnell wieder und setzte mich auf den freien Stuhl neben Claire, der gegenüber von Henri stand. Mit bewegungslosem Gesichtsausdruck beobachtete er mich.

»Guten Morgen, Mädchen«, begrüßte mich Pierre.

Claire nahm die Kelle und schaufelte mir Haferbrei in die Schüssel. »Magst du Honig?« Als ich nickte, schob sie mir einen Tiegel rüber und ich nahm mir ein wenig davon. Nicht viel, da ich wusste, wie wertvoll Honig in dieser Zeit war.

»Ich werde mal nach den Pferden sehen. Bin plötzlich nicht mehr hungrig.« Diese Worte konnten von niemand anderem als Henri kommen. Ich vermied es, ihn anzusehen, denn auf einen weiteren abfälligen Blick hatte ich keine Lust, also konzentrierte ich mich auf den Brei in der Schüssel vor mir.

Entgegen meinen Erwartungen schmeckte das karge Mahl ganz gut und im Nullkommanichts war ich pappsatt.

Darky ließ sich während des Frühstücks nicht mehr blicken, was mir ganz recht war.

* * *

Nachdem wir den Abwasch erledigt hatten, nahm mich Claire mit zu einem Markt. Es herrschte reges Treiben. Überall boten Händler ihre Waren an. Es roch nach frischem Gemüse und nach Tieren, die teilweise noch lebten und an den Ständen angebunden waren. Im Grunde unterschied sich das Ganze nicht besonders von den Märkten meiner Zeit.

An einem der Stände erwarben wir ein geschlachtetes Huhn. Ich war erleichtert, dass es nicht mehr lebendig war, denn ich hätte unmöglich danebenstehen können, während es getötet wurde. Dennoch sah es mit seinem hängenden Kopf so grotesk aus, dass ich mir vornahm, nichts von dem Tier zu essen. Wenn das so weiterging, würde ich hier noch zur Vegetarierin werden. Ich kaufte normalerweise nur das herausgelöste Fleisch, damit ich mit dem Tier, von dem das Fleisch stammte, nichts in Verbindung brachte. Das würde an diesem Ort, oder besser gesagt in dieser Zeit, nicht möglich sein. Claire hatte gefeilscht, bis der Preis in ihren Augen stimmte, und dann bezahlt. Der Mann hatte missbilligend den Kopf geschüttelt, so als hätte Claire ihn übertrumpft, was ich jedoch stark bezweifelte. Danach zogen wir weiter, um Gemüse zu kaufen.

Mittlerweile hatte ich mich immer mehr mit dem Gedanken vertraut gemacht, dass ich mich wirklich auf einer Zeitreise befand. Doch anstatt verängstigt zu sein, sah ich mich neugierig um, damit ich lernte. Die Soldaten trugen alle die Uniform der französischen Armee und die Menschen, die sich hier tummelten, sahen zum Großteil abgearbeitet und oft auch dreckig aus. Körperhygiene wurde unter der einfachen Bevölkerung noch nicht großgeschrieben. Die feinere Gesellschaft hingegen achtete schon darauf und außerdem auf ihr Erscheinungsbild. Hübsche Stoffe zierten die Damen und lederne Schuhe an ihren Füßen schützten sie vor dem Unrat, der immer wieder auf den Straßen zu finden war. Die Historikerin in mir klatschte aufgeregt in die Hände und freute sich über jeden kleinen Beweis, dass ich mich tatsächlich in einer anderen Zeit befand, und auf das Abenteuer, das vor mir lag. Dennoch fragte ich mich, wie lange ich wohl hierbleiben würde. Würde ich jemals wieder zurückkönnen?

»Was möchtest du von dem Huhn kochen?«

Verwirrt sah ich zu Claire. »Ich?«, fragte ich deshalb dümmlicherweise. Wer denn sonst? Oder war hier noch eine unsichtbare Köchin in unserer Begleitung, von der ich nichts wusste?

»Natürlich du! Ich habe mir gedacht, je eher du dich in unserer Familie integrierst, desto schneller fühlst du dich heimisch. Zumindest wirst du eine ganze Zeit lang meine Schwägerin in spe sein, da solltest du auch deinen Part übernehmen. Außerdem mögen Männer gutes Essen.« Verschmitzt zwinkerte sie mir zu. »Da macht auch mein Bruder keine Ausnahme. Du kochst die nächsten Tage und dann frisst er dir im wahrsten Sinne des Wortes bald aus der Hand.«

Wollte sie mich etwa verkuppeln? Diese Lüge mit der Hochzeit, die sollte doch nicht wirklich in die Tat umgesetzt werden, oder? Ich würde mich nicht an einen solchen Klotz von Mann binden, auch nicht für die kurze Zeit, bis ich einen Weg gefunden hatte, zurück in meine Gegenwart zu gelangen. Denn ich beabsichtigte nicht, hier auf Dauer zu bleiben. Niemals. Ich sollte schnellstmöglich hier verschwinden, dann würden sich die Probleme mit Henri von allein erledigen. Obwohl ich zugeben musste, dass er unheimlich gut aussah.

»Ich möchte deinen Bruder nicht heiraten!«, stieß ich erbost hervor. Kurz hielt ich mir die Hand vor den Mund, denn ich war eindeutig eine Spur zu laut gewesen. Zu viele Menschen standen um uns herum, die es gehört haben konnten.

Starke Arme packten mich fest an den Schultern und ein warmer Mund strich über mein Ohr. »Das trifft sich gut, Mademoiselle. Ich würde Euch gerne den Hof machen«, raunte mir eine Stimme ins Ohr, die mir die feinen Härchen auf meinen Unterarmen emporschnellen ließ. Gierig fuhren die Finger des Mannes meine Arme bis zu den Ellbogen hinab. Claire sah mich entgeistert an, dann huschte ihr Blick zu dem Mann hinter mir.

Ich hatte die Stimme sofort erkannt, auch wenn die Angst mich für kurze Zeit gelähmt hatte. Ich wirbelte herum und machte gleichzeitig einen Schritt zurück. Dort standen fünf Männer in Uniformen, einer davon war Jean-Luc Durand, der Hauptmann. Der Oberbefehlshaber von Trier hatte meine Arme betatscht!

»Ich glaube, da habt Ihr etwas missverstanden. Ich habe mich vielleicht auch missverständlich ausgedrückt.« Er sollte sich nicht angegriffen fühlen, diese Schlange in Menschengestalt war sicherlich zu allem bereit. »Ich wollte eigentlich sagen, dass ich Henri *noch* nicht heiraten will.«

»Noch nicht?« Seine Augen waren zu Schlitzen zusammengekniffen, ganz so, als betrachte er das Kaninchen in der Falle. »Davon halte ich nicht viel. Ihr seid ein Vollblutweib und Ihr bringt mir meine Männer durcheinander, wenn Ihr nicht bald unter der Haube seid. Seht uns an, auch ich bin Eurem Zauber verfallen, obwohl mein Herz immer noch für Claire schlägt.« Das Wort Zauber versetzte meine Nerven in Alarmbereitschaft und unwillkürlich gesellte sich ein zweites hinzu: Hexe. Durand sah unterdessen zu Claire, die hinter mir stand, und verbeugte sich leicht.

Ich trat einen Schritt zur Seite, um sie vor seinen begehrlichen Blicken zu schützen. »Claire ist verlobt und wird bald heiraten. Alles, was allerdings mit meiner Hochzeit zusammenhängt, liegt ganz in Eurem Ermessen.« Keusch senkte ich den Blick, damit er die Angst in meinen Augen nicht erkennen konnte. Ich hoffte, Claire so vor ihm abschirmen zu können. Irgendwann musste er doch einsehen, dass sie versprochen war und jemand anderem gehören würde.

»Großartig! So fügsam. Das trifft sich gut, denn übermorgen habe ich genügend Zeit, einer Trauung beizuwohnen. Dann ist das beschlossene Sache. Übermorgen wird geheiratet, es sei denn, Ihr überlegt es Euch noch einmal anders.« Ich sah nicht auf, diesen Gefallen tat ich ihm nicht, und als ich nichts erwiderte, drehte er sich pfeifend um und schritt wie ein Gockel über den Markt davon. Ich hasste ihn aus tiefstem Herzen, wie ich noch nie einen Menschen gehasst hatte. Warum ich dermaßen auf ihn reagierte, war mir schleierhaft, oder kam das von der enormen Angst, die ich ebenfalls noch nie in diesem Ausmaß empfunden hatte?

»Oh mein Gott!«, stieß Claire hervor. Als ich mich zu ihr umdrehte, sah ich, dass sie sich bekreuzigte. »Das wird Henri nicht gefallen. Und auch Vater wird schockiert sein.«

»Mach dir keine Sorgen, ich werde Trier noch heute verlassen, dann könnt ihr euer Leben wieder wie gewohnt führen.« Ich flüsterte, sodass uns keine weiteren neugierigen Ohren belauschen konnten.

Claire antwortete mir nicht, sie schüttelte lediglich ihren hübschen Kopf und ergriff meine Hand, um mich rasch durch ein paar kleine Gassen zum Haus der Vieilles zu ziehen. Wir schwiegen. Mir war das nur recht, so konnte ich mir genau überlegen, wie ich von hier verschwinden konnte. Ich musste so schnell wie möglich wieder in mein Heimatdorf und zu dem kleinen See. Vielleicht gab es dort irgendwo einen Weg zurück in meine Zeit. Einen Weg zurück in meine Gegenwart. Ich hatte wahnsinnige Angst und ich wollte nur noch hier weg. Am liebsten hätte ich mich in diesem Moment in die heiße Wanne gelegt, ein Buch gelesen und mich danach in mein Bett gekuschelt. Schlagartig wurde mir klar, dass ich das alles nicht mehr hatte, nicht nur, solange ich hier festsaß. In meiner Zeit hatte ich ja gerade keine Wohnung, keinen Job, keinen Freund und keine beste Freundin mehr. Warum dachte ich ausgerechnet jetzt daran? Mein Hass sollte sich doch vielmehr auf den Verursacher meiner jetzigen Misere richten – auf Durand.

Als wir abrupt anhielten und Claire die Tür öffnete, erwachte ich aus meinen Gedanken und die Realität traf mich hart. Ich hatte eine Zeitreise gemacht, wie auch immer das passiert war. Es war nun einmal so und ich wusste nicht, wie ich das rückgängig machen konnte. Und nun sollte ich einen mir völlig fremden Mann heiraten, der mich noch dazu verachtete.

Atemlos lehnte sich Claire von innen gegen die Haustür. »Genauso sieht er mich immer an, so besitzergreifend. So als würde ich ihm gehören. Ich hasse es, Männern so untergeordnet zu sein. Nur weil ich eine Frau bin, muss ich ständig Angst haben, dass sie sich an mir vergreifen oder über meinen Kopf hinweg entscheiden. Das ist doch nicht gerecht!«

»Nein, gerecht ist das definitiv nicht.« Sie tat mir leid und ich konnte sie gut verstehen, ich an ihrer Stelle würde rebellieren und versuchen, aus dem Käfig auszubrechen.

»Ist dir klar, dass es Durand nicht darum ging, eure Hochzeit so schnell wie möglich zu feiern?«, fragte sie mich.

Irritiert sah ich sie an und schüttelte den Kopf. Um was soll es ihm dann gegangen sein? Aber ich stellte die Frage nicht, weil ich nicht dazu kam. Denn schon redete Claire weiter.

»Er muss unsere Lüge enttarnt haben und nun versucht er uns auf die Probe zu stellen. Irgendjemand vom Trupp muss ihm verraten haben, dass sie dich am Wegesrand gefunden und weder Henri noch unser Vater dich gekannt haben. Oh Heilige Jungfrau im Himmel, wenn die beiden das erfahren …« Sie endete hier und bekreuzigte sich. Ihr Gesichtsausdruck sprach von Angst. Die gleiche Angst hatte ich bis vor Kurzem auch empfunden. Zumindest bis ich mir ausgemalt hatte, wie schön eine Wanne voll mit heißem Wasser und mit meinem Lieblingsschaumbad wäre. Denn in dem Moment, da meine Gedanken zu meinem Exfreund gewandert waren und meiner ach so guten Freundin, war die Angst der Wut gewichen. Doch nun griff die Angst wieder nach mir und breitete sich in meinen Eingeweiden aus. Die Gier in den Augen des Hauptmanns war unleugbar gewesen. Er wollte mich. Das hatte selbst ich erkennen können, die mit solchen Blicken nicht gerade häufig bedacht worden war. Als wäre ich ein Stück Fleisch, hatte er mich angesehen. In diesem Moment, in dem schummrigen Hausflur, dankte ich Gott für mein durchschnittliches Aussehen. Vielleicht könnten sich diese Männer sonst noch weniger zurückhalten. Eines war jedenfalls klar: Sollte es nicht zu dieser Hochzeit kommen, dann wäre ich Durand ausgeliefert.

* * *

Es fühlte sich an wie eine Ewigkeit, bis die beiden Männer endlich nach Hause kamen. Claire und ich hatten das Essen bereits vorbereitet und saßen angespannt in der Küche. Kurz hatte ich mit dem Gedanken gespielt, einfach meine Handtasche zu schnappen und aus Trier zu verschwinden, doch meine Angst, Durand in die Arme zu laufen, war stärker. Seit wann hatte ich Angst vor Männern? Nun, ich musste zugeben, seit heute. Entweder ich würde den Unmut von Dark Lord auf mich ziehen oder der Hauptmann würde mich verfolgen und mich unter irgendeiner fadenscheinigen Begründung einsperren lassen. Da erschien mir der Unmut des Dark Lord als die ungefährlichere Alternative. Also blieb ich vorerst in dem kleinen Haus und harrte der Dinge, die kommen würden. Oder besser gesagt, ich harrte der Männer, bis sie endlich kamen.

»Weißt du, Isabelle, ich würde mich freuen, wenn du meine Schwägerin werden würdest, und Henri wird ein guter Ehemann sein, da könntest du es wahrlich schlechter treffen.« Claire legte besorgt ihre Hand auf meinen Arm, als wir nebeneinander am Küchentisch saßen und warteten.

»Er hasst mich«, gab ich leise zu bedenken.

»Er hasst jeden, außer die Mitglieder seiner Familie. Wenn ihr verheiratet seid, gehörst du zu uns. Das wird schon werden. Vertrau mir.« Claire lächelte mich aufmunternd an, doch mich beruhigte das keinesfalls, schließlich wollte ich nicht heiraten, zumindest nicht aus solchen Gründen. Ich hatte romantischere Vorstellungen und hoffte, eines Tages einen Mann zu finden, der mir aus Liebe einen Antrag machen würde. Ich erwiderte jedoch nichts mehr, da in diesem Moment die Tür zu hören war und die Männer mit Gepolter das Haus betraten.

Pierre strahlte über das ganze Gesicht, als er in die Küche kam. »Das riecht aber köstlich.« Doch schon in dem Moment, da er unsere Gesichter sah, legte sich seine Stirn in Falten.

Hinter ihm kam Henri in den Raum. Er musste sich bücken, um durch die Tür zu gelangen, aber sein Gesicht war von Anfang an mürrisch.

»Ihr Mädchen, was ist los? Warum schaut ihr so trübsinnig?«, wollte Pierre von uns wissen.

Ich schwieg, Claire übernahm den Part des Redens. »Durand hat uns auf dem Markt aufgelauert und Isabelle anmaßend den Hof gemacht. Und als Isabelle nicht darauf einging, hat er versucht, sie in eine Falle zu locken. Er möchte, dass die Hochzeit übermorgen stattfindet«, ließ sie die Bombe platzen. »Ich denke, er ahnt, dass Isabelle nicht wirklich Henris Verlobte ist. Jemand muss euch verraten haben, anders kann ich mir diese Eile nicht erklären.«

Ein Rumpeln rechts neben mir ließ mich erschrocken herumfahren. Vor Wut hatte Henri gegen einen der dicken Balken geboxt. Blut sickerte aus mehreren Wunden an seinen Fingerknöcheln. Es fehlte nur noch der Qualm, der aus seinen Nasenlöchern heraustrat.

»Ich werde diese … diese …«, er schnaubte kurz und fuhr dann fort: »Ich werde sie nicht heiraten!« Erneut schlug er gegen das massive Holz.

»Und genau mit dieser Reaktion rechnet er. Weißt du, Bruderherz, er hat ganz bestimmt einen Spitzel. Er war sich seiner Sache so sicher. Er glich einer Raubkatze auf Beutezug.«

Claire ging zu Henri und nahm liebevoll seine malträtierte Hand, verband sie mit einem sauberen Tuch und legte anschließend ihre Finger vorsichtig gegen seine Wange. »Es ist eine Falle.«

Ich stand auf, unruhig knetete ich meine Hände. »Ich werde meine Sachen packen und gehen. Ihr braucht euch meinetwegen keine Gedanken zu machen. Wenn ich erst einmal weg bin, könnt ihr euch irgendeine schreckliche Geschichte über mich ausdenken und dann ist die Sache bald wieder vergessen.« Das war am besten für alle.

Henri stellte sich mir in den Weg, als ich nach oben in mein Zimmer wollte. Ich prallte gegen seine Brust, die hart wie Beton war. »Warum bist du hier?«, wollte er knurrend von mir wissen. Ängstlich wich ich einen Schritt zurück und prallte mit dem Kopf gegen den Holzbalken. Sofort schloss er zu mir auf und keilte mich zwischen seinen Armen ein, indem er die Hände gegen den Balken stützte. Ein Zittern ging durch meinen Körper. Ich hatte Angst. Vielleicht war der Dark Lord doch nicht die harmlosere Alternative.

»Nicht so hastig. Das werden wir in Ruhe besprechen. Claire, kannst du das Essen noch warm halten?« Pierre legte seine Hand auf die seines Sohnes und zog ihn von mir weg. Seine Tochter antwortete mit einem Nicken. »Gut, dann werden wir uns wie zivilisierte Menschen an den Tisch setzen und das Ganze durchdenken. Niemand schlägt mehr auf wehrloses Holz ein und es flüchtet auch niemand aus diesem Haus.«

Mit einem mulmigen Gefühl ließ ich mich erneut auf dem Stuhl nieder. Mein Herz ratterte wie ein Maschinengewehr.

Selbst Henri setzte sich, wenn auch mit einem hasserfüllten Blick in meine Richtung, dem ich nicht standhalten konnte. Stattdessen sah ich zu Boden. »Ich wusste, dass diese Frau nur Ärger bringen würde. Aber du«, kurz sah er seinen Vater vorwurfsvoll an, »du musstest sie ja unbedingt retten. Du und dein viel zu weiches Herz!«

Erschrocken japste ich nach Luft, die mittlerweile von der Aggression, die von Henri ausging, zu flirren schien. Es war eindeutig ersichtlich, dass er mich aus tiefstem Herzen verabscheute. »Ich bin anwesend, du kannst auch gerne mit mir sprechen, anstatt über mich hinweg. Und nur damit du das weißt, du großkotziger Brocken: Ich möchte dich auch nicht heiraten. Auf gar keinen Fall!« Endlich traute ich mich, aufzusehen und ihm die Meinung zu geigen.

Mit gefurchter Stirn und Augen, die fast schon schwarz schimmerten und lediglich einen blauen Ring aufwiesen, fixierte er mich. Doch es war Pierre, der versuchte, uns zu beruhigen. »Kinder, das führt doch zu nichts. Anstatt euch gegenseitig an die Gurgel zu gehen, solltet ihr vielmehr zusammenhalten und euch Gedanken machen, was zu tun ist. Durand ist der Feind, niemand anderes.«

Ruckartig richtete sich Henri auf, wodurch der Stuhl umkippte und scheppernd auf dem Boden aufkam. »Was gibt es da nachzudenken? Das Frauenzimmer sucht das Weite und wir können wieder in Frieden leben.« Seine Stimme war eine Spur zu laut, doch niemand wies ihn in seine Schranken. Das hätte wahrscheinlich einen Tobsuchtsanfall seinerseits ausgelöst.

Pierre sah kopfschüttelnd zu seinem Sohn. »Sollte er wirklich einen Spitzel haben, dann wird er versuchen, dich auf irgendeine Weise zu verurteilen, wenn Isabelle verschwinden sollte. Durand hat es auf uns abgesehen, seitdem ich ihm Claires Hand verweigert habe. Dass du seine Tochter nicht heiraten willst, hat er in den gleichen falschen Hals bekommen. Er sucht nur nach einer Möglichkeit, unsere Familie zu schwächen oder zu unterwandern. Wenn er uns beide ausschaltet, kann er sich zum Vormund von Claire erklären und sie letztendlich von ihrer Verlobung mit dem Sohn des Apothekers freisprechen, um sie dann selbst heiraten zu können. Das können wir auf keinen Fall zulassen. Du musst Isabelle heiraten, ob du es willst oder nicht.«

»Moment mal! Und mich fragt niemand?« Die beiden waren so in ihren Dialog vertieft gewesen, dass sie mich jetzt, da ich sprach, völlig irritiert ansahen, so als ob sie sich gerade erst wieder meiner Gegenwart bewusst würden. »Was, wenn ich niemanden heiraten möchte? Was, wenn ich bereits verheiratet bin?«

Plötzlich war es totenstill in dem Raum, beide Männer sahen mich immer noch irritiert an und Claire war kurzzeitig die Kinnlade runtergefallen, doch sie fing sich als Erste. »Wir wissen wirklich nichts von dir, das stimmt. Bist du denn verheiratet, Belle?« Die Abkürzung meines Namens hauchte sie so liebevoll, dass ich mir wie eine Schwerverbrecherin vorkam, weil ich die drei so angefahren hatte.

»Nein, das bin ich nicht.« Trotzig schob ich mein Kinn nach vorne. »Dennoch sollte ich gefragt werden. Unter einer Heirat habe ich mir zumindest für mich immer etwas anderes vorgestellt. Sollte da nicht Liebe im Spiel sein?«

»Leider ist es dafür zu spät«, sagte Pierre in einem ungewohnt strengen Tonfall. »Hätte ich gewusst, wo das hinführt, hätte ich dich nie als die Frau vorgeführt, die meinen Henri heiraten soll. Es tut mir leid, Mädchen. Eigentlich wollte ich dir nur helfen.«

»Tja, Vater. Geholfen hast du damit wohl niemandem. Weder mir oder dir noch der jungen Frau, die sich in unser Haus eingeschlichen hat!«

Wutentbrannt stand ich auf, schob den Stuhl um Fassung bemüht an den Tisch und stapfte die Treppe zu meiner kleinen Kammer nach oben. Dann knallte ich die Tür, die jedoch keinen ohrenbetäubenden Knall von sich gab und lediglich dumpf ins Schloss fiel.

Was dachte sich dieser Idiot dabei, mich so hinzustellen, als wäre ich eine Verbrecherin, die sich in das Haus der Vieilles eingeschlichen hat? Wer war er, dass er sich so etwas herausnahm?

Mit zitternden Händen packte ich meine Sachen in die geräumige Tasche. Sobald es dunkel wäre, würde ich mich aus dem Haus schleichen und abhauen. Dass ich eine Verbrecherin oder eine Frau war, die sich etwas erschlich, ließ ich mir nicht nachsagen.

Immer noch wütend ließ ich mich auf das Bett nieder und wartete. Zu meiner Erleichterung ließen die anderen drei Bewohner dieses Hauses mich in Ruhe.

10. Kapitel

Die Geräusche im Haus verstummten nach und nach. Auch draußen auf der Straße war kaum noch etwas zu hören. Gut, dass mich keiner mehr behelligt hatte. Vermutlich hatten alle registriert, wie wütend ich gewesen war, nachdem Henri seinen Unmut über eine Hochzeit mit mir kundgetan hatte. Man hatte mich in Ruhe gelassen, was rührend war, doch nun war es Zeit zu gehen. Die Vieilles hatten durch mein Auftauchen schon genug Probleme am Hals. Es war besser, hier und jetzt einen klaren Strich zu ziehen.

Ich wappnete mich mit einem tiefen Atemzug, berührte noch einmal das Medaillon, das mein Leben so sehr verändert hatte, und schulterte die Tasche, ehe ich die Tür meines Zimmers öffnete. Im Flur war es stockdunkel. Um keinen Krach zu machen, tat ich einen großen Schritt über die oberste Stufe hinweg, da ich wusste, dass sie knarrte. Unten angekommen nahm ich den Weg über die Hintertür, die ich von außen leise schloss. Erst jetzt erlaubte ich mir wieder zu atmen, doch erleichtert war ich definitiv noch nicht. Ich musste erst einmal aus Trier heraus, was nicht einfach werden würde. An allen Toren standen Wachleute, doch darüber würde ich mir Gedanken machen, wenn ich dort ankäme.

Die Luft war noch warm von dem sonnigen Tag und der Duft der Rosen war betörend. Claire hatte mir erzählt, dass ihre Mutter sie einst gepflanzt hatte. Ich blieb kurz stehen, ließ eine Hand über eine der Blüten gleiten und genoss für einen kleinen Augenblick die Schönheit der Natur.

»Matrona Julina«, sagte eine tiefe Stimme leise hinter mir.

Mir blieb das Herz stehen und meine Hand zuckte ruckartig zurück. Leider hatte ich damit die Rosenblüte abgeknickt, die nun ihren Kopf hängen ließ und in etwa das zeigte, was in meinem Innern vor sich ging.

Da ich nicht antwortete, sprach die tiefe Stimme weiter: »Das ist der Name, den meine Mutter dieser Pflanze gegeben hat.«

»Aha!« Und warum erzählte mir Henri das? Warum fragte er nicht, was ich mitten in der Nacht in dem Garten wollte? Er wirkte so gefasst, so ruhig. Das passte nicht zu dem Mann, den ich in den letzten Tagen kennengelernt hatte.

»Ich dachte schon, ich hätte mich in dir getäuscht.« Aus seinen Worten hörte ich einen lauernden Unterton heraus, was mich dazu verleitete, mich umzudrehen.

Er stand direkt vor mir und ich konnte seinen Duft einatmen. Er roch herb und auch frisch. In meinem Magen flatterte etwas. Hastig trat ich einen Schritt zurück, da ich mir plötzlich der Intimität der Szenerie bewusst wurde, doch ich hatte den Rosenbusch vergessen. Als ich ins Straucheln geriet, verschränkte Henri die Arme und sah mir zu, wie ich fiel, anstatt mir zu helfen. Dieser Idiot, dachte ich noch, dann stachen mir die ersten Dornen in die Haut. Am liebsten hätte ich laut aufgeschrien, aber ich biss mir fest in die Unterlippe, bis ich Blut schmeckte. Ich würde mich nicht noch von weiteren Angehörigen der Familie Vieille erwischen lassen. Und diesen Volltrottel musste ich so schnell wie möglich loswerden. Mit hochgezogenen Augenbrauen sah er mich grinsend an.

»Was starrst du mich so an?«, zischte ich, nachdem ich mir das Blut von der Lippe geleckt hatte. Vorsichtig rappelte ich mich auf, um nicht noch weitere Dornen abzubekommen, und rollte mich ein wenig zur Seite. Leider präsentierte ich ihm damit wenig damenhaft meine Kehrseite.

»Bist zumindest kein Weib, das bei jeder Kleinigkeit schreit und einem Mann die Nerven raubt.« Als ich stand, musterte er mich ungeniert von oben bis unten, abwertende Anzüglichkeit im Blick.

Na warte, dachte ich. Was der konnte, konnte ich schon lange. »Oh, glaube mir, Henri«, sagte ich mit dunkler, verheißungsvoller Stimme. »In manchen Situationen kann ich schon wild und hemmungslos schreien.« Als ich erkennen konnte, dass er meine zweideutige Antwort verstanden hatte, fuhr ich fort: »Aber machen wir uns nichts vor, das wirst du niemals erleben.« Gespielt mitleidig sah ich ihn an und schüttelte den Kopf.

Seine Augen verengten sich zu Schlitzen. »Und glaub du mir, Weib, das will ich auch gar nicht!«

Ohne es zu wollen, verletzten mich seine Worte. Ich blöde Nuss! Ständig funkte mir mein mangelndes Selbstwertgefühl dazwischen, wenn ich mal schlagartig und frech sein wollte.

»Dann sind wir uns ja einig. Leb wohl.« Ruckartig drehte ich mich um und machte diesmal einen großen Bogen um den Rosenbusch. Am Ende des Gartens raffte ich meinen Rock und stieg über den niedrigen Zaun. Doch ich hatte die Rechnung ohne Henri Vieille gemacht, der mir auf dem Fuße folgte. Ich ging weiter und versuchte, ihn so gut es ging zu ignorieren, was mir unheimlich schwerfiel.

Kurz vor der Stadtmauer verschwand mein mich begleitender Schatten jedoch, offenbar hatte er mich nur bis hierher begleiten wollen, um sicherzugehen, dass ich wirklich verschwinden würde. Ich presste mich an den kalten Stein der

Mauer, um nicht von den wachhabenden Soldaten entdeckt zu werden, und beobachtete, wie die beiden immer wieder hin- und herliefen. Irgendeine Chance musste sich doch bieten, aus dieser Stadt zu entkommen. Kaum fünf Minuten später hörte ich Pferdehufe, die über das Kopfsteinpflaster in Richtung des großen Tors kamen. Ich hatte mich, so gut es ging, an das Tor herangepirscht, aber bisher keine Lücke gefunden, durch die ich schlüpfen konnte.

Erstaunt sah ich auf, als das Geklapper der Hufe direkt neben mir stoppte. Jemand musste mich entdeckt haben. Doch als ich in das Gesicht des Reiters sah, lächelte Henri mich provozierend an, beugte sich zu mir herunter und reichte mir seine Hand, die ich skeptisch beäugte.

»Komm, ich bring dich raus aus der Stadt und zurück zu dem Ort, an dem wir dich gefunden haben«, raunte er vertraulich.

»Du hast es ganz schön eilig, mich loszuwerden«, giftete ich zurück, doch ich griff nach seiner Hand. Alleine käme ich hier nie raus. Mit einer einzigen fließenden Bewegung zog er mich zu sich in den Sattel. Er hatte ganz schön Kraft in seinem Arm, wenn er einen solchen Brocken wie mich so einfach auf dieses riesige Pferd ziehen konnte. Ohne es zu wollen, war ich ein wenig beeindruckt.

»Und du hast es ganz schön eilig, unsere Verlobung aufzulösen. Hätte ich noch ein Herz in meiner Brust, würde es in diesem Moment einen schweren Schaden davontragen.« Sein Mund war gefährlich nahe an meinem Ohr. Ein Schauer rieselte über meinen Rücken, als seine Lippen mein Ohrläppchen flüchtig berührten. Amüsiert schnaubte er, als er meine körperliche Reaktion auf ihn mitbekam. »Zumindest wirst du deine Lust auf mich nicht spielen müssen«, sagte er noch, ehe er dem Pferd die Hacken in die Flanke stieß und wir kurz darauf in dem mächtigen Torbogen standen. Was hatte er mit dem letzten Satz gemeint?

Wie hatte ich mich nur hinreißen lassen können, auf seine simplen Tricks hereinzufallen? Mein verräterischer Körper hatte sofort auf ihn reagiert und dieser eitle Pfau hatte es auch noch gemerkt. Ich spürte, wie mir die Röte ins Gesicht stieg, am liebsten wäre ich von diesem Gaul heruntergesprungen und davongeeilt, doch Henri presste mich fest an seinen harten Oberkörper.

»Marcel, lass uns passieren«, sprach Henri den Wachmann leise und sehr vertraut an.

Der Mann kam näher und sah von ihm zu mir und dann wieder zu Henri. »Wo wollt ihr hin?«, fragte er neugierig. Ich konnte keinerlei Argwohn in seiner Stimme erkennen, eher sprach der Schalk aus ihm.

Henri beugte sich vertrauensvoll zu ihm. »Ich will meiner Verlobten das Wäldchen zeigen.«

»Verlobte?«, fragte Marcel freudig. »Das wusste ich ja gar nicht. Herzlichen Glückwunsch.« Gratulierend schlug er Henri auf die Schulter. Die Erschütterung konnte sogar ich in meinem Oberkörper spüren. »Es wurde aber auch Zeit, dass du Torrine vergisst.«

»Ja, ich wusste das bis gestern auch nicht. Wir sollen bald heiraten, doch wir kennen uns noch nicht, das wollen wir heute ein wenig nachholen.«

Schnell blickte sich Marcel nach allen Seiten um. »Verstehe, verstehe. Aber seid vor Morgengrauen zurück, dann ist Schichtwechsel und ich weiß nicht, ob der Mann, der nach mir Wache hat, so nachsichtig ist wie ich.«

»Danke dir. Ich bin dir etwas schuldig!«, sagte Henri immer noch leise, während er sich wieder aufrichtete und dem Pferd das Zeichen gab, dass es weiterging.

»Schon gut. Nennt euren ersten Sohn nach mir, dann bin ich glücklich«, scherzte Marcel.

»Abgemacht!«, erwiderte Henri mit einem Lachen in der Stimme und winkte ihm noch einmal zum Abschied zu.

Ich schnaubte kurz. »Wäldchen?«

»Mhm, ist bei uns ein recht romantischer Ort. Die Männer gehen dort mit ihren Favoritinnen hin, zumindest, wenn diese sich dazu überreden lassen«, erklärte er mir freimütig. »Gibt es bei euch so etwas nicht?«

Ich schüttelte kurz den Kopf. »Anständige Frauen machen so etwas nicht.« In der Zeit, in der wir uns befanden, stimmte das. In meiner Zeit herrschte für die hiesigen Verhältnisse wohl eher Sodom und Gomorra, doch das wollte ich ihm lieber nicht auf die Nase binden. Also ließ ich ihn in dem Glauben, dass ich in guten Verhältnissen aufgewachsen war und solch ein unschickliches Verhalten nicht kannte. Nicht dass er auf dumme Gedanken kam, der Dark Lord. Oder war ich es, die auf dumme Gedanken kommen könnte?

Henri schwieg kurz, während wir durch den dunklen Wald ritten. Der Mond war lediglich eine Sichel am Firmament. Mir war es ein Rätsel, wie er sich orientieren konnte, doch ich vertraute ihm erstaunlicherweise bedingungslos. Zumindest in dieser Sache.

»Das ist gut«, sagte er plötzlich und durchschnitt damit die Stille. Erschrocken zuckte ich zusammen, da ich nicht mehr mit einer Erwiderung seinerseits gerechnet hatte. Einige Augenblicke später fragte er ein wenig freundlicher: »Willst du mir jetzt erzählen, was dich hierher in unsere Gegend geführt hat?«

Vermutlich würde er mich im nächsten Teich ertränken, wenn ich ihm erzählte, dass ich mich auf einer Zeitreise befand, dachte ich. Aber was hatte ich schon zu verlieren? Was würde er tun, außer an dem von mir Erzählten zu zweifeln und mich für verrückt zu halten?

»Ich komme nicht von hier«, wich ich vorerst seiner Frage aus.

Er lachte, was ich anhand des Vibrierens an meinem Rücken erkannte. »Was du nicht sagst. Zu dieser Schlussfolgerung wäre ich nie gelangt.« Wieder einmal war er in den Modus Sarkasmus gewechselt, was ich ihm nicht wirklich verübeln konnte.

Ich richtete mich ein wenig auf, drehte meinen Kopf zu ihm und sah in sein schönes Gesicht. Außer ein paar Konturen konnte ich nicht viel erkennen, lediglich seine Pupillen funkelten ein wenig in dem spärlichen Mondlicht. Wieder war ich mir seiner körperlichen Nähe mehr als bewusst. Mit zittriger Stimme sagte ich: »Ich komme aus einer anderen Zeit.« Erwartungsvoll sah ich ihn an, auch wenn ich seine Mimik nicht wirklich erkennen konnte.

Er antwortete mir nicht, schwieg stattdessen und führte das Pferd mit sicherer Hand durch die Dunkelheit. Ich schwieg ebenfalls und schaute wieder nach vorne, ohne irgendetwas zu sehen. Ob er mir glaubte oder nicht, war mir relativ egal.

»Vielleicht sollte ich dich nicht einfach so am Wegesrand absetzen und deinem Schicksal überlassen, du scheinst mir verwirrt zu sein.« Ich hatte schon gar nicht mehr mit einer Reaktion auf meine zugegebenermaßen abstruse Geschichte gerechnet, weshalb mich seine Stimme ein wenig abrupt aus meiner Grübelei riss. Angesichts seiner Äußerung versteifte ich mich in seinen Armen und ärgerte mich schon über mein idiotisches Bedürfnis, mich ihm mitzuteilen und zumindest einem Menschen davon zu erzählen, was mir widerfahren war.

Henri fing an zu lachen, der tiefe Ton dröhnte durch meinen Körper. »Isabelle Adjani, bitte entspann dich. Mir liegt nichts ferner, als dich länger bei uns zu haben, als unbedingt nötig ist.«

Dieser Mann brachte es ständig fertig, mich zu verletzen. Auch wenn ich gedacht hatte, selbst fliehen zu wollen. Wieder schnaubte ich entrüstet auf, was anscheinend zu einer sehr blöden Angewohnheit von mir wurde, sobald er in der Nähe war. »Du bist mich bald los. Und ich werde dir beweisen, dass ich nicht aus dieser Zeit stamme.« Der würde blöd aus der Wäsche schauen, wenn ich vor seinen Augen verschwinden würde. Schade nur, dass ich das nicht würde sehen können.

Kurz huschten meine Gedanken zu Claire und Pierre, die mich so herzallerliebst bei sich aufgenommen und damit viel riskiert hatten, auch wenn dieser Klotz hinter mir ihnen ständig in den Ohren gelegen hatte, dass es keine gute Idee sei. Es tat mir in der Seele leid, dass ich mich nicht von den beiden verabschieden konnte, doch sie hätten mich nicht gehen lassen und sich mir eher noch in den Weg gestellt. So gesehen war es großartig, dass der Dark Lord auf mich gewartet hatte und mir nun half. Ihm tat ich noch einen Gefallen, wenn ich rasch verschwand. Warum mir das allerdings einen Stich versetzte, wusste ich nicht so recht.

»Woher wusstest du, dass ich flüchten würde?«, fragte ich ihn neugierig.

»Keine Frau heiratet mich freiwillig.« Erstaunt stellte ich fest, dass er verbittert klang. »Die Verlobte, die ich vor dir hatte, ist auch ein paar Tage vor unserer Hochzeit geflüchtet. Sie hatte allerdings die Ausrede der großen Liebe verwendet und nicht, dass sie in der Zeit gereist sei.« Zuerst hatte ich bei diesem Geständnis Mitleid mit ihm gehabt, aber mit den letzten Worten hatte er sich wieder über mich lustig gemacht. Wie schaffte er es nur, mich immer wieder zu verletzen? Ich hatte doch sonst ein dickes Fell.

»Vielleicht solltest du ein wenig an deinem Charme arbeiten, dann rennt dir auch keine mehr davon«, stänkerte ich zurück, woraufhin er sich versteifte.

Er schwieg eine gefühlte Ewigkeit. »Da sind wir. Das ist der Baum, an dem dich Rupert gefunden hat.« Er deutete in die Nacht, doch außer einem riesigen dunklen Umriss sah ich nichts. Und nun? Wie sollte ich von hier aus zu dem See finden? Als ich mir einen Plan gemacht hatte, war ich davon ausgegangen, hier erst bei Tageslicht anzukommen, dann wäre es bestimmt einfacher gewesen, den richtigen Weg zu finden.

Henri merkte meine Verzweiflung und fragte: »Wo willst du jetzt hin?«

Ich musste über meinen Schatten springen, schließlich konnte mir nur Henri helfen. »Ich muss zu einem See, der kann nicht weit von hier sein. Jedenfalls bin ich nicht allzu lange gelaufen, vielleicht eine halbe Stunde oder so. Bin mir nicht mehr sicher. Ist alles recht verschwommen in meiner Erinnerung, was in dieser Nacht passiert ist.«

»Ich weiß, welchen See du meinst, und werde dich hinbringen, dann kann ich mir persönlich anschauen, was du dort im Schilde führst.« Sein kantiges Kinn reckte sich ein Stück hervor, dann ritten wir weiter.

Und wieder einmal fragte ich mich, was wohl in seinem Kopf vor sich ging. Er war mir ein Rätsel, dieser Dark Lord.

* * *

Ich musste eingenickt sein, denn plötzlich schreckte ich hoch, weil jemand an meiner Schulter rüttelte. »Aufwachen!«, hörte ich Henris herrische Stimme an meinem Ohr. Als er merkte, dass ich wach war, sprang er elegant vom Pferd, um mir anschließend herunterzuhelfen. Seine Hände schlossen sich um meine Taille, was mir wieder einmal peinlich war. Ich hoffte, dass er nicht die Speckröllchen fühlte. Langsam ließ er mich herab. Die Art, wie er mich zu Boden gleiten ließ, hatte irgendwie eine erotisierende Wirkung auf mich. Und wieder einmal schlug mein Herz viel zu schnell.

»Danke«, sagte ich unsicher. Unsicher! Das ging wirklich zu weit! Also fügte ich in einer, wie ich hoffte, recht coolen Art hinzu: »Fürs Bringen und fast Heiraten.« Doch er lachte nicht, sondern war wieder einmal viel zu ernst. Himmel, wir gingen doch nicht zu einer Beerdigung! Doch als ich ihn mir genauer ansah, erkannte ich, weshalb er so ernst war. Er beobachtete aufmerksam die Umgebung. Schwebten wir in Gefahr?

»Verfolgt uns jemand?«, fragte ich Henri deshalb und blickte mich ängstlich nach allen Seiten um, doch sehen konnte ich nicht wirklich etwas. Lediglich der Sichelmond, der sich auf der Wasseroberfläche spiegelte, schenkte ein wenig Licht. Zumindest waren wir der alles verzehrenden Dunkelheit des Waldes entkommen.

»Ich hoffe nicht.« Dennoch wirkte er nicht gerade glücklich, vielmehr war er angespannt und unruhig.

Das war nicht unbedingt ermutigend. Aber egal, wer uns hier beobachtete, würde nur zu sehen bekommen, wie ich verschwand. Ich war gleich weg von hier, dann konnten die Vieilles ihr Leben weiterleben, als hätte es mich nie gegeben. Im Grunde genommen war es doch auch so – es gab mich Anfang des neunzehnten Jahrhunderts noch gar nicht. Ich würde erst in vielen, vielen Jahrzehnten das Licht der Welt erblicken. Dann, wenn Henri, Claire und auch Pierre schon lange tot waren, stellte ich erschrocken fest. Warum mich das dermaßen schockierte und traurig machte, wusste ich beim besten Willen nicht zu sagen. Sie lebten jetzt und ich in meiner Zeit. Jeder war nur in seiner Epoche lebendig. So, jetzt hatte ich eine Erklärung, die mich beruhigen sollte, deswegen musste ich auch nicht traurig sein. Ging es allen Zeitreisenden so? Waren alle so verwirrt und hatten Probleme, Ort und Zeit, in die sie gefallen waren, wieder zu verlassen? Hatte überhaupt schon einmal jemand eine solche Reise erfahren? Zumindest Frau Treske musste eine Zeitreisende gewesen sein. Was sie wohl erlebt hatte? War sie aus der Zukunft oder aus der Vergangenheit zu ihrem Mann in unsere Zeit gelangt?

Henris Augen verengten sich zu Schlitzen, als er mich fixierte. Was war denn nun schon wieder? »Isabelle?«

»Ja?«, fragte ich und legte meine Stirn in Falten.

»Hier ist niemand«, stellte er trocken fest.

»Puh, und ich dachte schon, jemand hätte uns verfolgt!« Erleichtert atmete ich aus.

»Ich hatte gedacht, dass hier jemand auf dich wartet.« Seine schroffen Worte ließen mich innehalten.

Erstaunt sah ich ihn an. »Ich habe nie behauptet, dass hier jemand auf mich warten würde. Wie kommst du nur auf die Idee?«

Henri atmete ruckartig aus. »Ich dachte, dass du dich hier mit einem Mann triffst. Einem Liebhaber, den deine Familie nicht toleriert oder etwas in der Art.«

War dieser Kerl von allen guten Geistern verlassen? »Mein Verlobter hat mich mit meiner besten Freundin betrogen und nun sind sie ein Paar und leben bis an ihr Lebensende glücklich zusammen«, spie ich sarkastisch aus. »Männer können mir zukünftig gestohlen bleiben!«

Henri schloss seinen Mund wieder und verstummte. Gut so, denn dieses blöde Gelaber war zum Verrücktwerden. Ich hatte ihm doch deutlich gesagt, dass ich zu dem See wollte, weil ich aus einer anderen Zeit stammte. Wahrscheinlich glaubte er mir kein Wort und dachte, das sei alles nur ein Vorwand gewesen, damit er mich hierher begleitete. Und dann? Hatte er ernsthaft in Erwägung gezogen, dass ich ihn hier in einen Hinterhalt führen und von meinem angeblichen Liebhaber abmurksen lassen würde?

Wut wallte in mir hoch und ich lief aufgeregt immer drei Schritte in die eine Richtung und dann drei in die andere, um kurz darauf abrupt direkt vor ihm stehen zu bleiben. Mit meinem Zeigefinger stieß ich ihm gegen seine Brust. »Tja, es werden eben auch andere von ihren Verlobten sitzen gelassen, nicht nur du. Oder hast du gedacht, nur du hättest das Recht gepachtet, sich so hintergangen und abgelegt zu fühlen? Glaub mir, das hast du nicht. Ich habe nie gewollt, dass ich am Ende alleine dastehe, aber so ist es nun mal und ich kann es nicht ändern. Ich werde Daniel auch ganz bestimmt nicht hinterherweinen, soll er doch unglücklich werden mit Nadine. Früher oder später wird er erkennen, was er verloren hat, als er mich vor die Tür gesetzt hat, dieser Idiot! Aber ich habe erkannt, dass ich ihn nicht liebe.« Ich redete mich dermaßen in Rage, dass ich kurz innehalten musste, da ich das Gefühl hatte, ohnmächtig zu werden, weil ich vergessen hatte zu atmen. Japsend stemmte ich meine Hände in die Seiten und funkelte ihn wütend an.

Mit einem merkwürdigen Blick beobachtete Henri mich. »Da hast du vollkommen recht«, murmelte er.

»Was meinst du damit? Womit habe ich recht?«, fragte ich irritiert, weil ich ihm gerade nicht wirklich folgen konnte.

»Dieser Daniel ist ein absoluter Idiot!«

»Moment mal. Du kennst ihn doch gar nicht. Wie kommst du dazu, so etwas über ihn zu sagen?« Warum nahm ich den Idioten jetzt in Schutz? Mein Gehirn musste unter einer Art Sauerstoffunterversorgung leiden, weil ich vorhin zwischen meinen Worten kaum Luft geholt hatte, anders konnte ich mir mein bescheuertes Verhalten nicht erklären.

»Nein, ich kenne ihn nicht, aber dich. Und ein Mann, der eine so bezaubernde Verlobte sitzen lässt, ist in meinen Augen ein Taugenichts.« Seine leise Stimme klang dunkel und ernst und allein die Tatsache, dass er nun auf meiner Seite stand, hinterließ in meinem Innern ein wohliges Gefühl.

»Ja, ein Taugenichts!«, stieß ich barsch hervor, da mir nichts anderes einfallen wollte. »So und nun verschwinde ich zurück in meine Zeit, wo annähernd alle Männer Taugenichtse sind. Du würdest staunen!«

»Das glaube ich dir.« Doch seine Stimme klang zu blechern, sodass ich bezweifelte, dass er es auch so meinte.

Mir sollte das egal sein, aber das war es nicht. Irgendwie herrschte in mir ein solches Chaos und ständig hatte ich das Bedürfnis, dass Henri mich verstand und für voll nahm, was er wahrscheinlich nie tun würde. Selbst, wenn er zur Abwechslung mal der gleichen Meinung war wie ich, zumindest was Daniel betraf.

»Lieber Henri«, begann ich feierlich und er riss die Augenbrauen nach oben. »Ich danke dir und deiner Familie von ganzem Herzen, dass ihr mich so bedingungslos in eurem Haus aufgenommen habt. Grüße bitte deinen Vater und Claire von mir.«

Er nickte bestätigend. Ich beobachtete ihn ganz genau, doch ich konnte keine Anzeichen dafür finden, dass er mich nicht für voll nahm, viel eher glaubte er wohl, dass umgekehrt ich ihn auf den Arm nehmen würde. Egal! Ich ging näher zum Ufer des Sees und zog die Kette aus dem Ausschnitt meines Kleides. Henri, der näher an mich herangetreten war, ignorierte ich, soweit mir das überhaupt möglich war.

Vorsichtig drehte ich das Schmuckstück um und begann leise flüsternd zu lesen:

METALLUM NOBILIS
VIS MAGNA
TEMPUS VERTITUR
CAVE

Wieder fing das Medaillon an zu summen wie schon beim ersten Mal und vibrierte anschließend in meiner Hand. Der türkisfarbene Stein begann von innen zu leuchten und hätte ich nicht bereits einmal erlebt, wie das Teil funktionierte, hätte ich mich fürchterlich erschrocken, als kurz darauf der Anhänger aufsprang. Mit einem leisen Surren fing das Laufwerk im Innern an zu arbeiten. Die vielen kleinen Rädchen drehten sich, ganz genau wie an jenem Tag, als meine Reise durch die Zeit begonnen hatte. Obwohl ich wusste, was mich erwarten würde, ließ ich das Medaillon los. Mein Blick huschte zu Henri, der fasziniert das Schmuckstück beobachtete. Bedauern erfasste mich, als ich ihn da so stehen sah. Ihn, der das Gleiche durchgemacht hatte wie ich. Ihn, der so voller Argwohn Frauen gegenüber war und dennoch für seine Schwester alles tun würde und sie abgöttisch liebte. Einen solchen Mann an seiner Seite zu haben, musste toll sein. »Deine Torrine ist auch eine Idiotin!«, stieß ich hektisch hervor, weil es mir wichtig war, dass er das noch hörte. Doch dann fiel ich erneut in das schwarze Loch, fiel in endlose Leere, die wie ein Farbwirbel um meine Achse pulsierte. Dann wurde alles um mich herum schwarz und ich spürte noch, wie mir die Knie wegsackten und ich auf allen vieren auf dem moosbewachsenen Boden aufkam, ehe ich zur Seite umkippte und das Bewusstsein verlor.

11. Kapitel

Kopfschmerzen, unsägliche Kopfschmerzen zertrümmerten das Innere meines Schädels. Ich fühlte mich desorientiert und nicht fähig, meine Augen zu öffnen, die sich anfühlten, als hätte jemand sie mit Sekundenkleber zugeklebt.

War ich wieder in meiner Zeit angekommen? Mir kam plötzlich ein fürchterlicher Gedanke. Was, wenn ich weitergereist und wieder in einem anderen Jahr gelandet war? Allein bei diesem Verdacht stöhnte ich auf.

»Isabelle?« Die Stimme war mir nur allzu bekannt und schlagartig wusste ich, wann und wo ich mich befand. Erleichterung durchflutete mich.

Zaghaft schlug ich die Lider auf und dankte Gott im Stillen, dass es noch Nacht war. Grelle Sonnenstrahlen hätte ich in diesem Zustand nicht verkraftet. »Mh?«, brummte ich.

Vor mir kniete im Gras Henri und sah mit gerunzelter Stirn auf mich herab. Selbst mit seiner Mimik trieb er mich dazu, wütend auf ihn zu sein. »Ich hatte schon befürchtet, du wachst gar nicht mehr auf.«

»Wie lange war ich weg?«, wollte ich von ihm wissen.

»Du warst nicht weg. Du hattest das Bewusstsein verloren«, belehrte er mich. »Also auf eine Zeitreise bist du jedenfalls nicht gegangen«, feixte der Idiot.

Grollend richtete ich mich auf. »Das habe ich auch nicht behauptet!«

Seine Brauen schnellten nach oben. »Ach nein? Ich kann mich erinnern, dass Mademoiselle Adjani erklärte, auf eine Reise durch die Zeit gehen zu wollen. Oder etwa nicht?«

Er provozierte mich schon wieder, doch ich ging einfach nicht darauf ein. Aber die Enttäuschung, nun hier festzusitzen und vielleicht nie wieder in meine eigene Zeit zurückkehren zu können, saß tief. Ohne Vorwarnung tropften die ersten Tränen aus meinen Augen. Wie ich es hasste, so schwach zu sein und dann ausgerechnet vor dem Dark Lord zu weinen. So ein Mist! So ein verdammter Bockmist!

»Hey, Mädchen. Weine doch bitte nicht. Ich bring dich irgendwohin, wo man dir helfen kann«, versuchte er mich zu beruhigen.

Verwirrt blickte ich auf. »Helfen? Wer soll mir denn helfen können?«

»Es gibt Örtlichkeiten, wo solche Leiden behandelt werden.« Seine sachliche Art und der indirekte Vorwurf, ich sei geisteskrank, ließen meine Wut ins Unermessliche wachsen. Fuchsteufelswild schrie ich kurz auf und fing anschließend an, auf das weiche Moos des Bodens einzuschlagen. Henri wartete geduldig, bis ich mich genügend abreagiert hatte.

Am liebsten wäre ich ihm an die Gurgel gegangen, doch ich wusste, dass ich gegen ihn keine Chance hatte, so durchgeknallt war ich nun auch wieder nicht. Stattdessen fiel mir etwas ein, das ich unbedingt klären musste. Also schob ich meinen Groll von mir – sehr weit von mir. »Henri, darf ich dich etwas fragen?«

»Natürlich!« Galant reichte er mir die Hand, damit ich mich aus dem feuchten Gras erheben konnte. Ich fröstelte leicht, da die Temperaturen der Nacht recht kühl waren. Trotz meines Grolls auf ihn griff ich nach seiner Hand und zog mich daran hoch.

»Warum hast du mein Medaillon so merkwürdig angeschaut, als wir uns das erste Mal gesehen haben?« Erwartungsvoll blickte ich in sein Gesicht, in dem sich kein einziger Muskel bewegte, seine blauen Augen fixierten lediglich meine.

Ich dachte schon, dass er nicht auf meine Frage antworten würde, doch schließlich räusperte er sich kurz, ehe er erklärte: »Ich habe es schon einmal gesehen. Oder besser gesagt, ich habe ein Schmuckstück gesehen, das deinem verblüffend ähnlich ist.«

Nun hatte er meine volle Aufmerksamkeit. Sollte es etwa mehrere solcher Medaillons geben? »Wann und wo war das?«

»Das letzte Mal habe ich die Kette vor drei Jahren in meinem Heimatdorf in Frankreich gesehen. Sie ist seit Ewigkeiten im Besitz der Familie Laurent. Madame Laurent trägt sie immer und das schon, seit ich ein Knirps war.« Henris Blick war in die Ferne gerichtet und für einen Sekundenbruchteil huschte ein sehr seltenes Lächeln über sein Gesicht, als er in seinen Erinnerungen gefangen war. Diese Mimik veränderte sein Aussehen auf erstaunliche Weise. Das Lächeln der Familie Vieille musste etwas Magisches haben, denn auch Claire besaß diese Gabe. Ein Lächeln, das den Menschen, dem es geschenkt wurde, in seinem tiefsten Innern erreichte. Fasziniert beobachtete ich ihn, bis er mich plötzlich wieder mit dem mürrischen Gesichtsausdruck ansah. »Woher hast du das Medaillon? Es ist hoffentlich nicht gestohlen?«

Da war er wieder, der Widerling Dark Lord. Man konnte ihn einfach nicht mögen, zumindest nicht für lange Zeit. »Ganz bestimmt nicht!«, zischte ich ihn an und wandte mich um, damit er nicht sehen konnte, wie sehr mich seine Worte verletzt hatten.

»Hey, Moment. Wo willst du hin?«, rief er aufgebracht, doch ich ignorierte ihn und stampfte weiter in die entgegengesetzte Richtung, aus der wir gekommen waren.

Das Klappern seines Schwerts kündigte seine Verfolgung an, aber so leicht würde ich mich nicht einfangen und dann in ein Irrenhaus einsperren lassen. Als er ganz nah war, machte ich einen Schritt nach rechts, da ich ihn dort vermutete, und ich lag goldrichtig. Mit einem dumpfen Geräusch stieß er gegen mich und da er nicht mit dem Aufprall gerechnet hatte und ich auch mit meinem ganzen Körper nachhalf, landete er auf dem Allerwertesten. Konsterniert sah er mich an, dann schlug sein Gesichtsausdruck in Wut um. Ich hingegen raffte meinen Rock und fing an zu rennen.

Henri fluchte laut, doch ich hörte die Geräusche des Schwerts nicht noch einmal. Gab er etwa so schnell auf? Ich traute ihm nicht, weshalb ich weiterrannte, bis es fürchterlich in meinen Seiten stach und meine Lunge wie Feuer brannte. Erschöpft lehnte ich mich an einen Baum und stützte mich mit den Händen auf den Knien ab. Mein Körper verlangte auf pfeifende Art nach Sauerstoff. Nach und nach beruhigte ich mich und konnte wieder normal atmen. Henri war offensichtlich froh, mich loszuwerden, weshalb er auf eine Verfolgung verzichtet hatte. Mir sollte es recht sein, denn in ein Irrenhaus des neunzehnten Jahrhunderts würde ich mich freiwillig nicht bringen lassen.

Mühsam rappelte ich mich auf und erstarrte. Gegen meinen Hals drückte eine kalte Klinge und als ich dem Lauf des Schwerts folgte, konnte ich den Besitzer ausmachen. »Oh, Monsieur Rupert. Was machen Sie denn hier?« Mir lief ein eiskalter Schauer über den Rücken, als ich das hämische Grinsen in seinem Gesicht wahrnahm.

»Das wirst du noch früh genug herausfinden, Weib. Los, lauf!« Die Schwertspitze drückte schmerzhaft gegen meinen

Kehlkopf, woraufhin ich einen Schritt zur Seite machte. Rupert deutete mit einer Bewegung seines Kopfes an, in welche Richtung es gehen sollte. Ich gehorchte anstandslos, drehte mich um und nahm mit langsamen Schritten die vorgegebene Route auf.

Warum hatte ich Henri stehen lassen? Warum war ich nicht bei ihm geblieben? Er hätte mich ganz bestimmt nicht in ein Irrenhaus gesteckt. Ich war ein solcher Idiot, eine dickköpfige Schnepfe und nun hatte ich den Salat!

Die Angst machte es mir schwer, geradeaus zu laufen, ich stolperte immer wieder über Baumwurzeln, was den Mann hinter mir offensichtlich amüsierte. Sein Kichern klang fürchterlich in meinen Ohren, wie das eines Wahnsinnigen. Meine Angst raubte mir zusätzlich den Atem und mir wurde schlecht. Wo wollte er mich hinbringen? Was hatte er vor?

»Da vorne steht mein Pferd, dort halten wir an.« Erneut drückte er mir seine Waffe in den Rücken, fester als zuvor, und ich geriet wieder ins Straucheln. Diesmal fiel ich und da ich mich nicht abrollte, fuhr ein fürchterlicher Schmerz in meinen Ellenbogen. Ich schrie – nicht nur vor Schmerzen, sondern auch wegen des Frusts, der sich meiner bemächtigte und mich in den Schlund der Verzweiflung ziehen wollte.

»Sei still!«, fauchte mich Rupert an und war mit einem Satz bei mir. Seine Pranke landete auf meinem Mund, während er sich auf mich setzte. Ein gieriges Glitzern trat in seine Augen. »Durand bat mich darum, dich im Auge zu behalten, deshalb bin ich euch gefolgt. Dir und diesem Vieille. Davon, dass ich dich unversehrt zu ihm zurückbringen soll, hat der Kommandant nichts gesagt.« Bedächtig legte er mit der anderen Hand sein Schwert zur Seite. Sofort wuchs in mir die Panik und ich fing an, mit Fäusten auf ihn einzuschlagen. Meine Fingernägel gruben sich in seine Wange. Wütend schrie er auf und schlug mir heftig ins Gesicht. Noch nie in meinem ganzen Leben war ich so hart geschlagen worden. In meinem Mund schmeckte ich Blut und meine Sicht war nicht mehr klar. Tränen liefen mir über die Wangen und in meinem Kopf herrschte Chaos. Keuchend versuchte ich, nicht ohnmächtig zu werden, was sich als ein schweres Unterfangen herausstellte, da Rupert mir schon wieder den Mund zuhielt. Unterdessen fummelten seine Finger an der Kordel seiner Hose herum. Ich wusste, was er vorhatte. Wusste, welche Abscheulichkeit er mir antun wollte. Alles in mir wehrte sich dagegen, doch mein Körper verharrte in einer Schockstarre.

»Lernst schnell, du Luder«, stieß er abfällig hervor und nahm seine Hand von meinem Mund. In kürzester Zeit hatte er seine Hose heruntergelassen und präsentierte mir den Beweis seiner Lust, doch auch jetzt rührte ich mich nicht. Ich konnte es nicht. Meine Arme lagen auf dem Boden, als wären sie dort festgenagelt worden.

Lüstern leckte sich Rupert über die Lippen und griff nach einem Messer, das in einem Gürtel steckte, der noch immer um seinen Bauch gebunden war. Das Metall glitzerte in dem Mondlicht, das spärlich durch die Baumkrone fiel. Als er damit meinen Rock von unten nach oben ganz langsam aufschnitt, hallte das schreckliche Geräusch reißenden Stoffs durch den nächtlichen Wald. Er fixierte mich, weidete sich an meiner Angst und genoss die Macht, die er über mich ausübte. Das Messer wanderte immer weiter, an meinem Bauch vorbei, es kratzte an der empfindlichen Haut zwischen meinen Brüsten und hielt erst an, als der Stoff auseinanderklappte und meinen nackten Oberkörper entblößte.

»Hast ordentlich was zu bieten!«, stellte er anerkennend fest und legte das Messer neben sich, um mir sogleich gierig an die Brust zu greifen.

Langsam erwachte ich aus meiner Starre und flüsterte: »Bitte nicht!«

Er lachte. »Oh doch.« Dann legte er sich der Länge nach, meine Gegenwehr ignorierend, auf mich und versuchte mich zu küssen.

Ich wehrte mich mit aller Kraft, hämmerte auf seinen Rücken ein, doch er zerquetschte mir dermaßen brutal die Brust, dass ich aufhörte und stattdessen laut aufschrie. Erneut landete seine Faust in meinem Gesicht und ich sah Sterne. »Sei still!« Alle Kraft wich aus meinem Körper. »Wage es ja nicht, das Bewusstsein zu verlieren. Ich mag es nicht, wenn Frauen dabei einschlafen. Du bleibst schön wach, sonst verpasst du den ganzen Spaß.« Grob riss er mir das Medaillon vom Hals und biss mir anschließend ins Ohrläppchen, was mich tatsächlich zurückholte aus der Schwärze, in der ich eigentlich versinken wollte.

Auf den Verlust, den ich in diesem Moment spürte, war ich nicht vorbereitet gewesen. Mir wurde übel und die Luft wurde zu dünn. Wo war mein Medaillon? Als ich die Augen aufriss, tanzten die Sterne immer noch vor meinen Augen, doch ich konnte erkennen, dass sich die Lichtverhältnisse änderten. Der Tag brach an. Wenn ich mich nur stark genug darauf konzentrieren würde, wäre es mir vielleicht möglich, alles andere auszublenden. Doch als mir der stinkende Atem des Mannes ins Gesicht schlug, erkannte ich, dass es nicht möglich war, auszublenden, was mit mir und meinem Körper geschah. Ich musste kämpfen, das war die einzige Möglichkeit, damit meine Seele diese Tat überleben würde. Ich würde nicht damit leben können, wenn ich stillhielt. Nein, meine einzige Möglichkeit, mir selbst noch ins Gesicht sehen zu können, bestand darin, mich zu wehren. Sollte ich dabei draufgehen, wäre es das wert.

Meine Gedanken rasten zu dem Messer, das irgendwo links von mir im Gras liegen musste. Wenn ich das zu greifen bekäme, ohne dass Rupert es sähe, hätte ich eine Chance.

Beherzt griff ich danach, doch seine Hand schnellte nach vorne und ich hörte wieder dieses schreckliche Lachen. »Hast du wirklich geglaubt, dass du mir entkommen könntest?«

Ja, das hatte ich, doch ich antwortete ihm nicht, drehte den Kopf weg, damit er meine Verzweiflung nicht sehen konnte, denn daran labte er sich. Das war es, was ihn freute und erregte.

Rupert hatte das Messer noch in der Hand, was ich aus dem Augenwinkel beobachten konnte. Er spielte damit und versuchte meine Aufmerksamkeit zu erlangen. Doch diesen Gefallen tat ich ihm ebenfalls nicht. »Schmerz kann sehr erregend sein, du Hure. Wusstest du das?«

Für ihn vielleicht, doch mein Geschmack war das definitiv nicht. Wieder schwieg ich und ignorierte diesen mittelalterlichen Sadisten.

Im nächsten Moment spürte ich den kalten Stahl der Klinge an der unteren Wölbung meiner Brust. Erschrocken hielt ich die Luft an, ließ jedoch ansonsten keine Regung meinerseits erkennen. Immer wieder verlangte es mich danach, das Medaillon zu suchen, doch ich traute mich nicht, den Kopf zur anderen Seite zu drehen.

Langsam glitt das Metall über meine Haut. Ich wartete auf den versprochenen Schmerz, aber der folgte nicht. Stattdessen lachte Rupert böse auf, doch im nächsten Moment verstummte er abrupt und das Messer rutschte an meiner Seite entlang zu Boden. Ich hielt meinen Blick weiterhin geneigt und konnte lediglich sehen, wie er sich plötzlich erhob. Endlich konnte ich durchatmen, als das Gewicht von meinem Bauch verschwand. Hastig griff ich nach dem Stoff und bedeckte meine Blöße. Als ich zu Rupert sah, konnte ich meinen Augen kaum trauen. Er stand stocksteif, die Hände von sich gebreitet. Er wurde von Henri bedroht, der ihn mit einem Schwert in Schach hielt.

Henris Gesichtsausdruck war beängstigend, als er mir eine Decke zuwarf. »Leg dir das über!«, presste er zwischen zusammengekniffenen Lippen hervor und vermied es, mich anzusehen.

Doch ich fing die Decke nicht auf. Ich sah ihr hinterher, als sie auf dem Boden auftraf. Da lag mein Medaillon! Sofort hob ich es auf und stellte erleichtert fest, dass die Kette nicht kaputt war. Hastig legte ich sie mir wieder um und augenblicklich überkam mich Ruhe. Zielstrebig stand ich auf, raffte mein Kleid vorne zusammen und trat über die Decke hinweg. Zwei Schritte, dann stand ich direkt vor Rupert, der mich spöttisch von oben bis unten musterte. Er war sich seiner Sache so sicher. Sicher, dass er heil daraus hervorgehen würde. Wahrscheinlich würde er nur darauf warten, mich ein weiteres Mal zu belästigen. Plötzlich riss er ungläubig die Augen auf.

»Du Hure!« Das letzte Wort endete in einem gurgelnden Geräusch. Seine weit aufgerissenen Augen zeugten von seiner Verblüffung.

Ich schaute an ihm herunter, sah meine eigene Hand, die ein blutverschmiertes Messer hielt, das ich umgehend fallen ließ. Ich hatte nicht bemerkt, dass ich es aufgehoben hatte. Hatte nicht bemerkt, dass ich ihm das Metall in den Körper gestoßen hatte, direkt in seine Lunge, unterhalb des Herzens.

Als ich den Blick hob, war sein Gesicht bereits aschfahl und er sackte im nächsten Moment zusammen, sodass ich nun Henri in die Augen sah, der mich mit offenem Mund anschaute. Ich hatte nicht nur mich überrascht, sondern auch den Mann, den eigentlich nichts erschüttern konnte, der immer gefasst blieb und dessen Miene sonst nie etwas verriet.

Kurz war ich versucht zu lachen, doch mit einem Mal wurde mir schwindlig, meine Beine gaben nach und ich glitt in eine Ohnmacht, die mir alle Sorgen nahm.

12. Kapitel

Als ich aufwachte, tat mir jeder Knochen im Leib weh. Ich fror und mein Mund fühlte sich an, als hätte ich Sand gekaut. Mein Kopf lag auf etwas Weichem. War ich zu Hause? Nein, ich hatte mich von Daniel getrennt, oder besser gesagt er sich von mir. Und dann kam die Erinnerung in der Geschwindigkeit eines Düsenflugzeugs zurück und verharrte bei dem Standbild, das meine Hand zeigte, die ein Messer hielt und über und über mit Blut besudelt war. Ruperts Blut. Der Rupert, der vorgehabt hatte, mich zu vergewaltigen. Ich hatte einem Menschen das Leben genommen, und auch wenn er es mehr als verdient hatte, fühlte ich mich bei dem Gedanken daran furchtbar. Was, wenn ich dadurch den Lauf der Geschichte verändert hatte? Was, wenn ich jemandem den Vater genommen hatte? Kurzfristig blieb mir die Luft weg, doch dann siegte mein Hass über den Mann, der versucht hatte, mir etwas Schreckliches anzutun.

Da ich nicht wusste, was mich erwarten würde, wenn ich die Augen aufschlug, behielt ich sie vorerst geschlossen, umfasste mein Medaillon und lauschte. Jemand atmete tief und regelmäßig in meiner unmittelbaren Nähe und Vögel zwitscherten über meinem Kopf. Ich spürte die Wärme eines Körpers, der direkt hinter mir lag, mich jedoch nicht berührte. Augenblicklich versteifte ich mich, da mir mein verwirrtes Hirn versuchte vorzugaukeln, dass es Rupert wäre. Hin und wieder hörte ich leises Knacken von Holz. Ich musste mich noch immer in dem Wald aufhalten, den ich mit Rupert durchlaufen hatte. Rupert ... Ich war mir sicher, ihn getötet zu haben. Dann konnte es nur Henri sein, der noch bei mir geblieben war. Er schlief offensichtlich. Ein schöner Beschützer war das! Dennoch war ich gerührt, fühlte mich sicher und entspannte mich ein wenig. Woher ich die Sicherheit nahm, dass es sich um Henri handelte, wusste ich selbst nicht.

»Wie geht es dir?«, raunte Henris tiefe Stimme hinter mir. Ich hatte gar nicht bemerkt, dass sich seine Atmung verändert hatte. Oder war er etwa schon die ganze Zeit wach gewesen und ich hatte die Situation falsch eingeschätzt?

»Gut«, antwortete ich wortkarg. Idiotischerweise war mir die Sache von gestern peinlich. Was würde Henri von mir denken? Dass ich eine eiskalte Mörderin war? Immerhin hatte ich Rupert ohne zu zögern getötet.

Ich musste mich umdrehen, musste ihm in die Augen schauen, nur dann wäre ich in der Lage, sein Gesicht zu sehen und zu erkennen, was in ihm vorging. Er hatte mich in einer Decke eingewickelt und damit mein Kleid verschlossen, sodass ich keine Angst haben musste, dass meine Brüste bei der ersten Bewegung aus dem Stoff purzeln würden. Zuerst war ich deswegen erleichtert, doch dann machte sich die Wahrheit in mir breit – er hatte mich entblößt gesehen, als ich halb ohnmächtig vor ihm gelegen hatte. Rasch verbannte ich diesen Gedanken aus meinem Gehirn und legte mich zuerst auf den Rücken. Ich vermied es, den Blick schweifen zu lassen, denn ich wollte nicht die grausige Wahrheit und Ruperts Leichnam im Gras liegen sehen. Erst als ich auf der linken Seite lag, hob ich den Blick und schaute direkt in Henris aufmerksame Augen. Dieses Mal konnte ich endlich ein Gesicht erkennen, das nicht von Wut und Hass gezeichnet war. Vielmehr erkannte ich Sorge und Verständnis.

Ich konnte meine Neugier nicht unterdrücken, dennoch nach Ruperts Leiche zu schauen, aber sie war nirgends zu sehen.

Henri beobachtete mich, sog jede Regung von mir in sich auf, und als er mit seiner Inspektion fertig war und offenbar zufrieden mit dem, was er gesehen hatte, sagte er: »Ich habe den Leichnam entsorgt, niemand wird ihn in absehbarer Zeit finden.« Diese Information erleichterte mich ungemein. Ich wusste nicht, ob ich den Anblick verkraftet hätte, schließlich hatte ich den Mann getötet. Allein bei dem Gedanken daran fröstelte es mich. »Und nun, Zeitreisende? Wie soll es weitergehen?«, wollte er wissen.

Mit dieser Frage riss er mir den Boden unter den Füßen weg und ich wurde mir erneut der Tatsache bewusst, dass ich hier festsaß. Festsaß in einer Zeit, die nicht meine und mir zwar ein wenig geläufig war, aber mein Studium hatte bestimmt nicht annähernd abdecken können, was ich hier benötigte, um zu überleben. »Ich weiß es nicht«, gab ich flüsternd zu.

Kurz schlossen sich seine Augen und er nickte. »Nicht gut.«

Das war auch mir klar. Ich wusste, dass er mich am liebsten so schnell wie möglich hatte loswerden wollen, aber sein Ehrgefühl verbot es ihm offensichtlich, mich einfach so im Wald im Stich zu lassen, nachdem das gestern dermaßen in die Hose gegangen war. Wenn ich fair gewesen wäre, hätte ich ihn nach Hause geschickt, ihm gesagt, dass ich alleine zurechtkommen würde, doch ich hatte Angst. Nach dem Vorfall mit Rupert konnte ich mir beim besten Willen nicht mehr vorstellen, allein durch den Wald zu laufen. Nur, wo sollte ich hin? »Ich weiß, aber mach dir keine Sorgen. Ich werde versuchen, irgendwo anders unterzukommen. Sobald ich das Kleid genäht habe«, wie gut, dass ich das im Haushaltsunterricht gelernt hatte, »werde ich verschwinden und du kannst wieder dein altes Leben führen.«

Mit einem durchdringenden, aber skeptischen Blick sah er mich an. »Und wo willst du jetzt hin? So ganz allein sollte eine Frau nicht unterwegs sein.«

Ich konnte ihm schlecht widersprechen. »Das ist alles so kompliziert in eurer Zeit. Bei uns kann ich wann und wo ich will alleine hingehen.«

Henris Augenbrauen schossen in die Höhe. »Gibt es denn keine Sperrstunden?«

»Nein, schon lange nicht mehr.« Ich machte eine wegwerfende Handbewegung.

»Interessant. Und wohin verirren sich Frauen in deiner Zeit mitten in der Nacht?«, wollte er wissen.

Ich wusste nicht recht, was ich von seinen Fragen halten sollte. Nahm er mich auf den Arm, oder glaubte er mir endlich? »Es gibt Lokale, in die wir zum Essen gehen können, ich glaube, ihr nennt es Schankhäuser. Wir gehen zu Tanzabenden oder treffen uns in Räumen, in denen wir uns Bilder oder antike Gegenstände anschauen. Es gibt vieles, das man als Frau unternehmen kann«, erklärte ich bereitwillig.

»Und damit sind die Männer einverstanden?«

Oh Mann, ich hatte ganz vergessen, wie sehr Frauen in der hiesigen Zeit bevormundet wurden, zuerst vom Vater und Bruder und später vom Ehemann. »Wir dürfen frei entscheiden. Wir haben genauso viele Rechte wie Männer. Und wir müssen uns auch nicht zwangsläufig vermählen lassen. Auch das können wir frei entscheiden. Manche Frauen heiraten in ihrem ganzen Leben nicht.«

»Mh!«, schnaubte er nachdenklich und schwieg.

»Sie wählen ihre Partner frei und wenn es nicht klappt, dann trennt man sich voneinander. Manchmal findet man einen neuen Mann, manchmal nicht.« Nun konnte ich sehen, wie sich sein Blick verdunkelte. Das war offenbar zu viel Information für ihn gewesen. »Glaubst du mir?«, fragte ich flüsternd. Erstaunt stellte ich fest, wie wichtig es mir war, dass er mir Glauben schenkte.

Sein Blick glitt in die Ferne. »Ehrlich gesagt, bin ich mir nicht sicher, aber ich kann nicht abstreiten, dass dein Medaillon mich doch in Erstaunen versetzt hat. Außerdem ist dein Verhalten nicht unbedingt üblich.« Er machte eine kurze Pause, ehe seine Augen sich in meinen verankerten und er fragte: »Aus welchem Jahr stammst du?«

»Ich komme aus dem einundzwanzigsten Jahrhundert.« Atemlos beobachtete ich, wie die Information von ihm verarbeitet wurde.

Zuerst gruben sich tiefe Falten in sein Gesicht und er sah wütend aus, doch dann begann er unvermittelt zu lachen. »Du bist überaus amüsant, Isabelle Adjani.«

Wäre mein Kleid nicht völlig zerrissen gewesen, hätte ich mich erhoben und wäre einfach gegangen. Ich war wütend, da mein dummes naives Herz sich kurzfristig gefreut hatte, dass er mir glaubte und sich für mein Schicksal interessierte. Also blieb ich stattdessen sitzen und funkelte ihn mit einem hoffentlich bitterbösen Blick an. »Schön, dass du dich amüsierst. Am besten trennen sich unsere Wege hier und jetzt. Reite nach Hause und bestelle deiner Familie liebe Grüße von mir. Lebe wohl, Henri.« Demonstrativ drehte ich mich um und ignorierte ihn. Was eigentlich unmöglich war.

Enttäuscht nahm ich wahr, wie er sich erhob und einige Dinge vom Boden nahm, die er zu seinem Pferd trug. Der schwarze Hengst wieherte freudig. Vermutlich hatte er bereits Hunger. Mein Magen zumindest knurrte gerade auffallend laut. Ich gönnte Henri dennoch keinen einzigen Blick und starrte lediglich auf meine Hände. Warum nur ärgerte es mich so sehr, dass er mich einfach ohne Widerrede hier zurückließ? Er hatte mir gegenüber keine Verpflichtungen, konnte gehen, wohin er wollte. Und ich war enttäuscht? Das war doch lächerlich!

Das dumpfe Geräusch der Hufe des Pferdes auf dem Waldboden, als es sich in Bewegung setzte, hinterließ in meinem Magen einen Knoten. Gleich würde ich allein sein und beim nächsten Rupert wäre Henri nicht in der Nähe und würde mir zu Hilfe eilen. Ein Zittern durchlief meinen Körper und ich japste angestrengt nach Luft. Dann hörte ich, wie das Pferd direkt neben mir stoppte. Langsam hob ich den Kopf.

Henri saß im Sattel, als würde er dort hingehören. »Komm«, sagte er nur, beugte sich nach unten und reichte mir seine Hand.

Vielleicht war es an der Zeit, meinen albernen Stolz hinunterzuschlucken und den Tatsachen ins Auge zu sehen: dass ich nämlich in dieser Zeit so allein vollkommen aufgeschmissen war. Zögernd griff ich nach seiner Hand und befand mich im nächsten Moment vor ihm im Sattel, spürte seine kräftigen Arme um mich und fühlte mich wieder sicher. Die Decke hielt ich während der ganzen Zeit krampfhaft umklammert und atmete erleichtert auf, als ich feststellte, dass sie nicht verrutscht war.

Wir ritten ein paar Minuten schweigend, ehe Henri die Stille beendete. »Gestern Abend wollte ich dir einen Vorsprung geben, bis du zur Vernunft gekommen wärst. Ich konnte ja nicht ahnen, dass Rupert uns gefolgt war. Hast du allen Ernstes geglaubt, dass ich eine junge, schutzlose Frau mutterseelenallein im Wald zurücklasse?«

»Wie gesagt, ich komme nicht aus deiner Zeit. In unserer Zeit ist es normal, eine Frau ziehen zu lassen, wenn sie gehen will.«

»Das wären dann aber Männer ohne Hirn.« Kurz schwieg Henri. Vermutlich überlegte er, wo er mich hinbringen sollte. »Isabelle, ich weiß nicht, ob ich dir glauben soll, aber ich denke, dass du daran glaubst, und das aus tiefstem Herzen.«

»Ist das schlimm?«, fragte ich nervös, denn ich war mir immer noch der Gefahr bewusst, dass man mich in eins dieser fürchterlichen Irrenhäuser stecken könnte.

»Nein«, erwiderte er bestimmt. »Es gibt weitaus Schlimmeres. Aber wir sollten uns der Tatsache bewusst sein, dass wir nun einer Vermählung entgegenreiten.«

»Du nimmst mich mit zurück?«, fragte ich zugegebenermaßen hoffnungsvoll, auch wenn ich nicht gerade scharf darauf war, verheiratet zu werden. Aber so wäre ich vorerst in Sicherheit. Vielleicht konnte ich mir einen neuen Fluchtplan zurechtlegen und mehr über das Medaillon in Erfahrung bringen. Vielleicht wusste Pierre etwas von dieser Madame Laurent, das hilfreich sein würde.

Er lachte freudlos auf. »Du bist meine Braut. Es wäre doch eine Schande, wenn mir auch die zweite Frau weglaufen würde. Ich wäre dumm, dich ziehen zu lassen.« So war es also. Er nahm mich mit, um sein Gesicht nicht zu verlieren, doch ehe ich wieder patzig antworten konnte, fügte er hinzu: »Es ist nicht nur mein Stolz, der das zu verantworten hat. Ich mag dich, Belle. Du hast ein Kämpferherz und auch, wenn wir nicht aus Liebe diese Verbindung eingehen, könnte sie für uns beide von Nutzen sein.«

Neugierig drehte ich meinen Kopf zu ihm um, wobei meine Wange kurz an seinem stoppeligen Kinn entlangkratzte und ich mir seiner Nähe wieder einmal allzu bewusst war. »Und welcher Nutzen wäre das?«

Ernst erklärte er: »Du hättest ein Zuhause und wärst eine ehrbare Frau, müsstest keine Angst mehr haben, dass dir einer der Soldaten zu nahe treten würde. Ich wiederum könnte mich endlich davor schützen, mit jedem erstbesten Mädchen verheiratet zu werden, das ich nicht will. Insbesondere vor der Tochter des Hauptmanns wäre ich zukünftig sicher.«

»Aber was, wenn du die Frau deines Herzens triffst?«, wollte ich, pragmatisch wie ich war, wissen.

»In meinem Herzen gibt es keinen Platz mehr für eine Frau. Nie wieder. Mehr als Respekt wird keine mehr von mir bekommen. Und diesen Respekt hast du. Du hast dasselbe Schicksal erlebt wie ich, was wäre eine bessere Grundlage? Ich werde dir auch nicht beiliegen, das musst du keinesfalls befürchten«, klärte er mich offenherzig auf.

Da ich mir seiner Anziehungskraft durchaus bewusst war, fragte ich mich, ob ich das überhaupt wollte. Mein Atem beschleunigte sich bei dem Gedanken daran, wie Henris Hände über meinen Körper glitten. »Werden wir in einem Zimmer schlafen?« Hoffentlich merkte er nicht, wie aufgeregt meine Stimme klang.

Seine Brauen zogen sich mürrisch zusammen. »Selbstverständlich. Wie sähe das denn sonst vor Pierre und Claire aus?«

»Oh, das heißt, du willst ihnen verschweigen, dass wir nur ein Schauspiel vollführen.« Ich vertraute den beiden und wäre nicht auf die Idee gekommen, es ihnen nicht zu erzählen.

»Um Gottes willen, ja!«, entrüstete er sich. »Mein Vater ist zwar ein gutherziger Mann, aber er würde nicht mit der Tatsache klarkommen, dass er keine Enkel von mir erwarten dürfte.«

Ich überlegte und fragte dann: »Wenn ich eines Tages doch die Möglichkeit haben sollte, zurückzukehren in meine Zeit, würdest du mich dann aufhalten?«

»Nein«, antwortete er ohne Umschweife. »Ich würde es aussehen lassen, als wärst du durch irgendeinen Unfall ums Leben gekommen. Was mir dann bestimmt jeder glauben würde, da wir bis dahin schon einige Zeit verheiratet wären.«

Ich glaubte ihm. Er war ein ehrlicher Mensch und würde mich nicht unter Vorspiegelung falscher Tatsachen heiraten. Auch wenn mir dieses Affentheater ganz und gar nicht passte, war es dennoch die beste Alternative. Alleine würde ich keine Woche überleben, ohne dass mich Männer wie Freiwild behandelten oder die Dorfleute mich für verrückt erklären würden. »Fein. Ich bin einverstanden.«

»Gut, dann mal ab nach Hause, mein Herz«, gab er von sich und schnalzte mit der Zunge, woraufhin das Pferd in einen langsamen Galopp verfiel.

Ich hoffte aus tiefstem Herzen, dass ich dieses Arrangement nicht irgendwann bitterböse bereuen würde.

* * *

Als ich die Stadtmauern Triers in der Ferne sehen konnte, war der Morgen bereits weit vorangeschritten. Die Sonne schien auf die Türme nieder und wärmte mich leicht. Nach dem feuchtkalten Wald war das eine willkommene Abwechslung für mich. Hinter den Mauern herrschte vermutlich schon Betriebsamkeit und wenn wir durch das Tor reiten würden, wäre allen klar, dass wir die Nacht gemeinsam verbracht hatten. Auch wenn ich aus meiner Zeit stammte und solche Handlungsweisen – die Nacht mit einem Mann zu verbringen – mir nicht fremd waren, konnte ich nicht umhin festzustellen, dass es mir durchaus peinlich wäre, dabei erwischt zu werden, wie ich am frühen Morgen völlig zerfleddert nach Hause kam. Doch meine Sorge war unbegründet, denn Henri griff in eine der Satteltaschen und holte eine weitere Decke hervor, die er mir so um die Schultern legte, dass die erste Decke nicht zu sehen war und niemand erahnen konnte, dass mein Kleid zerschnitten worden war. Mit einer Hand hielt er die Zügel, den anderen Arm hatte er um meinen Bauch geschlungen und gab mir das unwiderrufliche Gefühl, zu ihm zu gehören. Zumindest auf eine Weise, von der nur wir beide wussten.

Er ritt nicht zum Haupttor, sondern zu einem der kleineren Tore. Dieses Portal war nicht bewacht und es herrschte ein emsiges Treiben, da es der Weg zum Fluss war. Die Leute, die an uns vorbeieilten, waren allesamt Menschen, die hier heimisch waren. Sie grüßten nicht, schließlich war Henri einer der Soldaten, die ihre Stadt besetzt hatten, stattdessen hielten die Leute die Köpfe gesenkt und eilten ohne ein Wort an unserem Pferd vorbei. Erleichtert atmete ich auf, als wir am Haus der Vieilles zum Stehen kamen und Henri mir vom Pferd half. Seine Hände schlossen sich fest um meine Taille und ich fühlte mich nicht schwer, vielmehr hatte ich das Gefühl, als wäre ich für ihn genau richtig. Wo kamen nur plötzlich diese dummen Gedanken her?

»Da seid ihr ja endlich!«, rief in diesem Moment Claire und kam aus dem Haus gestürmt. Henri riss für den Bruchteil einer Sekunde die Augen auf, als wolle er mir etwas sagen. Kurz bevor meine Füße den Boden berühren konnten, drückte er mich an seinen Körper und gab mir einen scheuen Kuss auf die Stirn. Ich hörte, wie Claire kurz nach Luft schnappte, ehe sie aufquietschte. »Oh, wie schön. Ihr seid ein wundervolles Paar!«

Als Henri mich absetzte und mir tief in die Augen sah, hatte ich wacklige Knie. Ich musste zugeben, dass er dieses Theaterstück sehr gut eingeübt hatte, und mein Gesicht mit den weit aufgerissenen Augen war bestimmt auch oscarreif. Claire hatten wir jedenfalls überzeugt. In mir drin herrschte ein totales Gefühlschaos und mir schwindelte es leicht angesichts des Sturms, der in mir tobte.

»Vater ist gerade auf dem Weg zum Hauptmann, um den Termin eurer Vermählung zu verschieben«, erklärte uns Henris Schwester.

Erschrocken drehte ich mich um.

»Was?«, tönten Henri und ich im Chor. So schnell wurde unser Deal torpediert. Das durfte doch nicht wahr sein! Ich würde mich weiterhin keine Minute sicher fühlen können, wenn wir nicht bald heirateten.

»Na ja, es konnte ja niemand wissen, dass du, Isabelle, nicht ausgebüxt bist. Als ich heute Morgen in dein Zimmer gesehen haben, waren alle deine Sachen verschwunden. Und du, Henri, dass du dich tatsächlich noch einmal verlieben könntest, wäre mir nie in den Sinn gekommen. Vater will euch eine Galgenfrist einräumen, damit ihr einen Weg findet, die Verlobung aufzulösen.« Claire sah uns mit großen blauen Augen an.

Hinter mir hörte ich einen leisen Fluch und als ich mich umdrehte, sah ich, wie Henri sich aufs Pferd schwang und in einem viel zu schnellen Tempo die kleine Gasse durchpreschte.

Claire lächelte zufrieden, als sie sich bei mir unterhakte. »Gut, er holt Vater ganz bestimmt noch ein. Er hat sich erst vor Kurzem zu Fuß aufgemacht. Na, dann komm, liebste Schwägerin, wir wollen mal dein Kleid herrichten.«

Für einen kurzen Augenblick hielt ich erschrocken die Luft an, ehe mir klar wurde, dass Claire das Kleid meinte, das ich morgen zur Feier des Tages tragen würde. Sie konnte nicht ahnen, dass das Kleid unter der Wolldecke zerschnitten worden war, und noch weniger, was mir in der Nacht beinahe zugestoßen wäre. Ich musste mich rasch zurechtmachen, ehe wir mit der Anprobe begannen.

13. Kapitel

Ich bekam Henri den ganzen Tag nicht mehr zu Gesicht, was in mir eine Unruhe hervorrief. Claire und ich hatten das Hochzeitskleid von Pierres Frau aus einem Schrank geholt. Es roch erstaunlich frisch und als ich Claire darauf ansprach, erklärte sie mir, dass sie es am gestrigen Abend ausgewaschen und zum Trocknen in ihrem Zimmer aufgehängt hatte. Sie war da bereits fest davon überzeugt gewesen, dass diese Hochzeit stattfinden würde, was mir klarmachte, wie sehr sie mich mochte. Ehrfürchtig hatte ich meine Finger über den Stoff gleiten lassen und fühlte mich geehrt, dass ich das Kleid von Madame Vieille tragen durfte. Ein schlechtes Gewissen schlich sich bei mir ein, immerhin war diese Heirat nicht das, was sich Claire und Pierre erhofften, und irgendwann würde ich hoffentlich in meine Zeit zurückkehren. Ich fühlte mich wie eine Heiratsschwindlerin, wie ein Gauner, der sich in das Haus schmuggelte, um der Familie etwas sehr Wertvolles zu stehlen.

Immer wieder huschten meine Gedanken zu Henri und Pierre. Ob Henri seinen Vater noch rechtzeitig erreicht hatte? Wo blieben die beiden?

Claire bemerkte irgendwann meine Unruhe und sagte: »Vermutlich sind die beiden ins Schankhaus und feiern dort Henris Abschied vom Junggesellenleben. Die werden wir beide heute nicht mehr sehen. Und wenn, dann werden wir es vermutlich bereuen, weil sie sturzbetrunken sein werden.« Sie kicherte gelöst, was mir wieder einmal klarmachte, mit welcher Selbstverständlichkeit man mich im Hause Vieille empfangen hatte und nun selbstlos in der Familie aufnahm. Da ich nie wirklich Teil einer solchen gewesen war, berührte mich das vermutlich mehr als andere Menschen. Mittlerweile hatte ich mich auch mit dem Gedanken abgefunden, in dieser Zeit zumindest vorerst festzustecken. In diesem Moment handelte ich alles andere als selbstlos und wollte einfach nur zu den dreien gehören und mich geborgen fühlen, keine Angst haben, dass es kein Zurück mehr gab und ich hier für immer bleiben müsste.

»Und wir beide? Was machen wir zur Feier des Tages?«, wollte ich von Claire wissen. Wären wir im einundzwanzigsten Jahrhundert, hätten wir eine Party gefeiert, doch was machte man hier?

»Ich werde dir den Zuber füllen und du wirst ein Bad nehmen. Wenn du ganz brav bist, flechte ich dir die Haare, damit sie morgen nicht so wirr sind, sondern deine Locken besonders schön zur Geltung kommen.« Liebevoll lächelte sie mich an.

Angestrengt schluckte ich den Kloß hinunter. Nadine wäre nie auf die Idee gekommen, nur für mich etwas zu tun. Sie hätte vielmehr überlegt, wie sie von der Situation profitieren könnte. Wieder einmal überraschte mich Claire mit ihrer Selbstlosigkeit und der Freude, mit der sie mir dieses Angebot unterbreitete. »Das wäre schön.«

Sofort machte sie sich an die Arbeit und nach einer halben Stunde saß ich in dem großen Badezuber. »Soll ich dir das Medaillon abnehmen?«

»Nein, ich lege es grundsätzlich nie ab«, sagte ich schnell. Ich konnte mich noch gut daran erinnern, als Rupert es mir vom Hals gerissen hatte, und an die Schwere und die Schwäche, die sich sofort in mir breitgemacht hatten. Freiwillig würde ich das Schmuckstück nicht mehr ablegen. Es musste etwas in mir auslösen. Der Verlust, den ich empfunden hatte, als es nicht mehr meine Haut berührt hatte, war schrecklich gewesen. Dieses Medaillon und ich schienen unwiderruflich miteinander verbunden zu sein.

Claire akzeptierte das, stand hinter mir und wusch mir die Haare. »Entspann dich, Belle.«

Befangen rutschte ich in dem Bottich herum. »Das ist nicht so einfach. Ich habe noch nie in Gesellschaft gebadet.«

Sie stoppte in ihrer Bewegung und ihr hübsches Gesicht kam in mein Blickfeld. »Wie das? Hat deine Mutter dich nie gebadet?«

Ein kleiner Stich, der nur kurz schmerzte, war in meinem Innern zu spüren. Traurig antwortete ich: »Nein, meine Mutter war nicht gerade sehr mütterlich und irgendwann war sie fort und ich allein.«

»Oh!« Ihr Gesicht drückte Kummer aus angesichts dessen, was sie in meine Worte hineininterpretierte. »Das tut mir leid. Für mich war es immer etwas ganz Schönes, wenn meine Mutter mich badete. Sie verwöhnte mich und ich muss zugeben, dass ich mich gerne verwöhnen ließ.« Ein Lächeln zierte ihr Gesicht, ehe sie wieder hinter mir verschwand und sich meinen Haaren widmete. Kurz schwiegen wir, dann begann Claire zu summen und massierte dabei meine Kopfhaut. Die Melodie war bezaubernd und unwillkürlich rutschte ich tiefer ins Wasser. Ein wohliger Seufzer entwich meiner Kehle und dann entspannte ich mich tatsächlich ein wenig.

»Es muss wunderschön sein, eine solch liebevolle Mutter gehabt zu haben. Ich beneide dich ein wenig. Die Mutter meiner besten Freundin hat sich oft um mich gekümmert, aber das war doch nie dasselbe.« Erst jetzt wurde mir klar, was ich verpasst hatte, was mir fehlte und nach was ich, ohne es zu wissen, gesucht und es vermisst hatte. Eine einzelne Träne kullerte meine Wange hinab und tropfte in das Badewasser.

* * *

Als ich am nächsten Morgen aufwachte, richtete ich mich abrupt auf und registrierte, wie mein Herz furchtbar schnell schlug. Atemlos erinnerte ich mich daran, dass ich heute Henri heiraten würde. Früher hatte ich an eine romantische Hochzeit geglaubt. Eine Zeit lang hatte ich gehofft, dass Daniel der Richtige sein würde, doch das war eine Ewigkeit her. Irgendwann hatte ich aufgehört, diese Kleinmädchen-Fantasien zu pflegen, und stattdessen den Kopf über mich selbst geschüttelt, wenn ich mal wieder von einem Märchenprinzen geträumt hatte.

Ich musste zugeben, dass Henri einem Märchenprinzen schon sehr nahekam, doch das hatte nichts mit meinen Träumen zu tun. Ganz objektiv betrachtet, wäre er in meiner Zeit eine wahre Sahneschnitte gewesen, die mir Nadine recht schnell vor der Nase weggeschnappt hätte. An einem Mann wie Henri hätte sie nicht vorbeigehen können, ohne sich herausgefordert zu fühlen. Ich war davon überzeugt, dass sie Daniel umgehend den Laufpass geben würde, wenn sie Henri zu Gesicht bekäme. Woher ich die kindische Anwandlung nahm, war mir völlig unklar, aber ich kicherte angesichts des Gedankens, dass er innerhalb der nächsten Stunden mein Ehemann werden würde und Nadine keine Chance hatte, ihn mir wegzunehmen. Dass er nie wirklich zu mir gehören würde, vergaß ich dabei oder wollte in diesem Moment nichts davon wissen.

Die nächste Stunde verbrachte ich damit, in meinem Zimmer zu frühstücken, denn Claire meinte, dass Henri mich erst sehen dürfe, wenn ich fertig angekleidet wäre und wir zum Hauptmann aufbrechen würden. Dabei lächelte sie so lieb, dass ich ihr den Gefallen nicht abschlagen konnte, und setzte mich auf die Kante des Bettes. Leider gehörte dazu auch, dass ich nicht das Toilettenhäuschen im Garten aufsuchen durfte, sondern den Nachttopf verwenden musste, was mir gar nicht recht war. Aber nach einigen Diskussionen gab ich ihr auch dahingehend nach.

»Bist du schon aufgeregt?«, wollte sie wissen.

»Sollte ich?«, fragte ich, statt eine Antwort zu geben.

Claire kicherte und sah dabei noch jünger aus, als sie war. »Ich wäre es. Immerhin verbringt ihr heute die Nacht miteinander.«

Mir wurde bewusst, dass ich mich nun auf sehr dünnem Eis bewegte, denn niemand durfte wissen, dass ich keine unberührte Jungfrau mehr war. »Ich denke, Henri wird wissen, was er tut«, antwortete ich ausweichend.

Claire wurde ernst. »Ja, das weiß er.«

Nun wurde ich hellhörig. »Wie meinst du das?«

Kurz verdrehte sie die Augen und sah mich dann eindringlich an. »Was ich dir jetzt erzähle, bleibt unter uns?«

Rasch nickte ich, da mich die Neugier zur Eile antrieb. Was konnte so schlimm sein, dass Claire, die immer lächelte, nun einen so düsteren Gesichtsausdruck zur Schau stellte?

»Henris ehemalige Verlobte hat sich ihm hingegeben, noch bevor die beiden sich das Eheversprechen geben konnten.« Claire errötete, griff nach der Bürste und machte sich an meinem Haar zu schaffen. Mit kräftigen Strichen fuhr sie durch meine langen Strähnen, die nun in sanften Wellen um mein Gesicht fielen.

Ich konnte nur annähernd verstehen, wie furchtbar es war, dass die beiden so etwas getan hatten. »Und dann wurden sie von eurem Vater dazu verdonnert, zu heiraten?«, mutmaßte ich.

»Meine Mutter hatte die beiden erwischt und anschließend alles in die Wege geleitet, da sie dachte, Henri hätte ein ehrbares Mädchen in Schwierigkeiten gebracht.« Sie schnaubte verächtlich und kämpfte etwas zu hart gegen einen Knoten in meinem Haar. Ich unterdrückte einen Aufschrei, denn ich wollte sie nicht von der Fortsetzung dieser spannenden Erzählung abhalten. Es wäre gut, wenn ich ein bisschen mehr über den Mann, den ich heute heiraten würde, wüsste, da er nicht gerade sehr redselig war. »Doch diese Schlange war zu keiner Zeit ehrbar gewesen«, fuhr Claire fort. »Als diese Dirne sich dann an den Hals eines anderen Mannes warf, nahm sich meine Mutter das so sehr zu Herzen, dass sie krank wurde. Das Ende der Geschichte kennst du.«

Nun wurde mir klar, warum Henri einen solchen Hass auf diese Frau empfand. Alle gingen davon aus, dass der Kummer um die nicht zustande gekommene Hochzeit Madame Vieille ins Grab getrieben hatte. »Das ist schrecklich«, erwiderte ich traurig.

Plötzlich spürte ich die zarten Arme Claires um mich herum. Ihr Kopf legte sich gegen meinen und sie sagte glücklich: »Nun hat er ja dich. Du bist ein wundervoller Mensch und du wirst ihm ganz bestimmt guttun. Jemand wie du wird ihm nicht die gleiche oder überhaupt eine Schmach antun. Das weiß ich. Von nun an bist du die große Schwester, die ich mir immer gewünscht habe.«

Sprachlos legte ich meine Arme um sie und fühlte mich scheußlich, verlogen und kaltherzig.

* * *

Die schmalen Treppen schienen sich in die Endlosigkeit zu ziehen, als ich ins Erdgeschoss hinunterschritt. Ich fühlte mich, als würde ich einen schweren Fehler machen. Ich belog diese wundervollen Menschen. Pierre und Claire standen am Fuß der Treppe und lächelten mich glücklich an. Beide hatten sich zurechtgemacht und trugen Kleidung, die mit Goldknöpfen verziert war. Claire hatte ihr dichtes dunkles Haar gekämmt, bis es glänzte, so wie sie es auch bei mir getan hatte. Sie sah einfach bezaubernd aus.

Doch dann trat Henri zu den beiden. Sein Anblick verschlug mir den Atem, spülte alle Bedenken hinfort. Er hatte sich zur Feier des Tages rasiert und sein dunkles Haar mit einem Band zurückgebunden. In seiner Gardeuniform wirkte er stattlich und mein Herz begann aufgeregt zu hämmern. Der Blick, den er mir zuwarf, war unergründlich. Nur einmal hätte ich wissen wollen, was er dachte. Gefiel ich ihm? In einer Stunde wären wir beide miteinander vermählt und ich wäre an diesen Mann gekettet, zumindest solange ich in dieser Zeit gefangen war. Vertraute ich ihm wirklich so vorbehaltlos, dass ich diesen Schritt gehen sollte? Unsicher nahm ich die letzten Stufen hinab, wo mir Pierre den Arm reichte und mich aus dem Haus führte. Die Stimmung war angespannt und dennoch konnte ich an den Gesichtern Claires und Pierres erkennen, dass den beiden feierlich zumute war. Henris Gesichtsausdruck blieb mir verschlossen. Vielleicht war ihm mittlerweile klar geworden, auf was er sich da einließ, und bereute es?

»Pierre? Kann ich einen Augenblick mit Henri sprechen, ehe wir aufbrechen?«, fragte ich leise.

»Natürlich, mein Kind.« Lächelnd trat er zur Seite und ich ging zu Henri, der ein paar Schritte hinter mir zum Stehen gekommen war.

Ich trat ganz nahe an ihn heran, sodass ich meinen Kopf in den Nacken legen musste, um ihm ins Gesicht zu sehen. Er wiederum beugte sich zu mir hinab, als ich ihn flüsternd fragte: »Bist du dir noch immer sicher, dass wir das Richtige tun?«

»Ja.« Nach dieser wortkargen Antwort richtete er sich auf, ging zur Haustür und ließ mich stehen.

Wütend ballte ich die Hand zur Faust. Dieser Mann war gleichzeitig meine Rettung, aber auch mein Untergang. Er machte mich wütend und zugleich dankbar. Ich war noch nie in meinem Leben so zerrissen gewesen, wenn es um meine Gefühle für einen Menschen ging. Außerdem konnte ich ihn nie richtig einschätzen, konnte nicht erkennen, was in ihm vorging. Das machte mich hilflos und neugierig. Auch das zerriss mich. Wie sollte das erst in den kommenden Wochen werden?

»Kommst du?«, fragte Claire, die ihren Kopf in diesem Moment zur Tür hereinsteckte.

Ich atmete kurz und heftig ein, ehe ich mich zu ihr umdrehte und versuchte, wie eine glückliche Braut auszusehen. Entschlossen verließ ich das Haus. »Ja, ich bin bereit.«

»Das höre ich gerne.« Henri sah mich aus diesen unergründlichen blauen Augen an und reichte mir die Hand, um mir in die Kutsche zu helfen.

Claire kicherte, sie schien aufgeregter als ich zu sein, doch ich nahm es ihr nicht übel, schließlich heiratete der eigene Bruder nicht jeden Tag. Vorsichtig, um das hübsche Kleid nicht zu zerknittern, ließ ich mich auf dem Polster der Kutsche nieder. Claire nahm neben mir Platz und uns gegenüber setzten sich die Männer. Auf Pierres Anweisung gab der Kutscher den Pferden das Zeichen zum Aufbruch. Augenblicklich fing mein Herz an, schneller zu schlagen, und meine Hände wurden feucht.

Henris Blick glitt immer wieder zu mir, so als wolle er überprüfen, ob ich nicht doch in Panik geriete und zu einer Flucht tendieren würde. Die Unsicherheit, die ich empfand, war dafür verantwortlich, dass ich meinen Kopf zur Seite wendete und stattdessen die Häuser ansah, die an uns vorbeiglitten. Das neunzehnte Jahrhundert war für mich zu einem Spießrutenlauf geworden, hatte mich nun an einen Mann gebunden und meine Gefühle Achterbahn fahren lassen. Trotzdem musste ich mir eingestehen, dass Trier gerade wunderschön anzusehen war. Keine Umweltverschmutzung hatte die Fassaden der Häuser dunkel gefärbt und nirgends verschandelten Neubauten die Aussicht.

Als das kurfürstliche Palais in Sicht kam, fing ich an, unruhig auf der Sitzbank hin und her zu rutschen. Claire griff nach meiner Hand und drückte sie beruhigend. Dankbar sah ich sie an. In ihrem offenen Blick lag so viel Gutes, dass mir das Herz schwer wurde. Ich hasste Lügen. Ich musste das Ganze beenden, ehe wir hier einen folgenschweren Fehler begehen würden.

Um meinen Worten mehr Nachdruck zu verleihen, richtete ich mich auf. »Ich …« Weiter kam ich nicht, da Henri sich nach vorne beugte, meine Hände ergriff und mir ins Wort fiel. Mit zusammengezogenen Augenbrauen sah er mich an.

»Mein Herz, ich kann es kaum abwarten, dass wir endlich auch offiziell zueinandergehören.« Sein Blick verankerte sich mit meinem und mein Mund wurde trocken. Seine Worte versetzten mein Innerstes in Schwingungen. Jede Silbe klang so leidenschaftlich in mir wider, dass mein Herz kurzfristig vergaß weiterzuschlagen. Wie musste es sich anfühlen, von diesem Mann tatsächlich begehrt zu werden? Im Stillen beneidete ich diese idiotische ehemalige Verlobte von ihm.

Claire seufzte neben mir verträumt. Ich konnte es ihr nicht verübeln. Henri war ein begnadeter Schauspieler. Hätte ich es nicht besser gewusst, wäre ich auf ihn genauso reingefallen wie seine Schwester.

Ich schluckte angestrengt. »Ich auch nicht«, hauchte ich, da meine Stimmbänder plötzlich nicht mehr richtig funktionierten.

Henri lächelte und sah mich dennoch ernst an. Wie schaffte er es, zwei verschiedene Arten von Gefühlen in seinem Gesicht erkennen zu lassen? Doch ich hatte verstanden, was er mir damit sagen wollte. Es gab kein Zurück mehr. Deshalb hatte er mich die ganze Zeit beobachtet. Er wollte jegliches Aufbegehren sofort im Keim ersticken, was er auch gut geschafft hatte.

Als ich die Umgebung wieder wahrnahm, stellte ich fest, dass wir bereits vor dem Palais hielten. Pierre stieg als Erster aus, gefolgt von Henri, der mir die Hand hinhielt, um mir aus der Kutsche zu helfen. Ich stand auf der Stufe, die aus der Kutsche hinausführte, als sein Mund ganz nah an meinem Ohr war. »Unterstehe dich zu kneifen, Isabelle Adjani!« Ich schüttelte kurz und hastig den Kopf und ging weiter.

Im Innern des Palais schlug uns kühle Luft entgegen und ich konnte ein Frösteln nicht unterdrücken. Gleich würde ich diesem Durand erneut begegnen und das verstärkte den Frost, der sich in meinen Adern ausbreitete, ungemein. Dieser Mann war ein rotes Tuch für mich.

Henri und Pierre schritten zielstrebig voran, so als wären sie diesen Weg schon hunderte Male gegangen, was wahrscheinlich auch so gewesen war. Dennoch war es in dieser Angelegenheit das erste Mal. Es erstaunte mich, dass keiner der drei zögerte, alle waren davon überzeugt, das Richtige zu tun. Und ich? Ich war dermaßen unsicher, als würde das Kommende den Rest meines Lebens beeinflussen. Was es ja nicht tun würde, schließlich gehörte ich nicht hierher, sondern in meine Zeit. Oder etwa nicht?

»Ah, da kommt ja das glückliche Paar«, rief uns Durand entgegen, kaum dass wir den großen Saal betreten hatten. Der Sarkasmus seiner Worte war unüberhörbar und Henri, der vor mir herging, versteifte sich. Sein Rücken schien breiter zu werden und er größer. Oh ja, er war von beeindruckender Statur, doch Durand imponierte das nicht weiter. Sein Blick glitt kalt über Claire und mich hinweg und spießte anschließend Henri auf. »Rupert wollte auch zugegen sein, doch ich habe ihn gestern und heute nicht einmal zu Gesicht bekommen.« Abwartend verweilten seine Augen auf Henris Gesicht. Gut für mich, denn ich war mir sicher, dass meine Mimik mich augenblicklich verraten hätte. Mit rasendem Herzen versuchte ich mich zusammenzureißen, was nicht einfach war. Henri schirmte mich mit seinem breiten Rücken ab und gab mir so die Chance, mich zu sammeln. Da Henri nicht antwortete oder ihm die Spur eines Verdachts bot, fuhr er fort: »Gut, dann beginnen wir jetzt, ehe ich es mir anders überlege und das Weib selbst beanspruche.«

Mir war sofort klar, dass er Henri provozieren wollte. Durand wollte ihn dazu treiben, sich zu vergessen. Ich trat schnell um Henri herum und legte ihm die Hand auf den Unterarm. Ich konnte selbst durch seine Kleidung hindurch spüren, wie sehr er um seine Selbstbeherrschung kämpfte. Ein Zittern ging durch seinen Körper. Auch Pierre war zu ihm getreten, um im Notfall sofort eingreifen zu können.

»Ich bin bereit«, wiederholte ich den Satz von vorhin.

Henris Gesicht schnellte zu mir. In seinen Augen loderte es, als er mir antwortete: »Ich auch!«

Lächelnd nickte ich ihm zu, sah nur ihn an und wendete mich nicht einen Sekundenbruchteil von ihm ab. Meine Hand lag weiterhin auf seinem Arm, woraufhin er sich endlich entspannte und Claire neben mir erleichtert ausatmete. Durand drehte sich um und schritt auf einen Tisch zu, auf dem bereits einige Dokumente lagen. Er forderte Pierre auf, als mein Vormund zu unterzeichnen, und danach schritt Henri an den Tisch und tauchte die Feder in das Tintenglas. Über dem Papier verharrte er kurz und hob seinen Blick, der mich traf. Ich konnte nicht sagen, was er in diesem Moment sah, doch er nickte überzeugt und unterschrieb das Dokument.

»Habt Ihr, Mademoiselle Adjani, noch etwas zu sagen?«, fragte mich Durand und sah mich mit diesen dunklen stechenden Augen an. In meinem ganzen Leben hatte ich noch nie eine solche Abscheu jemandem gegenüber empfunden.

»Ja, das habe ich.«

Henri sah mich mit zusammengekniffenen Lippen an. Dieses Mal unterbrach er mich nicht. Alle Anwesenden blickten mich erwartungsvoll an. »Ich danke Euch, Monsieur Durand, dass Ihr uns vermählt.« Er nickte genervt. »Und dir Henri danke ich, dass du mich erwählt hast, deine Frau zu werden.« Ein seltenes, recht verhaltenes Lächeln huschte über das Gesicht Henris. Wir sahen uns an, nickten einander zu und waren uns nur allzu bewusst, welches Geheimnis wir zukünftig teilen würden.

Durand kritzelte geräuschvoll seine Unterschrift auf das Dokument, wendete sich dann abrupt von uns ab und stapfte aus dem Raum.

14. Kapitel

Claire plapperte auf dem ganzen Weg nach Hause durchgehend, ohne Luft zu holen. Man hätte meinen können, dass nicht ich, sondern vielmehr sie geheiratet hatte. Sie war dermaßen überdreht, dass wir anderen drei immer stiller wurden. Mittlerweile saß Henri neben mir und Claire mir gegenüber. Sein Bein berührte immer wieder meins, was mein Blut zum Kochen brachte. Dieser Mann löste in mir Gefühle aus, die ich selbst nicht verstand. In meinem Körper kribbelte es. So etwas hatte ich in Daniels Nähe nie empfunden.

Die Sonne stand hoch am Himmel und die Luft war erfüllt von Vogelgezwitscher. Wir hätten schon längst zu Hause sein müssen, doch als ich mich umsah, bemerkte ich, dass der Kutscher den Weg zum Fluss einschlug. Erstaunt hob ich den Kopf und sah Henri fragend an.

Er wandte mir das Gesicht zu und lächelte. »Überraschung«, sagte er leise. In seiner Stimme schwang etwas mit, das mir Gänsehaut bereitete. Das erste Mal, seit wir uns kannten, behandelte er mich zuvorkommend und war nett zu mir.

»Wir dachten, dass ein solcher Tag auch gefeiert werden müsste, und da wir nicht genügend Zeit hatten, um ein Fest zu arrangieren, haben wir uns für ein gemütliches Essen am Fluss entschieden.« Aufgeregt klatschte Claire in die Hände.

»Wann hast du das denn alles organisiert und vorbereitet?«, wollte ich von ihr wissen.

»In der vergangenen Nacht, als du deinen Schönheitsschlaf gehalten hast. Ich hoffe, es wird dir gefallen.« Ihr Gesicht glühte. Endlich verstand ich ihre Aufregung.

Ich versuchte, nicht daran zu denken, dass dies nur eine fingierte Hochzeit war, ich wollte stattdessen einfach den Tag genießen. Claire und Henri breiteten die mitgebrachten Decken aus und holten aus der Kutsche zwei große Körbe, in denen sich so viele Lebensmittel befanden, dass man davon hätte ausgehen können, eine ganze Kompanie käme hinzu. Doch wir blieben unter uns, was mir mehr als recht war.

Der Wein stieg mir ein wenig zu Kopf und die Gespräche drehten sich um alles Mögliche. Ich genoss die schönen Stunden. Es wurde viel gelacht und erstaunt sah ich immer wieder zu Henri hinüber, der heute so anders war als an allen anderen Tagen, an denen ich ihn erlebt hatte. Sein Gesicht hatte endlich mal nicht diesen mürrischen und düsteren Ausdruck. Er wirkte gelöst und das veränderte ihn so sehr, dass ich ein paar Mal den Atem anhielt, als unsere Blicke sich trafen. Henri berührte etwas in mir, das flatternd zum Leben erwachte und sich als ein warmes Gefühl in meiner Magengegend ausbreitete.

Der Nachmittag ging allerdings viel zu schnell vorbei. Als wir irgendwann aufbrachen, hatte ich das Gefühl, dazuzugehören zu dieser wundervollen Familie. Nicht nur, dass sie mich willkommen hießen, nein, ich war angekommen. Vielleicht lag es auch an dem vielen Wein, den ich getrunken hatte und der mir nun die Sinne vernebelte. Ich wusste es nicht und es war mir genau jetzt völlig egal, denn ich wollte dazugehören. Wollte ein Teil von dieser Familie sein. Innerlich schüttelte ich über mich selbst den Kopf, aber dann lächelte ich offenen Herzens in die drei Gesichter der Menschen, die sich mit mir die Kutsche teilten. Claire stimmte ein Lied an, in das Pierre mit einfiel. Es war ein trauriges französisches Liebeslied und ich konnte mir einen Seufzer nicht verkneifen.

»Warum singst du nicht mit?«, wollte ich von Henri wissen.

Er lachte kurz und dunkel auf. »Glaube mir, das würdest du nicht hören wollen. Zu meinen Qualitäten zählt einiges, aber nicht das Singen.«

Der Alkohol lockerte meine Zunge, weshalb ich leise und frech fragte: »Und welche Qualitäten wären das?«

Sein Blick verdunkelte sich, als er sich mit meinem verband. Das Herz schlug mir bis zum Hals, doch ich wandte mich nicht ab, sah ihn an und wartete.

Henri beugte sich vor, bis sein Mund ganz nah an meinem Ohr war. Mit leicht belegter Stimme antwortete er ganz leise, sodass nur ich es hören konnte: »Wenn du mich weiter so provozierend unschuldig anschaust, werde ich es dir nachher zeigen. Spiel nicht mit dem Feuer, Kleines.« Als er sich wieder aufrichtete, strich er mit seiner Wange langsam an meinem Gesicht vorbei, was mich dazu veranlasste, scharf den Atem einzuziehen, was ihm wiederum ein Lächeln auf die Lippen zauberte.

Doch so schnell ließ ich mich nicht einschüchtern. Ich wandte meinen Blick nicht von seinen Augen ab, zog meine Unterlippe zwischen die Zähne und kaute so unschuldig wie möglich darauf herum. Ein leises Lächeln zupfte an meinen Mundwinkeln, als ich sah, wie sich sein Blick noch mehr verdunkelte. Oh ja, so cool wie er immer tat, war dieser Mann nicht und mir war durchaus bewusst, dass ich mit einem Feuer spielte, das mich verbrennen konnte, wenn ich es zuließ. Wenn!

* * *

»Ich habe deine Sachen zu Henri ins Zimmer gebracht und euch das Bett frisch bezogen und alles schön hergerichtet«, flötete Claire schon wieder aufgeregt wie ein Vögelchen.

Bis jetzt hatte ich die Tatsache, dass wir in einem Zimmer schlafen würden, erfolgreich verdrängt. Ich schluckte den fetten Kloß in meinem Hals herunter und versuchte so unauffällig wie möglich meine schweißnassen Hände an meinem Rock abzuwischen. Als ich jedoch das schmale Bett sah, in dem wir ab sofort gemeinsam schlafen sollten, japste ich nach Luft.

Claire deutete meine Reaktion falsch und versuchte mich zu beruhigen. »Es soll gar nicht so schlimm sein, wenn der Mann einfühlsam ist. Hab keine Angst, mein Bruder ist bestimmt sehr liebevoll zu dir.«

Geschockt sah ich Claire an. Was sollte ich darauf erwidern? Ich konnte ihr ja unmöglich erzählen, dass ich keine Jungfrau mehr war und in den letzten Jahren mit einem Mann in wilder Ehe gelebt hatte, bevor er mich vor die Tür gesetzt hatte, um meine beste Freundin zu vögeln. Das würde diesem unschuldigen Mädchen den Glauben an die Menschheit nehmen und vor allem an mich. Dementsprechend beschränkte ich meine Reaktion auf ein Nicken und ging in das Zimmer. Claire riss mich noch einmal stürmisch in die Arme, dann schloss sie die Tür.

Ich war allein. Auf dem Bett lag ein frisches Nachthemd und meine Schwägerin hatte einige Kerzen angezündet, sodass der Raum in ein sanftes Licht getaucht war. Ein leichter Abendwind bauschte die zarten Vorhänge, die ebenfalls neu waren, auf und ließ mich kurz frösteln. In einigen Schalen lagen Blütenblätter, die einen angenehmen Geruch verteilten. Claire hatte sich so viel Mühe gegeben, dass es mich sehr berührte, wie so vieles an diesem Tag.

Als ich hörte, wie hinter mir leise die Tür geöffnet und geschlossen wurde, zog sich mein Magen zusammen. Warum ich mich so idiotisch fühlte, konnte ich selbst nicht sagen. Henri hatte mich schon fast nackt gesehen und mit mir eine Nacht auf dem Waldboden verbracht. Wir waren uns nicht völlig fremd, dennoch schlug mein Herz, als wäre es tatsächlich meine Hochzeitsnacht. Dann blieb es kurz stehen, denn laut dem Gesetz, das hier angewandt wurde, war ich verheiratet, und dies war demnach auch meine Hochzeitsnacht. Unsere, besser gesagt.

»Entspann dich, Belle. Ich werde nicht über dich herfallen. Du nimmst das Bett, ich werde den Fußboden zu meinem Ruheplatz ernennen«, raunte er so leise, dass neugierige Ohren es nicht hören konnten.

Entrüstet drehte ich mich zu ihm um und merkte erst jetzt, wie nahe er mir war. Unwillkürlich streckte ich die Hände aus und legte sie auf seine Brust, um ihn auf Abstand zu halten. Doch das Spiel seiner Muskeln unter meinen Fingern fühlte sich mehr als gut an. Heftig sog ich die Luft ein, wodurch mich sogleich sein Duft nervös machte, den er bereitwillig in dem kleinen Zimmer verströmte, das unter seiner Präsenz noch weiter zu schrumpfen schien. Um wieder zu Verstand zu kommen, trat ich einen Schritt zurück und stieß prompt mit den Kniekehlen ans Bett.

»Das ist nicht notwendig. Wir sind erwachsene Menschen und werden uns wohl ein paar Nächte zusammenreißen können.« Meinte ich das wirklich ernst?

Er lachte amüsiert. »Ich glaube, gerade deshalb sollten wir auf diese Lösung zurückgreifen. Erwachsene Menschen tun Dinge, die vielleicht nicht unbedingt im Interesse einer Frau sind, die bald wieder aufbrechen will.«

Empört, weil er mir indirekt unterstellte, mich nicht im Griff zu haben, stemmte ich die Hände in die Hüften. »Ich bin erwachsen genug, meine Libido unter Kontrolle zu halten.«

»Du vielleicht. Ich bin jedoch nur ein Mann, und Männer können sich schwer beherrschen, wenn ein Weib neben ihnen liegt.« Er beugte sich zu mir, mein Atem stockte, doch er griff lediglich an mir vorbei und zog die zweite Decke vom Bett, um sie anschließend auf dem Boden auszubreiten. Ein Stich offenbarte mir, wie sehr meine Libido nach diesem Prachtexemplar von Mann lechzte. Was war ich doch für eine Lügnerin!

Um ihn nicht doch noch aufzuhalten, drehte ich mich rasch um und begann, mein Kleid aufzuschnüren.

»Was tust du da?«, keuchte Henri.

»Mich ausziehen, oder schläfst du etwa in deiner Uniform?«, fragte ich scheinheilig.

Das Geräusch, das ich daraufhin hörte, musste tatsächlich ein Knurren sein. »Nein, aber ich hätte mit dem Entkleiden gewartet, bis das Licht gelöscht wäre.«

Da er mein Gesicht nicht sehen konnte, gestattete ich mir ein Grinsen. »Du hast bereits viel von mir gesehen. Außerdem sind wir nun offiziell verheiratet, da kann ich mich doch in unserem gemeinsamen Schlafzimmer umziehen, oder?«

Mit der Reaktion, die darauf folgte, hatte ich beim besten Willen nicht gerechnet. Insgeheim hatte ich gehofft, er würde aufspringen und mich in seine Arme ziehen, doch stattdessen fing er an zu lachen. Und wieder einmal wurde ich wütend auf ihn.

»Oh Belle, wenn du nicht so verwirrt wärst, hätte ich schon längst versucht, dich zu verführen. Du bist ein ganz schönes Luder, spielst gerne mit dem Feuer und siehst dazu auch noch zum Anbeißen aus.« Er sah mich an und wurde ernster. »Gerade jetzt, wenn die Funken aus deinen Augen sprühen, wird mein Mund trocken und ich muss an mich halten, dich nicht zu küssen.« Seine dunkle Stimme glitt über mich hinweg, in mich hinein und entfaltete dort ihre ganze Wirkung.

Schön? Ich? Verwirrt? Moment mal! »Ich bin nicht verwirrt!«, empörte ich mich und hatte Mühe, nicht zu laut zu werden.

»Eine Frau, die mir weismachen möchte, dass sie aus der Zukunft kommt …« Er tat, als überlege er kurz. »Ja, die kann nur verwirrt sein.«

Henri glaubte mir immer noch nicht, trotz des Medaillons, das er selbst gesehen hatte in der Nacht. Gut, es hatte nicht funktioniert und ich saß immer noch hier fest, aber die Rädchen hatten sich gedreht und er kannte das Medaillon von dieser Madame Laurent, das musste ihm doch zu denken geben.

Genervt starrte ich zur Decke. Ich musste ruhig bleiben und durfte mich nicht provozieren lassen. Das brachte doch alles nichts. Wenn ich an seiner Stelle gewesen wäre, hätte ich mir auch nicht geglaubt. Warum auch, so ganz ohne Beweis? Ich riss die Augen auf. Ich hatte doch meine Handtasche, da mussten doch genügend Dinge drin sein, die meine Aussage untermauern würden.

Als mein Blick durch das Zimmer huschte, blieb er unwillkürlich an dem Mann, mit dem ich seit heute verheiratet war, kleben. »Was wird das?«

Henri stand mittlerweile mit nacktem Oberkörper am Fuße des Bettes und nestelte am Verschluss seiner Hose. Sein Hemd hatte er ordentlich über den Stuhl gehängt, der vor einem Schreibtisch stand.

»Ich entkleide mich. Du hast mich zwar noch nie halb nackt gesehen, aber wir sind nun Eheleute, soll ich mich da etwa nicht in unserem gemeinsamen Schlafzimmer umziehen können?« Der Schalk, der aus seinen Augen und dem unterdrückten Lachen sprach, war unüberhörbar. Ich musste lachen. Henri besaß offensichtlich Humor, denn er hatte mich mit meinen eigenen Worten geschlagen.

Seine Hände sanken herab und er sah mich ernst an, was mir augenblicklich das Lachen vertrieb. Seine Brust hob und senkte sich und er sah dabei aus, als wäre er die pure Sünde. Sein Oberkörper war muskulös und dennoch nicht total überladen, wie bei vielen Kraftsportlern in meiner Zeit. Henri war ein Mann, der selbst mir unanständige Gedanken ins Hirn zauberte, allein durch seine Anwesenheit, obwohl ich kein Interesse mehr an Männern haben wollte.

Er trat einen Schritt auf mich zu. Mein Herz setzte aus und ich bekam einen trockenen Mund. Hastig suchte ich nach einer Fluchtmöglichkeit, als mein Blick auf meine lederne Handtasche fiel. Reflexartig griff ich danach und presste sie vor meine Brust. Das Lächeln, das über sein Gesicht huschte, zeigte deutlich, dass er wusste, welches Gefühlschaos er in mir hervorrief. »Brauchst du die zum Schutz gegen mich?«

»Ich muss dir etwas zeigen!«, stieß ich atemlos hervor.

Henri blieb stehen und ich atmete erleichtert ein. Dieser Mann war gefährlich. Gefährlich für meine Selbstbeherrschung, die ich in seiner Gegenwart überhaupt nicht mehr unter Kontrolle hatte.

»Und das wäre?« Spöttisch sah er zu mir hinunter. »Ich hoffe, es ist etwas Wichtiges, denn dies ist unsere Hochzeitsnacht.«

Oh, wie sehr ich ihn am liebsten erwürgen würde!, dachte ich wütend. Doch ich musste mich zusammenreißen, schließlich war er der einzige Verbündete, den ich hatte. Pierre und Claire konnte ich unmöglich mit in meine Geschichte hineinziehen. »Es wird keine Hochzeitsnacht geben«, erwiderte ich zuckersüß und griff in meine Tasche. Endlich schlossen sich meine Finger um das, was ich ihm unbedingt zeigen wollte. Triumphierend zog ich es heraus, ohne den Blick von ihm abzuwenden. Ich traute mich noch nicht einmal mehr zu blinzeln, da ich kein einziges Zucken seiner Gesichtsmuskeln verpassen wollte.

Henri zog die Augenbrauen zusammen, die nach und nach immer höher wanderten, bis sie beinahe seinen Haaransatz berührten. Als er versuchte, nach meinem Handy zu greifen, zog ich hastig meine Hand zurück und schaltete es an. Ich hoffte inständig, dass es noch genug Saft hatte, um zumindest anzuspringen. Das Display leuchtete unnatürlich in dem von Kerzen beleuchteten Raum auf. Dann ertönte ein schriller Ton, der verkündete, dass der Akku gleich schlappmachen würde. Henri riss die Augen weit auf und trat einen Schritt zurück.

»Was um Gottes willen ist das?« Ich würde nicht sagen, dass er Angst hatte, aber er wirkte eindeutig durcheinander, was ich ihm wiederum nicht verübeln konnte.

»Das ist ein Gerät, mit dem wir in der Zukunft miteinander kommunizieren und Porträts machen«, klärte ich ihn geduldig auf. »Es heißt Handy.«

Henri versuchte, das Wort nachzusprechen, machte dabei ein so lustiges Gesicht, dass ich lachen musste, was wiederum seinen Stolz verletzte und ihn wütend werden ließ. »Das ist doch Hokuspokus!« Zornig riss er mir das Handy aus der Hand und sah es sich genauer an.

Ich beobachtete ihn. Wie würde sich Henri fühlen, wenn er in meiner Zeit landen würde? Welche Wunder gäbe es für ihn zu bestaunen, die für mich völlig selbstverständlich waren? Vermutlich würde er wahnsinnig werden, sobald er ein Flugzeug am Himmel sehen würde. Ich kicherte, was ihn stinksauer machte.

»Pack es weg und zeig es niemandem, ansonsten bringst du meine Familie damit in Gefahr.« Ruckartig zog er sich die Hose runter, legte sich auf den Boden und rollte sich in der Decke ein.

Warum mich seine Reaktion sauer machte, wusste ich mir selbst nicht zu erklären. Traurig entkleidete ich mich und legte mich in das schmale Bett, nachdem ich die Kerzen ausgepustet hatte. Unvergossene Tränen brannten in meinen Augen. Seine Familie! Erst da wurde mir bewusst, wie sehr ich die Vieilles bereits in mein Herz gelassen hatte und wie stark mein Wunsch war, dazuzugehören. Doch er hatte seine gesagt und nicht unsere.

15. Kapitel

Henri ignorierte mich die folgenden Tage. Oder besser gesagt, er ging mir aus dem Weg und war auch nicht bei den Mahlzeiten zugegen. Pierre wurde jedes Mal mürrischer, wenn Claire oder ich ihm auf seine Frage, wo sein Sohn sei, antworten mussten, dass er heute wieder nicht zum Essen da sein würde. Ich tat, als nehme ich es gelassen. Wir hatten einen Deal, bei dem jeder von uns seine Vorteile daraus zog. Warum nur nahm ich es mir dennoch zu Herzen, dass ich für ihn offenbar Luft war?

Ich hatte das Telefon samt meiner Tasche unter der Matratze versteckt, doch als ich an diesem Abend danach griff, um mir die Zahnbürste herauszuholen und die Zähne zu putzen, war sie verschwunden. Panik nahm von mir Besitz und ich fing hektisch an, das Zimmer abzusuchen. Ich fand das Ding nirgends.

Als Henri spät abends nach Hause kam, saß ich immer noch auf der Bettkante und stierte vor mich hin. Es ging gar nicht mal um den Verlust der Tasche oder der Dinge, die sich darin befanden. Es war vielmehr die letzte Verbindung zu meinem Leben in der Zukunft gewesen. Mit jedem Tag vergaß ich mehr, wo ich herkam. Ich fühlte mich in Claires Gesellschaft wohl und die Tage gingen rasend schnell vorbei, da es stets etwas zu tun gab. Keine Waschmaschine, kein Geschirrspüler, ja, noch nicht einmal einen Staubsauger hatten die Menschen hier.

Dementsprechend hatte der Tag zu wenig Stunden, um alles zu erledigen, für das ich in meiner Zeit nur ein paar Knöpfe drücken musste. Dennoch war ich zufrieden und wenn Henri mich nicht so links liegen gelassen hätte, wäre ich vielleicht sogar glücklich gewesen. Zumindest hatte ich mittlerweile das unerschütterliche Gefühl, dazuzugehören, was für mich ein sehr wichtiger Punkt war. So wichtig, dass es mir immer schwerer fiel, an eine Rückkehr zu denken.

Leise schloss Henri die Tür unseres Schlafzimmers und blieb anschließend abrupt stehen, als er mich auf dem Bett sitzen sah. Ich durchbohrte ihn mit meinen Blicken. »Wo ist meine Tasche?«, fragte ich in ruhigem, aber wie ich fand sehr eindringlichem Tonfall, denn ich betonte jedes einzelne Wort.

Sein Gesichtsausdruck wurde verschlossen, was meinen Verdacht bestätigte, dass er etwas mit dem Verschwinden zu tun hatte.

»Antworte mir!«, zischte ich wütend und sprang vom Bett auf. Mutig stellte ich mich ihm in den Weg. Auf keinen Fall durfte ich anfangen zu schreien, sonst würden Claire und Pierre ebenfalls auf der Matte stehen, und das war eine Sache, die wir beide unter uns klären mussten. Niemand durfte erfahren, was mir genau abhandengekommen war. Jeder, der davon wusste, schwebte automatisch in Gefahr. Zwar gab es offiziell keine Hexenverbrennungen oder Ähnliches mehr, aber wer wusste schon, was inoffiziell mit Frauen oder vielleicht auch Männern getan wurde, denen man vorwarf, eine Hexe zu sein.

Mit versteinertem Gesicht sah er auf mich herab. »Ich habe die Tasche samt dem Inhalt vernichtet.«

»Dazu hattest du kein Recht!« Ich bohrte ihm mit meinem Finger in die Brust, doch er bewegte sich keinen Millimeter.

Eine seiner Augenbrauen wanderte empor, was mich wieder an unsere erste Begegnung erinnerte. Damals hatte ich ihn für überaus arrogant gehalten, was er offensichtlich auch war. »Ich hatte jedes Recht, das du dir nur vorstellen kannst.«

»Es war meine Tasche, mein Eigentum!«, spie ich ihm entgegen, aber er ließ sich nicht aus der Ruhe bringen, während ich das Bedürfnis verspürte, etwas gegen die Wand zu werfen.

»Du bist mein Weib und damit ist dein Eigentumsanspruch hinfällig.« Einen Schritt kam er auf mich zu, sodass ich meinen Kopf noch ein Stückchen weiter in den Nacken legen musste, um ihm immer noch in die Augen sehen zu können. »Gehen wir mal davon aus, dass du wirklich aus der Zukunft kommst, wo Frauen dieselben Rechte haben wie Männer. Hier ist das nicht so. Seit unserer Hochzeit gehörst du mir und alles, was du besitzt, ebenso. Und Dinge, die meine Familie, zu der du nun offiziell gehörst, oder mich in Gefahr bringen könnten, kann ich jederzeit vernichten.« Hätte ich nicht schon selbst erlebt, wie liebevoll er mit seiner Familie umging, wäre ich vermutlich wimmernd auf das Bett gesunken, doch so gab ich mir diese Blöße nicht und wollte stattdessen um mein Recht kämpfen.

Ich öffnete meinen Mund, um etwas zu erwidern, aber es kam kein Ton über meine Lippen. Vermutlich sah ich aus wie ein Fisch auf dem Trockenen, der nach Luft japste. Ich war schockiert, ob es nun wegen seiner Worte war oder ob es der Tatsache geschuldet war, dass ich von nun an kein freier Mensch mehr war, vermochte ich nicht zu sagen. Doch eins wusste ich: Es hatte mich berührt, als er sagte, dass ich von nun an zu seiner Familie gehören würde.

Sein Zeigefinger drückte von unten gegen mein Kinn. »Mund zu, sonst fliegen noch Tiere hinein, mein Herz. Und jetzt ab mit dir ins Bett. Es ist wahrlich schon spät.«

Ich rührte mich nicht von der Stelle, starrte ihn stattdessen nur an und überlegte, was ich sagen könnte, doch mir fiel nichts ein. Nicht ein Wort, das passend gewesen wäre, also schwieg ich.

Ohne mit der Wimper zu zucken, entledigte er sich seiner Kleidung, legte sich wie alle anderen Nächte auf den Boden und wickelte sich in seine Decke ein. Minuten später stand ich immer noch am selben Ort. In mir brodelte es und am liebsten hätte ich wie ein wütendes Kleinkind mit dem Fuß aufgestampft oder geschrien. Es war demütigend und ich hatte das Bedürfnis, den Mann an den Schultern zu packen und zu schütteln, doch auch das tat ich nicht.

Anstatt all das oder auch nur eins davon zu tun, drehte ich mich um und ging ins Bett. Die Wut trieb mir die Tränen in die Augen, die mein Kissen benetzten. Ich wollte zurück, aber da wartete niemand auf mich. Dann fiel mir wieder ein, wie wohl ich mich hier fühlte und dass ich gar nicht wegkonnte, schließlich gehörte ich nun zu den Vieilles. Diese Zerrissenheit ließ mich lange wach liegen, doch irgendwann fielen meine Augen zu und ich versank in einen traumlosen Schlaf.

* * *

Die Tage flossen wie ein Strudel an mir vorbei. Mittlerweile war ich schon vier Wochen in Trier bei den Vieilles, deren Namen ich nun auch trug – Isabelle Vieille. Die Aussicht zurückzukehren war nicht sehr vielversprechend, die Chancen sanken mit jedem Tag. Vielleicht sollte ich mich damit abfinden, dass ich von nun an im neunzehnten Jahrhundert leben würde. Oder sollte ich es noch einmal versuchen? Noch einmal Henri bitten, mit mir zum See zu reiten? Ehrlich gesagt wollte ich nicht mehr weg. Zumindest im Moment war das der Ort und die Zeit, in der ich sein wollte, so abwegig das auch war. Ich schob das auf Claire und Pierre, doch mein verräterisches Herz sprang jedes Mal, wenn ich Henri sah oder an ihn dachte, jauchzend in die Höhe. Ich hatte mich verliebt und das ausgerechnet in den launischsten Mann aller Zeiten, der für mich nicht mal fünf

Minuten seiner Zeit erübrigte. Immer wieder dachte ich an den zynischen Zug um seine Lippen, der sich nur hin und wieder zu einem Lächeln verzog. Doch wenn er lächelte, wünschte ich mir, einmal von ihm geküsst zu werden. Das lag wahrscheinlich daran, dass mir meine Liebesromane und Liebesfilme fehlten, die ich sonst immer konsumierte. Meinem Hirn fehlte das und es kompensierte den Mangel an glücklichen Seufzern, die ich ansonsten immer von mir gab, sobald das Happy End in Sicht kam, durch eigene Fantasien, die ich ausgerechnet auf diesen Klotz von Mann projizierte.

»Hey, träumst du etwa?«, wollte Claire kichernd von mir wissen, während wir gemeinsam die Wäsche im Garten aufhängten. Mittlerweile hatten sich meine Hände an die tägliche Arbeit gewöhnt. Anfangs hatte ich wunde Hautpartien und Muskelkater an vielen Stellen gehabt, von deren Existenz ich bisher nichts gewusst hatte, doch nun half ich Claire bei allen Verrichtungen und erstaunlicherweise befriedigte mich diese Arbeit.

Ich zwinkerte ihr zu und reichte ihr das nächste Laken. »Ja, von einem Kuchen. Wann wollen wir mal wieder backen?«

»Du brauchst mich gar nicht anzulügen, dein Gesichtsausdruck hatte eine ganz andere Sprache. Der sagte nichts von Kuchen oder backen. Nein, nein, Isabelle Vieille, du hast mal wieder an meinen Bruder gedacht.« Sie sagte es im Scherz, schließlich ging sie davon aus, dass wir glücklich waren. Niemand hatte bemerkt, dass dieses Glück nicht annähernd echt war. Erst recht nicht Claire, die dermaßen romantisch veranlagt war, dass sie in jeder Geste oder jedem Gesichtsausdruck die Liebe zu erkennen glaubte. Tja, sie lag falsch, so was von falsch.

»Wenn du es sagst.«

»Ja, das sage ich.« Kichernd fuhr sie fort: »Immer wenn er in der Nähe ist, schaust du so verträumt aus. Selbst Vater hat es schon bemerkt und Henri darauf angesprochen.«

»Was? Was hat er zu ihm gesagt?« Mein Herz schlug hektisch, da ich mir gerade ausmalte, in welche Richtung das Gespräch gegangen sein könnte.

»Na, dass er sich mehr um dich kümmern soll und er hofft, dass bald ein paar kleine Henris und Isabelles hier herumkrabbeln.«

So etwas hatte ich beinahe schon befürchtet. »Und wie hat Henri reagiert?«, wollte ich atemlos wissen, obwohl mich seine Reaktion eigentlich überhaupt nicht interessierte, zumindest redete ich mir das ein.

»Henri hat …« Weiter kam sie nicht, denn in diesem Moment donnerte eine wohlbekannte Stimme hinter dem aufgehängten Laken.

»Ihr Mädchen sollt nicht hinter meinem Rücken über mich reden.« Henri kam um das Laken herum und griff nach Claire, um sie zu kitzeln.

»Hey, lass mich los, du Scheusal!«, schrie Claire in einem schrillen Ton, um sogleich zu lachen. »Hör auf! Du weißt ganz genau, wie kitzlig ich bin.«

Ich stand da, beobachtete die beiden und verspürte einen Stich der Eifersucht. Ich bedauerte es, dass er mit mir nicht annähernd so locker umging.

»Henri Vieille, Schluss jetzt. Kümmere dich lieber um deine Frau, sie schmachtet bereits den halben Morgen deinem Erscheinen entgegen«, sagte dieses kleine Biest und streckte mir die Zunge heraus.

Er hielt inne und sah aufmerksam zu mir. »Glaub mir, Schwesterchen, ich kümmere mich jede Nacht um mein Weib, ganz so, wie sie es verdient hat.«

Pah! Er kam jede Nacht erst spät in unser Zimmer, ich tat stets, als würde ich schlafen, damit uns weitere Peinlichkeiten erspart blieben. Von Kümmern konnte da nicht die Rede sein. Und verdient hatte ich das? So ein Blödsinn! Empört zog ich die Luft zischend zwischen den Zähnen ein.

Claire lachte. »Na, dann kann sich Vater ja bald über den Nachwuchs von euch beiden freuen.«

Ich spürte, wie mir das Blut ins Gesicht schoss. Hastig griff ich nach dem mittlerweile leeren Korb und ging zurück ins Haus. Diese Unterhaltung ging mir zu weit. Ich wollte nicht darüber nachdenken, was wäre, wenn wir tatsächlich zusammen wären. Wenn Henri sich auch zu mir hingezogen fühlen würde, was er nicht tat.

In der Küche rührte ich wütend auf mich und die Welt den Eintopf um, der in einem der Töpfe köchelte. Plötzlich spürte ich rechts und links an meinen Oberarmen Hände – Henris Hände. Warm und kräftig lagen sie dort, als würden sie dahin gehören. Ich spürte seinen Atem an meinem Ohr und er flüsterte: »Du reagierst nicht wie ein frisch verliebtes Eheweib. Mäßige deine emotionalen Ausbrüche, ansonsten machen wir uns verdächtig.« Seine Stimme war ganz leise und verursachte mir eine Gänsehaut, dennoch war ich mir der Bedeutung seiner Worte bewusst. Es waren Worte, die mir einen Eimer eiskaltes Wasser überkippten und mir wieder einmal bewusst machen, wie sinnlos meine Schwärmerei für diesen Trottel war.

Ich kämpfte mich aus seinen Händen frei und drehte mich zu ihm um. »Ich möchte nur nicht, dass du mit Claire über unser nächtliches Eheleben redest, das gehört sich einfach nicht.«

Erstaunt blickte er mich an. »Da muss ich dir recht geben und ich werde das zukünftig zu vermeiden wissen, mein Herz.« Henri ergriff meine Hand und führte sie an seine Lippen. Als sein Mund meine Haut berührte, musste ich aufpassen, mich nicht schon wieder von seiner Nähe einlullen zu lassen.

»Schön, dann sind wir uns ja einig«, gab ich ein wenig zu zickig von mir, doch ich würde ihm nicht entgegenkommen, das hatte er einfach nicht verdient.

Plötzlich riss er mich an sich und hielt mich unerbittlich fest. Sein harter Körper fühlte sich an, als würde er vibrieren. Ich seufzte und meine Beine wurden weich, doch seine Arme waren stark genug, um mich zu halten. »Glaub mir, Belle, heute Nacht werde ich dich wieder verwöhnen.«

Die Worte ergaben keinen Sinn, bis bei mir der Groschen endlich fiel. Erst in dem Moment wurde mir bewusst, warum ich in diesen zugegebenermaßen beeindruckenden Armen lag. Und als ich den Blick zur Hintertür schweifen ließ, wurde mein Verdacht bestätigt – dort stand Claire und beobachtete uns. Die kleine Romantikerin hatte die Hände andächtig vor ihrem Herzen gefaltet und lächelte selig. Das gehörte alles zu Henris Spiel. Zu dem Theaterstück, das wir aufführen mussten, um den Anschein zu wahren.

Na warte, dachte ich und schmiegte mich enger an seine Brust. Langsam ließ ich meine Hand über seinen Oberkörper wandern. »Darauf freue ich mich schon sehr – Henri.« Ich stellte mich auf die Zehenspitzen und hauchte einen Kuss auf seine Lippen. Das hätte ich nicht tun dürfen, denn es war wie die Kostprobe einer verbotenen Frucht. Augenblicklich wollte ich mehr, doch Henri verstärkte seinen Griff um meine Oberarme und holte mich so in die Realität zurück.

Wie hatte ich mich nur so gehen lassen können, ärgerte ich mich über mich selbst, doch dann beruhigte ich mich wieder, schließlich konnte er nichts von dem Gefühlschaos wissen, das in meinem Innern tobte. Das gehörte alles zu unserer Inszenierung.

Ich trat einen Schritt zurück und sah in seine Augen, die heute dunkelblau wirkten. Er leckte sich kurz über die Lippen und hatte einen ungläubigen Ausdruck im Gesicht, ehe er sich wieder zusammenriss und mich von sich schob.

»Schluss jetzt, du lüsternes Weib. Du versuchst mich doch nicht am helllichten Tag in unserer Küche zu verführen, oder?« Sein Blick war wieder stechend und unnahbar, was mich enttäuschte.

»Vielleicht?«, gab ich kokett zurück und ging mit zitternden Beinen in den Garten. Als ich an Claire vorbeiging, hob ich zweimal die Brauen, was sie kichern ließ. Trotz des Spaßes, den mir das Ganze machte, konnte ich den gesamten Tag an nichts anderes mehr denken als an das Gefühl seiner samtig weichen Lippen auf meinen.

* * *

Ich hatte Henri mit dem Kuss ärgern wollen, doch die Einzige, die sich mittlerweile ärgerte, war ich selbst. Der Kuss, auch wenn es nur der Hauch eines Kusses war, hing mir stundenlang in den Gedankengängen fest und machte mich wahnsinnig, weil ich mich kaum noch auf etwas konzentrieren konnte. Auch jetzt, allein in unserem gemeinsamen Schlafzimmer, nagte die Erinnerung an mir. Dabei wusste ich genau, dass es für uns keine Zukunft geben könnte, weil mein Leben in einem ganz anderen Jahrtausend lag. Es war irrsinnig, sein Herz zu verschenken, denn auch wenn ich mich gerade sehr wohl hier fühlte und nicht unbedingt wegwollte, war ich eine Frau, die an ein modernes Leben gewöhnt war. Dazu zählten nicht nur Strom und fließendes Wasser, sondern auch Rechte, die wir Frauen hier und jetzt nicht besaßen.

Ich wollte gerade anfangen mich auszuziehen, als Henri ins Zimmer trat. Erstaunt drehte ich mich zu ihm um. Seit unserer

Hochzeitsnacht war er nicht mehr ins Schlafzimmer gekommen, solange ich noch hätte wach sein können. Er hatte es stets vermieden, mich hier wach anzutreffen, da er uns vermutlich diese Peinlichkeit ersparen wollte. Deshalb war ich nun mehr als verwirrt, ihn zu so früher Stunde hier oben zu sehen.

Als er meinen fragenden Blick bemerkte, klärte er mich auf und seine Worte erwischten mich kalt. »Erzähl mir alles, was dir passiert ist, als du das Medaillon benutzt hast und dann in unserer Zeit gelandet bist.«

»Woher der plötzliche Sinneswandel?« Ich konnte mir nicht erklären, warum ihm das nun so wichtig war.

»Unser Abkommen war eine schlechte Idee. Durand wird früher oder später dahinterkommen und dann schweben wir beide in Lebensgefahr. Es wäre am besten, du verschwindest so schnell wie möglich.«

Seine Worte versetzten mir einen heftigen Stich. Es tat weh zu hören, dass er mich loswerden wollte. Auch wenn wir kein Paar waren, war ich davon ausgegangen, dass er sich freute, mich im Kampf gegen diesen Idioten an seiner Seite zu haben. Ich hatte mich offenbar gewaltig getäuscht.

Matt ließ ich mich auf die Bettkante fallen. »Ich verstehe nicht, warum du mir so plötzlich glaubst. Bisher bist du doch davon ausgegangen, dass ich lüge, fantasiere oder weiß der Geier, was!«

Er wirkte verlegen. Das machte mich neugieriger. Einen Mann wie Henri konnte man theoretisch gar nicht in Verlegenheit bringen. Was war es, das ihm so unangenehm war? Ungeduldig wartete ich ab, gab aber nach außen vor, die Geduld in Person zu sein. Ich hoffte, dass mir das gelang.

»Ich habe Erkundigungen eingeholt«, gab er schließlich zu.

»Erkundigungen?«, fragte ich verblüfft.

»Ja, Erkundigungen. Einer der Soldaten, mit denen ich befreundet bin, hatte den Auftrag, eine Nachricht nach Paris zu überbringen, da habe ich ihm kurzfristig eine weitere Aufgabe aufs Auge gedrückt.« Henri setzte sich neben mich auf das Bett, wahrte jedoch den Sicherheitsabstand, den er meistens in meiner Nähe hatte.

»Was für eine Aufgabe soll das sein?« Wer konnte ihm in dieser Zeit über mich Auskunft geben? Das war ja eine recht abstruse Geschichte, die er da von sich gab.

Henri sah auf und unsere Blicke verfingen sich ineinander. Er räusperte sich, ehe er mir meine Frage beantwortete. »Eine von Madame Laurents Töchtern wohnt dort mit ihrem Mann. Ich habe mittels des Kuriers einen Brief an sie geschickt, den sie mir umgehend beantworten sollte.« Henri legte eine kurze Pause ein, doch als ich fragend die Augenbrauen anhob, fuhr er fort: »Es ging um das Medaillon und zu was man in der Lage ist, wenn man es trägt. Sie hat mir deine Worte bestätigt. Madame Laurent stammt nicht aus dem Jetzt, war ihre Antwort. Nicht mehr und nicht weniger. Aber es reicht aus, um zu wissen, dass ich dir vertrauen kann, was deine Zeitreisegeschichte angeht.«

Ich schnaubte auf. »Das sind ja mal gute Neuigkeiten. Schade nur, dass du mir nicht einfach geglaubt hast und extra eine Außenstehende mit hinzuziehen musstest.« Warum regte ich mich eigentlich schon wieder so auf? Warum trieb mich dieser Mann immer wieder dazu, mich wie ein bockiges kleines Kind zu verhalten?

»Was hättest du denn an meiner Stelle getan, wenn jemand in deiner Zeit in dein Leben geplatzt wäre und dir eine solche Geschichte erzählt hätte?« Eindringlich musterte er mein Gesicht, doch er fand dort offenbar nicht das, nach was er gesucht hatte, denn er raufte sich kurz die Haare und sagte dann: »Erzähl mir bitte alles.«

Ich fasste mir ein Herz, schluckte den kindischen Groll, der sich in mir ausgebreitet hatte, herunter und fing an, ihm alles zu erzählen. Angefangen mit Herrn Treske, seiner Frau, der fehlenden Erbin und dann, wie ich zu dem Medaillon gekommen war. Henri lauschte aufmerksam und sah schockiert aus, als ich ihm von dem Lkw berichtete, der Herrn Treskes Leben ein Ende bereitet hatte.

»Und diese Ungetüme fahren ohne Pferde?«

Ich nickte bestätigend.

»Interessant!«

Ich konnte mir lebhaft vorstellen, dass vieles, das für mich völlig normal war, für die Menschen in dieser Zeit einem Wunder gleichkommen musste. Kurz flammte in mir der Wunsch auf, Henri meine Welt zu zeigen, gemeinsam mit ihm die Wunder der Technologie zu entdecken, doch den schob ich rasch wieder von mir. Er wäre schockiert und würde sich auf Dauer dort nicht wohlfühlen. Da war ich mir sehr sicher. Außerdem ging es nicht. Oder doch? Verwirrt schüttelte ich den Kopf, um ihn von den verworrenen Gedanken zu befreien. Dann erzählte ich ihm von dem Tag meiner Zeitreise. Er sog alles in sich auf und ich konnte sehen, wie es hinter seiner Stirn ratterte, als er versuchte, eine Lösung zu finden. Eine Lösung für das Problem, mich ein für alle Mal loszuwerden.

»Ich danke dir, Belle.« Ohne ein weiteres Wort stand er auf und verschwand wieder aus dem Zimmer. Sprachlos schaute ich ihm hinterher.

* * *

»Wann?«, fragte ich Claire.

»Morgen.« Traurig senkte sie den Kopf.

Mein Herz zog sich krampfhaft zusammen. »Warum so schnell?«

»Vater befürchtet, dass Durand sich irgendetwas ausdenken könnte, um mich dennoch für sich zu beanspruchen.« Ihre Stimme zitterte.

Wut stieg in mir hoch. Ich hatte sie doch gerade erst gefunden und mich mit ihr angefreundet. »Und deshalb will er dich nach Frankreich schaffen und dich verheiraten? Willst du das überhaupt?«

»Ich liebe Maurice. Schon als Kinder haben wir uns geschworen, einander zu heiraten. Dass es nun so schnell geht, macht mir ein wenig Angst. Aber ich bin bereit, eine gute Ehefrau zu werden, und über das Apothekerdasein wird er mir alles Wichtige beibringen.« Dann griff sie nach meinen Händen. In ihren Augen schimmerten Tränen. »Du wirst mich besuchen kommen. Irgendwann kommt ihr sowieso nach Frankreich zurück. Henri und Vater werden hier nicht ewig stationiert sein. Dann sehen wir uns wieder öfter und unsere Kinder werden zusammen spielen. Das wird schön!«

Kraftlos ließ ich mich auf den Küchenstuhl fallen. Das bedeutete, dass mir meine einzige Freundin hier weggenommen werden würde. Ich wäre fortan jeden Tag allein und müsste Henris mürrische Art ertragen, ohne mit jemandem darüber reden und lachen zu können. Meine alberne Schwärmerei für ihn mal außen vor gelassen.

»Ich werde dich vermissen!« Ich schniefte sehr geräuschvoll. Sofort legte Claire ihre Arme um mich und wir weinten für eine Weile gemeinsam.

War es Zufall, dass die Ankunft des Boten aus Frankreich fast zeitgleich mit der Verkündung der Abreise Claires und Pierres zusammenfiel? Da musste doch mehr dahinterstecken. Was hatten sie herausgefunden? Was machte ihnen so viel Angst, dass sie alle Familienangehörigen in Sicherheit schaffen wollten?

Augenblicklich versiegten meine Tränen, da mein Hirn mit etwas viel Wichtigerem beschäftigt war, als sich weiter in Selbstmitleid zu suhlen. Claire bemerkte meine Veränderung und richtete sich auf, während sie sich mit einem Tuch das

Gesicht trocknete. Ihre Augen waren rötlich und verweint. Gut, dass sie nicht heute ihrem Liebsten gegenübertreten musste. Sie war noch so jung, und auch wenn sie bereits sehr reif erschien, war sie doch noch ein Kind! Sie konnte doch unmöglich mit Ende neunzehn heiraten! Mir schauderte es bei dem Gedanken, dass man früher noch viel jüngere Mädchen an Männer verheiratet hatte, die wahrscheinlich weitaus älter waren als dieser Maurice.

Immer wieder musste ich mir sagen, dass ich mich hier in einem Jahrhundert befand, da man solche Dinge anders sah. Und Claire erschien mir jetzt auch nicht unbedingt unwillig, diesen Mann zu heiraten. Im Gegenteil, immer wenn sie mir von Maurice erzählte, glänzten ihre Augen aufgeregt. Dementsprechend schien die Hochzeit zumindest auf Liebe gebaut. Mein Beschützerinstinkt hoffte inständig, dass dies auf Gegenseitigkeit beruhen würde und die beiden ein glückliches Leben vor sich hatten. So ein Leben, wie ich es mir wünschte, mit vielen rosa Herzen und Glück, das aus jeder Pore strömte.

16. Kapitel

Weinend stand ich vor dem Haus und winkte Pierre und Claire hinterher. Sie hatten eine Kutsche genommen, in die Claires ganzer Kram hineinpasste. Es war nicht viel und dennoch genug, um glücklich zu sein, denn sie lächelte aus vollem Herzen. In meiner Zeit häuften die Menschen jede Menge Unsinn an, schleppten das Zeug ihr halbes Leben mit sich herum und waren nicht annähernd so glücklich wie die Menschen in dieser Zeit. Das fand ich bewundernswert.

Henri stand bei mir, als ich Pierre und Claire hinterherwinkte. Tränen verschleierten mir die Sicht. »Es wird ihr gut gehen. Maurice und seine Familie, das sind gute Menschen, ansonsten hätten weder Vater noch ich in diese Verlobung eingewilligt.« Seine Hand lag auf meinem Rücken, als wir zurück ins Haus gingen, was mir einen wohligen Schauer verursachte. Warm und fest lag sie dort und schenkte mir dadurch ein Gefühl der Sicherheit – das Gefühl, nicht allein zu sein.

»Dennoch werde ich sie vermissen«, gestand ich ihm. »Sehr sogar.«

»Komm, lass uns in die Küche gehen. Ich möchte etwas mit dir besprechen, Belle.«

Irrte ich mich, oder wirkte er noch ernster als zuvor? »In Ordnung«, erwiderte ich und wusste nicht recht, warum ich plötzlich so aufgeregt war, doch mein Herz schlug schneller und ich wurde nervös.

Wir setzten uns in der Küche an den Tisch, an dem wir vor einer halben Stunde noch gemeinsam mit Pierre und Claire das Frühstück eingenommen hatten. In der Luft hing noch der Geruch von Rührei, der nicht unangenehm war. Während Claire sich für die Abfahrt bereitgemacht hatte, hatte ich das Geschirr abgewaschen und die Küche aufgeräumt. Zukünftig würde ich das alleine machen müssen, dachte ich traurig. Mir würden die Gespräche und das Lachen Claires sehr fehlen.

»Ich habe nachgedacht«, fing er an.

»Mal was ganz Neues«, konnte ich mir nicht verkneifen zu sagen.

Warnend sah er mich an und ich schwieg. »Ich vermute, dass die Zeitreise nur funktioniert, wenn Vollmond ist.«

Nachdenklich sah ich auf die Tischplatte, ohne etwas von der schönen Maserung des Holzes wahrzunehmen. »Gut möglich, aber als ich mich an den See gesetzt habe, war es helllichter Tag gewesen«, erklärte ich ihm und fragte mich unwillkürlich, auf was er hinauswollte.

»Aber als du hier ankamst, war Vollmond und heute Nacht haben wir wieder eine volle Scheibe«, sagte er lauernd.

Daher wehte also der Wind. Er wollte, dass ich aus seiner Zeit, seinem Leben verschwand. Kaum hatte Claire Trier verlassen, sollte ich also das Weite suchen. Vielleicht hatte er irgendwo eine Geliebte, die er nicht besuchen konnte, solange ich offiziell mit ihm verheiratet war und mich in Trier aufhielt. Sollte mir etwas Schreckliches zustoßen, wie er mein Verschwinden offiziell erklären würde, wäre er wieder frei, eine andere Frau zu besuchen. Woher nahm ich nur diese eifersüchtigen Fantasien? Es ging mich doch im Grunde genommen nichts an, mit wem er sich traf. Wir waren lediglich auf dem Papier verheiratet. Ich hatte keinerlei Ansprüche auf ihn anzumelden. Doch mein kleines verliebtes Herz rebellierte und verlangte nach Aufmerksamkeit.

»Gut, dann wissen wir ja, was wir heute Nacht machen werden«, gab ich so sicher wie möglich von mir. Ich würde diesem Mann auf keinen Fall zeigen, was ich für ihn empfand.

»Dann sind wir uns ja einig«, erwiderte er in reserviertem Tonfall und stand auf, um sogleich das Zimmer zu verlassen.

Perplex saß ich am Tisch und stierte ihm hinterher. Den konnte man nicht verstehen. Immer war er griesgrämig und dennoch wollte ich in diesem Moment nichts sehnlicher, als aufzustehen und ihm hinterherzulaufen.

* * *

Es war schon lange dunkel, als wir aufbrachen. Ich fühlte mich nackt bei dem Gedanken, in meine Zeit zurückzureisen, ohne die Dinge, die ich in meiner Handtasche sonst immer bei mir trug. Doch als ich Henri danach fragte, sagte er nur schlecht gelaunt: »Alles weg und zerstört.« Ich hatte den Verlust zwar schon einigermaßen überwunden, dennoch ärgerte ich mich sehr darüber, dass er mir einfach meine Habseligkeiten weggenommen hatte.

Die Nacht wurde durch den vollen Mond hell erleuchtet. Es fiel mir nicht schwer, in Henris Armen auf dem Pferd zu sitzen. Es fühlte sich schön und richtig an. Mein Ehemann, dachte ich und lächelte. Theoretisch war ich durch die Zeiten hinweg verheiratet. Nein, war ich nicht. Traurigkeit machte sich in mir breit, denn in meiner Zeit wäre ich eine Witwe, da Henri schon lange tot sein würde. Mein Herz zog sich ob dieser Erkenntnis schmerzerfüllt zusammen. Und als ich an Claire und Pierre dachte, liefen mir ein paar Tränen aus den Augen und tropften auf Henris Ärmel. Doch er konzentrierte sich auf den Weg und registrierte zum Glück nicht, dass ich weinte. Weinte um ihn und seine Familie, die ich in wenigen Minuten für immer verlieren würde. Kälte zog in meine Eingeweide, denn in meiner Zeit würde ich wieder allein sein. Nadine würde ich nie wieder vertrauen können und nachdem ich wahre Freundschaft mit Claire hatte kennenlernen dürfen, erschien mir meine Beziehung zu Nadine sehr oberflächlich. Daniel war für mich ein für alle Mal gestorben. Gegen Henri hatte eh kein Mann meiner Zeit eine Chance. Nicht nur dort, auch hier. Im Bruchteil einer Sekunde registrierte ich das Ausmaß meiner Gefühle für Henri. Diese Erkenntnis schnürte mir die Kehle zu.

Vor uns tauchte der See auf, der eine spiegelglatte Fläche bildete. »Wir sind da«, flüsterte Henri. »Aufwachen.«

»Ich habe nicht geschlafen.«

»Du warst so still, da dachte ich, du wärst eingenickt«, erklärte er nun mit festerer Stimme und schwang sich aus dem Sattel, um mir anschließend vom Pferd zu helfen.

Traurig schüttelte ich den Kopf. »Ich habe meine letzten Minuten hier in deiner Zeit genossen.« In Gedanken fügte ich hinzu – und deiner Nähe – doch ich sprach es nicht laut aus.

Wissend nickte er, aber auch er sagte nichts, das mir meinen Entschluss zu gehen leichter machen würde. Stattdessen hielt er mich eine Sekunde zu lange fest, als meine Füße den Boden berührten. Ich versank in seinen Augen, ertrank darin und wollte nicht mehr freiwillig auftauchen. Die Wärme seiner Hände drang durch den Stoff meines Kleides und eine Welle des Verlangens durchströmte mich. Henri riss kurz die Augen auf und ließ mich dann abrupt los. Ich taumelte leicht, als ich an das Seeufer herantrat und versuchte, meine Gefühle in den Griff zu bekommen.

»Belle?«

Langsam drehte ich mich wieder um und erkannte, dass Henri ganz nah bei mir stand. »Ja?«, fragte ich hoffnungsvoll.

»Leb wohl!« Sein Gesichtsausdruck wirkte versteinert. Wenn ich gehofft hatte, dass er mich in seine Arme reißen und mir seine Liebe gestehen würde, lag ich total daneben. Doch ehrlich gesagt hatte ich nur gehofft, dass er mir sagen würde, dass ich ihm fehlen würde. Doch auch das tat er nicht.

»Mach's gut und liebe Grüße an Pierre und Claire, pass auf die beiden auf. Ich habe sie sehr gern und werde sie vermissen.« Und dich auch, dachte ich traurig. Am besten ich zog den Abschied nicht in die Länge.

Kurz schloss ich die Lider und nahm dann das Medaillon aus dem Ausschnitt meines Kleides. Es lag in meiner Hand und sah immer noch so schön aus wie an dem Tag, an dem Herr Treske es mir gegeben hatte. Das Metall war warm, da es die ganze Zeit direkt auf meiner Haut gelegen hatte, und schmiegte sich in meine Hand. Zaghaft öffnete ich das Schmuckstück und bestaunte wieder einmal die vielen kleinen Zahnrädchen, die ineinandergriffen. Mein Daumen strich über die Gravur, die ich leise und auswendig zitierte, dann schloss ich die Augen und wartete. Vor meinem geistigen Auge entstand ein Bild. Ich konnte Henri entdecken, der gemeinsam mit seiner Schwester, seinem Vater und mir am Flussufer saß und mir dieses seltene Lächeln schenkte, das mir sofort zu Kopf stieg. Unwillkürlich lächelte ich ebenfalls, dann verblasste das Bild und mir wurde wieder bewusst, wann und wo ich mich befand. Doch so sehr ich mich auch auf die Reise durch die Zeit konzentrierte, es geschah nichts. Kein Sog, der mich erfasste, und ich fiel auch nicht in Ohnmacht. Nein, ich stand nur da und blinzelte. Die Welt um mich herum war immer noch dieselbe und die Zeit, in der ich mich befand, war immer noch Henris Zeit, der mit gerunzelter Stirn neben mir stand.

Hektisch rieb ich noch einmal über das Metall und wiederholte die geschriebenen Worte laut und deutlich. Mit angehaltenem Atem wartete ich. Die Sekunden verstrichen zäh und langsam, doch es geschah wieder nichts. Gar nichts. Noch nicht einmal die Rädchen drehten sich heute.

»Es funktioniert nicht mehr!« Aber anstatt in Panik auszubrechen, überrollte mich ein wohliges Gefühl. Erst da merkte ich, wie sehr mich die Angst gefangen gehalten hatte. Angst, wieder in mein altes trostloses Leben zurückzukehren.

Erstaunt hob ich den Blick und sah in Henris Augen, deren Ausdruck nicht so kühl war wie sonst. Ein wahrer Gefühlssturm tobte in ihnen. Er tat einen Schritt auf mich zu. »Ich habe dir eine Tatsache verschwiegen. In dem Brief von Madame Laurents Tochter stand noch etwas.«

Verständnislos fragte ich: »Und was war das?«

Der Hauch eines Lächelns huschte über sein Gesicht, es war aber genauso schnell wieder verschwunden, wie es erschienen war. »Sie schrieb, nur die wahre Liebe kann die Räder der Zeit zum Laufen bringen. Ich verstehe das nicht ganz, aber vielleicht kannst du mir das erklären.«

Mein Herz schlug heftig und schnell, doch ich bekam keinen Ton über die Lippen, da mir die Erklärung zu abstrus erschien. Abstruser als die Reise durch die Zeit an sich?

»Gibt es einen Mann in deiner Zeit, den du liebst?«, wollte er von mir wissen. Hastig schüttelte ich den Kopf. »Warum bist du hier? Was hast du dir erhofft, als du diese Reise auf dich genommen hast?«

Erst da fiel bei mir der Groschen. Ungläubig riss ich die Augen auf und schlug mir die Hand vor den Mund. Das konnte doch nicht sein! Oder doch? »Ich habe an dem See gesessen und mir gewünscht, von einem Mann geliebt zu werden, den ich ebenfalls aus tiefstem Herzen liebe.«

Wieder nickte Henri wissend. »Du warst auf der Suche nach der großen Liebe und das Medaillon hat dich hierhergebracht. Zu mir.« Bei den letzten beiden Worten klang seine Stimme sanft und einladend.

Langsam ließ ich meine Hände sinken und sah ihn einfach nur an. Woher wusste er von meiner Schwärmerei? Wieso sollte mich das Medaillon zu einem Mann führen, der mich ganz offensichtlich nicht bei sich haben wollte, geschweige denn liebte. Es sei denn … es sei denn, er würde sich irgendwann noch in mich verlieben, wenn ich hierbliebe.

»Belle, vielleicht war ich nicht ganz ehrlich zu dir.« Ernst sah er auf mich herab. Ich hatte das Bedürfnis, mich auf einen Stein zu stellen, damit ich in seinem Gesicht lesen und verstehen könnte, was in ihm vorging. Doch ich konnte den Blick nicht abwenden, um mir eine passende Erhöhung, auf die ich klettern konnte, zu suchen. »Ich habe dir nicht vertraut, als du zu uns gekommen bist, weil ich grundsätzlich immer davon ausgehe, dass Menschen etwas im Schilde führen. In der Nacht, als ich dir nachspioniert habe, war ich dir gefolgt in der felsenfesten Annahme, dass du einen Komplizen aufsuchen würdest. Doch stattdessen wolltest du durch die Zeit reisen. Entschuldige bitte, aber das erschien mir so wunderlich, dass ich dachte, du wärst dem Wahnsinn näher als der Realität.« Fasziniert hing ich an seinen Lippen. Er hatte noch nie so viele Worte an mich gerichtet. »Daraufhin dachte ich mir, wir helfen uns gegenseitig. Du mir, um mich vor Verkupplungsversuchen zu schützen, und ich dir, indem ich dir ein Zuhause schenkte und dir meinen Schutz gab.«

Ich nickte bestätigend. »Ja, so war es abgesprochen.«

Eine Augenbraue lupfend fuhr er fort: »In den letzten Wochen habe ich dich beobachtet und festgestellt, dass du manchmal anders reagierst und agierst, als Frauen es heute tun. Nun, ich wurde unsicher, ob meine Theorie stimmte.«

»Welche Theorie?« Ich konnte es mir denken, doch ich wollte etwas sagen und nicht nur dumm dastehen und zuhören.

»Ob du tatsächlich den Verstand verloren hast. Hinzu kam dieses mysteriöse Medaillon, das ich schon einmal gesehen hatte. Also ergriff ich die Möglichkeit, Sandrine die Nachricht zukommen zu lassen. Wir sind zusammen aufgewachsen und ich wusste, dass ich ihr vertrauen kann. Als der Brief ankam und deine Worte bestätigte, schämte ich mich zutiefst ob der fürchterlichen Art, wie ich dich behandelt hatte. Ich muss mich entschuldigen, liebste Belle. Es tut mir aufrichtig leid, dass ich dir nicht geglaubt habe.« Henri griff nach meiner Hand und führte sie an seine Lippen. »Verzeihst du mir?«

Wie hätte ich Nein sagen können? »Natürlich verzeihe ich dir. In deiner Situation hätte ich nicht anders gehandelt. Diese Geschichte ist doch auch mehr als unglaubwürdig.«

Er drückte einen Kuss auf meine Hand und sah mir dabei tief in die Augen. »Danke!«

Ich schenkte ihm ein offenes Lächeln. »Keine Ursache.« Doch etwas in seinem Blick ließ mein Herz schneller schlagen. Wollte er mich etwa küssen? »Warum musste Claire nun wirklich abreisen?«, wechselte ich hastig das Thema.

Schlagartig wurde Henri wieder ernster und richtete sich auf. »Sandrine hat mir ebenfalls geschrieben, dass gegen Vater und mich wegen Verrats ermittelt wird.«

»Was?«, fragte ich geschockt. »Woher weiß sie das?«

»Ihr Mann arbeitet eng mit Napoleon zusammen und hat von den Anschuldigungen gegen uns gehört.« Erschüttert fuhr er sich mit der Hand über das Gesicht.

»Aber aus welchem Grund wird gegen euch ermittelt?«

»Weil wir angeblich gegen Befehle verstoßen haben. Mehr hat er in seiner Anschuldigung nicht vorgetragen, noch nicht. Aber das würde ihm, bis die Sache vom Tisch ist, die Befugnis geben, die Vormundschaft über Claire zu bekommen, schließlich ist er hier der Kommandant. Bis wir von jeglichem Verdacht freigesprochen wären, hätte er Claire schon zur Frau genommen, deshalb die Eile. Maurice ist ein guter Mann und wird die Dringlichkeit verstehen und Claire noch am selben Tag heiraten, denn er liebt sie von ganzem Herzen.«

Das stimmte mich traurig. Dass ein einzelner Mann so viel Unfrieden stiften konnte, war eine schreckliche Fügung des Schicksals. »Claire kann sich glücklich schätzen, dass sie einen so wundervollen Bruder hat«, sagte ich, ehe mir die Bedeutung der Worte, die wie von selbst meinen Mund verlassen hatten, klar wurde.

Seine Augen verdunkelten sich ein wenig und als ich ihm meine Hand nicht entriss, zog er mich in seine Arme. »Es freut mich, dass dir gefällt, wie ich mit den meinen umgehe. Da du jetzt hierbleiben wirst und wir Mann und Frau sind, wäre es nicht gerade angenehm, mit einer Frau unter einem Dach zu leben, die mich verachtet.« Das Zwinkern trug nicht gerade dazu bei, dass ich mich entspannte. Seine Nähe machte mich nervös und sein Duft vernebelte mir die Sinne. Ich schmiegte mich fester an ihn, genoss jeden Punkt, mit dem mein Körper den seinen berührte. Henri hielt mich und so standen wir eine gefühlte Ewigkeit da, doch dann drückte er mich ein Stück von sich. »Ich bin froh, dass du mir sozusagen vom Schicksal oder von mir aus auch von dem Medaillon vor die Füße gelegt wurdest. Ich konnte dich nicht übersehen, als ich an der Spitze meines Trupps durch den Wald ritt. Du lagst da unter dem Baum wie ein Engel, der vom Himmel gefallen war. Doch erwarte nicht zu viel von mir, mein Herz ist ein kalter Stein, der es nicht besser weiß, dennoch werde ich mir Mühe geben, damit wir gut miteinander auskommen werden.«

Oh, das war ja mal eine Abfuhr mit vielen Worten. Aber ich war keineswegs enttäuscht, ganz im Gegenteil. Ich war voller Hoffnung, denn dieses steinerne Herz war nicht annähernd so hart, wie es glaubte zu sein. Ich hatte einen kurzen Moment einen Blick auf den wahren Henri werfen können. Einen Henri, dem ich keinesfalls egal war. Vielleicht liebte er mich nicht, doch wer sagte, dass mein Schicksal nicht doch den richtigen Mann für mich gesucht hatte? Entschlossen, ihn von nun an spüren zu lassen, dass ich eine Frau aus Fleisch und Blut war, stellte ich mich auf die Zehenspitzen und drückte ihm einen Kuss auf die Lippen. Er schob mich nicht von sich, hielt ganz still und ich genoss die Weichheit der Berührung aus vollen Zügen, ehe ich mich lächelnd von ihm löste.

»Lass uns nach Hause reiten«, forderte ich ihn auf, als ich mich langsam wieder beruhigt hatte und zu Atem gekommen war. Henri nickte nur mit unbewegtem Gesicht und half mir anschließend aufs Pferd. Offensichtlich hatte ihn der Kuss nicht weiter berührt, es sei denn, er verbarg das sehr geschickt vor mir.

Als er sich hinter mir in den Sattel schwang und die Arme um mich gelegt hatte, raunte er mir ins Ohr: »Ich bin froh, dass du noch hier bist.«

Ein Lächeln huschte über mein Gesicht und ich kuschelte mich ein wenig fester in seine Arme. Ich fühlte mich geborgen und irgendwie hatte ich das Gefühl, dass alles gut werden würde.

* * *

»Da stimmt etwas nicht«, flüsterte Henri hinter mir alarmiert, als wir uns dem Stadttor näherten.

»Was meinst du damit?« Für mich sah alles so aus wie immer, dennoch passte ich mich seiner Lautstärke an und sah mich alarmiert um.

»Um diese Uhrzeit hat Marcel Dienst, doch das da ist ein anderer Mann, einer von Durands Schergen.« Er deutete mit dem Kinn auf die Wache. Sein ganzer Körper war angespannt, als er das Pferd plötzlich nach rechts vom Tor wegführte, ehe man uns entdecken konnte. »Wir versuchen es an dem anderen Tor. Ich habe kein gutes Gefühl, während der Sperrzeit durch ein Tor zu marschieren, das von einem Soldaten bewacht wird, den ich nicht persönlich kenne. Vor allem mit dem Wissen, dass Durand irgendetwas gegen uns plant. Vermutlich würden wir beide sogleich in den Arrestzellen landen.«

»In Ordnung.« Mein Flüstern war so leise, dass ich nicht wusste, ob Henri mich überhaupt verstanden hatte, doch das war auch nicht wichtig. Meine Nerven waren im Ausnahmezustand und ich registrierte jedes noch so leise Geräusch. Das Gefühl, beobachtet zu werden, verstärkte sich von Sekunde zu Sekunde. Immer wieder ruckte mein Kopf hin und her, doch ich konnte trotz des Vollmonds nichts und niemanden entdecken.

Am hinteren Tor stand merkwürdigerweise Marcel. »Gut, dass ihr den anderen Weg gewählt habt. Durand führt etwas im Schilde.«

Henri blieb im Sattel sitzen. »Das dachte ich mir auch. Wir waren zuerst am Haupttor. Warum stehst du plötzlich hier an diesem Tor? Hat er es dir befohlen?«

Marcel nickte. »Er kam mit ein paar seiner Männer und gab mir den Befehl, mich um dieses Tor hier zu kümmern.«

»Hat er nach uns gefragt?«, wagte ich einen leisen Vorstoß.

Marcel nickte. »Ich hab ihm gesagt, dass ich euch seit Tagen nicht gesehen habe.« Was ja auch stimmte. Schließlich waren wir aus der Stadt raus, ehe Marcels Dienst begonnen hatte. »Pass auf dich auf, alter Freund. Ich habe ein ungutes Gefühl bei der Sache.« Marcel fuhr sich über seinen Bart und sah Henri mit gerunzelter Stirn an.

»Mach ich. Und danke.« Henri gab dem Pferd mit dem Druck seiner Schenkel zu verstehen, dass es weiterging. Ich nickte Marcel noch einmal zu, dann ritten wir durch das Tor. »Belle, ich möchte, dass du nicht mit ins Haus kommst. Du wirst dich beim Stall der Nachbarn verstecken, das ist sicherer. Ich komme dich holen, sobald die Luft rein ist.«

Ungläubig drehte ich mich zu ihm um. Das meinte er doch nicht ernst, oder? »Aber ich kann dich doch nicht allein lassen. Vielleicht brauchst du meine Hilfe.« Ja, das hörte sich naiv an, aber ich wollte nicht mitten in der Nacht an einem Stall stehen und auf ihn warten, ohne zu wissen, wie es ihm ging oder ob Durand ihm etwas antat.

Henri lachte dieses tiefe Lachen, das durch meinen Körper summte und ihn in helle Aufregung versetzte. »Das glaube ich kaum.« Dann wurde er wieder ernst und sagte: »Wenn ich mir nicht mehr zu helfen weiß, dann könntest du es auch nicht. Sollte ich nicht zurückkommen, versuchst du, nach Frankreich zu flüchten, und suchst meinen Vater. In Paris kann dir Sandrine Bouillon helfen, die Tochter von Madame Laurent. Ansonsten darfst du niemandem vertrauen. Hörst du?«

Tapfer nickte ich, da mir die Angst, die plötzlich von mir Besitz ergriff, die Luft abschnürte. Ich hätte unmöglich ein Wort über die Lippen bringen können. Wir stiegen ab und Henri band das Pferd an einem Haus fest. Zu Fuß überwanden wir die Distanz bis zu der Straße, in der unser Haus lag. Alles wirkte wie immer.

Henri zeigte mir den Stall, in dem ich mich verstecken sollte, dann drückte er mir einen kurzen festen Kuss auf die Lippen und verschwand. Atemlos blieb ich zurück und kämpfte mit meinen Gefühlen. Mit meiner Angst, meiner Freude über den Kuss und mit der Hoffnung, die er mit sich gebracht hatte.

Langsam und in Gedanken versunken trat ich in das Dunkel des Stalls, doch plötzlich befand ich mich in einem Klammergriff und jemand hielt mir den Mund zu. Ich spürte etwas Kaltes an meinem Hals.

»Scht, dann passiert dir nichts«, raunte eine tiefe Stimme an meinem Ohr. Der Gestank aus dem Mund des Mannes war scheußlich und unwillkürlich atmete ich flacher. Wer war das?

Hatte ich jemanden bei seinem unerlaubten Nickerchen in diesem Stall gestört, oder gehörte er etwa zu Durand?

Ich wurde nicht lange im Unklaren gelassen, denn im nächsten Moment hörte ich den unangenehmen Schnarrton von Durands Stimme. »Madame Vieille, schön, Sie hier anzutreffen, da erleichtern Sie mir so einiges.«

Grob wurde ich wieder auf die Straße gerissen und Durands dämonisches Grinsen sagte mehr als tausend Worte. Wir hatten offenbar genau so gehandelt, wie er es vorausgesehen hatte, und spielten ihm damit in die Hände. Augenblicklich wurden meine Knie weich, da eine schreckliche Sorge um Henri sich meiner bemächtigte.

Durand gab drei Soldaten ein Zeichen, woraufhin sie ausschwärmten und unser Haus umzingelten. Der Kerl, der mich in seinem eisernen Griff gefangen hielt, schob mich zu unserem Hauseingang, vor dem auch schon Durand Stellung bezogen hatte. Drinnen war es stockdunkel. Ich hoffte inständig, dass Henri nicht bereits tot auf dem Küchenboden lag. Der Hauptmann klopfte energisch an die Tür. Gespannt wartete ich. Und auch den anderen beiden war die Anspannung anzumerken. Im Kopf rechnete ich die Chancen durch, die Henri gegen fünf Mann hatte. Drei waren draußen und vielleicht schon im Haus, dann der Kerl, der mich umklammerte, und dieser Widerling Durand. Wenn ich nur kämpfen könnte! Besäße ich eine Waffe, dann wäre es mir vielleicht möglich, zumindest einen der Männer außer Gefecht zu setzen. Kurz flammte in mir die Erinnerung an Rupert auf, an das viele Blut, das auch an meinen Händen geklebt hatte – für immer kleben würde. Doch ich verdrängte den Gedanken daran, schob ihn weit weg von mir, denn ich musste den Kopf frei haben, um eventuell reagieren zu können. Wenn ich die Chance dazu bekäme.

Henri öffnete die Tür nicht. Im Innern war und blieb es dunkel und niemand war zu sehen oder zu hören. Durand fluchte leise und versuchte anschließend die Tür zu öffnen, die tatsächlich aufging. Kein Riegel war vorgelegt worden, was mein schlechtes Gefühl nur noch verstärkte. Wo war Henri?

Langsam schob man mich nach drinnen, hinter mir kamen der Schrank, wie ich meinen Entführer nun nannte, und Durand herein. Dann schlossen sie die Tür. Es war dunkel, doch aufgrund des Vollmonds, der draußen schien, konnte ich dennoch alles erkennen. Alles sah aus wie immer, nur dass, Gott sei Dank, Pierre und Claire bereits abgereist waren. Kurz schoss mir ein schrecklicher Gedanke durch mein Hirn. Was, wenn Durand die beiden abgefangen hatte? Doch dann verdrängte ich ihn ganz schnell wieder. Wenn er das getan hätte, gäbe es für ihn nicht mehr die Notwendigkeit, uns anzugreifen, denn dann hätte er Claire in seiner Gewalt, vermutlich sogar schon in seinem Bett, und sein perfider Plan wäre machbar gewesen. Zum jetzigen Zeitpunkt ging ich davon aus, dass er nicht wusste, dass die beiden weg waren.

»Sie müssen hier irgendwo sein. Fessle die Frau und dann hilf mir, die anderen drei zu finden«, bestätigte Durand meine Theorie. Er hielt seinen Degen kampfbereit in die Höhe und schritt weiter hinein in die große Wohnküche. »Die Frauen bleiben unverletzt, was mit den Männern passiert, interessiert mich nicht.«

»Verstanden!«, brummte es hinter mir.

Durand verschwand aus meinem Sichtfeld und im nächsten Moment hatte ich die Hände wieder frei und auch mein Mund war ohne die stinkende Hand davor. Ich ekelte mich immer noch vor dem Mann, der mich vermutlich gleich fesseln würde. Hinter mir hörte ich ein merkwürdiges schabendes Geräusch und als ich mich umdrehte, sah ich Henri wie einen Racheengel hinter dem riesigen Kerl aufragen. Er umklammerte den Kopf des schrankartigen Kerls. Mit einem furchtbaren Laut brach das Genick des Mannes, der mich die letzten Minuten in seiner Gewalt gehabt hatte. Augen, denen das Leben entwich, sahen mich an, doch ich verspürte kein Mitleid. Fassungslos starrte ich auf den Körper, der nun leise aus Henris Händen zu Boden glitt. Das Leben in diesem Jahrhundert war schneller zu Ende, als es den meisten vermutlich recht war.

Henri legte sich den Finger auf die Lippen und signalisierte mir still zu sein, aber selbst wenn ich gewollt hätte, ich wäre nicht dazu in der Lage gewesen, etwas zu sagen, geschweige denn zu schreien.

Doch dann fielen mir die anderen drei Männer ein, die um das Haus herumgegangen waren. Hektisch fuchtelte ich mit den Händen, um seine Aufmerksamkeit auf mich zu lenken. Als ich mir sicher war, dass er mich ansah, hielt ich drei Finger in die Höhe und machte einen Kreis in der Luft, der zeigen sollte, dass ich die Umgebung außerhalb des Hauses meinte. Henri nickte wissend und fuhr sich kurz mit dem Daumen über die Kehle. Natürlich war mir sofort klar, was er damit meinte. Die anderen drei waren genauso tot wie dieser Soldat hier auf dem Boden vor mir. Ein eisiger Schauer huschte über meinen Rücken, doch ich nickte Henri anerkennend zu. Offenbar war er wirklich sehr gut in der Lage, auf sich selbst aufzupassen, und ich war mehr Ballast als alles andere.

Er drängte mich in eine Ecke und schob mich hinter sich. Nun warteten wir darauf, dass Durand ebenfalls in die Falle tappen würde, doch ich wusste, dass er ein kluger Mann war. Vermutlich hatte er schon Verdacht geschöpft, weil er keinen seiner Männer mehr zu Gesicht bekam. Zumindest traute ich ihm das durchaus zu.

Jäh tönte in diesem Moment die Stimme des Hauptmanns durchs Haus. »Vieille, versteckst du dich etwa vor mir?« Hohn tropfte aus seinen Worten und Henris Körper war angespannt wie die Sehne eines Bogens kurz vor dem Abschuss eines Pfeils.

Beruhigend legte ich ihm eine Hand auf die Schulter. Er war wütend, was ich sehr gut verstand. Dieser Tyrann war in das Haus eingebrochen, hatte Hass und Tod mit in die heimeligen vier Wände gebracht und bedrohte uns. Warum? Liebe konnte es nicht sein, die er für Claire empfand. Es war vielmehr verletzter Stolz und die Gier, die solch kranke Männer zu Mördern verkommen ließ.

»Komm raus, dann lass ich dein Weib am Leben und werde sie mit einem guten Mann verheiraten, wenn ich dich deiner Strafe zugeführt habe.« Was bildete der Kerl sich ein? Ich würde niemand anderen heiraten!

Ich wollte schon erbost antworten, doch diesmal hielt Henri mich zurück. Er griff nach meiner Hand und seine warmen, starken Finger boten mir Einhalt. Als ich trotz meiner hasserfüllten Gedanken wieder klar wurde, erkannte ich, dass Durand mit seinen Worten eine Reaktion von mir hatte auslösen wollen. Nun, den Gefallen würde ich ihm nicht tun und dadurch verraten, wo genau im Haus wir uns aufhielten.

Die Zeit zog sich ewig hin, doch dann sah ich einen Schatten links von uns. Henri, dessen Finger immer noch meine Hand festhielten, drückten kurz zu. Er hatte es auch bemerkt. Plötzlich ging alles sehr schnell. Henri schoss aus unserem Versteck und ich blieb zurück. Mein Herz schlug heftig und das Atmen fiel mir sehr schwer. Ich wusste nicht, was sich dort abspielte, konnte lediglich Schatten erkennen, die miteinander kämpften. Der Mond reichte nicht aus, um zu sehen, wer von den beiden Männern sich wo befand.

»Gib auf, Vieille. Meine Leute werden dich verfolgen, bis nichts mehr von dir und deiner hübschen Dirne übrig geblieben ist.« Eins musste man sagen, der Kerl war mutig. Oder doch eher lebensmüde? Auf jeden Fall größenwahnsinnig.

Henri schwieg, gerade in einer solchen Situation war das ein großer Vorteil. Und dann hörte ich ein schmatzendes Geräusch, das mir unglaubliche Angst machte. Warum nur hatte ich mir keine Taschenlampe eingepackt, als ich auf diese Reise aufgebrochen war? Das wäre ein äußerst hilfreiches Utensil gewesen.

»Belle?« Henris Stimme klang leise, zu leise dafür, dass er eventuell den Kampf gegen Durand gewonnen haben könnte. Ein eiserner Knoten legte sich um mein Herz, doch ich kam schnell aus meinem Versteck und ging vorsichtig auf das Schattenknäuel zu. Nach und nach gewöhnten sich meine Augen an das Zwielicht, das der Mond durch die Fenster warf. Henri stand an der Wand gelehnt. Durand lag auf dem Boden und war augenscheinlich bewusstlos. Oder war er sogar tot?

»Bist du verletzt?«, fragte ich Henri eindringlich, als ich auf ihn zutrat. Ich legte ihm meine Hand an die Wange, die sich klamm anfühlte.

»Er hat mir einen Treffer verpasst. Ist nicht schlimm, aber wir müssen so schnell wie möglich hier raus. Pack etwas zu essen ein und dann verschwinden wir aus Trier.« Henri musste husten und stöhnte anschließend. Das sah ihm gar nicht ähnlich, Durand musste ihn heftiger erwischt haben, als er bereit war zuzugeben. Ich bekam es mit der Angst zu tun, dennoch war ich der gleichen Meinung. Je eher wir hier rauskamen, desto besser.

Sofort machte ich mich an die Arbeit. Ich packte Brot, Äpfel und etwas Getreide ein. Im Schrank waren noch Möhren, die ich mir schnappte. Ein wehmütiges Gefühl breitete sich in meiner Brust aus. Immerhin war dieses kleine Häuschen für einen Monat meine Heimat gewesen. Nie hatte ich mich irgendwo so wohlgefühlt wie hier. Jetzt alles hier zurückzulassen schmerzte. Ich atmete tief ein, sog die Gerüche ein, um sie als Erinnerung zu konservieren. Wer wusste schon, ob wir je wieder hierher zurückkehren würden. Dann schaffte ich den Sack mit dem Proviant zurück zu Henri. »Fertig.«

»Dann raus hier!« Die Worte hörten sich mehr wie ein Keuchen an. Draußen liefen wir dicht an der Wand entlang, immer im Schatten bleibend, falls doch noch einer von Durands Männern auf uns wartete. Doch wir begegneten keiner Menschenseele. Als sich Henri aufs Pferd schwang, merkte ich, wie kraftlos er war. Entschlossen, dieses Mal für ihn da zu sein, saß ich hinter ihm auf, sodass ich ihn im Notfall festhalten konnte. Henri sagte nichts dazu, dass ich unschicklich im Sattel saß. Beherzt gab ich dem Pferd die Sporen, das sogleich antrabte. Ich wählte den Weg über das hintere Tor, wo ich hoffte, immer noch Marcel anzutreffen. Um nicht zu viele verdächtige Geräusche zu verursachen, zügelte ich das Pferd wieder und ließ es im Schritttempo weiterlaufen. Im Geiste nahm ich Abschied von den Nachbarn, von dem netten Händler auf dem Markt und der wunderschönen historischen Stätte, die mich mehr als fasziniert hatte.

Dann tauchte auch schon das Tor vor uns auf. Ich war erleichtert, als ich Marcels Gesicht im Mondlicht erkannte. Alarmiert blickte er uns entgegen.

»Henri ist verletzt. Durand hat uns angegriffen«, klärte ich ihn rasch und so leise wie möglich auf.

Henri nickte bestätigend. »Nicht schlimm. Wird schon wieder werden.«

Marcel riss eine Fackel von der Wand und leuchtete damit zu uns. Erst in diesem Moment sah ich das viele Blut, das an Henris Uniform klebte. Mir stockte der Atem und leichte Übelkeit überrollte mich. »Verfluchte Hühnerscheiße!«, fluchte Marcel, ehe er sich erinnerte, dass ich anwesend war. »Entschuldigen Sie, Madame Vieille.«

»Schon gut. Wenn jemand fragt, du hast uns nicht gesehen.« Ich versuchte, in seinem Blick zu erkennen, ob ich ihm trauen konnte, doch da war nichts zu finden als aufrichtige Anteilnahme.

»Selbstredend. Eilt euch!« Marcel gab dem Pferd einen Klaps auf die Flanke und schon preschten wir über den Weg davon.

17. Kapitel

Nach ungefähr einer halben Stunde, während der wir zügig geritten waren, merkte ich, wie Henris Körper immer schwerer in meinen Armen wurde. Er verlor langsam das Bewusstsein! Ich war kurz davor, panisch zu werden.

»Henri?«, fragte ich in schrillem Tonfall.

»Mh?«, kam es von vorne.

»Nicht einschlafen, wir machen bald eine Pause. Ich weiß ohne dich nicht, wo wir hinreiten sollen«, versuchte ich, ihm die Dringlichkeit bewusst zu machen.

Ein schwaches Nicken. »Erzähl mir etwas von der Zukunft.«

Ein Lächeln huschte über meine Lippen, er war noch wach. Gut so. »In meiner Zeit kennen die Menschen oft noch nicht einmal ihren direkten Nachbarn.«

»Unfassbar! Wem vertraut man sich überhaupt noch an?«, wollte er wissen.

»Niemandem. Vertrauen ist etwas, das man im einundzwanzigsten Jahrhundert kaum noch verschenkt. Man lebt allein und wenn man einsam ist, kommuniziert man über Handys – du erinnerst dich, das Gerät, das ich dir gezeigt habe? Klar, man hat Freunde, aber nicht sehr viele, und ob die überhaupt echte Freunde sind, weiß man oft nicht einzuschätzen.«

Nicht vergleichbar mit eurer Zeit, dachte ich und war froh, wahre Freundschaft kennengelernt zu haben.

»Wie findet ihr euren Ehepartner?«

»Wir suchen nicht danach, meistens jedenfalls nicht. Man lernt jemanden kennen, versucht es miteinander, wohnt zusammen und manchmal heiratet man, aber das wird immer seltener«, gab ich ihm bereitwillig Auskunft.

»Es versuchen und zusammenwohnen? Hast du das auch schon einmal getan?«

Unruhig rutschte ich im Sattel hin und her. Ob er unsere Lebensweise verstand, wenn ich ihm das erzählen würde? »Ja, aber es hat nicht geklappt.« Ich merkte selbst, wie hart meine Stimme klang. »Er hat sich nach vier gemeinsamen Jahren mit meiner Freundin hinter meinem Rücken amüsiert und wohnt nun mit ihr zusammen.«

»Der Verlobte?«

»Ja, genau der, von dem ich dir erzählt habe. Nur verlobt waren wir nicht, weil man das in meiner Zeit kaum noch macht. Die beiden haben mich sehr enttäuscht. Ich habe Daniel zwar schon lange nicht mehr geliebt«, kurz stockte ich, als mir etwas bewusst wurde. »Wahrscheinlich habe ich das sowieso nie getan. Doch der Verrat tat weh. Ich dachte immer, Nadine und ich sind Freundinnen, da hatte ich mich eindeutig getäuscht. Mit Claire verbindet mich eine intensivere Freundschaft als jemals mit Nadine.« Erst als ein Windzug über mein Gesicht strich, merkte ich, dass ich weinte.

»Sie müssen beide Narren sein, dass sie nicht erkannt haben, welch wertvoller Mensch du bist.« Seine Worte waren Balsam für meine Seele.

»Na ja, sie ist hübscher als ich. Blondhaarig und dünn.«

»Dünn? Was bitte schön ist daran schön? Ich mag deine Figur. Du hast Rundungen an den richtigen Stellen.« Der Satz endete in einem gequälten Husten, trotzdem schloss ich ihn fest in meinem Herzen ein. Henri mochte meine Figur, fand sie sogar schön.

»Scht! Red nicht so viel, aber bleib wach!«

»Dann musst du reden«, befahl er, aber ich lehnte mich nicht dagegen auf, wie es sonst meine Art gewesen wäre.

»Alle besuchen die Schule – auch Mädchen ...« Ich redete lange und fragte immer wieder etwas, damit ich sicher sein konnte, dass er noch wach war. Hin und wieder korrigierte er die Richtung des Pferdes, was mich ungemein beruhigte. Mittlerweile war die Nacht dem Morgen gewichen und ich konnte wenigstens sehen, wo wir entlangritten, doch so sehr ich mich auch anstrengte, mir kam nichts auch nur annähernd bekannt vor.

»Wohin wollen wir?«, fragte ich ihn schließlich, als mir nichts mehr einfiel, was ich ihm erzählen konnte. Mein Mund war ausgetrocknet vom stundenlangen Reden.

»Paris. Wir müssen zu Sandrine. Ihr Mann kann uns helfen.« Seine Stimme wirkte so schwach, dass ich mich unwillkürlich fragte, ob wir je dort ankommen würden. Wenn ich mich recht erinnerte, waren das ungefähr vierhundert Kilometer bis dorthin. Das würden wir nicht schaffen, nicht zu zweit auf einem Pferd.

»Wir müssen uns irgendwann ein zweites Pferd besorgen. Das schafft deins nicht allein«, machte ich ihn auf meine Bedenken aufmerksam.

Kraftlos schüttelte er den Kopf. »Wir müssen versuchen, einen weiten Bogen um Ansiedlungen zu machen. Durand war nicht tot, als wir aufgebrochen sind. Wenn er überlebt, wird er uns jagen.«

»Dann müssen wir schauen, ob wir auf einem einsamen Hof ein weiteres Pferd oder eine Kutsche eintauschen können. Nur mit was?« Hastig überlegte ich, wie viel meine Ohrringe wert waren, doch Henri unterbrach meinen Gedankengang.

»In meiner Satteltasche habe ich genug Franc in Scheinen, dass wir damit eine Weile leben können, vorausgesetzt, ich überlebe diese Verletzung.«

Eine Gänsehaut huschte über meinen Rücken, denn dieser Hinweis passte so gar nicht zu Henri. Er war ein Kämpfer, genau wie ich. »Gut zu wissen. Aber glaube mir, Henri, so schnell lasse ich dich nicht sterben!«

Er lachte leise. »Wenn ich jemandem das glauben würde, dann dir. Danke, Belle!«

»Danke mir nicht zu früh. Du wirst mich noch sehr lange am Hals haben und ich werde dir vermutlich noch viele graue Haare bescheren«, scherzte ich.

Henris Hand legte sich auf meine. »Das hoffe ich sehr.«

Augenblicklich schlug mir das Herz wieder bis zum Hals. Bis jetzt hatte ich die körperliche Anziehungskraft zwischen uns beiden tapfer ignoriert, doch nun wurde sie mir wieder allzu bewusst.

Um mich ein wenig abzulenken, überlegte ich laut. »Wir befinden uns im Jahr 1805 und es gibt ein festgeschriebenes Umtauschverhältnis von Franc zu Gold.« Henri nickte bestätigend. »Napoleon hat das 1803 festgesetzt. Und Papiergeld und Gold können jederzeit bei der Banque de France getauscht werden.« Wieder ein Nicken. »Die Währung bleibt übrigens trotz aller Kriege, Revolutionen und Regimewechsel im neunzehnten Jahrhundert stabil.«

»Gut zu wissen«, scherzte Henri. Doch ich ließ mich nicht von ihm an der Nase herumführen. Ich konnte spüren, wie die Kraft immer mehr aus seinem Körper herausfloss. Wer wusste schon, wie viel Blut er bereits verloren hatte? Wir waren seit Stunden unterwegs. Wenn ich schätzen müsste, würde ich von sechs bis acht Stunden ausgehen. »Schön, eine solch gebildete Frau an meiner Seite zu wissen.«

»Ich will nicht arrogant wirken, aber das bin ich wirklich. Ich habe Geschichte studiert, in Trier.« Ein Lächeln des Triumphs huschte über meine Lippen. »Vielleicht ist es besser, du hörst auf deine Ehefrau und schläfst ein wenig. Ich glaube, das wäre das Beste. Ich halte mich an diese Route hier.«

»Ja, ich bin sehr müde«, gab er zu, was die Angst um ihn zurückbrachte, aber er brauchte Kraftreserven, die bekam er nur durch Schlaf. »Demnächst erreichen wir Verdun, mach einen Bogen darum.«

»Wird gemacht, Henri.« Bei der Erwähnung Verduns musste ich natürlich sofort an die Geschichte denken, die sich im Ersten Weltkrieg dort noch ereignen würde. Die Schlacht um Verdun würde fast das ganze Jahr 1916 hindurch andauern. Frankreich und Deutschland würden massive Verluste bei diesem Kampf erleiden. Mehr als achthunderttausend Mann würden bei dieser Schlacht ums Leben kommen. Verdun ist ein Sinnbild des Schreckens eines modernen Krieges. Auch in meiner Familie gab es Vorfahren, die dabei ihr Leben gelassen haben – lassen würden. Ich war mit einigen anderen Studenten mal während einer Exkursion zu dem Schlachtfeld gefahren. Es war ein erdrückendes Erlebnis für mich gewesen, das ich niemals vergessen könnte.

* * *

Einige Zeit später hielt ich unser Pferd an einer Weggabelung. Ich wusste partout nicht, in welche Richtung ich reiten sollte. Also beschloss ich, dass dies der richtige Zeitpunkt für eine Rast war, und lenkte das Pferd zu einer Stelle, die vom Weg her schlecht einzusehen war.

»Henri? Wach auf!«, versuchte ich, ihn mit einem Lächeln auf den Lippen zu wecken, doch so schnell es gekommen war, war es verschwunden, denn ich bekam keine Antwort. Kein zynischer Kommentar, der so typisch für unsere gemeinsamen Gespräche war. Nichts. Dann fing Henris Körper an zu rutschen und ich zügelte rasch das Pferd. Ich war kein Püppchen, doch Henri war ein sehr großer Mann, der ordentlich mit Muskelmasse bepackt war. Plötzlich hing er wie ein Sack in meinen Armen und ich konnte ihn nicht mehr halten. Er wurde von Sekunde zu Sekunde schwerer, also griff ich ihm beherzt um die Taille und ließ mich zusammen mit ihm vom Pferd gleiten. Mit einem dumpfen Geräusch landeten wir auf dem mit Moos weich gepolsterten Waldboden. Trotzdem reichte der Aufprall aus, sämtliche Luft aus meiner Lunge herauszupressen und mich aufstöhnen zu lassen. Sofort rollte ich mich herum und sah auf Henri nieder. Er war kalkweiß und seine Uniform war von Blut durchtränkt. Eine kalte Faust umschloss mein Herz. Hastig kontrollierte ich seinen Puls, der nur noch flach und viel zu langsam war. Es ging ihm schlecht, sehr schlecht, und wenn ich nicht bald Hilfe für ihn bekäme, dann würde ich demnächst Witwe sein.

Da es nicht besonders kühl war in dieser Nacht, entschloss ich mich dazu, seine Kleidung zu öffnen und mir die Wunde genauer anzusehen. Ich hatte zwar keine medizinische Ausbildung, aber vielleicht könnte ich versuchen, die Blutung zu stillen. Doch als ich sein Hemd hochzog und das Ausmaß seiner Verletzung erkannte, erschrak ich. Die Wunde war nicht besonders groß, an den Rändern jedoch zeichnete sich eine dunkelrote Verfärbung ab. Mir war sofort klar, dass sich die Wunde stark entzündet hatte.

Henris Augenlider flatterten. »… liebe dich, Belle«, kam es leise über seine Lippen.

Wären diese Worte zu einem anderen Zeitpunkt gefallen, wäre ich der glücklichste Mensch auf Erden gewesen, doch so klangen sie wie ein Abschied für immer. »Henri, ich liebe dich auch!«, sagte ich eindringlich und griff nach seiner Hand. Sie war eiskalt und klamm. Er drückte kurz zu, als Zeichen dafür, dass er mich verstanden hatte. Davon ging ich zumindest aus.

Henri wollte mir etwas sagen, aber er war zu leise. Schnell beugte ich meinen Oberkörper zu ihm und presste mein Ohr an seinen Mund. »Durand taucht seine Waffen immer in Exkremente. Ich werde sterben.«

Angst, wie ich sie noch niemals zuvor empfunden hatte, noch nicht einmal, als Rupert mich in seiner Gewalt gehabt hatte, bemächtigte sich meiner. »Du wirst ganz bestimmt nicht sterben. Nicht jetzt, nachdem ich weiß, dass du meine Gefühle erwiderst!«, rief ich und sprang auf meine Füße.

Um etwas zu tun zu haben, griff ich nach den Zügeln des Pferdes und band es fest. Mein Blick huschte umher, irgendwie ließ mich das Gefühl nicht los, beobachtet zu werden. Doch als ich niemanden entdeckte, tat ich es als Hirngespinst ab. Wir waren hier einigermaßen sicher, also holte ich eine Decke aus der Satteltasche und deckte Henri damit zu. Schweißtropfen standen auf seiner Stirn und sein Puls schlug nun zaghaft, aber schnell gegen meine Finger.

Mein Hirn ratterte. Henri brauchte ein Antibiotikum, sofort, und am besten, man würde ihn an einen Tropf legen. Doch wenn ich ihn hier in ein Krankenhaus schaffen würde, wäre es sein Todesurteil. Und meins vermutlich auch. Die Medizin war in dieser Zeit nicht annähernd so weit, um den Keim in seinem Körper bekämpfen zu können. Henri benötigte moderne Medizin.

Panik schnürte mir immer mehr die Kehle zu und Tränen brannten in meinen Augen, weil ich mir nicht mehr zu helfen wusste. Plötzlich spürte ich, wie sich das Medaillon erwärmte und ein leichtes Vibrieren aussandte. Verwundert griff ich danach und als sich meine Finger darum schlossen, wusste ich, was zu tun war. Ich würde mir das passende Medikament einfach aus einer anderen Zeit holen.

* * *

Dieses Mal war ich nicht ohnmächtig geworden, sondern hatte den Fall durch die Zeit ganz bewusst erlebt. Nun ja, nicht wirklich, denn wenn einen dieser Strudel hinfortriss, hatte man das Gefühl, dass das eigene Gehirn kollabierte. Als sich die Welt um mich herum nicht mehr drehte, öffnete ich die Augen und sah mich um. Zuerst konnte ich keinen Unterschied erkennen, denn es war dunkel, doch dann nahm ich einen Geruch wahr. Gestank war wohl das bessere Wort. Es stank nach Abgasen und Ozon. Lichter rasten plötzlich an mir vorbei. Ein Auto in atemberaubender Geschwindigkeit und mit ohrenbetäubendem Lärm. Seit einem Monat hatte ich solche Geräusche nicht mehr vernommen. Ein hysterisches Lachen löste sich aus meiner Kehle. Ich war zurück in der Zukunft. *Back to the future*, wie Marty McFly. Ich mahnte mich selbst zur Ordnung, denn wenn ich mich jetzt von Hysterie übermannen ließ, wäre Henri nicht geholfen.

Ich atmete noch einmal tief ein. War mir früher nie aufgefallen, wie verunreinigt die Luft war? In welchem Jahr war ich gelandet? Ich wusste nicht, wohin es mich verschlagen hatte. Aber mir war klar, dass es hier Antibiotika geben musste, wenn es solch schnelle Autos gab. Das erleichterte mich und Euphorie bahnte sich ihren Weg. Mein Plan war aufgegangen. Ich hatte es tatsächlich geschafft, eine weitere Zeitreise zu machen. Nun musste ich nur noch das passende Medikament finden.

Verdun konnte nicht weit sein, denn am nächtlichen Himmel machte ich bereits die Lichter der kleinen Stadt aus. Noch immer konnte ich es nicht recht fassen, dass mein Plan tatsächlich aufgegangen war. Henri hatte recht behalten – nur die wahre Liebe konnte das Medaillon dazu bringen, seinen Träger durch die Zeit zu schicken. Dabei war es nicht wichtig, ob zur Liebe hin oder von ihr weg, nur der Grund musste der gleiche sein. Nämlich seine Liebe zu finden oder zu erhalten. Und ich würde weiß Gott was dafür tun, diesen Mann zu retten.

Mit dem Ziel, Henri so schnell wie möglich zu helfen, trat ich meinen Weg nach Verdun an. Mein Aufzug wirkte wahrscheinlich in dieser Zeit lächerlich, doch das war mir egal. Wichtig allein war Henris Leben.

Die wenigen Autos, denen ich auf meinem Weg zur Stadt begegnete, sahen allesamt aus, als würde ich mich in den Sechzigerjahren aufhalten. Deshalb gab es auch noch nicht so viele davon. Ich wusste von meiner damaligen Exkursion, dass es ein Krankenhaus am Stadtrand von Verdun gab. Ich hoffte inständig, dass es das auch schon in diesem Jahrzehnt gegeben hatte. Wenn ich mich recht erinnerte, hieß es Hospital Désandrouins.

Wo genau sich dieses Krankenhaus befand, wusste ich natürlich nicht mehr, aber als ich eine Weile unterwegs war, konnte ich am Straßenrand ein Schild mit dem international gebräuchlichen roten Kreuz entdecken. Dieses Zeichen wurde zumindest in ganz Europa auf Straßenschildern benutzt, um den Menschen den Weg zu den Krankenhäusern zu weisen. Mir fiel ein Stein vom Herzen.

Doch was sollte ich machen, wenn ich im Krankenhaus wäre? Ich konnte da ja unmöglich hineinspazieren, den Ärzten erzählen, ich käme aus der Vergangenheit und dass ich ein Breitbandantibiotikum benötigte, weil mein Ehemann von einem mit Fäkalien verschmutzten Degen verletzt worden war. Also wie sollte ich an dieses verfluchte Medikament kommen? Ich beschloss, es auf mich zukommen zu lassen, und marschierte weiter den Straßenschildern folgend, bis ich endlich vor dem Krankenhaus stand. In großen Lettern stand an der Fassade des Gebäudes L'hôpital américain est inauguré. Gut, angekommen war ich zumindest schon einmal, auch wenn das Krankenhaus einen anderen Namen hatte.

Ich versuchte, nicht aufzufallen. Wenn ich jemandem begegnen würde, hätte ich dann Verständigungsprobleme, oder würde mir auch in dieser Zeit das Medaillon helfen? Die Hoffnung bestand. Langsam, aber stetig machte sich Zuversicht in mir breit. Meine Gedanken hingen jedoch bei Henri fest, auch wenn mein Körper in einer anderen Zeit war.

Vorsichtig schlich ich mich zum Hintereingang des Gebäudes. Wenn ich mich wirklich in den Sechzigerjahren befinden sollte, dann waren vielleicht die Sicherheitsvorkehrungen nicht so hoch wie in meiner Zeit. Dennoch konnte ich nicht davon ausgehen, einfach in ein Krankenhaus spazieren und dort Medikamente mitgehen lassen zu können, ohne dass jemand etwas dagegen hatte. Also hieß es besonnen zu handeln.

Ich spähte durch das Fenster der Tür ins Innere. Der Flur lag dunkel und einsam dahinter. Es wirkte nicht gerade einladend, aber es war besser als ein Empfangskomitee, das mich umgehend wieder vor die Tür setzen würde. Ganz zaghaft zog ich an dem Griff der Tür, die sich tatsächlich öffnen ließ. Ängstlich wartete ich ab, ob irgendeine Art von Alarm losgehen würde, doch es blieb still und niemand kam um die Ecke gestürzt, um mich zu verhaften. Das erleichterte mich ungemein. Mit neuer Hoffnung zog ich die Tür vollends auf und ging ins Gebäude. Das Licht ließ ich bewusst aus, denn sonst wäre ich wie auf einem Präsentierteller. Wo sollte ich nun hin? Wo bunkerte man in einem Krankenhaus Medikamente? Ich nahm immer zwei Stufen nach oben. Ich hoffte, dort auf weniger Menschen zu treffen als im Untergeschoss. Woher ich diese Theorie nahm, war mir unbegreiflich. Vermutlich war ich mittlerweile dermaßen mit Adrenalin vollgepumpt, dass ich mir schon wild etwas zurechtfantasierte. Doch das sollte mir in diesem Moment ebenfalls egal sein. Im Moment war nur wichtig, das Antibiotikum zu besorgen und so schnell wie möglich wieder zurück zu Henri zu kommen. Das stand an oberster Stelle meiner Prioritätenliste.

Ein Schild, das ich im Schein des Mondes wahrnahm, erregte meine Aufmerksamkeit, denn ich hatte das französische Zeichen für eine Apotheke entdeckt. Es war ein großes grünes Kreuz, in dem der Äskulapstab zu finden war. Dort würde ich auch ein Breitbandantibiotikum finden! Voller Tatendrang folgte ich dem Wegweiser und blieb ein wenig außer Atem im dritten Stock vor einer verschlossenen Tür stehen. Bisher war ich niemandem begegnet und auch hinter der Milchglastür konnte ich keine Bewegungen ausmachen. So langsam kam mir das aber ein wenig abwegig vor. Ich konnte doch unmöglich hier herumspazieren, ohne aufzufallen. Oder doch?

Als ich versuchte, die Tür zu öffnen, tat sich nichts. Mist! Was sollte ich nun tun? Ich musste unbedingt an dieses Medikament kommen, sonst würde Henri sterben! Die Zuversicht bröckelte wie eine Sandskulptur in der Wüste, weggeblasen vom heißen Wind.

Plötzlich ging das Licht an und ich blinzelte gegen die Helligkeit. Ich war dermaßen geblendet, dass ich die beiden Männer, die die Treppe hochkamen, nicht richtig sehen konnte.

»Na, wen haben wir denn da?«, fragte einer von ihnen. Da ich ihn verstand, war das Problem mit der Sprache geklärt. Mein Medaillon half mir auch hier in dieser Zeit.

»Wieder so ein Hippie!«, erwiderte der andere abfällig.

Erstaunt sah ich an mir herab. Ja, es stimmte, das lange Kleid hätte auch gut in die Hippiezeit gepasst. »Guten Abend, die Herren«, begrüßte ich die beiden und wollte mich an ihnen vorbeidrängen, um die Treppe so schnell wie möglich wieder hinunterzugehen, doch einer von ihnen hielt mich am Arm fest. Mit einem bösen Funkeln in den Augen sah er mich durchdringend an.

»Na, na, Mademoiselle. Nicht so schnell. Was hatten Sie hier oben denn gesucht?«, wollte er von mir wissen. Bei jedem

Wort wackelten seine fetten Wangen, was mich zu jedem anderen Zeitpunkt zum Lachen gebracht hätte.

»Ich habe mich verlaufen. Ich wollte eigentlich meinen Bruder besuchen«, versuchte ich ihnen eine Lüge aufzutischen, aber der Gesichtsausdruck der Männer blieb dabei abweisend unfreundlich. »Er hatte einen Autounfall.«

»Sparen Sie sich den Blödsinn! Wir kennen solche wie Sie schon zur Genüge. Drogensucht wird in diesem Hause bekämpft. Wir sehen nicht mehr weg, wenn man versucht, unsere Medikamente zu stehlen.« Der dünnere Mann klärte mich unwirsch auf, dann schoben sie mich zur Treppe.

»Lass uns erst mal zum Empfang gehen, Thierry. Wenn sie wirklich einen Bruder haben sollte, der hier auf einer der Stationen liegt, machen wir uns lächerlich. So sind wir auf der sicheren Seite«, flüsterte der Dicke seinem Kollegen vertraulich zu und grinste verschlagen.

»Gute Idee! Wenn wir sie dann überführen können, ohne jeglichen Zweifel, dann sind wir bestimmt bald auf dem Weg nach oben zur Beförderung.«

Na toll, jetzt wurde ich auch noch als Karrieresprungbrett ausgebeutet. Ich folgte den beiden schweigsam nach unten. Ganz nach dem Motto »Alles was Sie sagen, kann und wird gegen Sie verwendet werden« nahm ich mir vor zu schweigen. Das Medaillon hatte mich hierhergeführt, hier musste die Lösung für mein Problem zu finden sein, da war ich mir sicher. Dementsprechend blieb ich ruhig und gefasst.

18. Kapitel

Die beiden Sicherheitsmänner und ich standen am Empfang und warteten auf den Portier. Der hatte ein Schild aufgestellt, auf dem stand, dass er gleich wieder da sein würde. Ein paar Krankenschwestern eilten an uns vorbei und ich bestaunte die großen Hauben auf ihren Köpfen. Wir wurden ignoriert, da jede der Frauen bereits ausgiebig beschäftigt war. Der eine der beiden Männer, die mich gefangen genommen hatten, hielt mich noch immer in eisernem Griff fest und hatte offenbar Angst, dass ich versuchen könnte zu fliehen. Was ich vielleicht sogar in Betracht gezogen hätte, wenn ich nicht so dringend dieses verfluchte Medikament gebraucht hätte.

Ich wurde langsam ungeduldig, da ich nicht wusste, wie das mit meiner Rückkehr funktionieren würde. Wäre es so, als wäre ich nie weg gewesen? Oder kam ich womöglich erst einen Tag später wieder an? Dann würden Henris Überlebenschancen mit jeder Minute sinken, die ich hier vergeudete.

»Ah, da kommt er!«, rief der dünnere Sicherheitsbeamte erleichtert aus.

Ein Mann mit dunklem Schnauzer und beginnender Halbglatze eilte hinter den Tresen. »Bonsoir, die Herren und die Dame. Was kann ich tun?«

Ich war tief in die Betrachtung des Portiers versunken, als ich jemanden meinen Namen rufen hörte.

»Isabelle!«, schallte es laut durch die große Empfangshalle. Ich reagierte nicht darauf, weil ich nicht davon ausging, dass man mich meinen könnte, schließlich kannte ich hier niemanden. Vermutlich hieß eine der Krankenschwestern, die hier arbeiteten, so.

»Sind Sie damit gemeint?«, fragte mich der Portier, weshalb ich doch noch den Kopf zur Seite drehte.

Eine Frau kam auf uns zugeeilt und lächelte mich an. Sie war schätzungsweise so alt wie ich – Mitte zwanzig –, hatte hellbraunes Haar und hellblaue Augen und kam mir entfernt bekannt vor, doch das war unmöglich. Wen sollte ich schon im Verdun der Sechzigerjahre kennen? Aber woher wusste die Frau meinen Namen? Und sie sah direkt zu mir und konnte somit niemand anderen als mich meinen.

Ich hob deshalb die Augenbrauen und sah sie fragend an. Neben mir wurden die Männer unruhig, doch sie sagten nichts und warteten gespannt ab.

Kurz vor mir stoppte die junge Frau, sah mich mit einem schmerzlichen Ausdruck an, Tränen schimmerten in ihren Augen. Beherzt griff sie nach meiner Hand und seufzte. »Dein Bruder liegt oben auf der Station 24. Er hat bereits mehrmals nach dir gefragt.« Erst jetzt fiel mir auf, dass sie eine Schwesternuniform trug, nur die gigantische Haube fehlte. Ihr Daumen strich beruhigend über die Haut meiner Hand, was eine ungewohnte Nähe erzeugte. Ich war verblüfft und wusste nicht recht, wie ich reagieren sollte.

Auf dem schnellsten Weg ließ der Sicherheitsbeamte meinen Arm los und sah zwischen mir und der Frau ängstlich hin und her. »Es tut mir leid, Mademoiselle, wenn ich Ihnen zu nahe getreten bin, aber wir haben hier viel mit Medikamentendiebstahl zu tun, deshalb unser Vorgehen.«

Ich tat ganz relaxed. »Schon gut. Der Verdacht war nicht abwegig.« Widerwillig ließ ich die Hand der Frau los, was eine Leere in mir hinterließ. Mein Herz schlug heftig, da ich nicht verstand, was da gerade mit mir passierte.

»Kommst du, Belle?«, fragte die Krankenschwester mit Nachdruck und ging zwei Schritte voraus. Sogar den Spitznamen, den die Vieilles mir gegeben hatten, kannte sie.

»Ja, natürlich. Au revoir, meine Herren!«, verabschiedete ich mich noch und folgte dann der Frau durch eine weitere Milchglastür in einen Flur. Ich wusste nur eins mit absolut felsenfester Sicherheit: Ich konnte ihr vertrauen. Woher ich diese Überzeugung nahm, war mir schleierhaft.

Die hübsche Frau schob mich in einen kleinen Raum, der nicht viel größer als acht Quadratmeter war. »Hier sind wir sicher. Ich bin heute die wachhabende Nachtschwester und das ist das Schwesternzimmer der Oberin. Setz dich einen Moment hin.«

Ein wenig erschöpft ließ ich mich nieder und sah ihr neugierig zu, wie sie sich auf den zweiten Stuhl setzte und die Hände auf dem Tisch faltete, der nun zwischen uns stand.

»Wer bist du?«, traute ich mich nun doch sie zu fragen, obwohl ich mir nicht sicher war, ob ich die Antwort hören wollte. Etwas stimmte hier doch ganz gewaltig nicht.

»Ich bin Kristin Blomquist.« Ich überlegte fieberhaft, ob ich jemanden kannte, der so hieß, aber mir wollte partout niemand einfallen. Dann setzte sie etwas nach, das meine Welt aus ihren Angeln hob. »Ich bin mit dir verwandt.«

Rasch hatte ich mich wieder im Griff, atmete tief durch. Deshalb war sie mir so bekannt vorgekommen. Sie sah mir ähnlich. Doch dann fiel mein Blick auf die Kette, die unter ihrer Schwesternuniform verschwand, und ich stutzte. Sie bemerkte es.

»Ja, das ist die gleiche Kette, die du auch trägst.« Ihr Gesicht zeigte keinerlei Regung. Diese Kristin war offenbar geübt darin, ihre Gefühle nicht nach außen zu tragen.

Bei mir sah das vermutlich ganz anders aus. Von einem Pokerface war ich schon immer meilenweit entfernt gewesen. Kurzfristig hatte ich das Gefühl, dass der Raum anfing sich zu drehen, doch ich beherrschte mich, atmete reflexartig ein und riss meine Lider hoch. Die hübsche Frau, die vor mir saß, sollte eine Nachfahrin von mir sein? Dann sah ich sie mir genauer an. Sie hatte auch helles Haar und die gleichen hellblauen Augen. Kristin war schön, groß, hatte eine athletische Figur und sie besaß ganz offensichtlich eine gehörige Portion Selbstbewusstsein, worin wir uns wiederum unterschieden.

»Welches Jahr haben wir?«, wollte ich wissen.

»Heute ist der 6. Juni 1961«, klärte sie mich bereitwillig auf.

»Stammst du aus dieser Zeit?« Ich musste unbedingt mehr von ihr erfahren.

Sie schüttelte den Kopf. »Nein, ich bin hier vor fünf Jahren gelandet, nachdem meine Mutter mir auf dem Sterbebett das Medaillon überreicht hatte. Ich habe an diesem Krankenhaus eine Ausbildung absolviert, da man mir erzählt hat, dass am 6. Juni 1961 eine Kristin hier Nachtschicht hätte und dich antreffen würde, und dass du Hilfe benötigen würdest. Ich bin das jüngste von fünf Kindern, eine Nachzüglerin, meine Mutter war schon älter, als sie mich auf die Welt brachte. Wir alle sind mit den Geschichten rund um das Medaillon aufgewachsen, doch dann am eigenen Leib zu erfahren, wie es ist, durch die Zeit gezogen zu werden … das ist definitiv etwas völlig anderes.«

Nun war ich neugierig. »Hast du schon deine große Liebe gefunden?« Denn das war doch die Aufgabe des Zeitenmedaillons, oder?

Kristin wirkte peinlich berührt. »Nein. Leider nein. Meine Mutter meinte immer, dass für mich noch der richtige Mann gebacken werden müsse. Nun ja, offenbar ist nirgends ein geeigneter Bäcker zu finden, der das zustande bringt«, scherzte sie, doch ich konnte erkennen, wie sehr sie dieses Thema schmerzte.

»Vielleicht bin ich auch nur eine Figur in dem Spiel, das dich zu deinem Liebsten bringen soll.«

Entschlossen schüttelte ich den Kopf. »Das glaube ich nicht. Jeder hat das Recht auf sein Glück. Du bestimmt auch.«

»Das hoffe ich, aber mit jedem Tag, der vergeht, zweifle ich mehr daran.« Kurz hingen wir jede den letzten gesagten Worten nach. Mir fiel auch nichts Tröstliches ein, was nicht wie eine Floskel geklungen hätte, also schwieg ich. Kristin schob energisch den Stuhl zurück. »Nun, dann werde ich dir mal das Antibiotikum geben, das Henri Vieille so dringend braucht.« Sie zog einen Schlüssel aus der kleinen Tasche hervor, die in die Falten ihrer Schwesterntracht eingenäht worden war, und eilte damit zu einem Schrank.

Zwei Minuten später hatte ich einen kleinen Stoffbeutel in den Händen, in dem sich nicht nur das Antibiotikum, sondern auch einige andere Medikamente, ein Fieberthermometer, ein paar Teebeutel, zwei Tassen, ein Topf und ein Buch befanden. Kristin informierte mich über jedes Medikament, das sich darin befand.

»… und das verabreichst du, wenn das Fieber nach drei Tagen immer noch nicht gesunken ist. Hast du schon einmal jemandem eine Spritze gegeben?« Abwartend sah sie mich an.

Ich schüttelte den Kopf. »Nein, war bisher nicht notwendig.«

Sie lächelte nachsichtig. »Dann werde ich dir mal einen Crashkurs verpassen. Das Buch ist ein Geschenk von mir. Was fürs Herz, wenn man die lange Warterei überbrücken will.«

Irritiert runzelte ich die Stirn, ging jedoch nicht weiter darauf ein. Ich liebte Bücher und so war ich mehr als erfreut über das Geschenk.

Die nächsten zwei Stunden unterrichtete mich Kristin mit einer Engelsgeduld, während ich an dem ersten richtigen Kaffee seit Wochen nippte. Sie erklärte mir nicht nur, wie ich eine Spritze intravenös verabreichen musste, sondern auch, wie ich verschiedene Wunden nähen konnte. Worauf ich achten musste, wenn ein Kind Fieber bekam, und noch einiges mehr. Ich hörte ihr aufmerksam zu, doch irgendwann wurde ich unruhig. Was, wenn Henri in der Zwischenzeit eine Blutvergiftung bekommen hatte?

Kristin sah mir an, dass ich nur noch mit einem Ohr zuhörte, und räusperte sich. »Du hast Angst um Henri, stimmt's?«

»Ja«, gab ich leise zu.

»Du kannst die Zeit bestimmen, wann du zurückkehren möchtest. Wähle einen Zeitpunkt, der vor dem liegt, zu dem du das Jahr 1805 verlassen hast. Vielleicht ein oder zwei Stunden vorher, dann bist du auf der sicheren Seite und bist rechtzeitig dort. Wir können die Zeit hier inzwischen sinnvoll nutzen.«

Ihr Vorschlag hörte sich gut an. »Aber wie mache ich das?«

»Denke ganz fest daran. Das sagte mir meine Maman zumindest. Ich bin bisher nur hier in dieser Zeit gelandet. Aber so kannst du es angeblich steuern.« Verlegen zuckte sie mit den Schultern.

»Was kannst du mir noch über das Medaillon erzählen? Ich weiß so gut wie nichts darüber.«

»Das wird Madame Laurent tun. Ich bin die falsche Person. Wenn ich es dir jetzt erzählen würde, würde ich vielleicht sogar etwas verändern, das fatale Folgen hätte. Die Zukunft oder die Vergangenheit, egal was. Es ist nichts festgeschrieben und durch einen Fehler kann man eine Kettenreaktion in Gang setzen, die niemand mehr aufhalten kann.« Sie sah so verhärmt aus. Ganz bestimmt hatte Kristin Blomquist in ihrem Leben nicht viel zu lachen. Unwillkürlich fragte ich mich, ob deshalb bisher noch kein Mann den Weg in ihr Leben gefunden hatte. Sie wirkte so ernst.

»Du hörst dich nicht an wie eine Schwedin oder jemand, der aus dem Nordland kommt.« Erst als ich es ausgesprochen hatte, merkte ich, dass man diesen Begriff schon lange nicht mehr verwendete.

»Diesen Namen habe ich nur angenommen. Meine Mutter hat mir ständig Kindergeschichten von Kalle Blomquist erzählt, einer Figur aus einem der Romane von Astrid Lindgren, und ich mochte diesen Namen schon immer.« Ein melancholisches Lächeln lag auf ihren fein geschwungenen Lippen. »Deshalb lag es für mich nahe, mir diesen Namen zu geben, als ich hier ankam.«

»Oh ja, Kalle Blomquist war auch eins meiner Lieblingskinderbücher gewesen. Ich besaß nur ein Buch und bin immer heimlich in die Bücherei gegangen, um dort den zweiten und dritten Teil zu lesen. Mitnehmen durfte ich sie nicht, weil ich keinen Leseausweis hatte. Meine Mutter hielt das für Zeitverschwendung – das Lesen.« Traurigkeit überrollte mich, aber ich schluckte den bitteren Geschmack herunter. Was geschehen war, war geschehen, und ich würde es nicht ändern können. Warum auch? Aus mir war ein guter Mensch geworden. Wer wusste schon, wie ich mich entwickelt hätte, wenn meine Mutter nicht irgendwann zur Flasche gegriffen hätte. Vielleicht zu einer arroganten Zimtzicke, die sich nicht mal den Namen von Herrn Treske hätte merken können und die sich wahrscheinlich zu fein gewesen wäre, um in einem Kiosk zu arbeiten. Nein, es war schon okay, was aus mir geworden war und vor allem, welche Abenteuer ich gerade erlebte. Und Henri … »Und warum hast du deinen eigenen Namen nicht verwendet?«, versuchte ich meine Gedanken in eine andere Richtung zu lenken.

»Weil ich von meiner Mutter gehört hatte, dass eine Kristin Blomquist dir helfen würde. Und ich wollte diese Person unbedingt sein.« Ein kämpferischer Ausdruck lag auf ihrem Gesicht. »Ansonsten wäre meine Reise durch die Zeit auch völlig umsonst gewesen, da es hier nirgends einen Mann gibt, der nur annähernd mein Interesse weckt.«

Diese ganze Situation wirkte so surreal, dass ich Probleme hatte, sie zu erfassen. Eine Frau aus einer fernen Zeit half einer weiteren Frau, die ebenfalls aus einer anderen Zeit kam. Und das tat sie nur, weil sie eine Geschichte gehört hatte, die ihre Mutter ihr erzählt hatte, die ebenfalls eine Zeitreisende gewesen war. Was, wenn diese Geschichte nie weitergetragen worden wäre? Dann hätte ich hier gestanden und wäre vermutlich im Gefängnis gelandet. Ich durfte niemals vergessen, sie meinen Kindern zu erzählen. Und ich musste ihnen nahelegen, dass sie sie wiederum ihren Kindern zu erzählen hatten. Und dass dieses Weitererzählen nie abreißen durfte, bis die Geschichte bei der richtigen Kristin landete. Die Macht der Worte. Die Macht des Medaillons. Die Macht der Zeit. Puh, das war alles so verwirrend, dass mir schwindelig wurde.

»Aus welchem Jahr kommst du?«, fragte ich sie.

»Das tut nichts zur Sache«, sagte sie sehr bestimmt. »Meine Schicht ist gleich vorüber. Ich muss mich um die Patienten kümmern und sie an die nächsten Schwestern übergeben. Danach bringe ich dich zu dem alten Grenzstein.« Sie öffnete eine kleine Tür. »Da sind die Toilette und ein Waschbecken. Seife liegt daneben, falls du dich frisch machen willst. Warte hier, bis ich dich holen komme«, sagte sie mit einem ernsten Blick und verließ den Raum.

Erstaunt, da ich zuvor die Tür nicht wahrgenommen hatte, ging ich zu dem kleinen Badezimmer. Langsam drehte ich den Wasserhahn auf und erfreute mich an dem sauberen und warmen Wasser. Ich wusch mich und fühlte mich endlich frisch und sauber. Nachdem ich mich zurück auf den Stuhl gesetzt hatte, dachte ich wieder über die Unterschiede der Zeiten nach. Unterschiede, die ich gerne bereit war zu akzeptieren. Es war schön, fließend warmes Wasser zu haben oder eine Waschmaschine, die einem Arbeit abnahm. Ja, auch ein Staubsauger war nicht zu verachten, doch was brachten mir all diese Annehmlichkeiten, wenn Henri nicht in meiner Nähe war?

Mein Gedankenkarussell drehte sich fröhlich weiter, bis ich trotz des Kaffees die Augen müde schloss und in einen kurzen Schlaf glitt.

* * *

»Belle?«, weckte mich eine sanfte Stimme.

Ich blinzelte gegen das grelle künstliche Licht an und brauchte einen Moment, um zu registrieren, wo ich mich befand. Oder besser gesagt – wann. Es war der 6. Juni 1961 und ich saß auf einem Stuhl in Verdun in einem Krankenhaus. Und die junge Frau, die mich da gerade so liebevoll ansah, war eine Nachkommin meiner Wenigkeit. Abstrus, aber wahr. Oder träumte ich? Nein, über diesen Punkt war ich doch schon hinweg. Ich träumte nicht. Es war alles real, wenn auch verwirrend.

»Komm, lass uns fahren.« Als ich mich aufrichtete, drückte sie mir einen Helm in die Hand. »Meine Mutter hat stets darauf bestanden, dass ich immer einen Helm tragen muss, egal, in welchem Jahr, Jahrhundert oder Jahrtausend ich Motorrad, Moped oder ähnliche Fahrzeuge fahren sollte.« Frech zwinkerte sie mir zu. »Und da du mein großes Vorbild bist, musst du natürlich auch einen tragen.«

»Natürlich«, sagte ich und griff danach. Ich hatte mich getäuscht, sie besaß doch Humor. Nur die Sache mit dem Lächeln, das gerade versuchte, sich auf ihrem Gesicht auszubreiten, musste sie noch lernen.

Kurze Zeit später saßen wir zusammen auf einem Moped, das so langsam fuhr, dass ich überlegte, ob es überhaupt drei PS hatte, außerdem röhrte es viel zu laut durch die Stille. Die Sonne ging gerade auf und über den Feldern, an denen wir vorbeifuhren, hing noch leichter Morgennebel. Es war sehr malerisch und unwillkürlich fragte ich mich, ob es im Jahr 1805 gerade genauso aussah, oder regnete es vielleicht?

Als wir an dem alten Grenzstein hielten, auf dem noch die Einkerbungen mit den Entfernungsangaben zu lesen waren, sprangen wir beide von der harmlosen Höllenmaschine herunter. Der Geruch des Zweitaktgemischs verursachte mir zunehmend Kopfschmerzen.

»Und von hier aus führt dieser Weg nach Paris.« Kristin zeigte die Straße entlang und blickte mich traurig an, Tränen glitzerten in ihren Augen. »Ich werde dich vermissen.«

Ich nahm sie in den Arm und sie klammerte sich an mich, ganz fest, und weinte. Diese Reaktion verstand ich nicht, da wir uns ja erst so kurz kannten. Vermutlich war sie allein und hatte niemanden, mit dem sie über sich und die Zeitreise reden konnte, doch auch mich überfiel Traurigkeit. Man lernte auf diesen Reisen Menschen kennen und musste sie wieder verlassen. Kristin schien wirklich einsam zu sein. Ich hoffte inständig, dass eines Tages das Glück auch bei ihr anklopfen würde.

»Pass auf dich auf, Kristin. Und lächle öfter.«

Sie blinzelte und sah so verloren aus, als ich ihre Hand losließ, dass ich sie am liebsten mitgenommen hätte. In dem Moment riss sie die Augen auf und griff nach ihrem Medaillon. »Es ruft mich!«

»Was?«, fragte ich fassungslos.

»So sagt man das, wenn es anfängt zu vibrieren.«

»Aber … aber ich dachte, man muss sich etwas wünschen und den lateinischen Spruch aufsagen«, stammelte ich.

Kristin nickte. »Beim ersten Mal schon, aber dann entscheidet das Medaillon, wann es auf die nächste Reise geht.«

Nachdem ich diese Information bekommen hatte, fühlte ich mich ausgeliefert und haltlos. Ich merkte, wie Kristin immer unruhiger wurde, ganz so, als hätte das Medaillon sie fest im Griff.

»Ich hatte recht behalten!«, rief sie triumphierend aus. »Ich war in dieser Zeit nur, um dir zu helfen. Dann stimmt es gar nicht, dass das Medaillon uns der Liebe näherbringt.« Nachdenklich sah sie auf den Anhänger.

Ich hatte das Bedürfnis, sie zu trösten, und legte ihr eine Hand auf den Unterarm. »Na ja, vielleicht bringt es einem dem Glück näher. Manchmal braucht ein Mensch nicht die große Liebe, um glücklich zu sein. Vielleicht wird dich dein Weg woanders hinlenken, zu einer anderen Art von Erfüllung. Oder jemand wartet bereits auf dich, wenn du den nächsten Zeitsprung absolviert hast. Zumindest hast du eine fundierte Ausbildung und kannst anderen Menschen in Notsituationen helfen.«

Ein entschlossener Zug lag auf ihren Lippen. »Da könntest du recht haben. Nun denn, ich werde es auf mich zukommen lassen und das Glück mit beiden Händen greifen, wenn es mir vor die Füße fallen sollte. Leb wohl, kleine Belle!« Noch einmal zog sie mich in ihre Arme und drückte mir einen Kuss auf die Wange. Dann nahm sie den Anhänger in beide Hände und schloss die Augen. Es war faszinierend, diese Prozedur mal vom Blickwinkel eines Zuschauers aus zu sehen. Und tatsächlich verschwand sie, als wäre sie nie da gewesen, nur der Geruch ihres Parfüms hing noch in der Luft und die Wärme ihrer Umarmung konnte ich noch genau fühlen.

Im nächsten Moment spürte auch ich das Vibrieren des Medaillons und griff danach. Mein letzter Aufruf für die Reise durch die Zeit, dachte ich scherzhaft, und ich trat diese liebend gerne an. Ein wenig ängstlich, weil ich nicht wusste, wie es Henri ergangen war, schloss ich die Augen und konzentrierte mich auf mein Ziel. Dann spürte ich den Strudel und das Gefühl zu fallen, von da an dachte ich nichts mehr, denn mein Hirn war überlastet und ich wurde wieder einmal ohnmächtig.

19. Kapitel

Als ich die Augen wieder aufschlug, erfasste mich sogleich eine enorme Angst, denn woher sollte ich wissen, ob ich hier richtig war? Es war dunkel, stockdunkel. Wie lange war ich ohnmächtig gewesen? Würde ich noch rechtzeitig bei Henri ankommen, um ihm helfen zu können? Ich wollte mich bereits aufrichten, als ich Stimmen hörte und den leichten flackernden Schein eines Lagerfeuers erkannte. Ich war nicht allein und Henri auch nicht! Lebte er noch? Oder hatten diese Menschen ihm den Todesstoß mit welcher Waffe auch immer gegeben?

Am Waldrand konnte ich ungefähr fünf Personen ausmachen, die sich um ein Lagerfeuer drängten. Außerdem standen dort ein paar Pferde und zwei hölzerne Kutschen, die an die Wagen eines Zirkus erinnerten. Waren das eventuell Schausteller? Trauen konnte man denen vermutlich nicht. Wenn sie erkennen würden, dass Henri ein kleines Vermögen in seinen Satteltaschen hatte, wäre es um unsere Sicherheit geschehen.

Irgendwie musste ich über die Lichtung zum Wald gelangen, dort hatte ich Henri zurückgelassen. Doch das war nahezu unmöglich, weil sich dazwischen das Lager dieser lautstarken Reisegruppe befand. Vielleicht hatten sie ihn noch nicht entdeckt. Wer waren sie? Wo wollten sie hin? Seit wann waren sie dort? War ich überhaupt am richtigen Tag angekommen? Hatte das Ziel, das ich vor Augen gehabt hatte, die richtigen Signale ausgesendet? Oder hatte ich gar nicht die Chance, meine Reise zu lenken, und war diesem Medaillon auf Gedeih und Verderb ausgeliefert? Mein Schädel begann zu brummen angesichts der vielen Fragen, die darin herumschwirrten.

Ich beschloss, einen großen Bogen um dieses Lager zu machen und von hinten an die Stelle heranzutreten, an der ich Henri zurückgelassen hatte. Auf keinen Fall wollte ich irgendeinen Kontakt zu den Fremden dort haben. Das konnte gefährlich werden und ich musste daran denken, dass Henri schwer verletzt und wir dadurch noch angreifbarer waren.

Natürlich war es ein Umweg, doch ich hatte die Dunkelheit leider nicht auf meiner Seite. Der Mond schien immer noch hell auf die Szenerie herab und ich musste geduckt laufen, um nicht gesehen zu werden. Zugute kam mir, dass die Leute angefangen hatten zu singen. Ein Volkslied, das ich irgendwann schon einmal gehört hatte, vielleicht als ich in Frankreich Urlaub gemacht hatte? Es hatte einen melancholischen Unterton, der die französischen Lieder oft begleitete. Doch die Sprache erschien mir fremd. Vielleicht würde ich sie mit der Hilfe meines Medaillons besser verstehen, wenn ich näher an das Feuer ginge, aber ich ließ mich davon nicht blenden. Nur weil sie so gefühlvoll sangen, mussten sie noch lange keine netten Menschen sein. Ich marschierte entschlossen weiter auf die Bäume zu.

Im Wald versuchte ich, so wenige Geräusche wie möglich zu verursachen, damit niemand auf mich aufmerksam werden würde. Doch als ich an die Stelle kam, an der ich Henri zurückgelassen hatte, fand ich dort niemanden mehr vor. Auch von Henris Pferd war keine Spur zu sehen. Im Halbdunkel suchte ich den Waldboden ab, doch nirgends konnte ich auch nur ein Anzeichen dafür erkennen, dass Henri hier gelegen hatte. War ich zu spät? Oder zu früh? Hilflos ließ ich mich auf dem weichen

Moos nieder und stützte verzweifelt den Kopf auf meine Knie. Warum konnte nicht einmal etwas einfach sein? Warum musste es immer kompliziert zugehen?

Ich war mir sicher, dass Henri schon lange nicht mehr hier war oder es noch nicht gewesen war. Und das bestätigte meine Theorie, dass ich diesem Medaillon auf Gedeih und Verderb ausgeliefert war. Nicht ich entschied, egal, wie fest ich mich auf etwas konzentrierte, sondern das Stück Metall, das an einer Kette um meinen Hals hing. Dennoch verspürte ich keinen Argwohn, denn bisher war alles gut gegangen. Fast alles, wenn man Ruperts Tod mal außen vor ließ. Ich hoffte nur, dass ich nicht die Geschichte verändert hatte, denn gerade jetzt fielen mir Kristins Worte ein. Nichts war festgeschrieben, alles war veränderlich. Das durfte ich niemals vergessen.

Um nicht völlig den Verstand zu verlieren, würde ich von nun an davon ausgehen, dass ich zu früh dran war. Henri und ich würden morgen oder spätestens übermorgen an diesem Ort ankommen und sobald mein anderes Ich verschwunden wäre, würde ich mich um Henri kümmern. Denn wenn ich zu spät dran wäre, würde er vermutlich nicht mehr leben.

»Lass das, Elek!«, sagte eine weibliche Stimme sehr bestimmt und viel zu nah.

Sofort war ich in Alarmbereitschaft. Ich hörte das Unterholz knacken und dann die Stimme, die vermutlich diesem Elek gehörte.

»Mein Sonnenschein, irgendwann musst du doch erkennen, dass ich der Richtige für dich bin.«

»Der Richtige? Ich möchte mich erleichtern, also hau ab. Der Richtige würde das respektieren.«

»Ja, ja, schon gut!« Dann hörte ich, wie sich die schweren Schritte eines Mannes entfernten. Ich lauschte noch eine Weile und fragte mich, wie lange die Frau brauchen würde, um sich zu erleichtern, doch ich hörte nichts.

»Er hat dich nicht gesehen«, hauchte jemand direkt in mein Ohr. Ich schrak dermaßen heftig zusammen, dass ich mir den Kopf am Baum hinter mir anschlug. »Ich verpfeif dich nicht, keine Angst.«

Rasch erhob ich mich und drehte mich zu der Frau um. Lange schwarze Haare umrahmten ein Gesicht, das mich an Esmeralda aus dem Disney Film *Der Glöckner von Notre Dame* erinnerte. Sie sah wild und gleichzeitig zerbrechlich aus.

»Was tust du hier so mutterseelenallein im Wald?«, wollte sie von mir wissen, während sie die Röcke hob.

Entgeistert starrte ich sie an. Was hatte sie da vor?

»Entschuldige, aber ich muss ganz dringend.« Sie wackelte frech mit den Augenbrauen und begann sich zu erleichtern, doch ich ging nicht auf ihre Vertraulichkeiten ein. Ich blieb skeptisch, schließlich wusste ich nicht, wer diese Leute waren und was sie im Schilde führten. Als sie fertig war, richtete sie ihre Röcke und sah mich entspannt an. »Also, was machst du hier?«

Vielleicht sollte ich ihr antworten? Ansonsten würde ich die Frau nicht mehr loswerden. »Ich warte auf meinen Mann. Er kommt morgen früh hier an und holt mich ab.«

Nachdenklich runzelte sie die Stirn. »Er hat dich hier ungeschützt zurückgelassen?«

Locker zuckte ich mit der Schulter, obwohl mir nicht wirklich danach zumute war. »Ja. Er weiß, dass ich mich verteidigen kann.« Das war ein wenig übermütig, aber sie sollte ruhig denken, dass ich bewaffnet war.

Sie lachte. »Ja, das habe ich gerade eben bemerkt. Du bist mit allen Wassern gewaschen und auf jede Situation vorbereitet.«

Das konnte doch nicht wahr sein. Sie machte sich über mich lustig! Ich schnaubte entrüstet und erwiderte: »Genau, das bin ich. Wie heißt du überhaupt?«, fragte ich, um vom

Thema abzulenken. Ich wollte nicht länger über meine Unzulänglichkeiten sprechen.

»Man nennt mich Mihaela und du, wer bist du?« Kokett lächelnd sah sie mich an. Sie war schlau wie ein Fuchs, denn sie hatte bemerkt, dass ich ihr eigentlich nichts von mir preisgeben wollte. Da hatte ich mich selbst in eine Sackgasse manövriert.

»Ich bin Isabelle.«

»Isa Belle«, zog sie den Namen in zwei Hälften. »Die ewig Schöne.«

»Gut, nun weißt du meinen Namen und ich den deinen. War schön, dich kennenzulernen. Leb wohl!«, versuchte ich mein Glück mit einem Abschied, doch auch diesen plumpen Versuch quittierte sie mit einem Lachen.

»Du bist nicht gut im Manipulieren von Menschen, kleine Isabelle.« Abwertend schüttelte sie den Kopf. Langsam hatte ich es satt, dass mich alle als klein titulierten. »Das musst du noch lernen.« Sie trat einen Schritt näher auf mich zu und ich trat einen zurück. Das wiederholten wir, bis ich mit dem Rücken an einen weiteren Baum stieß und Mihaela gleich zwei Schritte auf mich zuging. »Du bist ein hübsches, dralles Ding. Gibt es diesen Ehemann wirklich?«

»Natürlich, Henri heißt er, wir kommen aus Trier.« Warum ich mich im wahrsten Sinne des Wortes dermaßen in die Ecke drängen ließ, erschloss sich mir in keiner Weise. Sie schaute mir in die Augen und ihr Blick war wie eine Aufforderung zu reden, der ich nicht widersprechen konnte.

Dann suchten ihre Augen meinen Körper ab und erkannten das Schmuckstück an meinem Dekolleté. »Und was haben wir hier?« Mit einer so schnellen Bewegung, dass ich sie nicht kommen sah, zog sie das Medaillon hervor. Dann riss sie die Augen auf, keuchte und ließ es augenblicklich los, als hätte sie sich verbrannt. In einer mir fremden Sprache verließen Wörter ihren Mund, die mir eine Gänsehaut verursachten. Dieses Mal half mir auch nicht das Medaillon bei der Übersetzung. »Du bist eine der Verfluchten!«

»So ein Quatsch. Ich bin nicht verflucht! Wie kommst du auf einen solchen Blödsinn?«, fragte ich und steckte das Medaillon schnell wieder in meinen Ausschnitt. Meine Stimme überschlug sich fast und auf meiner Haut bildete sich trotz der niedrigen Nachttemperaturen ein Schweißfilm.

»Wir haben ein Buch unserer Urgroßmutter dabei, dort ist eine Zeichnung dieses Medaillons abgebildet. Es steht darin, dass Trägerinnen ihrem Zuhause entrissen werden und niemals wieder auftauchen.« Sie wirkte ehrlich entsetzt. »Und dass sie sterben, wenn man sie von dem Schmuckstück trennt.«

Eine atemlose Stille hing zwischen uns, als die Erkenntnis, dass sie recht hatte, tief in mich hineinsickerte. Ja, ich war meinem bisherigen Zuhause entrissen worden. Und als ich das Medaillon mal nicht auf meiner Haut getragen und aus der Hand gelegt hatte, hatte ich mich fürchterlich gefühlt. Nicht auszudenken, was aus mir würde, wenn ich für immer von meinem Schmuckstück getrennt wäre. Doch auch das machte mir keine Angst, denn mittlerweile gehörte diese Kette mit ihrem Anhänger zu mir wie ein Teil meines Körpers.

Mihaela sah mich traurig an und in ihren Augen war so viel Mitleid zu sehen, dass ich unwillkürlich das Bedürfnis hatte, ihr zu erklären, dass es mir gut gehe, doch sie hatte sich bereits umgedreht. »Ich gehe zurück zum Lager, wenn du magst, komm zu uns. Niemand wird dir etwas tun. Überleg es dir.« Sie verschmolz mit den Schatten des Waldes und ich war wieder allein. Die unheilschwangere Stimmung von gerade eben war verschwunden und stattdessen fühlte ich mich verlassen.

Sollte ich wirklich zu dem Lager gehen und mich an ihr Feuer setzen? Was, wenn diese Leute mich doch ausraubten und ich am nächsten Morgen ohne das Medaillon aufwachen würde? Nein, das glaubte ich nicht wirklich, schließlich hatte die kleine Esmeralda gerade die Möglichkeit gehabt, mich zu bestehlen, und es dennoch nicht getan. Mein Bauch knurrte. Ich hatte seit einer Ewigkeit nichts mehr gegessen und durstig war ich auch. Warum ich nicht Kristin gefragt hatte, ob sie mir etwas Proviant einpacken könnte, wusste ich auch nicht. Sei mutig, Isabelle, dachte ich mir und ging auf den immer größer werdenden Feuerschein zu.

Als ich aus dem Wald trat, verstummten die Gespräche und alle sahen mich an. Teilweise konnte ich Angst in ihren Gesichtern erkennen und Skepsis. Mihaela kam zu mir und ergriff meine Hand. »Komm, Belle, wir wollten gerade essen. Setz dich zu uns und iss etwas mit. Gastfreundschaft wird bei uns großgeschrieben.« Sie drückte mich auf einen umgekippten Baumstamm. »Das da sind Rudko, Roman, Matteo, meine Brüder, und Elek, ein Freund von uns. Wir sind auf dem Weg zu unseren Leuten, die bereits unterwegs nach Trier sind. Bist du ihnen vielleicht begegnet?«

Verwirrt aufgrund der Vielzahl der Namen schüttelte ich den Kopf. »Nein, die wären mir bestimmt aufgefallen.«

Lapidar zuckte sie mit den Schultern und verschwand in dem hölzernen Wagen. Die Männer schwiegen und sahen ins Feuer. Ich fühlte mich unwohl, da ich hier nicht willkommen zu sein schien.

Kurz darauf kam Mihaela mit Schalen zurück. Über dem Feuer hing ein großer kupferner Topf, aus dem sie etwas, das aussah wie Eintopf, schöpfte. Sie reichte mir zuerst eine der Schalen und einen Löffel dazu. »Lass es dir schmecken, kleine Belle.« Danach kamen die Männer dran und zum Schluss setzte sie sich mit ihrer Portion neben mich ans Feuer und begann zu essen.

Skeptisch betrachtete ich die Mahlzeit und erkannte dicke Bohnen, die in einer rötlichen Soße schwammen. Allerlei Gemüse war darin zu finden und Fleisch, das ich nicht zuordnen konnte. Ich hatte solchen Hunger, dass ich nicht nachfragte, um welches Gericht es sich handelte. Hungrig tauchte ich den Löffel hinein und führte ihn dann zu meinem Mund. Eine wahre Explosion an Aromen ließ mich kurz aufstöhnen, was Mihaela ein Lächeln aufs Gesicht zauberte.

»Das sagt mehr als viele Worte, danke für das Kompliment!«

Zufrieden aß ich weiter und schloss genüsslich die Augen. Es schmeckte himmlisch. Seit meiner ersten Zeitreise hatte ich nicht mehr so viele verschiedene Gewürze geschmeckt. »Wo habt ihr das Curry und das Paprikapulver her?«, wollte ich interessiert wissen.

»Ah, du kennst dich aus!«, stellte Mihaela anerkennend fest.

»Wir kommen viel herum, reisen durch sehr viele Länder und betreiben dort Handel«, klärte mich einer der Männer freundlich auf.

»Außerdem kann unser Schwesterchen hervorragend kochen. Eine wahre Künstlerin«, erwiderte der nächste, dessen Namen ich mir nicht gemerkt hatte.

Da konnte ich ihm nur lächelnd zustimmen. Von da an war das Eis zwischen uns gebrochen und wir saßen noch lange zusammen am Feuer. Zwei der Männer und Mihaela sangen Lieder, die mein Herz tief berührten und mich meine Sorge um Henri kurz vergessen ließen.

* * *

Am nächsten Morgen half ich meinen neuen Bekannten, alles wieder in dem großen Schaustellerwagen zu verstauen. Das war schnell erledigt und der Abschied rückte unaufhörlich näher. Über uns stahl sich die Sonne schon hinter den Wolken hervor und versprach, dass es ein schöner Tag werden würde.

Ich hoffte inständig, dass ich nun nicht tagelang alleine hier warten musste. Mihaela hatte mir zwar ein paar Lebensmittel in die Hand gedrückt, doch für länger als zwei Tage würden die auch nicht reichen.

»Darf ich dich noch etwas über das Buch deiner Urgroßmutter fragen?«, begann ich die Unterhaltung.

»Das kommt drauf an. Manche Dinge sind nicht für Außenstehende bestimmt«, erklärte sie mir zögerlich und fuhr sich dabei mit einer Bürste durch die tiefschwarzen Haare, die in der Sonne fast blau schimmerten.

Ich nahm all meinen Mut zusammen. »Kennst du jemanden, der das Medaillon besaß?«

»Nein, Belle«, beantwortete sie kopfschüttelnd meine Frage. »In dem Buch steht sehr ausdrücklich drin, dass es meinen Leuten verboten ist, das Schmuckstück zu besitzen, wir sollen es noch nicht einmal berühren. Es heißt, wir wären dann verflucht. Tut mir leid, mehr darf ich dir darüber nicht sagen.«

»Auch nicht, woher deine Urgroßmutter das wusste?«

Mihaela sah sich kurz um und flüsterte dann: »Sie war eine Hexe, keiner von uns weiß, woher sie ihr Wissen genommen hat. Sie wurde verbrannt!«

»Was?«, fragte ich viel zu laut und legte rasch die Hand vor meinen Mund.

»Ja, so war es. Aber sie hat vieles gesehen, was später wahr wurde, also folgen wir alle ihren Ratschlägen. Und für dich tut es mir sehr leid.« Mitleidig legte sie ihre Hand auf meinen Unterarm.

»Das muss es nicht. Ich bin froh, dass ich auserwählt wurde«, gestand ich ihr.

»Auserwählt?«

»Na ja, der Mann, der mir das Medaillon gegeben hat, hätte es auch jeder anderen geben können, aber er hat mich auserwählt und gesagt, dass ich die Richtige dafür sei.« Ich lächelte ihr offen ins Gesicht, damit sie selbst erkennen konnte, dass es so war und ich nicht nur leere Worte von mir gegeben hatte.

»Es ist gut, dass du nicht dagegen ankämpfst und das Medaillon dein Freund ist. Andersherum wärst du einem schnellen Untergang entgegengeeilt.« Herzlich drückte sie mich noch einmal an sich, dann setzte sie sich auf den Bock und nahm die Zügel in die Hand, während sich die Männer auf ihre Pferde schwangen. »Es war schön, dich kennenzulernen, Auserwählte.«

Ich machte eine hoheitsvolle Verbeugung und sie kicherte. »Leb wohl, Mihaela. Pass auf dich auf!«

»Das werde ich!« Schnalzend gab sie den Pferden vor der Kutsche zu verstehen, dass es losging.

Die Männer winkten mir zu und verabschiedeten sich lautstark und ich tat es ihnen recht undamenhaft gleich, indem ich wild gestikulierend noch ein Stück hinter ihnen herlief.

Dann war ich allein und die Stunden zogen sich dahin wie eine Ewigkeit.

20. Kapitel

Der Tag wich der Nacht und die Geräusche, die die Dunkelheit mit sich brachte, ließen mir hin und wieder die Nackenhaare emporschnellen. Ich wurde immer unruhiger und rechnete kaum noch mit dem Erscheinen von Henri und meines anderen Ichs, als ich endlich sah, wie wir mit dem Pferd angeritten kamen. Es war gruselig, die Szenerie zu beobachten, zu wissen, was als Nächstes geschehen würde, und sich selbst bei all dem zuzusehen. Ich sah, wie wir beide vom Pferd fielen, wie ich Henri die Kleidung öffnete, und ich hörte seine leisen und liebevollen Worte, die er vermutlich nur aufgrund der Entzündung von sich gegeben hatte. Dennoch ging mir die Liebeserklärung auch dieses Mal sehr zu Herzen.

Ich hielt mich versteckt, sodass ich nicht gesehen werden konnte, doch ich erinnerte mich noch sehr gut an das Gefühl, das ich in diesem Moment empfunden hatte. Die Intuition, dass ich beobachtet wurde, war demnach nicht an den Haaren herbeigezogen gewesen. Ich war von mir selbst beobachtet worden.

Kaum war mein anderes Ich verschwunden, hastete ich zu Henri. Er schlief unruhig, warf den Kopf hin und her. Kristin hatte mir erklärt, dass dies alles Symptome der Vergiftung waren. Ich erinnerte mich noch an jeden Handgriff, den sie mir gezeigt, und an jedes Wort, das sie gesagt hatte. Dementsprechend war ich gewappnet und fühlte mich sicher, als ich die erste Spritze aufzog und Henri intravenös verabreichte. Nun hieß es abwarten. Hoffen, dass es das richtige Medikament war und schnell anschlagen würde.

Müde wickelte ich mich in die zweite Decke und legte mich zu Henri auf den Waldboden. Geflissentlich ignorierte ich meine rege Fantasie, die mir weismachen wollte, dass um mich herum jede Menge Tiere krabbelten und, sobald ich schlief, den Weg unter meine Kleidung suchen würden.

* * *

Am Morgen war das Fieber meiner Meinung nach ein wenig gesunken, doch vorsichtshalber kontrollierte ich das mit dem Fieberthermometer, das ebenfalls in dem Sack mit den Medikamenten lag. Henri hatte nur noch eine Körpertemperatur von achtunddreißig Grad. Mir fiel ein Stein vom Herzen. In der Nacht hatte er fürchterlich geglüht, doch das Antibiotikum schien nun tatsächlich anzuschlagen. Ich ließ ihn schlafen, damit er schnell wieder zu Kräften kommen würde, und flößte ihm hin und wieder lediglich ein paar Schlucke des Tees ein, den ich für ihn gekocht hatte. Das Schwerste war gewesen, das Feuer anzubekommen, doch irgendwann hatten meine Mühen Erfolg gezeigt. Die Gabe des Antibiotikums hatte ich noch zweimal wiederholt.

Das Buch, das mir Kristin eingepackt hatte, war mir ein treuer Begleiter in den nächsten Stunden und ich dankte meiner Nachkommin im Stillen. Der Liebesroman ging mir sehr nahe und tat meinem romantischen Herzen zwar gut, aber er schürte auch die Hoffnung darauf, dass Henri seine Worte ernst gemeint hatte. Beim Lesen war mein Blick immer wieder zu ihm gehuscht.

* * *

»Belle?«, weckte mich ein heiseres Krächzen. Offenbar war ich beim Lesen eingeschlafen, denn das Buch lag noch aufgeschlagen auf meinem Schoß und das Feuer war fast heruntergebrannt. Rasch krabbelte ich zu Henri, der mich müde und kraftlos ansah.

»Ich bin da!« Tränen verschleierten meinen Blick, da mich eine Welle der Erleichterung überrollte. Er würde gesund werden und nur das zählte.

»Danke!«, sagte er inbrünstig und griff nach meiner Hand.

»Hey, ich bin deine Frau. Du weißt schon – in guten wie in schlechten Zeiten, bis dass der Tod uns scheidet.« Hastig versuchte ich die Tränen wegzublinzeln, denn ich wollte mich keine Sekunde von seinem Blick trennen, der mich festhielt.

Ein schräges Grinsen legte sich auf seine Lippen. »Stimmt, da war ja etwas …«

»Hast du Hunger? Ich kann dir zwar keine Hühnerbrühe bieten, aber ich habe noch etwas altbackenes Brot und ein Stück Käse. Ach, und zwei Äpfel«, plapperte ich nervös.

»Ein Stück Käse wäre nicht schlecht. Für das Brot fühle ich mich ehrlich gesagt zu schwach«, gab er matt zu.

Kaum hatte er zu Ende gesprochen, war ich auch schon auf den Beinen und holte den Käse aus dem Proviantbeutel. Vorsichtig schnitt ich ihn in kleine Stücke, mit denen ich Henri fütterte. Doch lange konnte er die Augen nicht offen halten. Seufzend glitt er in einen ruhigen Schlaf.

Der Tag verging, indem ich ihn weiterhin mit Tee und Medikamenten versorgte, er immer wieder Kleinigkeiten aß und schlief. Erneut verbrachte ich die Nacht auf dem Boden neben ihm und kuschelte mich eng an ihn. Irgendwann spürte ich seine Arme, die mich an sich zogen, doch ich machte mir keine Hoffnungen, dass er dies bewusst tat. Im Schlaf suchten die Menschen oft die Nähe anderer. Dennoch genoss ich das Gefühl der Geborgenheit, das mir diese Umarmung schenkte.

* * *

»Na endlich! Ich dachte schon, du willst den halben Tag verschlafen«, gab Henri ungeduldig von sich.

Blinzelnd öffnete ich die Augen und sah mich um. Henri stand neben seinem Pferd und sattelte es. Offensichtlich ging es ihm besser, denn er hatte wieder diesen zynischen Blick drauf, der besagte, dass ich nichts weiter war als die Frau, die er hatte heiraten müssen, ohne es zu wollen. Sein Gesicht war ein wenig dünner und ihm fehlte noch ein wenig Farbe, aber es ging ihm eindeutig besser.

»Fang!«, rief er und im nächsten Moment flog ein Apfel auf mich zu, den ich hastig auffing. »Frühstück.«

Ich konnte mir ein Augenverdrehen nicht verkneifen. Irgendwie war mir der kranke Henri fast schon lieber gewesen, dachte ich wehmütig.

»Sobald du fertig bist, brechen wir auf. Wir müssen weiter zu Sandrine und ihrem Mann, solange wir einen Vorsprung haben. Ich hoffe, dass Durand uns nicht bereits überholt hat. Obwohl, finden würde er uns bestimmt nicht.« Der Spott in seinen Worten war deutlich wahrnehmbar.

»Wir können gleich los, doch zuerst muss ich dir eine Spritze geben.« Skeptisch sah er mich an, sodass ich mich gezwungen sah, ihn aufzuklären. Ich erzählte ihm von unserem Sturz vom Pferd, dem Medaillon, das angefangen hatte, mich zu rufen, meiner Reise durch die Zeit und von Kristin.

»Und als ich hier ankam, war ich einen Tag zu früh und auf der Lichtung hatten Schausteller ein Lager aufgebaut. Zuerst hatte ich furchtbare Angst, aber dann habe ich erkannt, dass es sehr gastfreundliche Menschen waren.«

Während meiner ganzen Erzählung hatte er geschwiegen und sich nur neben mich ins Gras gesetzt. »Das war gefährlich, aber auch mutig.« Kurz sah er mir sehr intensiv in die Augen. Wieder einmal stellte ich fest, dass seine Augen so blau waren wie das tiefe Meer, und ich versank darin, wollte auch nie wieder auftauchen, doch Henri erhob sich, reichte mir die Hand und zog mich auf die Beine. »Ich danke dir.«

Als ich das leichte Nicken sah, wallte Enttäuschung in mir auf. Konnte er mich nicht einmal in die Arme zerren und mich um meinen Verstand küssen? Als er mir den Rücken zukehrte, war das Antwort genug. Nein, das konnte er nicht.

Nachdem ich ihm eine weitere Spritze mit dem Antibiotikum verabreicht hatte, saßen wir auf und ritten weiter in Richtung Paris, das laut Henris Angaben nicht mehr weit war. Wir würden noch vor dem Abendessen dort ankommen, vorausgesetzt, wir bräuchten nicht allzu viele Pausen.

Meinetwegen brauchte er sich deswegen keine Sorgen zu machen, doch um ihn stand es nicht so rosig. Ich befürchtete, dass es ihn unendlich erschöpfen würde, durchgehend auf dem Pferd zu sitzen, deshalb hatte ich beschlossen, mich wieder hinter ihn zu platzieren, damit er sich notfalls an mich lehnen konnte. Zuerst reagierte er mit hochgezogenen Augenbrauen darauf, doch er schwieg, und als ich hinter ihm saß, legte er eine Hand auf meine Hände, die ich um seine Taille geschlungen hatte. Verhalten lächelte ich und drückte mein Gesicht an seinen Rücken. Ich war so unendlich erleichtert, dass das Antibiotikum angeschlagen hatte. Was ich vorhin gedacht hatte, war absoluter Blödsinn. Natürlich war mir der gesunde Henri viel lieber.

* * *

Kurz bevor wir Paris erreichten, bat Henri darum, dass ich mich vor ihm aufs Pferd setzen solle, damit die Leute uns nicht angafften wie Zirkuspferde. Ich folgte seiner Bitte, da ich mir lebhaft ausmalen konnte, welch irritierenden Anblick wir geboten hätten. In dieser Epoche saß eine Frau selten auf dem Pferd und wenn, dann ganz bestimmt nur im Damensattel und erst recht nicht breitbeinig hinter ihrem Mann.

Überall herrschte reges Treiben auf den Wegen. Viele Kutschen fuhren die breiten Straßen entlang und überall konnte ich Frauen in prächtigen Kleidern entdecken. Sie flanierten kokett lächelnd und mit Schirmen bewaffnet, die sie vor der Sonne schützen sollten, über die Gehwege. Kinder tobten auf Grünflächen herum und in den Geschäften gab es jede Menge Waren zu entdecken. Wieder einmal stellte ich fasziniert fest, wie hübsch diese Zeit anzusehen war.

Fasziniert bestaunte ich alles und jeden. Und ich musste zugeben, dass ich dabei ein Dauergrinsen im Gesicht hatte. Es war einfach eine wunderschöne Stadt, egal, in welchem Jahrhundert. Die Stadt der Liebe, fiel mir schlagartig ein, was meiner guten Laune einen kleinen Dämpfer verpasste. Henri verhielt sich distanziert. Außer der Hand, die er mir am Morgen auf meine Hände gelegt hatte, war kein Zeichen der Zuneigung mehr von ihm gekommen – erst recht keins der Liebe.

»Wo wohnt Sandrine Bouillon?«

»Nicht weit von hier. Siehst du das große Haus dort hinten? Das Haus, das unten ein Geschäft mit einer roten Markise hat?« Ich nickte rasch. »Das ganze erste obere Stockwerk wird von Sandrine, ihrem Mann und ihrem einjährigen Sohn bewohnt. Hinzu kommt noch Personal, das in dem Stockwerk darüber wohnt. Sie gehören hier zu den einflussreicheren Familien, weshalb ich hoffe, dass sie uns helfen können.«

Unwillkürlich fragte ich mich, ob ich mit dem verschmutzten Kleid, das nicht gerade schick war, dort überhaupt aufkreuzen konnte. Doch egal, wie meine Antwort ausfiel, ändern konnte ich es nicht, also beschloss ich, mir darüber keine Gedanken mehr zu machen.

»Dort drüben ist ein Pferdestall, lass uns dort unseren tapferen Begleiter, der so gut durchgehalten hat, abstellen. Dann kann Thor sich erholen, bis wir wieder weitermüssen.« Henri zeigte auf den Stall.

Ein zahnloser Mann, der bestimmt nicht viel älter als dreißig war, nahm uns das Pferd ab, versprach es zu putzen und zu füttern und schenkte uns ein Grinsen ohne Zähne, als er den Geldschein von Henri entgegennahm. Offenbar hatte er mehr als die vereinbarte Summe bekommen.

»Wenn irgendjemand nach uns fragt, du hast uns nie gesehen. Verstanden?« Henri sah ihn durchdringend an. Es war dieser Blick, der einem die Beine zittern ließ. Der Stallbesitzer nickte eifrig. »Natürlich, Monsieur. Diskretion ist mein Credo!«

»Dann haben wir uns ja verstanden.« Ich konnte mir lebhaft vorstellen, was in dem Kopf des Mannes vor sich ging. Henri wirkte dunkel und wenn er einen mit diesem Blick bedachte, machte er einem Angst. Ich rechnete es dem Stallmeister hoch an, dass er sich so tapfer hielt, ich an seiner Stelle hätte vermutlich Reißaus genommen. Um die Situation ein wenig zu entschärfen, lächelte ich ihn an. Doch als Henri dies bemerkte, griff er nach meinem Arm und zog mich aus dem Stallgebäude, als wäre ich eine Schwerverbrecherin.

»Hey, was soll das, du Grobian?«, meckerte ich ihn an, sobald wir außer Hörweite waren.

»Solche Kerle hat eine feine Dame nicht anzulächeln!«, zischte er gefährlich leise in mein Ohr.

Was war denn in den gefahren? »Feine Dame?«, spie ich sarkastisch aus. »Schau mich doch mal an. Deine feine Dame ist dreckig und benötigt dringend ein Bad!« Das Bad war mir nicht annähernd so wichtig, wie er vermutlich dachte, aber ich konnte es nicht leiden, wenn mir jemand vorschrieb, wen ich anzulächeln hatte und wen nicht. Ich hasste Vorschriften! Außerdem war ich nun auch noch zusätzlich wütend auf ihn, weil er mich meinen guten Vorsatz – nicht mehr über mein lädiertes Aussehen nachzudenken – vergessen ließ.

Eine Augenbraue schnellte nach oben, als er mich ausführlich von oben bis unten musterte. »Du könntest recht haben.«

»Könnte? Ehrlich gesagt schäme ich mich, Sandrine so gegenüberzutreten. Immerhin ist das ihr erster Eindruck, den sie von mir bekommen wird.« Eigentlich mochte ich mich selbst nicht, wenn ich so zickig war, aber die Anspannung, die Anstrengung und die Müdigkeit, die der Tag auf dem Rücken des Pferdes hervorgerufen hatte, machten sich bemerkbar.

Genervt atmete Henri tief ein und sah sich um. Wir befanden uns auf einer belebten Straße und ein Stück weiter konnte ich ein paar Geschäfte entdecken. »Da ist ein Laden, in dem wir ein paar Sachen kaufen könnten, die vielleicht hilfreich wären, dein Aussehen annehmbar zu machen.«

Ich hatte schon wieder das Bedürfnis, ihn anzuschreien. Annehmbar zu machen? Was sollte das nun wieder heißen? Sah ich nicht annehmbar aus? Doch ich hielt meine Klappe, die viel zu oft Dinge von sich gab, die ich im Nachhinein bereute. Also folgte ich ihm zu einem grün gestrichenen Haus. Als wir den Laden betraten, läutete ein Glöckchen über der Tür, an der in schnörkeliger goldener Schrift stand: Alles für die Dame.

Nun musste ich aufpassen, nicht loszuprusten. Ja, hier waren wir richtig, hier würde man eine Dame aus mir machen können. In den Regalen konnte ich dicke Stoffballen entdecken und in Schalen wurden die verschiedensten Seifen dargeboten.

»Willkommen bei Madame Cheron!«, säuselte eine adrett gekleidete Frau mittleren Alters, deren Lächeln auf ihrem Gesicht erstarb, als sie sah, in welcher Verfassung meine Kleidung war. »Oh, ich sehe schon, Madame. Sie benötigen eindeutig die Hilfe von Madame Cheron. Kommen Sie, wir gehen in das Hinterzimmer.«

Hilflos sah ich zu Henri, der die Augen verdrehte und nickte. Eilig folgte ich der Verkäuferin in einen abgetrennten Raum. Die Fenster waren mit dicken Stores verhangen und ein gemütliches Licht, das einige Petroleumlampen spendeten, erhellte das Zimmer. Es war warm und gemütlich, sodass ich mich gleich entspannte, kaum dass die Tür hinter mir geschlossen wurde.

»Wann sind Sie in Paris angekommen?«, wollte die ältere Frau lächelnd wissen.

»Gerade eben erst, Madame Cheron«, gestand ich ihr.

»Oh, hervorragend, und sogleich führt Sie Ihr Weg in mein Geschäft. Welch ein Glück für mich!« Eilig griff sie nach einem Krug, aus dem sie Wasser in eine Schüssel füllte. »Machen Sie sich erst mal frisch, Kindchen. Ihr Kleid können Sie dort auf den Stuhl legen. Wenn Sie möchten, kümmert sich eins meiner Mädchen um die Wäsche.«

Da ich total überrumpelt war, nickte ich nur und begann damit, mich auszuziehen. Als ich anfing, mich zu waschen, stellte ich fest, dass das Wasser handwarm war und die Seife, die mir die gute Frau in die Hand legte, herrlich nach Rosen roch. Es tat so gut, sich endlich den Schmutz der letzten Tage abzuwaschen.

»Ist das normal? Ich meine, dass Sie Frauen in dieses Hinterzimmer führen, damit diese sich waschen können und sich eventuell ein neues Kleid bei Ihnen kaufen?«, wollte ich neugierig von Madame Cheron wissen.

»Oui, das gehört zum Service. Viele Frauen kommen von strapaziösen Reisen hier in Paris an und müssen kurz darauf ihre Verwandten oder Bekannten besuchen. Aber seien wir mal ehrlich: Wer geht schon gerne irgendwohin, nachdem man mit Staub paniert wurde?« Sie zwinkerte mir gut gelaunt zu.

»Da haben Sie vollkommen recht. Mein Mann hat das leider nicht wirklich verstanden.«

Sie lachte. »Oh ja, das können diese Gotteskreaturen nie. Deshalb sind sie auch Männer geworden.« Die Verkäuferin musterte mich von oben bis unten und griff dann nach einem

Kleid, das neben vielen anderen auf einer Kleiderstange hing. »Das müsste die richtige Größe haben und das Blau passt hervorragend zu Ihren schönen Augen.«

Als ich mich angezogen hatte, musste ich ihr recht geben. Das Kleid sah wunderschön aus und ich fühlte mich wie eine echte Dame. Nur das alberne Kichern meinerseits passte nicht so gut dazu. Madame Cheron legte mit Nadel und Faden noch einmal Hand an das Kleid und als sie zufrieden war, richtete sie sich nickend auf.

»Möchten Sie, dass ich Ihnen bei Ihrer Frisur helfe?«

Ich überlegte kurz, doch dann stimmte ich zu, denn was hier in Paris zurzeit Mode war und was nicht, konnte ich nicht annähernd erraten. Doch Madame Cheron war da eindeutig die richtige Ansprechpartnerin. Also ließ ich mich ergeben auf dem Stuhl nieder und sie tat das, was getan werden musste, um aus dem Vogelnest auf meinem Kopf eine Frisur zu zaubern, die ihrem kritischen Blick standhielt. Als wir eine halbe Stunde später aus dem Hinterzimmer kamen, erhob sich Henri hastig von der Chaiselongue, die mitten im Laden stand.

Mittlerweile hatten noch zwei andere Damen das Geschäft betreten und wurden jeweils von einer jüngeren Ausgabe von Madame Cheron bedient. Das mussten ihre Mädchen sein, wie sie sie vorhin bezeichnet hatte, die eindeutig ihre Töchter waren.

»Bitte schön, der Herr. Hier haben Sie Ihre Frau zurück. Frisch gewaschen und herausgeputzt. So können Sie sie überall mit hinnehmen.« Stolz lächelte sie mich an.

Henri hingegen verzog keine Miene. Schweigsam bezahlte er Madame Cherons Arbeit und hielt mir den Arm hin. Ein mulmiges Gefühl machte sich in meinem Magen breit, als ich mich unterhakte.

»Ihr Kleid ist morgen abholbereit, meine Dame«, erklärte die Ladenbesitzerin mir noch rasch, ehe wir das Geschäft verließen.

Es war zwar schon Abend, aber um uns herum tobte noch immer das Pariser Leben. Schweigend liefen wir nebeneinanderher, doch als wir vor dem Haus, in dem Sandrine mit ihrer Familie wohnte, zum Stehen kamen, hielt ich die Spannung zwischen uns nicht länger aus und fragte: »Welche Laus ist dir denn über die Leber gelaufen?« Gut, ich hätte einfühlsamer vorgehen können, aber ich war noch nie der Mensch, der sich diplomatisch an ein Problem heranpirschte.

Erstaunt blickte Henri mich an. »Laus?«

»Na ja, seit wir den Laden von Madame Cheron verlassen haben, wirkst du irgendwie wütend auf mich«, erklärte ich ihm, was ich mit der Laus und der Leber meinte.

Gereizt schloss er kurz die Augen und atmete tief ein. »Belle«, begann er. »Ich bin nicht wütend auf dich.«

»Nein?«, fragte ich erstaunt. »Aber warum bist du dann so still?«

Er zögerte und blickte zum Himmel, an dem lediglich ein paar Schäfchenwolken hingen, als verspräche er sich von dort oben Hilfe bei der Beantwortung meiner Frage. »Ich war verblüfft.«

»Verblüfft?«, quiekte ich.

Er rollte mit den Augen, wahrscheinlich durfte eine Dame nicht quieken. Dann richtete er seinen Blick fest auf mich. »Du siehst wie eine feine Dame aus, das hat mich kurzfristig verblüfft.«

Nun war ich mehr als irritiert, weshalb ich ihn fragte: »Ist das gut oder schlecht?« Sollte er mich doch ruhig für naiv halten, weil ich ihm solche merkwürdigen Fragen stellte, doch ich war wirklich ratlos angesichts seines Geständnisses.

»Beides.« Als ich ihn immer noch verständnislos ansah, lächelte er gequält. »Gut für dich, schlecht für mich.«

»Oh Mann, Henri! Muss man dir alles aus der Nase ziehen? Kannst du nicht einfach sagen, was du denkst?« Wütend kniff ich die Lippen zusammen und wartete auf eine Erklärung.

»Dein Erscheinungsbild hat mir klar vor Augen geführt, dass du nicht zu mir passt.« Ich hatte das Gefühl, jemand zöge mir den Boden unter den Füßen weg, und gleichzeitig hielt ich den Atem an, denn er war noch nicht fertig. »Du bist gebildet, hast studiert, siehst wie eine der Damen aus, die im Palast ein- und ausgehen. Ich bin nur ein kleiner Soldat, der dir nichts zu bieten hat.«

Perplex starrte ich ihn an. Wovon sprach er da um Gottes willen? Wollte er mir tatsächlich verkaufen, dass er sich meiner nicht ebenbürtig fühlte? Wie sollte ich darauf reagieren, ohne ihm mein Herz zu Füßen zu legen? Denn das konnte ich nicht, zu sehr graute es mir vor dem Gedanken, dass er es zertreten könnte. »Du bist nicht nur ein einfacher Soldat, Henri. Und ich bin auch keine Dame, also passt das mit uns beiden schon ganz gut. Aber danke für das Kompliment.«

Henri wollte gerade etwas darauf erwidern, als die Tür des Hauses geöffnet wurde und ein Mann herauskam, der ein Kind auf dem Arm trug.

»Henri Vieille?«, fragte er verblüfft.

»Guten Abend, Louis!«, begrüßet Henri ihn lächelnd.

Louis Bouillons Gesicht erstrahlte. »Was machst du hier, alter Freund? Wolltest du zu uns? Das hoffe ich zumindest!«

»Ja, genau das war unser Ansinnen. Darf ich dir meine Frau vorstellen?« Er zeigte zwischen uns hin und her.

Louis schaute erstaunt zu mir. »Madame Vieille, es ist mir eine Freude, Sie kennenzulernen.« Galant beugte er sich über meine Hand und hauchte einen Kuss darauf. Er war eindeutig einer der Menschen, die ihren Charme einzusetzen wussten. Um im Haifischbecken der Pariser Politik mitschwimmen zu können, musste man bestimmt auch im Jahre 1805 mit allen Wassern gewaschen sein. An Napoleons Seite zu bestehen, erforderte sicherlich ein dickes Fell, jede Menge Eloquenz und

Raffinesse. Dennoch hatte ich das Gefühl, diesem Mann vertrauen zu können. Ich hoffte, nicht enttäuscht zu werden.

»Ganz meinerseits, Monsieur Bouillon.«

Zu Henri gewandt sagte er: »Herzlichen Glückwunsch zur Hochzeit. Wann habt ihr geheiratet? Sandrine hat mir davon nichts erzählt!«

»Nun ja, bisher habe ich es Sandrine auch nicht geschrieben.«

Das erstaunte mich nun doch ein wenig. Hatte er ihr nicht in einem Brief von mir berichtet? Warum hatte er ihr nicht mitgeteilt, dass er mit mir verheiratet war?

Louis lachte. »Dann holen wir das gleich mal nach. Kommt, ihr beiden.«

»Wir wollten dich nicht aufhalten, du wolltest doch gerade aus dem Haus«, wandte Henri kurz ein.

»Schon gut. Nolan und ich wollten nur eine kleine Abendrunde drehen. Das können wir ausfallen lassen, stimmt's, kleiner Mann?«, fragte er den Jungen auf seinem Arm, der bis jetzt ganz still alles beobachtet hatte.

»Papa!«, stieß er aus. »Da!« Er zeigte auf mich.

»Oui, das ist Isabelle, unser Gast.«

»Be«, sagte das Kind. Was wahrscheinlich Belle heißen sollte. Automatisch musste ich grinsen, da der blonde Junge zuckersüß war.

»Ganz genau. Belle«, wiederholte Louis meinen Namen ganz langsam.

Erfreut quietschte Nolan auf und klatschte in die Hände. Offenbar freute er sich, dass sein Vater verstanden hatte, was er mit Be gemeint hatte. »So, und nun kommt.«

Gemeinsam gingen wir ins Haus und stiegen die Treppen empor, während Louis seinem Sohn erklärte, wer wir waren. »Das sind Onkel Henri und Tante Isabelle.«

»Be«, schrie der Junge ganz euphorisch.

»Ja, ganz genau. Das ist Belle«, er zeigte kurz auf mich und ich winkte zurück. »Du bist ein ganz Schlauer!«, freute sich Louis und kitzelte den Jungen am Bauch, woraufhin er das quietschende Lachen seines Kindes erntete. Ich musste schmunzeln. Selten hatte ich eine so innige Beziehung zwischen Vater und Sohn miterleben dürfen. Meinen eigenen Vater hatte ich ja leider nie kennengelernt und die Beziehung zu meiner Mutter war auch mehr als fragwürdig gewesen, dementsprechend hatte ich keinerlei Vergleichsmöglichkeiten, doch ich fand, dass es zwischen den beiden genau richtig war.

Oben angekommen, kam uns eine junge hübsche Frau entgegen, die engelsgleiches Haar hatte. »Du bist ja schon wieder zurück, Louis. Ich dachte, du und Nolan wolltet euren Abendspaziergang ma…« In diesem Moment fiel ihr Blick auf Henri und sie schrie freudig auf. Kurz darauf lag sie in den Armen meines Mannes und ich musste den bitteren Geschmack der Eifersucht herunterschlucken.

Mein Blick huschte zu Louis, der auf den Boden schaute. Also hatte ich die Situation nicht ganz falsch eingeschätzt, wenn auch der Mann von Sandrine, wie ich vermutete, peinlich berührt war. Denn auch in meiner Zeit wäre das eine recht außergewöhnliche und extreme Reaktion gewesen, die Sandrine hier auf die Ankunft von Henri zeigte. Oder trübte die Eifersucht meinen Sinn für solche feinen Unterschiede bei Freundschaften? Unwillkürlich fragte ich mich, ob die beiden mehr verband als bloße Freundschaft. War da mehr dahinter oder einmal gewesen?

Ich versuchte, nicht voreingenommen zu sein, als sie sich mir zuwandte, doch es fiel mir zugegebenermaßen sehr schwer. »Ah, und wen haben wir hier?«

Das war Louis' Stichwort. »Du wirst es kaum glauben, unser lieber Henri hat geheiratet und es nicht für nötig gehalten, es uns mitzuteilen.«

Auch wenn sie es sehr geschickt zu verbergen versuchte, konnte ich genau sehen, wie Sandrine für einen kurzen Augenblick die Gesichtszüge entglitten. Rasch hatte sie sich wieder gefangen und reichte mir ihre Hand. »Ich bin Sandrine Bouillon, eine Freundin der Familie Vieille. Henri und ich kennen uns, seit wir Windeln trugen.«

Ich lächelte, auch wenn mir gar nicht danach war. »Wie schön, dann sind wir von nun an auch Freundinnen, da ich ja fortan zur Familie Vieille gehöre.« Das Ganze kam mir vor wie in einer schlechten Seifenoper, aber wie hätte ich sonst reagieren sollen? Solche Frauen musste man mit ihren eigenen Waffen schlagen. Wenn ich zickig gewesen wäre, hätten die Männer das auf keinen Fall verstanden. Aber ich war mir sicher, dass Sandrine meine unterschwellige Botschaft ganz gut begriffen hatte, denn ihre Augen verengten sich kurzfristig zu Schlitzen, als sie mir einen Kuss auf die Wange hauchte. Verlogenes Biest, schoss es mir durch den Kopf, aber ich blieb nach außen hin cool und lächelte liebenswürdig.

»Kommt rein, ihr beiden. Es gibt gleich Abendessen. Wo übernachtet ihr in Paris?«, wollte sie wissen, während sie sich in ihrem raschelnden rosa Kleid umdrehte und in die Wohnung ging.

Louis räusperte sich laut und deutlich. »Ich gehe doch richtig in der Annahme, dass ihr bei uns bleibt. Oder, Henri? So wie immer.«

Henri, der offenbar von dem merkwürdigen Verhalten Sandrines nichts mitbekommen hatte, nickte. »Das wäre freundlich von euch. Wir sind noch nicht dazu gekommen, nach einer Unterkunft zu suchen.«

Louis klopfte ihm auf die Schulter. »Selbstverständlich bleibt ihr bei uns. Egal, wie lange euer Aufenthalt in Paris dauert.«

Da ich keine Lust hatte, länger als eine Nacht unter dem gleichen Dach wie diese Hexe zu schlafen, erwiderte ich rasch: »Es wäre nur für eine Nacht. Morgen reisen wir ab.«

»Gut!«, stieß Sandrine knapp hervor, ohne sich umzudrehen. »Ich meine, gut, dass ihr den Weg zu uns gefunden habt.«

Henri bleib stehen und senkte den Kopf. »Ehrlich gesagt sind wir wegen euch in Paris.«

»Wegen uns?« Die Hausherrin blieb ebenfalls stehen, öffnete die Tür zum Esszimmer und bat uns herein. Dabei musterte sie mich von oben bis unten, ohne ihre Miene zu verziehen. Endlich wanderte Sandrines abweisende Neugier von mir fort und verwandelte sich Henri gegenüber in ehrliches Interesse. »Was führt dich zu mir?«

»Ich würde das Thema gerne erst später mit euch beiden bereden, wenn wir unter uns sind.« Henri sah Louis mit einem eindringlichen Blick an und dieser nickte wissend. Henri erwiderte das Nicken ernst, die beiden verstanden sich auch ohne Worte. Die Wände hatten hier im Haus anscheinend Ohren, denen man aus dem Weg gehen wollte. Sandrine setzte sich auf einen Stuhl. Es gefiel ihr augenscheinlich nicht, dass Henri statt mit ihr mit Louis redete. Sie war es vermutlich nicht gewohnt, nicht beachtet zu werden.

»Natürlich. Das Personal hat ab acht Uhr frei, dann setzen wir uns hin und besprechen alles.« Damit drehte Louis sich um und ging voraus zu dem Tisch, der in der Mitte des Zimmers stand.

Erleichtert atmete ich aus und folgte ihm in das Esszimmer, wo der Tisch bereits gedeckt war. Die Blicke Sandrines spürte ich mehr als deutlich.

* * *

Es war bereits neun Uhr, als wir bei einem Glas Rotwein in der Bibliothek der Bouillons saßen und endlich dazu kamen, das besagte Thema anzuschneiden. Sandrine hatte noch eine Weile gebraucht, bis sie aus dem Kinderzimmer zurück zu uns kam. Zuerst hatte es mich gewundert, dass die beiden kein Kindermädchen hatten, das sich um den Jungen kümmerte. War das nicht üblich in der Gesellschaft, in der sich Louis und Sandrine bewegten? Zumindest das war ein Punkt, der sie sympathisch machte, wenn auch nur der. Doch dann entschuldigte sie sich, als sie zurückkam: »Bitte verzeiht, aber unser Kindermädchen hat heute ihren freien Tag und es hat sich kein Ersatz gefunden.« Damit waren ihre spärlichen Sympathiepunkte wieder auf null herabgesackt.

»Henri, was hast du zu berichten?«, wollte Louis zielgerichtet wissen, kaum dass Sandrine sich gesetzt hatte. Innerhalb kürzester Zeit hatte er sich verändert. Vom liebevollen Familienvater zum Regierungsmitglied. Sein ganzes Auftreten deutete die Macht an, die er im Arbeitsalltag innehatte.

Henri erzählte ihm fast alles. Er berichtete, dass sie mich am Wegesrand gefunden hatten, dass Pierre mich als die Frau ausgab, mit der er Henri angeblich verlobt hatte. Er erklärte ihm allerdings nicht, wo ich hergekommen war, sondern gab an, dass ich mein Gedächtnis verloren hatte.

Bestätigend nickte ich. »Ja, und leider kam meine Erinnerung bis jetzt nicht zurück.«

Bedauernd schüttelte Louis den Kopf. »Das muss furchtbar sein.«

»Ach, nicht wenn man einen so tollen Ehemann an die Seite gestellt bekommt.« Verliebt sah ich zu Henri, der die Stirn in Falten legte.

»Das stimmt«, gab Louis schmunzelnd zu. »Es hätte dich schlimmer treffen können. Aber wo liegt jetzt euer Problem? Ich gehe zumindest davon aus, dass ihr eins habt, denn ansonsten hättet ihr doch nicht den weiten Weg von Trier hierher auf euch genommen.« Fragend sah er zu Henri, der daraufhin weitererzählte.

Durand kam dabei schlecht weg, was mir nicht leid für ihn tat. »Und dann haben wir in unserem Haus gekämpft. Als wir aufbrachen, lebte er noch. Wenn er überlebt hat, wird er auf Rache sinnen. Wenn nicht, werde ich wegen mehrfachen Mordes angeklagt und wahrscheinlich auch verurteilt.«

Ungläubig sah Louis ihn an. »Und nun willst du von mir, dass ich Napoleon persönlich von deiner Geschichte berichte?«

»Ja, denn er sollte die andere Seite dieser Geschichte genauso kennen wie Durands, nur dann kann er eine faire Entscheidung treffen.« Henri wirkte müde. Erst da wurde mir wieder bewusst, dass er dringend das Antibiotikum brauchte und auch Ruhe.

»Louis?«, wandte ich mich an den Hausherrn.

»Ja, meine Schöne?«

Ich ging nicht weiter auf das ein, was er gesagt hatte, denn er spielte nur auf die Bedeutung meines Namens an. »Henri hatte bis gestern Nacht noch hohes Fieber. Vielleicht überlegst du dir einfach, ob du uns helfen möchtest oder kannst. Wir werden jetzt schlafen gehen, nicht dass Henri einen Rückfall bekommt.« Langsam erhob ich mich, mied jedoch Henris Blick, da mir bewusst war, wie unschicklich es von mir war, seine Schwäche so offenherzig anzusprechen.

»Fieber? Oh, das ist natürlich ein Grund, diese Unterredung zu beenden. Warum hast du das nicht gleich gesagt, alter Freund?« Louis stand ebenfalls auf.

Henri erwiderte gelassen: »Ohne die liebevolle Pflege meines Weibes wäre ich schon im Himmel angekommen.«

»Himmel? Du?«, stieß Sandrine zynisch hervor. »Niemals! Auf dich wartet die Hölle.«

Konsterniert sah Louis sie tadelnd an und fragte dann Henri sehr ernst: »Hat Durand dich mit seiner berüchtigten Waffe verletzt?«

»Ja, genau diese Waffe mit dem wundervollen Geruch!« Verachtung schwang in seinen Worten, was ich ihm nicht verübeln konnte. »Diese Hinterlist spricht nicht gerade für seine Kunst zu kämpfen. Wenn ich möchte, dass jemand stirbt, und ich dazu komme, ihn zu verletzen, dann beende ich den Kampf vor Ort und beschere meinem Kontrahenten kein erbärmliches Ende. Auch wenn ich dafür in der Hölle lande, liebe Sandrine. Das ist das Letzte, was ich einem Gegner antun würde. Es ist absolut ehrlos.« Kurz herrschte betretenes Schweigen im Raum. »Ich bin euch jedenfalls dankbar, dass ihr beiden uns hier so bereitwillig aufnehmt.«

Sandrine hatte sich am schnellsten wieder gefangen und erwiderte in zuckersüßem Ton: »Du bist unser ältester Freund, Henri!« Sandrine blickte ihn durchdringend an und von da an war ich mir sicher, dass die beiden schon einmal etwas miteinander gehabt hatten. Es war so offensichtlich, dass es in den Augen schmerzte.

»Schlaft gut.« Louis hauchte jedem von uns zwei Küsschen auf die Wangen, doch Sandrine nickte uns lediglich zu. Ihre schlechte Laune war nervtötend.

Henri atmete tief durch und griff nach meiner Hand. Schnellen Schrittes führte er mich zielsicher zu dem Gästezimmer, in das das Personal bereits unsere Taschen gestellt hatte. Vermutlich kannte er den Weg so gut, weil er ständig hier übernachtete, dachte ich verbittert. Woher nahm ich mir eigentlich das Recht, so empört zu sein? Eifersucht war eine hässliche Angelegenheit und es gefiel mir gar nicht, so überzureagieren.

21. Kapitel

Kaum fiel die Tür ins Schloss, drehte sich Henri mit einem wütenden Funkeln in den Augen zu mir um, sodass ich rückwärts taumelte und mit dem Rücken an die Tür stieß. »Tu das nie wieder!«, zischte er bedrohlich.

Wenn ich eins hasste, dann war es Henris Jähzorn mir gegenüber. Ich ließ mich nicht gerne in die Ecke drängen, erst recht nicht gegen eine Tür! »Was soll ich nicht tun? Dich vor deiner Geliebten bloßstellen und ihr zeigen, dass du nicht unverwundbar bist?«, fragte ich ihn mit einem sarkastischen Unterton in der Stimme, den ich mir, auch wenn ich es gewollt hätte, nicht verkneifen konnte.

Perplex hielt er inne. »Geliebte? Sandrine? Ich kenne sie seit Kindertagen, aber unsere Beziehung ging nie über Freundschaft hinaus.«

Sein Verhalten und nun das Leugnen nervten mich dermaßen, dass ich ihm beherzt den Finger in die Brust bohrte und zurückzischte: »Ja, ganz genau – Sandrine! Meinst du, ich bin blind? Ich kann genau erkennen, dass sie in dich verliebt ist. Du hättest mich ruhig vorwarnen können, dass wir ausgerechnet bei einer Frau an die Tür klopfen, der du schon einige Wünsche erfüllt hast, ganz besondere Wünsche!«

Henris Augen verdunkelten sich und ein amüsierter Zug legte sich auf seine Lippen. »Du bist eifersüchtig!«

Heiße Wut stieg in mir hoch. »Ich – bin – nicht – eifersüchtig!«, spie ich ihm jedes einzelne Wort entgegen. Ich wurde dabei immer lauter.

Überlegen verschränkte er die Arme vor seiner Brust und grinste selbstgefällig. »Und ob du das bist.« Lauernd sah er mich an und genoss mein kindisches Verhalten dabei königlich, während ich mich innerlich wand.

Coolness vortäuschend, räusperte ich mich und schluckte den bitteren Geschmack der Eifersucht hinunter. »Ich mag es nur nicht, bloßgestellt zu werden«, gab ich leise, aber bestimmt von mir. Mein Blick lag unerbittlich auf ihm. Ich versuchte, keine Gefühle zu zeigen. Er durfte nicht wissen, dass ich mich mittlerweile in ihn verliebt hatte und mein Körper in einen Ausnahmezustand geriet, sobald er in meiner Nähe war. Ich fühlte mich so verletzlich, wenn er mich berührte, und ich befürchtete, dass er es ahnte.

»Isabelle Vieille, Ihr seid eine grauenhafte Lügnerin.« Kopfschüttelnd verringerte er langsam den Abstand zwischen uns beiden. Die Luft im Raum schien zu knistern, als sein Blick zu meinem Mund und dann wieder zu meinen Augen glitt.

»Bin ich das?«, fragte ich atemlos, da mein Puls in schwindelerregende Höhen schoss.

»Oh ja. Aber ich mag das. Ich weiß mittlerweile, woran ich bei dir bin.« Sanft strich er eine verirrte Strähne meines Haares hinter mein Ohr. Als seine Haut die meine berührte, rieselte ein freudiger Schauer über meinen Rücken.

Ich schluckte den Kloß in meinem Hals hinunter und fragte mich irritiert, warum ich wütend gewesen war. Ach ja – Sandrine! »Gut, dann weißt du hoffentlich, dass ich es nicht mag, wenn du eine Geliebte hast, solange du mit mir verheiratet bist!«, setzte ich die eigentliche Unterhaltung fort.

Erneut strich sein Finger an meiner Wange entlang und störte meine Konzentration gewaltig. Sein Gesicht näherte sich meinem Ohr. »Es gab nie eine Geliebte, und es wird auch keine geben«, hauchte er.

»Ach?«, stieß ich wortgewandt hervor.

»Nein, denn ich habe vor, sehr lange mit dir verheiratet zu sein. Du weißt schon, bis dass der Tod uns scheidet.« Sanft strichen seine Lippen an meiner Schläfe entlang.

Meine Lider schlossen sich und ich vergaß, was ich noch fragen wollte, noch sagen wollte, ja sogar, was ich dachte. Mein Gehirn setzte aus und meine Instinkte übernahmen die Führung, als ich meine Arme um seinen Nacken und meinen Kopf nach hinten an die Tür legte, wo bereits seine Hand darauf wartete, ihn aufzufangen.

»Du bist alles, was ich mir erträumt habe, Belle.« Dann legte er seinen Mund auf meine Lippen, wartete kurz und als ich mich ihm entgegenstreckte, eroberte er sie – wild und ungestüm. Meinen Körper an ihn pressend, erwiderte ich seinen Kuss und zog ihn noch enger an mich. Wir hielten einander, küssten uns, als gäbe es kein Entrinnen mehr. Endlich, dachte ich und hatte das Gefühl, den Boden unter den Füßen zu verlieren, als er mich erneut küsste. Dieses Mal noch intensiver, noch leidenschaftlicher. Ich konnte seine Gefühle auf meiner Zunge schmecken und hoffte, dass auch er erkannte, was ich für ihn empfand. Denn sprechen hätte ich nicht können in diesem Moment, selbst wenn ich es gemusst hätte.

Henri legte seine Stirn gegen meine und als ich die Augen öffnete, sah ich direkt in seine, die mir in die Seele zu blicken schienen und eine stumme Frage stellten. Ich nickte lächelnd und streichelte seinen Nacken. Sein Haar fühlte sich genauso an, wie ich es mir nachts vorgestellt hatte, wenn wir zwar im gleichen Zimmer, aber doch Welten voneinander entfernt schliefen. Es war dicht und dennoch seidig weich. Zärtlich ließ ich meine Finger hindurchgleiten und erfreute mich an dem Gefühl. Sein Duft umwehte mich und sein Blick ließ mich nicht los, als er mich auf seine Arme hob und zu dem Bett trug, das mit weißem Leinen bezogen war.

Hitze durchströmte meinen Körper, der sich nach mehr sehnte. Seine Wange strich an der zarten Haut meines Halses entlang und die Bartstoppeln, die sich dort in den letzten Tagen ausgebreitet hatten, fuhren kratzig darüber. Ein Schauer heißer Erregung breitete sich in mir aus. Alle meine Sinne waren auf Hochtouren und mit Henri beschäftigt – mit seinem Geruch, seinem Anblick, seinen Liebkosungen und dem Grollen, das seiner Kehle entwich, als er erneut seine Lippen auf meine legte.

Er löste sich träge von meinem Mund, sah mich liebevoll an und atmete tief ein. Sanft setzte er mich anschließend auf die Kante des Bettes und zog nacheinander und quälend langsam die Nadeln aus meinem Haar, das sich daraufhin auf meinem Rücken ausbreitete. »So schön, wie dein Name sagt«, gab er staunend von sich. Und ich glaubte ihm. Es lag so viel Zärtlichkeit in seinen Worten, dass ich mich begehrenswert fühlte und in diesem Moment nicht mit meinem Aussehen haderte. Knopf für Knopf öffnete er die Verschlüsse des blauen Kleides, das Madame Cheron für mich ausgewählt hatte. Im Stillen dankte ich ihr für ihr Gespür.

Vor meinen Füßen kniete er sich hin und zog das Kleid vorsichtig über meine Schultern. Als der Stoff sich um meine Hüften bauschte, sah Henri mich an und seine Lippen teilten sich. Nervös befeuchtete er sie und atmete hörbar aus. »Ich habe mir nächtelang vorgestellt, wie du unter diesen ganzen Lagen an Stoff aussiehst, aber meine Träume kommen nicht annähernd an die Realität heran.« Andächtig erforschten seine Hände meine Oberarme, wanderten über meine Schlüsselbeine, an meinem Medaillon vorbei und zwischen meinen Brüsten hinab. Mein Herz schien zu zerspringen, als sich sein Mund langsam meiner Brustwarze näherte und sie mit seinen Lippen umfing. In Leidenschaft schrie ich auf, meine heisere Stimme hörte sich so anders an. Niemals in meinem Leben war ich nur durch solche Berührungen dermaßen erregt gewesen.

Henri erhob sich und sofort hatte ich das Bedürfnis, ihn wieder an mich zu zerren. Doch als er mir die Hand reichte und ich sie ergriff und mich ebenfalls erhob, wusste ich, dass dies notwendig gewesen war, denn das Kleid rutschte an meinen Beinen herab und blieb auf dem Boden liegen. Ich stieg aus dem Stoffbündel heraus und stand lediglich in diesem unförmigen Teil von Unterhose da, das ich kurz entschlossen ebenfalls auszog. Henris Augen leuchteten erregt auf und gaben mir das Gefühl, wirklich wunderschön zu sein. Beherzt griff er unter meine Beine und hob mich zurück auf das Bett. Als er sich nochmals aufrichtete, hinterließ er einen Pfad heißer und sehr erregender Küsse auf meinem Oberkörper. Gespannt beobachtete ich ihn dabei, wie er sich auszog, prägte mir jedes Detail seines Körpers ein. Das Spiel seiner Muskeln faszinierte mich und es kribbelte in meinen Händen, weil ich ihn unbedingt berühren wollte. Seine Brustmuskeln schienen gemeißelt zu sein und das Sixpack, das unter dem Hosenbund verschwand, ließ mich erregt seufzen.

»Ich liebe dich, Belle!«, sagte Henri zu mir und sah mich mit einem Verlangen in den Augen an, das mich ungläubig blinzeln ließ.

Erschrocken hielt ich den Atem an. Hatte er das wirklich gerade gesagt? Dark Lord, der über allem stehende Soldat, der mich damals angesehen hatte, als wäre ich eine Küchenschabe unter dem Absatz seines Stiefels? Dann fasste ich mir ein Herz und sagte inbrünstig: »Und ich liebe dich, Henri Vieille. Schon eine ganze Weile.« Leichtigkeit erfasste mich, da ich es endlich laut ausgesprochen hatte.

Er schmunzelte. »Geht mir nicht anders, doch du warst so kratzbürstig. Erst vor Kurzem habe ich erkannt, dass es nur ein Schutz ist, den du dir erfolgreich zugelegt hast.«

Als er endlich zu mir kam und unsere Körper sich berührten, empfing ich ihn erleichtert. Haut an Haut, nichts mehr zwischen uns, erkannte ich die Perfektion unseres Zueinanderpassens und Tränen rannen aus meinen Augen, als wir kurz darauf endlich diese Ehe vollzogen. Ich war angekommen und unsere Hochzeitsnacht, auch wenn sie um Wochen verspätet war, genoss ich in vollen Zügen.

* * *

Die Sonne kitzelte an meiner Nase, als ich die Augen aufschlug und blinzelte. Ein schwerer Arm lag auf meiner Taille und hinter mir spürte ich Henris warmen Körper.

Ein Grinsen stahl sich auf mein Gesicht und mein Herz flatterte leicht. Wir hatten uns die halbe Nacht immer wieder geliebt und die andere Hälfte hatten wir damit verbracht, uns unsere Liebe zu gestehen. Wir hatten geredet, viel geredet und uns ausgesprochen.

Henri bewegte sich. Er wurde langsam wach. Seine Hand ging auf Wanderschaft und erkundete jede Rundung meines Körpers.

»Du Schwerenöter!«, scherzte ich und drehte mich zu ihm um. Er sah zufrieden aus, wie eine Katze, die das Milchschälchen für sich entdeckt hatte. »Guten Morgen, mein Gemahl.«

Ein triumphierendes Glitzern trat in seine noch vom Schlaf verhangenen Augen. »Oh ja, der Morgen könnte nicht besser beginnen, Weib.« Besitzergreifend schlossen sich seine Hände um meine Pobacken und zogen mich näher an ihn heran.

Unsere Lippen trafen sich und der Kuss, der darauf folgte, war berauschend. Er zog mich hinfort und ich vergaß alles um mich herum. Erst als das Klopfen an der Tür immer lauter wurde, schreckte ich aus meinen Empfindungen empor. Henri entwich ein leiser Fluch, ehe er aufstand.

»Moment!«, rief er in herrischem Tonfall. »Deck dich zu. Außer mir darf niemand diese teuflischen Kurven zu Gesicht bekommen, du würdest jedes männliche Wesen um den Verstand bringen, wenn es deiner ansichtig werden würde.« Er zwinkerte mir zu und zog sich rasch an, während ich glücklich, aber dümmlich grinsend meinen Körper unter der Decke verbarg. Das erste Mal seit Jahren fühlte ich mich nicht nur schön, sondern auch begehrenswert.

Als er die Tür öffnete, erhaschte ich einen Blick auf Louis, der ungeduldig auf und ab ging, jedoch abrupt stoppte. »Endlich. Es tut mir leid, dass ich euch beide stören muss, aber es ist etwas passiert, das keinen Aufschub duldet.« Obwohl er sehr leise sprach, konnte ich ihn gut verstehen.

»Was ist denn so Dringendes geschehen?«, fragte Henri ein wenig ungeduldig, doch die Ratlosigkeit war ebenso zu erkennen. Da ging es ihm nicht anders als mir. Ich konnte mir kaum einen Grund vorstellen, der Louis, der ansonsten ein ruhiger Mann war, in einen solchen Aufruhr versetzen konnte.

»Durand ist in Paris und hat um eine Audienz bei Napoleon gebeten. Kurz zuvor habe ich ihm von deiner Geschichte erzählt und erwähnt, dass du heute im Laufe des Tages persönlich erscheinen würdest, wenn er das wünscht. Ich bin umgehend nach Hause geritten, um dir von dem Auftauchen Durands zu berichten.« Erst da wurde mir bewusst, wie spät es schon war und dass Louis bereits zur Arbeit gegangen war, während wir noch selig geschlummert hatten. Ohne Telefon waren die Menschen darauf angewiesen, nach Hause zu kommen, um Nachrichten zu überbringen, zumindest, wenn sie so heikel waren, dass sie niemand anderem in die Hände fallen durften.

»Ich muss ihm zuvorkommen«, knurrte Henri wütend, drehte sich auf dem Absatz um und schloss die Zimmertür. Eilig zog er sich an, während Louis draußen auf dem Flur auf- und abtigerte.

»Soll ich mitkommen?«, fragte ich vorsichtig.

»Nein!«, stieß er streng hervor. »Ich kann dich unmöglich in eine solche Gefahr bringen. Die Situation ist nicht abschätzbar und ich weiß nicht, was mich dort erwartet. Wenn ich wüsste, dass du in der Nähe wärst, käme ich zu keinem klaren Gedanken, weil ich mir immer Sorgen um dich machen würde.« Zärtlich legte er seine Hand an meine Wange und legte seine Stirn gegen meine. Der Kuss, den er mir anschließend gab, schmeckte süß, aber der bittere Geschmack des Abschieds lag dennoch darin.

»Komm schnell wieder«, flüsterte ich an seinen Lippen und zog ihn noch einmal in eine innige Umarmung, ehe ich ihn freigab.

An der Tür angekommen, blickte er sich ein letztes Mal nach mir um und sah mich kurz an, als wolle er sich jedes Detail meines Gesichts einprägen, dann schloss er die Tür, und ich war allein.

Sofort breitete sich die Sorge in meinen Eingeweiden aus, wie zäher, bitterer Sirup. In jede kleinste Ecke kroch er hinein und labte sich an mir. Energisch sprang ich aus dem Bett und eilte zu dem Fenster, das zur Straße hinauszeigte. Unten sah ich gerade noch Henris Gestalt, wie er in eine Kutsche stieg, die sich augenblicklich in Bewegung setzte, was die Dringlichkeit symbolisierte. Ich hoffte, dass dies nicht das Letzte sein würde, was ich von Henri zu Gesicht bekam.

* * *

Ich blieb den halben Tag allein in der Wohnung, nur das Personal wuselte um mich herum und machte sauber. Auf meine Nachfrage hin, wo sich Sandrine Bouillon aufhielt, zuckten die Angestellten lediglich mit den Schultern. Sie war erst vor Kurzem aufgebrochen und nun einfach nicht da. Niemand wusste, wo sie war. Zugegebenermaßen machte ich mir um sie keine Sorgen und war recht froh, dass ich ihr nicht über den Weg lief. Ihr Sohn spielte mit einem Kindermädchen in einem hübsch eingerichteten Zimmer.

Um etwas zu tun zu haben, verkroch ich mich in der Bibliothek der Familie Bouillon. Andächtig schritt ich die Reihen ab und fuhr vorsichtig mit einem Finger an einigen der Buchrücken entlang. Liebesromane fand ich hier nicht, aber jede Menge kirchliche Literatur. Also holte ich meinen Beutel aus unserem Zimmer und setzte mich mit dem Buch, das Kristin mir eingepackt hatte, auf einen der hübschen Lesesessel und begann es noch einmal von vorne zu lesen.

* * *

Meine Augen tränten schon, als ich irgendwann das Buch zur Seite legte. Ich hatte lange gelesen, aber nun ließ meine Konzentration immer mehr nach. Die Sorge um Henri fraß an meinen Nerven und auch Sandrine war nicht wieder aufgetaucht. Es musste mittlerweile Nachmittag sein. Mittags hatte ich eine Suppe mit viel Gemüse zum Essen bekommen, was gut war, denn das Frühstück hatte ich komplett ausfallen lassen.

Da ich zu unruhig war, weiterzulesen, stand ich auf und entschloss mich, zu Madame Cheron zu laufen und mein Kleid abzuholen. Die Bewegung würde mir guttun und meine Gedanken vielleicht ein wenig zur Ruhe bringen. Ich sagte dem Kindermädchen kurz Bescheid und verließ dann die Wohnung. Im Hausflur roch es nach dem, was die Angestellten für das Abendessen vorbereiteten – es musste etwas sein, das Zwiebeln enthielt. Viele Zwiebeln! Als ich kurz darauf aus der Haustür ins Freie trat, schlug mir schwüle, schwere Luft entgegen, die mich kurz taumeln ließ. Im Innern des Hauses war es kühl gewesen, weshalb ich nicht damit gerechnet hatte, dass es draußen so warm sein würde. Die dicken Mauern hielten der Hitze tapfer stand – noch.

Da es nur ein paar Hundert Meter bis zum Geschäft von Madame Cheron waren, ging ich zu Fuß. Ich hätte auch nicht gewusst, wie man sich hier in Paris eine Kutsche rief. Tja, in meiner Zeit hatte ich eine Taxi-App auf dem Handy und musste mir über so etwas keine Gedanken machen.

Der Himmel war diesig, ein Gewitter kündigte sich an. Bereits nach der Hälfte des Weges stand mir der Schweiß auf der Stirn und rann zwischen meinen Schulterblättern hinab. Ein Hochsommertag in einer Stadt versprach wenig frische Luft, stattdessen wurde sie immer dickflüssiger und ich kam nur langsam voran, da ich meine Energie allein für das Atmen verschwenden musste. Hinzu kamen die Unmengen an Stoff, die ich am Körper trug. Auch das war ich aus meiner Zeit nicht gewöhnt. An einem solchen Tag hätte ich vermutlich halblange Hosen und ein Top getragen. Ich stellte mir vor, wie die Leute mich hier ansehen würden, wenn ich ihnen in einem solchen Aufzug über den Weg gelaufen wäre. Das hellte meine Laune ungemein auf.

Doch endlich erreichte ich Madame Cherons Geschäft und trat ein. Der Verkaufsraum war leer und ich schlenderte an den Auslagen entlang. Hin und wieder hob ich eine Seife an meine Nase und roch daran. In den Regalen lagen dicke Stoffballen in den unterschiedlichsten Farbtönen und Stoffarten. Sogar Brüsseler Spitze konnte ich entdecken. Alles wirkte wie aus einem der Retromagazine meiner Zeit und entsprach offenbar nicht nur dem Modegeschmack dieser Epoche.

»Madame Vieille, wie schön Sie wiederzusehen!« Mit ausgestreckter Hand kam Madame Cheron auf mich zu und hauchte mir jeweils ein Küsschen auf die Wange. »Ihr Kleid hängt im Hinterzimmer, ich gehe es rasch holen. Schauen Sie sich ruhig noch ein wenig um.«

Und das tat ich auch. Es war faszinierend, was die Damen damals zur Verfügung hatten und was nicht. Und dann erst die Stoffe und verzierten Kisten! An der Wand hing ein mit Intarsien verzierter Spiegel. Als ich daran vorbeischlenderte, konnte ich durch den Spiegel einen Blick auf das Szenario draußen vor dem Laden werfen. Ein Mann stand am Straßenrand und starrte missmutig auf die Tür des Damengeschäfts. Mein Herz blieb stehen. Mehrere Schläge lang schien die Welt aus ihren Angeln gehoben zu sein, denn dieser Kerl fixierte mich nun mit einem solch durchdringenden Blick, dass ich augenblicklich wusste, dass er hinter mir her war. Alle Geräusche verstummten und mir wurde schwindelig. Durand, es musste ein Mann von Durand sein, der da draußen vor dem Haus wartete. Ich war mir absolut sicher, dass es so war. Und ich war nicht naiv genug zu glauben, dass dieser jemand, auf den er wartete, jemand anderes war als ich.

So unauffällig, wie es mir angesichts der Panik, die ich empfand, möglich war, schlenderte ich zum hinteren Bereich des Verkaufsraums. An der Tür zum Hinterzimmer blieb ich stehen und klopfte an.

Es rumpelte dahinter und für kurze Zeit flammte in meiner Fantasie das Bild eines Kampfes auf, der dort drinnen in diesem Augenblick zwischen Madame Cheron und Durands Gehilfen stattfand. Doch schon öffnete Madame Cheron die Tür und lächelte mich entschuldigend an. »Es tut mir leid, Madame Vieille. Ihr Kleid war am Saum nicht richtig gebügelt, weshalb Nanette noch einmal Hand anlegen muss.« Mit dem Kinn zeigte sie auf eine ihrer beiden Töchter, die an einem Tisch stand und mit einer Zange heiße Kohlen in ein Metallungetüm packte, das entfernt an ein Bügeleisen erinnerte. Auf ihrer Wange flammte ein knallroter Beweis dessen auf, was die Hausherrin offensichtlich als gerechte Strafe für Versagen hielt.

»Schon gut! Das ist kein Problem. Ich fragte mich nur gerade, ob es die Möglichkeit gibt, Ihren Laden durch eine Hintertür zu verlassen.«

»Natürlich! Wir haben den zweiten Eingang oder nennen Sie es Ausgang hier im hinteren Flur. Sie müssen diese Tür nehmen und dann stehen Sie schon im Hausflur.« Sie wies hinter sich zu einer unscheinbaren Tür.

Hastig raffte ich meinen Rock. »Ich bin mal kurz draußen, frische Luft schnappen, und komme später noch einmal wieder.« Madame Cheron schien das nicht merkwürdig zu finden, denn sie sagte: »Tun Sie mir bitte einen Gefallen, und schließen Sie die Tür wieder ordentlich.«

»Das werde ich. Tausend Dank, Madame Cheron!«

Die Hintertür führte mich in einen dunklen Hausflur, lediglich das Licht aus einem Fenster, das ich in einem der oberen Stockwerke vermutete, wies mir den Weg zum Ausgang. Ganz langsam öffnete ich die Tür und atmete erleichtert auf, als ich feststellte, dass niemand direkt dahinterstand. Doch mein Herz klopfte immer noch heftig in meiner Brust, als ich meinen Kopf vorsichtig aus dem Türrahmen herausstreckte und nachschaute, ob die Luft rein war.

Ich konnte niemanden entdecken. Sollte es so einfach sein? Augenblicklich hatte ich das Gefühl, in einer Falle zu sitzen. Ich durfte diese Seitengasse nicht auf diesem Weg verlassen, da war ich mir absolut sicher. Durand war ein verschlagener Zeitgenosse, der sich auf Männer verließ, die das ebenfalls waren. Ganz bestimmt hatte der Mann damit gerechnet, dass ich diesen Weg wählen könnte, falls ich entdecken würde, dass ich verfolgt werde.

Als ich so darüber nachdachte, kam mir der Verdacht, dass der Kerl vor dem Laden das sogar so geplant hatte. Wenn er nicht gewollt hätte, dass ich ihn sehe, hätte er sich doch nicht direkt vor dem Laden postiert. Mein inneres Alarmsystem schrillte in lautem Getöse und mein Blick huschte unruhig an den Häusern entlang. Als ich versuchte, die Tür zu Madame Cherons Laden zu öffnen, stellte ich fest, dass sie keine Klinke von außen besaß. Mist! Klopfen wollte ich nicht, da ich sonst die Aufmerksamkeit auf mich gezogen hätte.

Zehn Meter weiter auf der rechten Seite entdeckte ich eine weitere Tür, sie hatte eine Türklinke! Flink eilte ich darauf zu und zog daran. Sie ließ sich nach innen öffnen und führte in einen anderen Flur, der dem von Madame Cheron sehr ähnlich war. Noch einmal lugte ich um die Ecke und sah einen Mann an einem Stock gehend um die Ecke kommen. Rasch zog ich meinen Kopf ein und schloss die Tür. Adrenalin durchströmte meinen Körper. War das Durand gewesen? Hatte er mich gesehen?

Auf keinen Fall konnte ich hierbleiben, denn früher oder später würde man erkennen, wohin ich geflüchtet war. War der Mann allein hier? Das konnte ich mir beim besten Willen nicht vorstellen. Männer wie Durand kämpften nicht mit nur einem Mann an ihrer Seite und erst recht nicht mit fairen Mitteln, wie die Fäkalien an seinem Schwert klar bewiesen. Dementsprechend rechnete ich damit, nicht nur Durands Helfer als Gegner entkommen zu müssen, sondern mehreren seiner Männer oder vielleicht sogar ihm persönlich. Das hellblaue Kleid war zwar ein schönes Kleidungsstück, aber auch ein auffälliges, so konnte ich nicht aus dem Vordereingang schlendern. Selbst wenn ich genügend Beherrschung aufbrachte, nicht zu rennen, würde ich dennoch Aufmerksamkeit auf mich ziehen, weil sie mich ganz bestimmt schon vorher beobachtet hatten und wussten, was ich trug.

Mir kam eine Idee. Die Häuser dieser Straße waren allesamt dem Klassizismus zuzuordnen. Wenn ich davon ausging, wie diese zu meiner Zeit genutzt wurden, lag ich mit meiner

Idee vielleicht nicht vollends daneben. Häuser dieser Bauart beziehungsweise dieser Epoche hatten einen Dachspeicher, der häufig als Trockenboden genutzt wurde. Da diese Bauten hier keine Gärten hatten, lag die Vermutung nahe, dass auch hier die Wäsche auf dem Dachboden getrocknet wurde. Wenn ich Glück hatte, würde ich vielleicht dort oben ein Kleidungsstück finden, das mir passte.

Beim Treppensteigen versuchte ich, keinerlei Geräusche zu machen, weshalb der Aufstieg ein wenig länger dauerte. Kaum war ich oben angekommen, öffnete ich die einzige Tür dieses Stockwerks und atmete erleichtert aus, als ich die Stoffe sah, die auf den gespannten Leinen trockneten. Ich fühlte mich wie eine Verbrecherin, doch mir blieb keine andere Wahl. Nur eine etwas unauffälligere Kleidung würde mich unbemerkt zurück zum Haus der Bouillons bringen. Ich zog ein einfaches braunes Kleid von der Leine, das ein wenig zu groß aussah. Das war genau richtig, denn es passte hervorragend über das blaue Kleid. So sparte ich Zeit. Ich löste die Hochsteckfrisur, flocht mir einen Zopf und setzte ein Häubchen auf, das ebenfalls zum Trocknen aufgehängt worden war. Wenn mir niemand der Herren direkt ins Gesicht sehen würde, könnte es klappen.

Vorsichtig nahm ich Stufe um Stufe hinab und hielt vorsorglich immer wieder den Atem an, um zu lauschen, ob sich noch jemand außer mir im Hausflur befand. Doch ich hörte nichts. Endlich kam ich unten an und öffnete die Tür, ohne mich vorher abzusichern, ob jemand davorstand. Hätte ich das getan, wäre es zu auffällig gewesen. Mit gesenktem Kopf verließ ich das Haus und lief nach links die Straße hinunter. Ich traute mich nicht, mich umzusehen, da ich Angst hatte, Durand oder einer seiner Männer würde auf mich aufmerksam werden.

22. Kapitel

Ohne anzuhalten, stürmte ich in das Haus, in dem die Bouillons wohnten. Hastig schloss ich die Haustür hinter mir und lehnte mich mit dem Rücken dagegen. Atmen, Isabelle! Atmen!, sagte ich mir immer wieder, doch mir war schwindelig vom vielen Luftanhalten. Niemand riss die Tür auf und kam ins Haus. Niemand war mir gefolgt. Das hoffte ich zumindest. Als es mir ein wenig besser ging und ich mir sicher war, dass ich unbemerkt ins Haus kommen konnte, stieg ich die Treppe empor und öffnete die Tür zu der geräumigen Wohnung. Es war still, beinahe zu still. Wo war das Personal? Augenblicklich ergriff mich Sorge um Nolan. Der kleine Junge war zuletzt mit dem Kindermädchen in seinem Zimmer gewesen. Auf Zehenspitzen schlich ich den langen Korridor entlang.

Zuerst nahm ich das Geräusch gar nicht richtig wahr, doch dann schoss es in mein Bewusstsein wie eine Pfeilspitze. Jemand wimmerte. Es kam aus dem Zimmer links von mir, dessen Tür lediglich angelehnt war.

Vorsichtig stieß ich die Tür auf und sah um die Ecke herum. Dort lag jemand auf einem Ehebett, das Zimmer war abgedunkelt worden. Sämtliche Vorhänge waren zugezogen. Es sah aus wie ein Kleiderbündel, aber die Geräusche deuteten darauf hin, dass es ein Mensch war. Und dieser Mensch musste Schmerzen haben. Lag dort eine der Angestellten? War das das Zimmer von Sandrine und Louis? Oder war es eine Falle?

»Brauchen Sie Hilfe?«, fragte ich mit leiser, aber fester Stimme.

»Isabelle!«, stieß eine Frauenstimme verzweifelt hervor.

Ich warf all meine Bedenken über Bord, eilte zu ihr und ließ mich auf der Matratze neben ihr nieder. »Sandrine? Was ist denn passiert?«

»Durand!«

Dieses eine Wort ließ meine Nackenhaare emporschnellen. »Was hat er dir angetan?«, wollte ich entsetzt wissen.

»Wollte nicht, dass …«, immer wieder verließ sie die Kraft, um weiterreden zu können, »… euch was antut.«

»Wo bist du verletzt?« Auf den ersten Blick konnte ich in dem spärlichen Licht nichts erkennen.

»Kopf!« Dann atmete sie flach, als wenn Übelkeit sie übermannte. »Nachdem ich ihm nicht sagen wollte, wo ihr seid, hat er mich in eine Seitengasse gezogen und gegen die Steinwand geschleudert.«

Ich fühlte mich so ohnmächtig, wusste nicht, wie ich ihr helfen konnte. Was tat man bei Kopfverletzungen? Ich musste schnellstmöglich Hilfe holen. Einen Arzt oder wen auch immer!

»Du musst hier weg!«, sagte sie plötzlich ganz klar.

»Ich weiß, aber ohne Henri gehe ich nirgends hin.« Meine Stimme klang felsenfest, denn nichts würde mich dazu bringen, Paris ohne Henri zu verlassen. Nicht einmal Durand! »Bleib ruhig liegen. Ich hole Hilfe. Wo ist das ganze Personal hin?«

»Nein! Keine Hilfe. Hab sie alle in ihre Unterkünfte geschickt … will nicht, dass Nolan mich so sieht, deshalb schläft er heute oben. Vielleicht hat er mich verfolgt.« Eindringlich griff sie nach meiner Hand. »Er hat mich in einem Café getroffen. Wollte wissen, wo ihr seid. Ich hab es ihm zuerst sagen wollen, weil ich dachte, es geht nur um dich. Dann ist mir klar geworden, dass er Henri aus dem Weg schaffen will, um an Claire heranzukommen.« Sie stöhnte leicht.

So war das also. Mich hätte sie ohne mit der Wimper zu zucken geopfert. Aber Henri diesem Durand auf dem Silbertablett zu servieren, kam natürlich nicht infrage. Klar. Dieses Biest. »Egal, was du tust, du wirst ihn nicht bekommen«, sagte ich mit leiser, aber eindringlicher Stimme.

Aus ihren Augen funkelte mir der Hass entgegen. »Das weiß ich. Aber ich liebe Henri schon mein ganzes Leben lang, auch wenn er für mich nie mehr als geschwisterliche Gefühle übrighatte. Und nun kamst du hier an und hast auch noch das Medaillon um den Hals getragen. Ich war auch darauf eifersüchtig. Seit ich klein war, hörte ich die romantischen Geschichten, die sich um dieses Familienerbstück ranken. Und dann sehe ich dich, wie du nicht nur den Mann, den ich liebe, dein Eigen nennen kannst, sondern auch die Kette, die ich ebenfalls haben wollte. Stattdessen wird Amelie sie bekommen, diese Träumerin.« Kurz schüttelte sie den Kopf, doch ich konnte den Schmerz in ihrem Gesicht ablesen, den diese Bewegung verursachte. »Hau endlich ab. Henri wartet heute Nacht im Parc Monceau auf dich, an der kleinen Brücke. Er ist vorgewarnt. Ich habe einen Boten zu Louis geschickt. Verschwinde, ehe Durand zurückkommt. Ich möchte nicht, dass unsere Familie euretwegen noch mehr in Gefahr gerät.«

»Die Gefahr hast du ja offensichtlich sogar selbst hereingebeten, indem du dich mit Durand getroffen hast. Ich hoffe, es hat sich für dich gelohnt, mich an Durand verkaufen zu wollen«, zischte ich fuchsteufelswild.

Aus zusammengekniffenen Augen sah sie mich an und schnaubte. Sollte sie ruhig wütend auf mich sein. Sie war es, die zu allem bereit gewesen war, um mich aus dem Weg zu schaffen. Für was? Um zu wissen, dass Henri keine Frau an seiner Seite hatte? Auch wenn sie wusste, dass Henri für sie nicht dasselbe empfand? Wie niederträchtig das war und egoistisch. Freundschaft war das jedenfalls nicht und auch Liebe stellte ich mir anders vor.

Ich war hin- und hergerissen zwischen bleiben, gehen und ihr helfen. Das Letztere strich ich entscheidungsfreudig von meiner Liste. Dieses Biest hatte vermutlich nur eine Gehirnerschütterung, was ihr offenbar nicht unbedingt schadete. Blieben nur noch zwei Alternativen. Gehen oder bleiben? Aber wohin sollte ich gehen bis heute Nacht? Und wenn ich blieb, was würde ich tun, wenn Durand zurückkommen würde? Dann bräuchte ich eine Waffe. Im nächsten Moment schalt ich mich selbst einen Narren. Wie sollte ich gegen diesen Mann eine Chance haben? Selbst mit einer Waffe wäre ich ihm nicht gewachsen gewesen. Das alles kam mir so unwirklich vor. Sollte ich tatsächlich zu diesem Park gehen? Was, wenn es eine Falle war? Eine Falle, um mich loszuwerden. Sandrine könnte mit Durand zusammenarbeiten. Obwohl, dann hätte er auch gut hier auf mich warten können. Da hätte sie mich einfach an ihn übergeben können, ohne nächtliche Ausflüge in Parks. Meine Entscheidung war getroffen.

»Leb wohl, Sandrine!«, rief ich rasch und ehe mich der Mut verließ, stand ich auf und rannte zur Tür. »Ich hoffe, unsere Wege werden sich niemals wieder kreuzen.«

Ehe ich die Wohnung verließ, rannte ich in das Zimmer, in dem wir unsere erste gemeinsame Nacht verbracht hatten. Es kam mir vor, als wäre es eine Ewigkeit her, als ich in Henris Armen gelegen hatte, dabei waren seitdem lediglich ein paar Stunden vergangen. Hier drinnen wirkte alles so friedlich. Doch ich wusste, was dort draußen lauerte – wer es auf uns abgesehen hatte. Schnell griff ich nach den Satteltaschen und meiner eigenen Umhängetasche und verließ den Zufluchtsort, der mein Leben so aus den Angeln gehoben und in die richtige Bahn gelenkt hatte. Henri und mich würde so schnell nichts mehr auseinanderbringen.

In mir tobte ein Feuersturm der Gefühle und ich wusste nicht, was ich als Nächstes tun sollte, denn ich kannte mich in Paris nicht aus. Ich wusste nicht, wohin ich gehen sollte. Wo war dieser Park, in dem ich Henri treffen sollte? Würde er mich finden? Oder wäre Durand schneller als er?

All das schwebte mir im Kopf herum, als ich die Tür aufriss und auf die Straße rannte. Ich war völlig außer mir, da ich fürchterliche Angst hatte. Es war nicht die Angst um mich, sondern um Henri, denn er war es, den Durand aus dem Weg schaffen wollte. Ich war nur eine Schachfigur. Ein Spielzeug, das Durand kurzfristig besitzen wollte, aber auf Dauer war es Claire Vieille, die er heiraten wollte. Doch ich würde alles dafür tun, diesen Bastard daran zu hindern.

Diese Klarheit, die sich nun in mir ausbreitete, ließ mich endlich zur Ruhe kommen. Und dann begann ich endlich wieder zu denken und zu überlegen, was ich tun konnte, um ihn von Henri fernzuhalten. Langsam schritt ich die Straße hinunter, völlig unauffällig in das braune große Kleid gekleidet, unter dem ich die Satteltaschen mit dem Geld versteckt hielt.

»Madame Vieille?«, fragte eine sanfte weibliche Stimme.

Erstaunt sah ich nach rechts. Dort stand Nanette, die Tochter von Madame Cheron, und lächelte mich scheu an.

»Ja, Nanette?« Um zurückzulächeln, war ich nicht cool genug, stattdessen huschte mein Blick immer wieder die Straße auf und ab.

»Ich suche Sie schon seit einer halben Stunde. Meine Mutter hat mich geschickt, um Ihnen zu helfen.« Sie wirkte immer noch, bis auf ihre Schüchternheit, gelassen.

»Helfen? Mir?«, fragte ich total erstaunt.

»Ja, wir haben den Mann, der nach Ihnen gesucht hat, auf eine falsche Fährte gehetzt, doch nun denke ich, dass es Zeit wird, Sie in Sicherheit zu bringen.«

Wer waren diese Frauen? Das waren doch niemals normale Damenfachverkäuferinnen, vielmehr kamen sie mir vor wie ein geheimer Hexenzirkel. Sie verzauberten einfache rundliche, langweilige Frauen in Geschöpfe, denen der Traummann nicht widerstehen konnte. Nun schickten sie Mörder, zumindest Durand war einer, auf eine falsche Spur und wollten mich retten.

Ich stellte keine Fragen, sondern eilte hinter Nanette zurück zu Madame Cherons Laden, die mich mit besorgtem Gesichtsausdruck empfing und kaum, dass ich drin war, das Geschäft verriegelte und ein Geschlossen-Schild ins Fenster hing. »Madame Vieille, wir haben uns schreckliche Sorgen um Sie gemacht. Ein Mann kam hierher, nachdem Sie den Hinterausgang gewählt hatten, und fragte nach Ihnen. Er stellte sich als Ihr Mann vor. Da ich wusste, dass er dies unmöglich sein konnte, zählte ich eins und eins zusammen und sagte ihm, dass Sie sich eine Kutsche zum Hinterausgang gerufen haben und nach Versailles wollten. Das hält ihn hoffentlich eine Weile von Ihnen fern. Dennoch wollte ich Sie noch einmal persönlich sprechen und Ihnen meine Hilfe anbieten. Auch solche Dienstleistungen stehen auf meinem Programm.« Als ich sie lediglich erstaunt anblickte, fuhr sie fort: »Sie glauben nicht, wie viele feine Damen sich selbst in Unannehmlichkeiten bringen, und an wen wenden sie sich da? Richtig, an mich. Madame Cheron hat den Ruf, der Dame von Welt bei all ihren Problemen zu helfen, und so soll es auch sein.«

Ich hatte das Gefühl, irgendetwas verpasst, eine Kleinigkeit übersehen zu haben, denn diese Situation hier kam mir dermaßen surreal vor, dass ich begann, an meinem Verstand zu zweifeln. Madame Cheron fehlte nur noch ein Kostüm. Etwas in der Art von Superwoman oder so. Ich begann zu kichern. Ich steigerte mich immer mehr hinein und konnte mich gar nicht mehr beruhigen.

Plötzlich hatte ich eine Papiertüte vorm Gesicht. »Atmen, Mädchen. Das ist nur der Schock. Alles wird gut.« Doch das beruhigte mich nicht. Ich hatte einen satten Lachanfall und bekam ihn nicht in den Griff. Madame Cheron redete immer weiter beruhigend auf mich ein und schob mich energisch in das Hinterzimmer. »Hol einen Cognac, Nanette.«

Als mir zwei Minuten später der Alkohol die Kehle hinabrann und heiß in meinem Magen ankam, konnte ich endlich ruhiger atmen. Tränen aufgrund des vielen Lachens hatten mein Gesicht benetzt, doch die beiden Frauen wischten sie mit kalten Tüchern weg. Ich fühlte mich merkwürdig, irgendwie umsorgt, wie ein Kind. Wann hatte man mir das letzte Mal die Tränen getrocknet?

»Von wem werden Sie verfolgt, Madame?«, wollte Madame Cheron wissen und setzte sich neben mich.

Da ich nichts zu verlieren hatte und dringend Hilfe benötigte, berichtete ich ihr eine abgespeckte Version meiner Geschichte. Elemente wie Zeitreise und Mord ließ ich weg. Sie und ihre älteste Tochter wussten von nun an, dass ein Mann der französischen Armee namens Durand hinter mir und meinem Mann her war, um ihn zu beseitigen und meine Schwägerin zu heiraten. Mehr mussten sie nicht wissen.

»Und heute Nacht soll ich meinen Mann im Parc Monceau treffen, damit wir von dort aus flüchten können. Können Sie mir helfen, dorthin zu gelangen?«, fragte ich hoffnungsvoll.

Madame sah mich mit hochgezogenen Brauen spekulierend an. »Das kann ich, aber Sie müssen wissen, dass alles seinen Preis hat.«

Aha, daher wehte der Wind. Ich hätte es mir denken können, dass die beiden mir nicht aus reiner Selbstlosigkeit helfen wollten. Dennoch war ich froh, denn so wusste ich, woran ich war. Und ich musste niemandem dankbar sein, denn es war ein

Geschäft wie jedes andere auch. »Dann teilen Sie mir mal Ihren Preis mit. Ich möchte unauffällig reisen können.«

* * *

Einige Stunden später befand ich mich in einer unauffälligen, geschlossenen Kutsche, trug ein unauffälliges Reisekleid, meine unauffällige Frisur steckte unter einer langweiligen Haube, und ich hatte meine Habseligkeiten in einer unauffälligen Reisetasche verstaut. Die Tasche war nun mit vielen nützlichen Kleinigkeiten vollgestopft, die mich ein halbes Vermögen gekostet hatten, doch das war es alles wert gewesen, hoffte ich zumindest. Der Clou an dem Kleid war, dass es jede Menge Geheimfächer besaß, worin ich unser Papiergeld verstaut hatte. Sollten wir überfallen werden, trug ich unser Vermögen immer noch am Körper. Die Fächer befanden sich alle im Saum, wodurch es aussah, als hätte das Kleid kleine Gewichte eingearbeitet, damit es nach der neuesten Pariser Mode richtig fiel.

Madame Cheron hatte mir erklärt, wie ich vom Eingang des Parks zu der kleinen Brücke kam, denn die Kutsche würde mich nur bis zum Eingang fahren. Ab da war ich dann auf mich selbst gestellt.

»Wir sind da, Madame«, hörte ich den Kutscher leise sagen, als das Gefährt zum Stehen kam.

Eilig zog ich meine Reisetasche hoch und erhob mich. In diesem Moment wurde auch schon die Tür geöffnet und der Kutscher reichte mir die Hand, um mir das Aussteigen zu erleichtern.

»Ich habe mich umgesehen. Hier ist niemand, Sie sind vorerst sicher. Leben Sie wohl, Madame«, hörte ich den Mann noch sagen, dann saß er schon wieder auf dem Kutschbock und schnalzte mit der Zunge.

Vorerst sicher klang nicht gerade Vertrauen erweckend. Ich schob den Gedanken schnell von mir, Angst würde mir in dieser Situation kein guter Helfer sein.

Neugierig sah ich mich um. Ein paar Gaslaternen spendeten sanftes Licht und ich erkannte direkt vor mir schmiedeeiserne Tore, die mit Goldaufsätzen veredelt waren. Mein Herz schlug hart und schnell in meiner Brust, als ich darauf zuschritt und drei Kreuze machte, weil sie unverschlossen waren. Ob das auch Madame Cherons Werk war? Oder hatte da Louis eventuell seine Finger mit im Spiel? Als hohes Tier bei der Regierung konnte er mit Sicherheit eine solche Kleinigkeit bewerkstelligen.

Hinter dem Tor lag eine Rotunde, die im klassizistischen Stil errichtet worden war. Links von mir konnte ich ein Schild entdecken, auf dem ich den Namen Claude-Nicolas Ledoux entzifferte. Er war der Architekt des städtischen Kleinods. Zu jedem anderen Zeitpunkt hätte ich mich für die Architektur und den Erbauer interessiert, doch hier und jetzt musste sich mein Wissensdurst hinten anstellen.

Der abnehmende Mond am Himmel bot mir nicht viel Licht und im Park selbst gab es keine Laternen. Madame Cheron hatte mir aufgetragen, mich links zu halten, bis ich an einen Teich gelangen würde, und genau das tat ich. Der verschlängelte Weg führte mich immer tiefer in den Park und meine Schritte klangen in meinen Ohren unnatürlich laut, obwohl ich mir enorme Mühe gab, leise aufzutreten.

Bei Tage musste der Park ein malerisches Kleinod sein, doch jetzt bei Nacht war er beängstigend und Furcht breitete sich immer mehr in meinen Eingeweiden aus. Schatten schienen auf mich zuzukriechen und hin und wieder hörte ich ein Käuzchen schreien. Insgesamt hätte die Szenerie auch einem Horrorfilm entsprungen sein können.

Ich musste jedoch nicht weit gehen, da sah ich schon das Wasser des Teichs im fahlen Mondlicht glänzen. Okay, so weit hatte ich es schon mal geschafft. Ab hier sollte ich mich rechts halten und die Brücke konnte nicht mehr weit sein. Da ich nicht wusste, was oder wer mich dort erwarten würde, wurde ich langsamer und hielt mich noch mehr in den Schatten der Büsche versteckt, als ich langsam um die Ecke bog.

Die Brücke sah ich sofort. Anmutig und schön war sie im Mondlicht zu erkennen, auf ihr stand ein Mann, der mir den Rücken zukehrte. Doch bei näherem Hinsehen erkannte ich, dass es unmöglich Henri sein konnte. Mein Henri war größer und kräftiger, das hier war ein schmalschultriger Kerl. Er wartete offenbar auf jemanden, der seiner Meinung nach von der anderen Seite kommen würde. Madame Cheron hatte mir genau das vorausgesagt. Im Normalfall wäre ich zu Fuß gelaufen und hätte den anderen Eingang genommen. Tja, und dann wäre ich direkt auf den Mann zugelaufen. Da es nicht Henri war, musste dies eine Falle sein.

Entschlossen, mir meinen Mann zurückzuholen, griff ich nach dem Messer, das in einem der geheimen Fächer meines Kleides versteckt war, und schritt vorsichtig und lautlos auf den Kerl zu. Kurz bevor ich bei ihm war, sprang ich aus dem schützenden Schatten und stieß ihm das Messer an den Rücken. Nicht so fest, dass ich ihn verletzte, aber fest genug, um ihm meine Absichten klarzumachen.

»Wo ist Henri Vieille?«, zischte ich drohend.

»Belle, ich bin es, Louis!«, flüsterte der Schmalschultrige, dessen Stimme zugegebenermaßen ein wenig klang wie die von Louis.

Doch auch das konnte eine Falle sein. Es war zu dunkel, um ihn von hinten zu erkennen. Woher sollte ich wissen, ob es wirklich Louis war? »Gut, dann sag mir, woher du mich kennst.« Ich musste mich absichern, dass er es auch wirklich war. Sobald er sich umdrehen würde, hätte ich körperlich keine Chance mehr gegen ihn.

»Henri und du, ihr standet gestern vor unserem Haus, als ich gerade mit Nolan spazieren gehen wollte. Davor habe ich dich noch nie gesehen und wusste noch nicht einmal von dir.« Langsam ließ ich das Messer sinken und Louis drehte sich zu mir um. Der Gesichtsausdruck, den er an den Tag legte, gefiel mir ganz und gar nicht. Er sah eher grimmig als freundlich aus.

»Wo ist mein Mann?«, fragte ich noch einmal.

»Er wartet am hinteren Eingang auf dich, da er davon ausgegangen ist, dass du dort den Park betrittst. Wir waren uns nicht sicher, ob dies eine Falle ist. Ich habe zwar Sandrines Handschrift erkannt, aber es hätte ja ebenso gut ein erzwungener Brief sein können.«

Mir fiel ein Stein vom Herzen. Henri lebte und er wartete auf mich. »Warst du seitdem nicht zu Hause?«

»Nein, wir haben uns versteckt gehalten, falls es Durand tatsächlich auf Henris Tod abgesehen hat. Weißt du, was da passiert ist? Mit Sandrine meine ich.« Louis wirkte verlegen.

»Sie hat vermutlich eine Gehirnerschütterung, was ihr ganz guttut. Entschuldige, aber ich habe ihr noch nicht verziehen. Sie wollte mich kaltblütig an Durand ausliefern.« Ich hegte sogar einen tiefen Groll gegen diese Frau, aber ich wollte es Louis nicht schwerer machen, als er es ohnehin schon hatte. Er würde weiter mit ihr verheiratet sein, wenn wir bereits lange weg waren.

Louis nickte und ließ den Kopf sinken. »Ich hatte befürchtet, dass eines Tages ihre Besessenheit von Henri zu einem Verhängnis für sie selbst oder ihn werden würde. Ich reiche ihr offensichtlich nicht.«

Louis war ein so netter Mann, der sich rührend um sein Kind kümmerte. Er tat alles für seine Frau und hatte jahrelang darüber hinweggesehen, dass Sandrine einen anderen Mann liebte. Ja, er hatte diesen sogar als Freund in seinem Haus willkommen geheißen. Ich bezweifelte, dass ich so großmütig sein könnte, wenn ich an seiner Stelle wäre. Er tat mir leid, denn er hatte definitiv eine Frau verdient, die genauso bereit war, alles für ihn zu tun wie er für Sandrine.

Ich konnte ihm nicht antworten. Jedes Wort des Trostes wäre eine Lüge gewesen und alles andere zu schmerzhaft. Also ließ ich es sein und fragte stattdessen: »Konntet ihr etwas erreichen bei Napoleon Bonaparte?« Irgendwie war es irrwitzig, so über eine berühmte Figur der Geschichte zu reden. Zu gern wäre ich mitgegangen und hätte mir diesen kleinen despotischen Mann einmal selbst angeschaut.

Nun schlich sich ein Lächeln auf sein Gesicht. »Ja, wir wurden zu ihm vorgelassen und nachdem wir ihm von den Geschehnissen berichtet hatten und ich für Henri gebürgt hatte, hat er entschieden, dass es zu keiner Anklage kommen wird. Durand war zwar vor uns dort, aber er wartete immer noch auf eine Unterredung, als unsere bereits beendet war und wir den Brief von Sandrine in den Händen hielten. Er wird nicht länger in Trier stationiert bleiben, soll allerdings sofort Paris verlassen und zurück nach Brest, dort kommt er nämlich her. Für eine unehrenhafte Entlassung reichen die Anschuldigungen im Moment nicht. Henri kann zurück nach Trier und wird von nun an einer der Soldaten sein, die gute Chancen für einen Aufstieg haben.«

Das hörte sich gut an. Ich kannte zwar Brest nicht, aber ich würde froh sein, wenn Durand ganz weit von uns entfernt wäre. »Wo müssen wir jetzt hin? Ich will so schnell wie möglich zu Henri.«

»Komm!« Louis griff nach meiner Hand und ich bemerkte erst jetzt, dass er in der Rechten einen Degen hielt. Gott sei Dank war ich diejenige gewesen, die ihm das Messer an den Rücken gehalten hatte, und nicht einer von Durands Männer. Er war zu unvorsichtig gewesen, trotz seiner Bewaffnung. Vermutlich musste er nie kampfbereit sein. Wie auch? Als

Mitglied der Regierung war er jemand, der sich hauptsächlich in Büros aufhielt und statt zu kämpfen Taktiken durchsprach.

Wir eilten durch den nächtlichen Park, hatten kein Auge für dessen Schönheit und schwiegen. Niemand wusste, ob nicht doch jemand hier unterwegs war und uns entdecken würde. Es musste ja nicht unbedingt jemand sein, der uns Böses wollte. Ein Nachtwächter würde schon genügen, um uns Scherereien zu machen.

Kaum waren wir kurz vor dem Ausgang, stürzte Henri aus seinem Versteck und ich wurde in kräftige Arme gerissen. Henri drückte mich fest an die Brust und ich genoss jeden Sekundenbruchteil in seiner Umarmung, inhalierte seinen unverwechselbaren Geruch und stahl mir ein wenig von der Körperwärme, die er so freiwillig darbot.

»Oh Belle. Ich habe mir solche Sorgen um dich gemacht. Ist dir etwas zugestoßen?« Mit ausgestrecktem Arm hielt er mich ein Stück von sich weg und ließ seinen Blick über mich hinweggleiten.

Mit Tränen in den Augen und nicht fähig zu sprechen, schüttelte ich den Kopf. »Nein, ich konnte Durands Mann entkommen.« Im nächsten Moment kullerten mir Tränen die Wangen hinab und die sorgfältig aufgebaute Mauer um mich herum bekam Risse. Henri drückte mich erneut an seinen Körper und schenkte mir die Sicherheit, die ich so dringend benötigte. Erst jetzt bemerkte ich, unter welcher Anspannung ich gestanden hatte. Ich begann zu zittern, schniefte und kam mir albern vor. Eigentlich war ich doch eine toughe Frau, oder?

»Wir müssen los«, hörte ich Louis leise hinter mir sagen.

»Ja, du hast recht, mein Freund. Einen Augenblick noch.« Sanft streichelte Henri meine Arme und legte mir seine Hand an die Wange. »Von jetzt an werde ich dich keine Sekunde mehr aus den Augen lassen, Belle.«

Tapfer unterdrückte ich weitere Tränen und nickte. Henris Blick war gequält und mir wurde klar, dass er sich furchtbare Sorgen um mich gemacht hatte. Sein Gesicht kam näher und als seine Lippen die meinen berührten, entrang sich meiner Kehle ein Seufzer. Begierig erwiderte ich den Kuss und legte meine Arme um seinen Nacken. Ich wollte ihn niemals mehr loslassen, mich in ihm vergraben und alles Schreckliche, was in den letzten Tagen passiert war, vergessen. Doch das war natürlich nicht möglich. Widerstrebend ließ ich ihn los. Zärtlich fuhr sein Daumen über meine Unterlippe und ich küsste ihn.

Das Lächeln, das sich auf Henris Gesicht stahl, war wie ein Sonnenaufgang. Es schenkte mir Geborgenheit und zugleich Kraft, um das Kommende durchzustehen. Solange er nur bei mir war, konnte ich alles ertragen. Fast alles.

23. Kapitel

Als die Sonne in unserem Rücken langsam aufging und es heller wurde, saßen wir bereits seit zwei Stunden auf dem Pferd. Thor, unser treuer Begleiter, hatte nun Verstärkung. Louis hatte uns seine Stute Noëlla überlassen, so konnten wir uns aufteilen. Ich vermisste jedoch Henris starke Arme um mich herum.

Der Abschied von Louis war kurz ausgefallen. Ich vermutete, er war ganz froh, dass er uns endlich los war. Kurz hatte ich überlegt, ihn vorzuwarnen, nicht zu sehr auf Napoleon zu bauen, denn in zehn Jahren würde die Monarchie erneut Einzug in Frankreich halten, doch dann ließ ich es lieber. Wer wusste schon, welche Auswirkung diese kleine Information auf den Lauf der Geschichte hätte? Ich wollte nicht verantwortlich sein für eine Kettenreaktion, die ich niemals hätte überblicken können.

Und nun waren wir auf dem Weg nach Rouen, dem Heimatort von Maurice, Claires Verlobtem. Wir hatten Pierre und Claire einen Boten geschickt, der sie vorwarnen würde. Wer wusste schon, zu was Durand noch alles fähig war, nur um Henris Schwester zu ehelichen? Aber Napoleon hatte Henri zugestanden, diesen Umweg zu nehmen und seine Familie zu sehen. So konnten wir dem frisch vermählten Paar gratulieren oder vielleicht sogar noch an der Trauungszeremonie teilnehmen.

»Rouen wird dir gefallen. Es ist eine sehr schöne Stadt und ich denke, du freust dich schon sehr, Claire wiederzusehen, oder?« Henri sah mich lächelnd an. Der grimmige Zug war aus seinem Gesicht verschwunden. Er wirkte gelassener denn je. Mein Herz tat einen weiteren Sprung in die Höhe. Ich war verliebt, nein, das war zu wenig für das, was ich für ihn empfand. Ich liebte ihn von ganzem Herzen.

»Ja! Ich kann es gar nicht abwarten, sie in die Arme zu nehmen. Schade, dass Rouen so weit von Trier entfernt ist. Vielleicht kannst du ja eines Tages zurück«, schlug ich hoffnungsvoll vor. Henris Heimatdorf war nur einen Katzensprung von Rouen entfernt. Immer wieder musste ich an die Geschichte Triers denken. Je eher wir Deutschland verließen, desto besser. Trier würde von den Preußen zurückerobert werden und da war es besser, wenn wir weit entfernt wären.

Sein Blick verdunkelte sich schlagartig und darin konnte ich eine unausgesprochene Frage erkennen, die ich nicht recht deuten konnte. Doch so schnell der Gesichtsausdruck aufgetaucht war, verschwand er wieder. Henri wirkte plötzlich völlig teilnahmslos. »Wir werden sehen. Vielleicht werde ich eines Tages zurück nach Frankreich gehen, vielleicht.«

Da musste ich wohl noch ein wenig Überzeugungsarbeit leisten, was ich natürlich nicht vergessen würde. Trier würde in den kommenden Jahren zu gefährlich werden. Aber ich war guter Dinge, die passenden Argumente finden zu können. Henri durfte sich davor nicht verschließen, auch wenn es ihm in Trier gut gefiel. »Du musst darüber nachdenken, Henri. Bitte!«

»Sobald wir Vater und Claire besucht haben, werden wir zu Madame Laurent fahren, dann kannst du sie kennenlernen und ihr alle Fragen über das Medaillon stellen, die dir auf der Seele brennen«, wechselte er auf einmal das Thema. »Vielleicht kann sie dir helfen, zurück in deine Zeit zu reisen.«

Hätte ich auf meinen eigenen zwei Beinen gestanden, wäre ich wie angewurzelt stehen geblieben. Ich war geschockt und tief verletzt. Gerade hatte ich noch überlegt, Henri überallhin zu folgen, und nun sagte er mir indirekt, dass ich zurücksollte. Das tat so weh. Augenblicklich brannten meine Augen und ein fetter Kloß machte sich in meinem Hals breit. Henri ritt voran und merkte nicht, in welcher Verfassung ich war. Vermutlich hatte er dahingehend eh kein Interesse. Jetzt, da er mich im Bett gehabt hatte, war ich offensichtlich uninteressant geworden. Wie hatte ich mich nur so täuschen können? Ich war felsenfest davon ausgegangen, dass er mich genauso sehr liebte wie ich ihn. Warum hatte er sich dann Sorgen um mich gemacht? Warum wollte er mich überhaupt im Park treffen? Die Umarmung und die Worte – war das alles Teil seines Spiels gewesen?

Tapfer blinzelte ich die Tränen weg und wischte die einzelnen, die bereits meine Wangen hinabliefen, fort. Henri sollte nicht merken, wie sehr er mich mit seinen Worten verletzt hatte. Ich würde ihm nicht nachlaufen, nicht betteln und erst recht nicht weinen.

Um nicht noch mehr Schmerz zu empfinden, legte ich mir meinen Panzer um, den, der mich durch meine Kindheit und Jugend gebracht hatte. Der mit der superdicken Stahlwand, die nichts überwinden konnte. Kälte machte sich in mir breit, als ich das Gesicht aufsetzte, das nichts hindurchließ, keine Emotion, nichts.

Doch in mir drin, da stand ich ganz nah an einem Abgrund. Wieder einmal hatte ein Mensch, den ich liebte, mich abgelegt wie einen alten Bademantel. Warum tat es nur so weh, obwohl ich doch langsam daran gewöhnt sein müsste? Meine Mutter, meine beste Freundin, mein langjähriger Freund und nun meine große Liebe. Keiner von ihnen wollte mich, kein Einziger.

* * *

Wie in Trance registrierte ich die ersten Sehenswürdigkeiten von Rouen. Immer wieder drängte sich Jeanne d'Arc in meine Erinnerung, die hier in dieser Stadt im Alter von gerade mal neunzehn Jahren ihren Tod auf einem Scheiterhaufen auf dem Marktplatz gefunden hatte. Ein Schauer rieselte über meinen Rücken bei dem Gedanken daran. So eine tapfere Frau und sie war noch so jung gewesen – faszinierend. Ich jedoch zerbrach schon an dem schlichten Beweis, dass ich nicht geliebt wurde. Wie armselig im Vergleich zu der französischen Nationalheldin, die auch Johanna von Orleans genannt wird.

»Schau, da vorne ist die Apotheke der Truffauts.« Henri riss mich aus meinen Überlegungen und mein Blick folgte seinem ausgestreckten Arm, der auf ein kleines Ladengeschäft zeigte, das an dem belebten Marktplatz Rouens lag. Er sah mich nicht an, versuchte, sich vor dem direkten Blickkontakt mit mir zu drücken. Dieser Feigling!

Fachwerkhäuser säumten den Platz und überall konnte man Händler entdecken, die ihre Waren feilboten. Es wirkte alles sehr malerisch, nur meine Stimmung trübte das schöne Bild. Ich war nicht dazu in der Lage, die Schönheit des Ganzen zu erkennen, denn mein Herz war zerbrochen. Es lag in Scherben vor den Toren Rouens. Ach, wie lyrisch ich doch sein konnte, dachte ich sarkastisch.

Als wir wenig später die Apotheke betraten, kündigte ein Glöckchen unser Erscheinen an. Der Raum war in dunklem Holz vertäfelt. Überall konnte ich kleine Schubladen entdecken, die beschriftet waren, und in Regalen standen trübe Glasflaschen mit nicht identifizierbarem Inhalt.

Ein junger Mann, der eine Brille mit einem Drahtgestell auf der Nase trug, kam zu uns. Ein typischer Nerd, war mein erster Gedanke. Doch seine hellen, intelligenten Augen leuchteten plötzlich euphorisch auf.

»Monsieur Vieille! Wie schön!« Mit ausgestreckter Hand ging er auf Henri zu.

»Maurice, wie oft soll ich noch sagen, dass du mich Henri nennen sollst, und ich wäre zusätzlich noch für ein vertrautes Du, schließlich heiratest du meine Schwester.« Henri schüttelte tadelnd den Kopf, ehe er Maurice die Hand schüttelte.

»Selbstverständlich. Danke, Henri. Aber du kommst zu spät. Wir haben vorgestern geheiratet. Schade, dass du nicht dabei warst. Es war eine bescheidene Hochzeit, nur unsere Familienangehörigen waren anwesend, doch ich war so glücklich, wie ich es mir nie hätte erträumen lassen. Bin es immer noch. Danke für dein Vertrauen.« Maurice redete ohne Punkt und Komma, offenbar schüchterte Henri ihn mit seiner Präsenz dermaßen ein, dass er während seiner Erzählung kaum zum Luftholen kam. »Und das ist dann wohl deine Gemahlin Isabelle«, er verbeugte sich kurz und ich nickte ihm lächelnd zu.

»Richtig«, gab Henri kurz angebunden zurück.

»Schön, Sie kennenzulernen, Isabelle.«

»Ganz meinerseits, Maurice. Herzlichen Glückwunsch zur Hochzeit.«

Ich lächelte immer noch, doch irgendwie schien es mir eher wie eine Grimasse. Es fühlte sich einfach falsch an zu lächeln, wenn mir eigentlich nach Schreien und Heulen zumute war.

»Kommt, ihr beiden, ich bringe euch zu Claire und Pierre. Die beiden sitzen oben und besprechen alles mit meinem Vater, denn mein Schwiegervater möchte morgen ganz früh abreisen und zurück nach Trier. Wenn er dich sieht, wird er es sich vielleicht noch einmal anders überlegen und noch ein paar Tage bleiben, bis ihr gemeinsam abreisen könnt. Das würde Claire sicherlich sehr freuen.« Maurice war ein sympathischer junger Mann, der sehr bemüht war, die unterkühlte Stimmung zwischen mir und Henri ein wenig aufzulockern. Immer wieder sah er zwischen mir und ihm hin und her. Er hatte es bemerkt.

Leider hatte keiner von uns beiden Lust und Nerven, darauf einzugehen. Doch oben angekommen vergaß ich kurzfristig mein Elend. Am Küchentisch saßen Claire, ein älterer Mann und Pierre. Sie redeten und gestikulierten wild. Wir waren wohl in eine hitzige Diskussion hineingeraten. Die Wohnung war hübsch eingerichtet, teilweise wirkten die Möbel noch ganz neu. Maurice hatte sich offenbar die größte Mühe gegeben, für Claire ein schönes Zuhause zu schaffen. Den Rest würde von nun an seine Frau übernehmen, da war ich mir sicher. Claire hätte die beiden Männer innerhalb einer Woche in der Hand und sie würden von da an tun, was sie für richtig hielt.

»Lassen Sie sich nicht davon abschrecken. Die beiden reden immer so bildgewaltig miteinander. Sie kennen sich schon seit der Schulzeit«, versuchte Maurice mir zu erklären, warum es hier so laut zuging. Bildgewaltig war das richtige Wort. Die Männer malten mit ihren Händen regelrecht Bilder in der Luft.

Henri schritt zügig auf die drei zu und als Claire sah, wer da gerade die Küche betrat, sprang sie auf und warf sich ihrem Bruder in die Arme. »Henri!«

Auch die beiden Männer erhoben sich, um uns zu begrüßen. Claire kam zu mir und wir fielen in eine Umarmung. Kaum hatten mich ihre Arme umfangen, kullerten die Tränen bei mir. Alle Anspannung der letzten Tage und mein Liebeskummer trugen dazu bei, dass ich flennte wie ein Schlosshund.

»Hey, meine Belle. Was ist denn los? Weine doch nicht«, gurrte sie und versuchte mich zu beruhigen. »Komm, wir gehen mal ins Schlafzimmer.« Arm in Arm verließen wir die Küche. Henris Blick mied ich, doch ich bezweifelte, dass er sich überhaupt zu mir umschaute.

Claire schloss die Tür ihres neuen Schlafzimmers und drückte mich anschließend sehr bestimmt auf das Bett. »Setz dich und dann erzähl mir alles, was mein schrecklicher Bruder dir angetan hat. Dieses Scheusal wird etwas erleben, das sage ich dir!«

Verzweifelt schlug ich die Hände vors Gesicht. Ich konnte ihr ja schlecht erzählen, dass ich aus einer anderen Zeit kam und Henri wollte, dass ich so schnell wie möglich zurückging. Dennoch erzählte ich ihr von Paris und Sandrine, von Durand und Henris Treffen mit Napoleon Bonaparte. Und zum Schluss gestand ich ihr leise, dass Henri wollte, dass ich zurückging zu meiner Familie, sobald wir wussten, wie ich dort hingelangen könnte.

Erschrocken japste Claire nach Luft und legte den Arm um mich. »So ein Idiot! Glaub mir, Belle, er liebt dich. Ich vermute, er hat Angst, dich zu verlieren, deshalb schickt er dich lieber fort, bevor du dich selbst dazu entschließen könntest zu gehen.«

Wieder einmal überraschte mich Claires Reife. Sie hatte den absoluten Durchblick, was menschliche Gefühle und Handlungsweisen anbelangte. »Ich glaube nicht mehr daran«, flüsterte ich zutiefst unglücklich und schniefte. »So verhält sich keiner, der wirklich liebt. Man verspürt nicht den Drang, den anderen von sich zu stoßen, sondern vielmehr ihn an sich zu ziehen und nie wieder loszulassen.«

»Mein Bruder ist ein harter Mann, wenn er das Gefühl hat, dass er verletzt werden könnte. Soll ich mal mit ihm reden?«, fragte sie mit sanfter Stimme und strich mir dabei immer wieder über den Rücken.

»Nein! Ich werde nicht betteln und versuchen, ihn dazu zu überreden, sich mit mir abzugeben.« Ich schüttelte heftig den Kopf. »Nein, darauf muss er schon von allein kommen.«

* * *

Doch auch bei unserem gemeinsamen Abendessen, das aus Brot, Käse und Wurstaufschnitt bestand, kam er nicht darauf, sich mit mir auszusprechen. Auch Pierre fiel es auf, dass etwas zwischen uns nicht stimmte. Immer wieder sah er fragend zu mir, hob eine Augenbraue und stellte damit eine unausgesprochene Frage in den Raum. Ich zuckte mit den Schultern, um ihm wenigstens eine Art von Antwort zu geben, ich konnte ihn ja schließlich nicht ignorieren. Henri wiederum schien mich tatsächlich die ganze Zeit über nicht wahrzunehmen. Für ihn war ich Luft. Tiefe Traurigkeit erfüllte mich und ich hatte das Gefühl, man hätte mir den Stecker gezogen, denn meine Kraft war verpufft. Ich fühlte mich schlapp und motivationslos.

Und als man uns ein gemeinsames Zimmer zuwies, wurde der Knoten in meinem Magen immer größer. Ich war so unendlich müde und traurig, dennoch wusste ich, dass ich nicht schlafen konnte. Meine Gefühle waren zu sehr in Aufruhr, aber mein Stolz verbot es mir, ihn anzusprechen. Letztendlich war er es gewesen, der die Nähe zwischen uns zerstört hatte.

Nachdem wir die Schlafkammer betreten hatten, setzte Henri sich an den kleinen Tisch und zündete eine Kerze an. Offenbar konnte er auch nicht an Schlaf denken, obwohl er wie ich die letzte Nacht kein Auge zugetan hatte. Ich legte mich angezogen auf das Bett und beobachtete ihn verstohlen. Das Kerzenlicht warf dunkle Schatten auf sein Gesicht, das von einem Bartschatten bedeckt war. Er wirkte dunkler als jemals zuvor. Mein Dark Lord, dachte ich bitter. Er war mir zum Verhängnis geworden, der Bad Boy der Neuzeit. Der Idiot, der mir mein Herz herausgerissen hatte.

Ich hörte ihn atmen und sah, wie er ein Buch aus seiner Jackentasche zog und es aufschlug. Nun, zumindest so viel Ruhe hatte er. Vielleicht sollte ich es ihm gleichtun, schließlich hatte ich sonst nichts zu tun. Aber dann würde er denken, ich wollte mich ihm anbiedern, indem ich mich ihm anpasste. Nein, das ging nicht.

Ich lag lange wach und dachte über diese verworrene Situation nach, doch als ich ein Poltern aus der Stube hörte, schreckte ich hoch. Ich war wohl doch irgendwann eingenickt. Mein Blick huschte direkt zu Henri. Hastig sprang er von seinem Stuhl, nachdem er das Buch weggelegt hatte, und bedeutete mir, still zu sein. Als wenn ich das nicht selbst wüsste!

Leise öffnete Henri die Tür und ich setzte mich neugierig im Bett auf. Laute Gesprächsfetzen drangen an mein Ohr, doch ich konnte nicht verstehen, um was es ging. Wir waren im zweiten Stockwerk, während der Krach von der Etage unter uns kam. Als Henri auf den Flur hinaustrat, stand ich auf. Ich wollte auf keinen Fall alleine in der Kammer zurückbleiben, auch wenn es ihm wahrscheinlich am liebsten gewesen wäre.

Zaghaft folgte ich ihm. Henri hatte an der Tür seinen Degen abgelegt und griff nun danach, ehe er weiterging.

»Du kommst zu spät!«, schrie in diesem Moment Pierre laut und als seine Stimme in einem Gurgeln endete, stürzte sich Henri die Treppen hinunter. Meine Nackenhaare standen angesichts des Geräuschs empor und eine böse Vorwarnung breitete sich in mir aus wie schwarzer Nebel. Eilig folgte ich Henri und betete darum, dass ich mich täuschte. In diesem Moment kamen Claire und Maurice aus dem Zimmer neben unserem. Ängstlich schaute mich meine Freundin an, die bereits ihr Nachtgewand und ihre Haare offen trug. Ich bedeutete ihnen, leise zu sein, indem ich den Zeigfinger auf meine Lippen legte. Wissend nickten beide.

»Sie gehört mir!« Ich hätte diese Stimme überall erkannt. Eine eisige Gänsehaut überzog meinen Körper und ich schob Claire kurz entschlossen zurück in ihr Zimmer.

»Du bleibst hier drinnen und Maurice auch. Verbarrikadiert diese Tür und lasst niemanden außer uns hinein. Verstanden?«, sagte ich eindringlich und sah den zwei frisch Vermählten ernst in die Augen. Sie nickten ängstlich. In diesem Moment erkannte man, wie jung die beiden noch waren.

»Mein Vater!«, sagte Maurice schockiert.

Claire zog ihn mit sich in das Zimmer. »Er hört nichts, so schwerhörig wie er ist, schläft er noch.«

Kluges Mädchen, dachte ich noch, doch ich schwieg und drehte mich schnell um und folgte Henri nach unten. All meine Sorgen galten Pierre.

In der Wohnstube bot sich mir ein schrecklicher Anblick. Henri und Durand kämpften wie zwei Besessene gegeneinander. Immer wieder sauste Durands Klinge viel zu nah an Henri vorbei. Doch auch dieser war beharrlich und schaffte es nach einer Finte, Durand am Arm zu verletzen. Am liebsten hätte ich kurz triumphierend aufgeschrien, als ich das sah, doch dann fiel mein Blick auf den Boden vor meinen Füßen.

Pierre lag in einer Blutlache, die von Sekunde zu Sekunde größer zu werden schien. Seine Augen waren weit aufgerissen und er bekam schlecht Luft. Stolpernd kam ich neben ihm auf die Knie und ergriff seine Hand. Unsere Blicke trafen sich und ich konnte Zuneigung in seinen Augen erkennen. Mir schnürte es die Kehle zu. »Belle!«

»Ich bin hier. Nicht reden. Wir holen gleich Hilfe.« Ich versuchte, zuversichtlich zu klingen, obwohl der Kampflärm um uns herum das nicht leicht machte. Tränen brannten in meinen Augen, da ich meine eigenen Worte anzweifelte.

»Ich werde gleich meine Rose wiedersehen.« Ich wusste, dass er seine Frau meinte, denn seine Stimme klang trotz der Schmerzen, die er in diesem Moment litt, voll von Liebe. »Verschenk nicht die Zeit, die euch bleibt, Belle. Liebe kennt keine Angst, sie ist wunderschön, man muss sich nur trauen, sie zuzulas…« Seine Worte gingen in einem pfeifenden Röcheln unter. Mein Herz zog sich schmerzhaft zusammen, als ich an ihm herabschaute. Die Bauchwunde, aus der das viele Blut stammte, war nicht die einzige. Ein roter Fleck in Höhe seiner Brust auf seinem Hemd zeugte davon, dass seine Lunge ebenfalls verletzt war. Doch das war es nicht, was mich so sehr ängstigte. Es war der zusammengesunkene Brustkorb, der mir die Endlichkeit von Pierres Leben bewusst machte. Eine Endlichkeit, die hier und heute in Endgültigkeit wechseln würde. Egal, wie schnell wir Hilfe holen würden, es wäre nicht schnell genug. Und ob die Menschen in dieser Zeit überhaupt die Möglichkeit hatten, eine solche Verletzung zu behandeln, bezweifelte ich.

»Ich bin da, Pierre«, stieß ich mit tränenerstickter Stimme hervor, um etwas zu sagen, irgendetwas. Was waren die richtigen Worte in einem solchen Augenblick? Ich wollte so verzweifelt das Richtige sagen.

»Ich weiß. Pass auf meine Kinder auf.« Seine Lider flatterten und sein Körper begann zu krampfen, dann wurde er ganz weich und ein zischender Laut kündete von Pierres letztem Atemzug.

Fassungslos starrte ich auf den Leichnam des Mannes, der so viel Herzlichkeit in sich getragen hatte. Niemals zuvor war ich einem Menschen begegnet, der im Herzen so rein und gut gewesen war wie Pierre. Wer weiß, wo ich mittlerweile gelandet wäre, wenn er nicht gewesen wäre. In einem Kerker? Verkauft an Durand, der seinen Spaß mit mir gehabt und mich dann entsorgt hätte? Tränen liefen meine Wangen hinab und eine ungeheure Wut erfasste mich. Wut auf Durand. Wut auf Henri. Wut auf die Menschen in meiner Zeit, die mir so wehgetan hatten. Wut auf das Schicksal an sich, das es nie gut mit mir gemeint hatte und nun auch noch diesen wundervollen Mann aus dem Leben riss. Im Gegensatz zu ihm konnte mich der Gedanke, dass er seine Frau wiedersehen würde, nicht trösten. Dann fiel mein Blick auf den Dolch, der neben ihm lag. Was ich einmal getan hatte, würde ich auch ein zweites Mal tun können. Entschlossen griff ich danach und erhob mich langsam.

Der einst so hübsche Raum lag verwüstet vor mir. Stühle und Sessel waren umgekippt. Eine Vase lag zersprungen auf dem Boden und jemand war auf den Blumen herumgetrampelt. Irrwitzigerweise fachte diese Verschwendung meine Wut nur noch mehr an, als ich wie ein Racheengel meinen Blick auf Durand heftete. Die Klinge seines Schwerts glänzte im Licht der Gaslampe. Den Schmutz und die Bakterien, die daran hafteten, konnte man nicht sehen, doch ich wusste, dass sie da waren. Und wenn er seinen Gegner nicht tötete, sondern nur verletzte, würde der jämmerlich eingehen. Er war ein böser Mensch, jemand, dem an anderen nichts lag. Nur sein Stolz und seine Gier lenkten ihn. Und diese Gier wollte ausgerechnet meine Freundin und Schwägerin Claire, und sein Stolz ließ es zu, dass er dafür über Leichen ging. Er nahm den Tod von Menschen in Kauf, die tausendmal mehr Ehrgefühl besaßen als er.

Ich presste die Zähne so fest aufeinander, dass mein Kiefer knackte. Rupert hatte ich im Affekt getötet, nicht wirklich mitbekommen, was ich tat, doch sollte mir die Möglichkeit gegeben sein, Durand zu töten, dann würde ich dies im vollen Bewusstsein tun. Ich freute mich auf den Moment, in dem die Klinge von Pierres Dolch Durands schäbiges Fleisch durchbohren und ich ihm tief in die Augen sehen würde, wenn er in die Hölle fuhr.

Henri und Durand bewegten sich schnell und immer wieder drehten sich beide wie ein Paar, das nach einer geheimen Choreografie tanzte. Anmutig und tödlich schlugen ihre Waffen aufeinander. Ich trat immer näher, beobachtete und versuchte eine Stelle zu finden, durch die ich hindurchschlüpfen und das tun konnte, was ich mir vorgenommen hatte. Doch egal, in welche Richtung ich mich begab, immer stand Henri mit dem Rücken zu mir und schirmte mich ab. Erst jetzt ging mir auf, dass er das anscheinend bewusst tat, um mich zu schützen.

Ich wollte gerade unter Henris Arm hinwegtauchen, um auf Durand einzustechen, als ich jemanden brüllen hörte. Mit Schrecken erkannte ich, dass es Maurice' Stimme war. Was hatte er vor? Als ich mich zu ihm umdrehen wollte, stürmte er gerade an mir vorbei. Er stieß Henri zur Seite, dessen Degen in weitem Bogen davonflog, und schwenkte einen uralten Säbel vor sich her, der Durand ein spöttisches Lächeln entlockte. Doch er hatte in seiner Überheblichkeit vergessen, dass nun drei Leute vor ihm standen, die es alle darauf abgesehen hatten, ihn zu töten.

Die nächsten Millisekunden liefen vor meinem geistigen Auge in Zeitlupe ab. Maurice rannte an mir vorbei, ich sah Durands dreckiges Grinsen, als er seinen Degen erhob und in Maurice' Richtung schwenkte. Entschlossen, Claire zu ersparen, bereits nach zwei Tagen Witwe zu werden, ließ ich den Dolch fallen und rammte meine Schulter in Maurice' Seite, woraufhin er nach mir griff und mein Medaillon zu fassen bekam. Entsetzt stellte ich fest, dass Maurice wie ein gefällter Baum umkippte und mich mit sich zog. Dann spürte ich, wie meine Kette riss. Eine eiserne Hand umklammerte meinen Hals, die Hand der Angst, des Verlusts. Wo war das Medaillon hingefallen? In dem Tumult konnte ich es nicht finden. Rasch drehte ich mich um und blickte in Durands grimmiges Gesicht und der Spitze seines Degens entgegen, die immer näher auf mich zuraste. Ich versuchte mich aufzurappeln, doch eines meiner Beine lag unter dem schweren Körper meines Schwagers und machte es mir unmöglich aufzustehen. In Durands Augen blitzte bereits Siegesgewissheit auf, als Henri seitlich auf ihn zuschoss, den Dolch, den ich zuvor fallen gelassen hatte, fest im Griff.

Abwehrend hob ich die Hände, da der Degen mir gefährlich nahe kam. Doch das war nicht nötig gewesen, denn Henri war schneller und der Dolch in seiner Hand fuhr in das weiche Fleisch an Durands Hals. Blut spritzte und Durand riss gurgelnd die Augen auf. Dann fiel er um und kam direkt neben mir auf dem Boden auf. Sein Blick war gehetzt auf mich gerichtet.

Die Menschlichkeit in mir, die ich mein Leben lang für unentbehrlich erachtet hatte, schrie, dass ich ihm helfen solle, doch ich blieb reglos. Ich starrte ihn an, sah in seinen Augen, wie die Gewissheit langsam in sein Bewusstsein sickerte, dass er hier und jetzt sterben würde, und das erfüllte mich mit einer Genugtuung, die jeglicher Menschlichkeit entbehrte.

Starke Arme griffen nach mir und zogen mich unter Maurice hervor, der sich ebenfalls langsam aufrappelte. Henri zog mich in seine Arme und presste mich an seinen Körper. Ich stand nur da, konnte mich nicht bewegen, konnte die Nähe zu dem Mann, den ich liebte, nicht genießen, da die Gewalt und der Tod mich in eine Schockstarre versetzt hatten. Doch was mich am meisten erschütterte, war meine eigene Kaltblütigkeit. Bis vor Kurzem hätte ich selbst jemandem wie Durand geholfen. Ich hätte ihn nicht sterben lassen. Ich war immer eine Gegnerin der Todesstrafe gewesen, hatte ellenlange Briefe an die amerikanische Regierung geschickt, um zum Tode Verurteilte aus der Todeszelle frei zu bekommen. Was für ein Narr ich gewesen war! Der Tod war das Einzige, was solche Kreaturen der Hölle davon abhielt, weiter ihr Unwesen zu treiben.

Plötzlich wurde mir schwindelig, der Raum begann sich zu drehen und ich hatte das Gefühl, dass sämtlicher Sauerstoff meinen Lungenflügeln entwich. Es wurde schwarz um mich herum und wieder einmal fiel ich in Ohnmacht, was mich in dem Sekundenbruchteil davor fürchterlich frustrierte. Genauso wie mich die Tatsache schmerzte, dass mein Medaillon nicht mehr um meinen Hals hing.

24. Kapitel

»Sie kommt zu sich!«, hörte ich Claires Stimme leise, aber eindringlich sagen.

Diese ständige in Ohnmachtfallerei hing mir zum Halse raus. Das konnte doch auf Dauer nicht gesund sein. Meine Augenlider flatterten, aber ich konnte sie nicht offen halten, es schien, als wäre mir sämtliche Energie dafür abhandengekommen. Dann fielen mir die Dinge ein, die in der kurzen Zeit, bevor ich das Bewusstsein verloren hatte, passiert waren.

»Pierre«, stieß ich keuchend hervor.

Claire wimmerte und sagte dann: »Er ist tot, Belle. Er ist tot!«

»Ich weiß. Es tut mir so leid.« Tränen rannen aus meinen Augen und liefen an meinen Schläfen hinab in meine Haare. Ich versuchte, eine Hand zu heben, um sie wegzuwischen, doch auch dafür fehlte mir die Kraft.

Ich hörte Claire schluchzen und dann, wie sie aufstand. Kalte, große Hände ergriffen meine linke Hand und streichelten darüber – raue Haut auf meiner. Henri! Ich genoss den Kontakt, doch mein Herz blutete immer noch bei dem Gedanken, dass er wollte, dass ich bald in meine Zeit zurückkehrte.

Warum nur fühlte ich mich so schlecht, so kraftlos, als hätte man mich meiner Energiequelle beraubt? Ich zermarterte mir das Hirn. Unwillkürlich fuhr meine Hand zu meinem Hals, tastete blind umher und fand nichts. Da war keine Kette, kein Medaillon! Schlapp fiel meine Hand zurück auf den kühlen Stoff. Angst durchfuhr mich und ich riss die Augen auf. »Mein Medaillon!« Mir fiel siedend heiß ein, dass mein Körper bisher jedes Mal so reagiert hatte. Sobald ich von dem Medaillon getrennt worden war, war mir übel und schwindelig geworden und ich hatte schlecht Luft bekommen.

»Es muss bei dem Kampf mit Durand abgerissen sein«, mutmaßte Henri.

»Ich brauche es, sofort!« Meine Stimme war eine Oktave hochgerutscht, doch es war mir egal, ob man mich für hysterisch hielt. Alles in mir schrie danach, dieses Schmuckstück wieder bei mir zu haben – auf meiner Haut – sofort!

»Warte, ich gehe es suchen«, hörte ich Maurice sagen.

Ich schloss die Augen und versuchte ruhiger zu atmen und die aufsteigende Übelkeit in den Griff zu bekommen, was mir nur schwer gelang, da die Panik mich fest im Griff hatte.

»Ich habe sie gefunden!« Maurice' Stimme klang atemlos, als wäre er die Treppen hinunter- und wieder hinaufgestürmt, was vermutlich auch genauso gewesen war. »Aber der Verschluss ist zerbrochen, die müssen wir erst einmal reparieren lassen.«

»Ich brauche das Medaillon«, hauchte ich kraftlos, da mich eine weitere Unterhaltung fürchterlich anstrengen würde.

»Gib sie her!«, herrschte Henri Maurice ungehalten an.

»Hier«, knurrte Maurice. »Komm, Claire, wir lassen die beiden mal alleine.« Die Tür fiel ein wenig zu heftig ins Schloss, was ich Maurice allerdings angesichts der drückenden Atmosphäre und Henris schroffem Tonfall nicht verübeln konnte.

Es raschelte und Henri ließ meine Hand los, um mir kurz darauf das Schmuckstück in die Handfläche zu legen. Sofort überkam mich Ruhe und ich fühlte, wie die Kraft zurück in meine Knochen sickerte. Langsam öffnete ich die Augen und sah in Henris Gesicht. Er sah niedergeschlagen aus und unglücklich. Der Verlust seines Vaters musste ihn hart getroffen haben. Wenn es mich schon so aus der Fassung brachte, wie musste es dann erst ihm gehen oder Claire?

Ich rappelte mich hoch, vergaß allen Kummer, den er mir zugefügt hatte, und nahm ihn in den Arm. Zuerst versteifte er sich, doch dann nahm er die Zärtlichkeit an und schloss seine Arme ebenfalls um mich. So saßen wir lange da, hielten uns und fanden Trost in der Umarmung des anderen. Warum musste das Leben nur immer so kompliziert und furchtbar sein? Ich konnte mir nicht vorstellen, dass Pierre nicht mehr da war. Er war mir in der kurzen Zeit so sehr ans Herz gewachsen. Ich hatte mich in seiner Anwesenheit geborgen gefühlt und mir vorstellen können, wie es war, einen solch liebevollen Vater zu haben.

Zaghaft löste sich Henri von mir und legte stattdessen seine Stirn gegen meine. »Ich werde dich sehr vermissen, Belle«, gestand er leise.

Mein Herz zog sich erneut zusammen. »Ich dich auch«, sagte ich gequält.

Ruckartig richtete sich Henri auf und verließ den Raum. Allein in dem dunklen Zimmer, das nur wenig durch die einzelne Kerze erhellt wurde, erschlug mich beinahe die Tatsache, dass ich bald wieder in meiner Zeit sein würde. Ohne Dach über dem Kopf, ohne beste Freundin und vor allem ohne Henri.

Ich war verwirrt, oder war er es? Warum wollte er, dass ich gehe, wenn er mich vermissen würde? Hatte ihn der Verlust seines Vaters so sehr getroffen, dass er nun mich bei sich haben wollte? Nein, das hatte er ja auch nicht gesagt, musste ich zugeben. Er würde mich vermissen, doch er liebte mich nicht. Mögen war da wohl das passendere Wort.

Anstatt mich wieder ins Bett zu legen, stand ich auf und steckte den Anhänger in meinen Ausschnitt. So lange er meine Haut berührte, ging es mir gut. Ich musste den anderen helfen. Ich konnte unmöglich hier liegen bleiben und mich ausruhen, während Claire, Maurice und Henri das Wohnzimmer aufräumten und sich um die Toten kümmerten.

* * *

Am nächsten Nachmittag standen wir alle zusammen auf dem Friedhof von Rouen. Da Sommer war, mussten die Toten schnell begraben werden. Der Priester sprach rührende Worte, auch wenn er Pierre nicht wirklich gekannt hatte. Der Morgen war hektisch verlaufen, da alle Formalitäten geklärt werden mussten. Der Leichnam Durands war von den Behörden abgeholt worden und wurde vermutlich ebenso rasch unter die Erde gebracht, auch wenn bei seiner Beerdigung niemand weinend an seinem Grab stehen würde. Gott sei Dank wurde bisher keine Anschuldigung gegen Henri oder Maurice geäußert, der sie in irgendeiner Weise angreifbar machen würde. Es bestand kein Verdacht wegen Mordes, sondern allen war klar, dass es Notwehr gewesen war. Das beruhigte mich ungemein.

Wir traten nacheinander vor das offene Grab, griffen in einen Korb mit Erde und warfen diese auf den hölzernen Sarg. Das dumpfe Geräusch, das dabei entstand, verdeutlichte wieder die Endgültigkeit des Todes. Trotzdem hatte ich ein beklemmend surreales Gefühl. Es tat so weh, dass ich am liebsten geschrien hätte. Henri hielt sich tapfer neben mir. Claire musste jedoch von ihrem Maurice gestützt werden. Bei ihnen stand Maurice' Vater, der völlig geschockt wirkte. Wir hatten ihn erst geweckt, nachdem wir den größten Schaden behoben und die Toten zugedeckt hatten. Seitdem lief er herum, als hätte jemand ihn in eine Art Stand-by-Modus versetzt. Er war körperlich anwesend, aber sein Geist schien meilenweit entfernt zu sein. In meiner Zeit hätte ihm ein Arzt irgendein Beruhigungsmittel verschrieben, ebenso Claire, doch hier musste man ohne solche

Helferlein mit seinem Schmerz klarkommen. Freuds Zeit würde noch ein wenig auf sich warten lassen.

Schweigend liefen wir zurück zu dem Apothekerhaus, jeder hing seinen Gedanken und Erinnerungen nach. Der Verlust hatte uns alle hart getroffen, wenn auch jeden auf eine andere Weise. Das Haus erschien mir dunkel und trostlos. Pierres herzliche Art fehlte, seine vor Wärme sprühende Menschenkenntnis, die jeden in ihren Bann zog.

Claire und ich bereiteten ein karges Mahl zu, Appetit hatte keiner von uns. Und kaum hatten wir aufgegessen und aufgeräumt, verschwanden wir in unseren Zimmern.

Henri und ich entkleideten uns wortlos und krochen unter das Federbett. Ich wusste nicht, wie ich mich verhalten sollte, und starrte an die Decke. In mir drinnen ein Klumpen, der mein Zwerchfell zusammenzog. Hastig atmete ich ein, da ich ansonsten angefangen hätte zu weinen, und spürte im nächsten Moment Henris Hand, die mir zärtlich über den Kopf strich. Als er merkte, dass ich keine Gegenwehr leistete, zog er mich enger an sich. Ich ließ ihn gewähren, zu sehr verlangte alles in mir nach ihm. Nach ihm und seinen Zärtlichkeiten, die mich vergessen lassen konnten, was ich erlebt hatte.

Zaghaft hob ich den Kopf, und da der Abend noch nicht alt war und ein wenig verblassendes Tageslicht durchs Fenster fiel, konnte ich sein Gesicht gut erkennen. Seine Augen waren geschlossen, während seine Hand beruhigend über meinen Arm strich. Sein Gesicht wirkte wie gemeißelt, seine weichen Lippen luden zum Küssen ein und genau das tat ich in diesem Augenblick. Liebe kennt keine Furcht, schoss es mir durch den Kopf. Genau das hatte Pierre mir gesagt, als er wusste, dass er sterben würde.

Das wollte ich beherzigen und rutschte mutig ein Stück nach oben, beugte mich über Henri und legte meine Lippen auf seine. Ich legte all meine Gefühle in diesen Kuss, den er bereitwillig erwiderte. Meine Hände wanderten über seinen nackten Brustkorb, ertasteten jeden einzelnen Muskel, strichen darüber und genossen die Wärme, die sein Körper so bereitwillig schenkte. Er fühlte sich so weich und zeitgleich hart und unnachgiebig an, dass ich das Gefühl hatte, ihn nicht mehr loslassen zu können, nie wieder. Mein Körper schmiegte sich perfekt an seinen und die Hitze, die sich in mir ausbreitete, ließ mich aufstöhnen. An meinen Lippen spürte ich, wie sich sein Mund zu einem Lächeln verzog, da er merkte, welche Wirkung er auf mich hatte. Doch es war ebenso schnell verschwunden, wie es aufgetaucht war.

»Belle«, hauchte er meinen Namen.

»Mh?«

»Mach die Augen auf. Ich will, dass du mich ansiehst, während wir zusammen sind.« Er untermauerte seine Forderung mit ein paar Küssen an meinem Hals entlang, die mich um den Verstand brachten, dann öffnete ich die Augen und sah in seine. Darin loderte Verzweiflung und ein Feuer, das mich leicht erschreckte. Henri sah wilder aus denn je. Ungezähmt und besitzergreifend drehte er mich auf den Rücken, schob mein Unterkleid, das ich in Ermangelung eines Nachthemds trug, nach oben, bis es über meinem Kopf meine Arme umschloss. Bestimmt legte er eine Hand darauf und streichelte mit der anderen meinen Oberkörper. So lag ich nackt vor ihm, und die Art, wie er mich festhielt, erregte mich sehr. Ich vertraute ihm. Seine Zärtlichkeit trieb mir Tränen in die Augen, die ich hektisch wegzublinzeln versuchte.

»Belle!«, stieß er stöhnend hervor, während sein Blick besitzergreifend über meinen Körper glitt. »Ich habe in meinem ganzen Leben niemanden getroffen, der diesen Namen rechtmäßiger trägt als du. Du bist die Schönheit und Versuchung in Person.« Seine Worte glitten ebenso sanft über mich hinweg wie sein Blick und seine Hand, und ich glaubte ihm. Glaubte ihm, wie ich noch nie einem Mann geglaubt hatte. In diesem Moment fühlte ich mich begehrenswert und all mein Groll, den ich auf meinen rundlichen Körper empfand, war wie weggeblasen. Zurück blieb das Gefühl, sexy zu sein und etwas Besonderes. Und dieses Gefühl verursachte ein Beben in meinem Unterleib, ein Verlangen ergriff mich, das nur von Henri gestillt werden konnte. Ich wollte ihn so sehr, also öffnete ich die Beine und legte sie ihm um die Taille, zog ihn näher zu mir. Dann drang er in mich ein, sah mir tief in die Augen, sodass ich das Gefühl hatte, eins mit ihm zu sein. Zärtlich liebten wir uns, schenkten uns die Aufmerksamkeit, die wir so dringend brauchten, und als wir gemeinsam den Höhepunkt erreichten, liefen mir die Tränen die Wangen hinab, da ich wusste, dass dies das letzte Mal sein würde, dass Henri mich liebte. Es war sein Abschiedsgeschenk an mich gewesen.

* * *

Der Morgen war vergangen, ohne dass ich Henri zu Gesicht bekommen hatte. Als ich aufgewacht war, hatte er bereits unser Zimmer verlassen und war auch nicht im Haus zu finden gewesen. Erst vor Kurzem war er wieder aufgetaucht.

Nun saßen wir alle zusammen in der Küche. Das Mittagessen war beendet und eine ungewohnte Stille senkte sich über uns. Maurice' Vater hatte sich verabschiedet und kümmerte sich um die Lagerbestände der Apotheke, während wir jungen Leute – wie er uns nannte – noch beisammensaßen.

»Ihr wollt wirklich schon abreisen?« Claires Stimme klang schrill und augenblicklich beschlich mich ein schlechtes Gewissen, sie im Stich zu lassen, doch Henri bestand darauf. »Ja, ich muss. Napoleon Bonaparte hat mir zugestanden, einen kurzen Abstecher nach Rouen zu unternehmen. Er hat mir nicht erlaubt, hier zu faulenzen, denn in Trier wartet meine Kompanie auf mich. Das musst du doch verstehen, Kleines.« Henri trat zu ihr und nahm sie in die Arme.

»Dann lass mir wenigstens Isabelle hier«, bettelte Claire.

»Nein!«, erwiderte ihr Bruder streng. »Sie hat noch etwas zu erledigen.«

Neugierig sah Claire mich an und ich zuckte beiläufig mit einer Schulter. Doch gar so beiläufig empfand ich das Ganze nicht. Die Angelegenheit, die ich seiner Meinung nach zu erledigen hatte, war, dass ich zurückkehrte in meine Zeit. Was ich nicht wollte und dennoch musste, wenn ich hier nicht mit gebrochenem Herzen bleiben wollte. Dieses blöde Medaillon hatte zu keiner Zeit das gehalten, was über es erzählt wurde. Klar, es hatte mich zu meiner großen Liebe geführt, doch glücklich hatte es mich nicht gemacht. Im Gegenteil, der Kummer, den ich jetzt empfand, war um ein Tausendfaches schlimmer als der, den ich empfunden hatte, als Daniel mir den Laufpass gegeben hatte.

Außerdem wollte ich auf keinen Fall in Rouen bleiben, wenn Henri nicht bei mir war. So lieb ich Claire hatte, so sehr würde ich Henri vermissen. Und jeder Blick in ihr Gesicht wäre ein Stich in mein Herz, weil ich ihn in ihr sehen und vermissen würde.

»Wann wollt ihr los?«, wollte Maurice wissen, legte Claire einen Arm um die Schulter und führte sie zu einem Stuhl. Sanft drückte er sie darauf, stellte sich hinter sie und streichelte weiterhin ihre Arme. Sie brauchte Trost und ich nahm wohlwollend zur Kenntnis, dass Maurice das erkannte. Er war ein feinfühliger Mann und er liebte Claire sehr. Da ich dies wusste, fiel mir der Abschied nicht so schwer. Sie war fortan in guten Händen und würde ein geruhsames Leben hier in Rouen als die Frau des Apothekers führen.

»In einer Stunde.«

Entgeistert starrte ich zu Henri, der den Blick gesenkt hielt.

Claire sprang wieder von ihrem Stuhl auf. »Das ist doch jetzt nicht dein Ernst, Henri Vieille. Es ist fast Nachmittag!«

Henri hob den Kopf und sah seiner Schwester mit hartem Blick ins Gesicht. »Ich weiß sehr wohl, welche Tageszeit wir haben. Dennoch müssen wir aufbrechen.«

Tränen traten in Claires Augen. »Unser Vater ist doch erst seit ein paar Stunden unter der Erde.« Maurice legte ihr eine Hand auf die Schulter und versuchte sie zu beruhigen, doch sie stand stur wie ein Maulesel im Raum und sah Henri herausfordernd an.

Man hätte eine Stecknadel fallen hören können, so still war es im Zimmer. Niemand wagte es, Claire zu widersprechen, auch nicht Henri, obwohl uns klar war, dass man ihn nicht umstimmen würde. Und zeitgleich wurde sich jeder von uns erneut des Verlusts bewusst, den wir erlitten hatten.

Ich hatte das Gefühl, Claire trösten zu müssen, also trat ich vor, schloss sie in meine Arme und sagte: »Ich komme wieder. Versprochen!«

Ich fing Henris Blick auf, den er mir aus zusammengekniffenen Lidern zuwarf. Trotzig hielt ich diesem Blick stand und reckte das Kinn nach vorne. Ich würde schon einen Weg finden, Claire zu besuchen. Irgendwie würde das Medaillon mir schon helfen. Ich musste zuversichtlich sein, anders konnte ich den Abschied nicht übers Herz bringen. Ich liebte Claire beinahe so sehr, als wäre sie meine eigene Schwester, und nichts lag mir ferner, als ihr wehzutun.

Ungeduld klomm in Henris Augen auf und er griff nach meinem Arm. »Komm, lass uns packen.« Er zog mich ruppig von Claire fort, die sofort von Maurice getröstet wurde, und lockerte seinen Griff um meinen Oberarm auch nicht, als wir in dem Zimmer ankamen, in dem wir die Nacht zusammen verbracht hatten. Eine Nacht, die alle meine Sehnsüchte erfüllt hatte. Doch nun musste ich erkennen, dass es tatsächlich ein Abschied gewesen war.

»Du kannst mich loslassen«, giftete ich ihn an, doch er dachte gar nicht daran.

Stattdessen drückte er mich mit seinem Körper gegen die Tür. Sofort erfasste mich die Lust, die ich bereits in der Nacht empfunden hatte. Mein verräterischer Körper schmiegte sich an ihn und ich spürte, dass auch er einer Wiederholung gegenüber nicht abgeneigt wäre. Doch plötzlich ließ er von mir ab, als hätte er sich verbrannt.

»Pack!«, knurrte er mit belegter Stimme.

Ich fuhr mir atemlos durch das Haar und richtete mein Kleid. Mein Körper summte noch immer erwartungsvoll, aber mein Verstand sprühte vor Zorn. »Jawohl, Sir!«, gab ich zynisch von mir und salutierte, was ihm lediglich ein Grunzen entlockte. Als er den Raum verließ und die Tür viel zu laut ins Schloss warf, schlug ich auf die Matratze ein. Der Frust, den ich empfand, war zu groß, um ihn hinunterschlucken zu können.

Anschließend packte ich alles in die Satteltaschen. Meine eigene Tasche war bereits mit meinen Sachen vollgestopft. Wehmütig blickte ich mich noch einmal um, ehe ich das Zimmer verließ und die Treppe hinabstieg.

* * *

Einige Minuten später standen wir an der Straße. Der Marktplatz war wieder voll mit Menschen. Händler boten ihre Waren an und Kauflustige gingen von Stand zu Stand, um ein gutes Angebot zu finden. Die sommerlichen Temperaturen ließen mir den Schweiß zwischen den Schulterblättern hinablaufen und mich gegen das grelle Sonnenlicht anblinzeln. Alles wirkte so normal, nichts deutete darauf hin, dass vorgestern Abend ein Verbrechen stattgefunden hatte. Niemand außer uns vermisste Pierre Vieille. Wie leicht ein Mensch doch in Vergessenheit geraten konnte.

»Du wirst mir schrecklich fehlen, Belle.« Claires Augen waren stark gerötet und auch ihr Gesicht zierte Flecken in allen möglichen Rottönen. Sie war verweint und Trauer lag in jedem ihrer Worte. Sie hatte nicht nur ihren Vater verloren, sondern musste nun auch viel zu schnell von ihrem Bruder und ihrer Schwägerin Abschied nehmen. Ich fühlte mit ihr und hätte ihr so gerne den Schmerz erspart. Aber das lag außerhalb meiner Fähigkeiten.

»Du mir auch, kleine Claire. Sehr sogar, mehr als es dir wahrscheinlich je bewusst sein wird.« Zärtlich streichelte ich ihr Gesicht, strich ihr eine Strähne hinter das Ohr und drückte ihr einen Kuss auf die Stirn, um dann hastig auf das Pferd zu steigen.

»Bis bald!«, rief Henri hastig und gab seinem Pferd mit einem Schnalzen zu verstehen, dass es losging. Meine Stute Noëlla setzte sich ebenfalls tänzelnd in Bewegung.

Noch einmal drehte ich mich um und sah Claire immer kleiner werden. Tränen rannen über meine Wangen und ich hob noch einmal die Hand zum Abschiedsgruß, dann bogen wir um eine Ecke und ich drehte mich mit schwerem Herzen zu Henri um, der mich nicht weiter beachtete.

* * *

Die Zeit zog sich wie Kaugummi dahin, während wir uns anschwiegen und an weiten Feldern mit Lavendel vorbeiritten. In allen möglichen Lilatönen blühte er um uns herum, füllte Feld um Feld und Hügel um Hügel. So weit das Auge blicken konnte, sah ich nur diese Farbe. Es sah so wunderschön aus, dass es einem Landschaftsgemälde hätte entsprungen sein können. Und vor diesem Hintergrund ritt der Mann, der mir mit jedem Meter, den wir vorankamen, ein weiteres Stück meines Herzens herausriss. Er wirkte so stolz und unnahbar auf seinem prächtigen Pferd. Thor war genauso dunkel und kämpferisch wie sein Reiter. Beide zusammen bildeten sie eine Einheit. Dark Lord hatte ich Henri getauft, nachdem ich ihn das erste Mal gesehen hatte, weil er so düster auf mich gewirkt hatte. Damals kannte ich ihn noch nicht, liebte ihn noch nicht, nein, ich mochte ihn noch nicht einmal.

Viel war seither passiert und ich hatte mich so sehr verändert. Ich, Isabelle Riebel, die in ihrer Zeit ein absolut graues Mäuschen war, fühlte mich hier im neunzehnten Jahrhundert begehrt und schön. Ich hatte mich verliebt und mein Herz verschenkt. Ich hatte Freunde gefunden, die mich wirklich mochten und nicht nur darauf warteten, mir in den Rücken zu fallen. Ja, ich hatte sogar geheiratet und einem Menschen das Leben genommen. Und nun sollte ich zurückkehren in mein trostloses Leben, um mich auf Stellen in anderen Städten zu bewerben, in denen ich nicht leben wollte? Sollte mich mit Menschen abgeben, die nur an Oberflächlichkeiten interessiert waren, denen ich nicht vertrauen konnte?

Es fühlte sich alles so falsch an, trotzdem hatte ich nicht die Kraft, dagegen aufzubegehren und Henri die Meinung zu sagen. Ihm an den Kopf zu werfen, dass er sich seine blöde Sturheit sonst wohin schieben konnte und ich ihn nicht so mir nichts, dir nichts verlassen würde, nur weil er lieber alleine lebte. Stattdessen ritt ich brav hinter ihm her, um Madame Laurent kennenzulernen und mir von ihr alles Wissenswerte über das Medaillon beibringen zu lassen.

Henri zügelte sein Pferd, als wir auf einem Hügel ankamen, und deutete ins Tal. »Schau, das ist Troissereux, mein Heimatdorf.« Ich konnte verschiedene Häuser und sogar so etwas wie ein Schloss im Glanz der langsam immer tiefer sinkenden Sonne erkennen. Sehr malerisch lag das Dorf vor uns und lockte mit wunderschönen Bauten.

Ein Seufzen entwich meiner Kehle. »Es ist wunderschön, Henri.« Ich konnte mir in diesem Moment Henri und Claire vorstellen, wie sie durch die Wiesen tobten und sich gegenseitig neckten. Henri schon älter, während Claire ein kleiner wilder

Floh war. Die Schönheit dieser Szenerie brannte sich tief in mein Gedächtnis ein.

»Ja, das ist es!« Stolz schwang in seiner Stimme mit, als er wohlwollend zu seinem Heimatdorf sah. »Lass uns weiterreiten, sonst wird es noch zu spät, um Madame Laurent zu besuchen.«

Noch nicht einmal die Schönheit dieses Moments gönnte er mir in seiner Gegenwart. Er hatte genug von mir. Zärtlichkeiten sog er sich offenbar aus den Fingern und verteilte sie auch an Menschen, denen er nicht allzu nahestand. So wie er sie mir in diesen beiden gemeinsamen Nächten geschenkt hatte, dachte ich voller Bitterkeit.

»Siehst du das kleine weiß getünchte Haus dort hinten?«, fragte mich Henri.

»Ja, das mit den schönen Blumen davor.« Ich nickte, denn es war offensichtlich, welches er meinte.

»Genau das. Dort wohnt Madame Laurent. Wir sind gleich da.« Unsere Pferde trabten an und Thor schien den Weg von allein zu finden. Vermutlich war Henri schon öfter gemeinsam mit seinem Pferd hier gewesen.

Kurz darauf standen wir vor dem hübschen Steinhäuschen, das von blühenden Büschen umrahmt war. Der Garten lag direkt an einem kleinen Gewässer. Ein Steg führte ins Wasser. Ich konnte mir gut vorstellen, wie schön es sein musste, hier zu leben. So friedlich.

Als wir anklopften, machte uns eine Frau im mittleren Alter die Tür auf. Ich schätzte sie auf Mitte vierzig. Sofort fiel mir die Ähnlichkeit zu Sandrine auf. Das musste ihre ältere Schwester sein. Wahrscheinlich sah sie nur so alt aus und war es noch gar nicht. Die Frauen in dieser Zeit hatten nicht das Privileg, Wellnesswochenenden machen und Schönheitsprodukte verwenden zu können. Drei Töchter sollte Madame Laurent haben. Und die Jüngste von ihnen würde eines Tages das Medaillon bekommen und ihre Reise durch die Zeit antreten. So wie ich vor ein paar Wochen.

»Henri?« Entgeistert starrte die ältere Ausgabe Sandrines meinen Ehemann an. Im Gegensatz zu ihrer Schwester fiel die Wiedersehensfreude gemäßigt aus.

»Ja, Brigit. Du hast es erfasst. Das ist Isabelle, meine Frau«, stellte er mich kurz vor. Ich lächelte die mürrische Frau an, doch das verging mir gleich wieder, als ich bemerkte, dass sich ihre Aufmerksamkeit ausschließlich Henri widmete. Henri wiederum sah sie ebenso unterkühlt an. Die nicht vorhandene Freude lag anscheinend auf beiden Seiten gleich hoch im Kurs. »Wir würden gerne deine Mutter sprechen. Ist sie da?«

Kurz huschte ein Ausdruck der Trauer über ihr Gesicht, doch Brigit hatte sich rasch wieder unter Kontrolle. »Kommt rein.«

Das Erste, was mir auffiel, als wir das Haus betraten, waren die Stille und der abgedunkelte Raum. In einer Ecke stand ein Bett, in dem jemand lag.

»Es geht ihr nicht gut«, sagte Brigit mahnend.

Henri nickte und trat leise zu Madame Laurent ans Bett. Die alte Frau, die zwischen den Decken hervorblinzelte, riss die Augen auf. »Henri, mein Junge!«

»Bonjour, Madame«, flüsterte Henri ehrfürchtig und kratzte sich verlegen am Kopf.

Es war interessant, Henri einmal von dieser Seite zu erleben. Er verfiel eindeutig in eine Verhaltensweise, die er vermutlich als kleiner Junge in der Gegenwart Madame Laurents an den Tag gelegt hatte. Bildlich konnte ich ihn mir vorstellen, wie er vor ihr gestanden hatte, weil er wieder einmal etwas ausgefressen hatte.

»Setz dich zu mir und du auch, Isabelle.« Erstaunt riss ich die Augen auf und mein Mund stand offen. Auch Henri und Brigit tauschten ungläubige Blicke untereinander. Woher kannte Madame Laurent meinen Namen? Hatte Sandrine ihr einen Brief geschickt?

25. Kapitel

Madame Laurent sah mich mit einem wohlwollenden Lächeln an. »Es ist schön, dich wiederzusehen, Isabelle. Jünger, aber nicht weniger hübsch.«

Sie kannte mich? Woher? Dann fiel mir ein, dass sie ja genau wie ich eine Zeitreisende war. Ich würde ihr also später einmal wiederbegegnen. Sie dann jünger und ich älter? Mein Kopf drehte sich angesichts dieser verworrenen Gedanken.

»Ich habe mein Medaillon vor zwei Tagen an meine Tochter Amelie übergeben. Sie ist bereits unterwegs. Und nun werde ich meine letzte Reise antreten und meinen geliebten Hugo wiedersehen.« Sie lächelte zufrieden.

»Maman!« Brigits Gesicht verfinsterte sich und in ihren Augen schimmerte es verdächtig. Sie hatte sich offenkundig noch nicht mit dem Gedanken abgefunden, Abschied von ihrer geliebten Mutter nehmen zu müssen.

»Lass gut sein, mein Kind. Ich schaue auf ein erfülltes Leben zurück. Meine drei Kinder werden alle ihren Weg gehen und ich hatte das Glück, der Liebe meines Lebens zu begegnen. Das ist mehr, als manch anderer bekommt.« Aus ihren Augen sprach so viel Liebe, dass ich mehr als ergriffen war.

Diese Frau war glücklich gewesen und auch jetzt auf ihrem Sterbebett wusste sie das zu schätzen, was sie gehabt hatte. Ich bewunderte sie von der ersten Sekunde an. Würde ich selbst auch einmal aus dieser Welt gehen und dabei ein Lächeln auf den Lippen haben? Bisher war ich davon ausgegangen, dass die Menschen dagegen ankämpfen würden und es dadurch keinen friedlichen Tod geben könnte, doch hier in diesem kleinen französischen Steinhaus, umgeben von Lavendelfeldern, saftigem Grün und glasklarem Wasser, wurde ich eines Besseren belehrt.

Ich hörte, wie Brigit sich entfernte, und konnte nachvollziehen, warum sie anfing zu weinen. Selbst in meiner Kehle hatte sich ein Kloß gebildet, obwohl ich die Frau, die sich hier verabschiedete, nicht kannte. Noch nicht.

Madame Laurents Aufmerksamkeit wandte sich Henri zu. »Es fiel mir schwer, all die Jahre mein Wissen für mich zu behalten. Zu wissen, dass du Höllenqualen wegen diesem kleinen Luder, das dich so schmählich hintergangen hat, durchlitten hast, obwohl dir eines Tages Isabelle begegnen würde. Ich wusste es, wusste von Isabelle und eurer großen Liebe. Verzeih mir bitte, dass ich dich habe leiden lassen, aber du musstest der Mann werden, der du heute bist, um der Richtige für Isabelle zu sein.«

Henris Gesichtsausdruck spiegelte in etwa die Verwirrung wider, die ich selbst empfand. »Ich verzeihe Ihnen alles, Madame Laurent. Alles!« Inbrünstig griff Henri nach der Hand der älteren Frau und küsste sie.

»Das weiß ich, mein Junge. Das weiß ich.« Dann sah sie mich an. »Du bist gekommen, um mehr über das Medaillon zu erfahren?«

Hastig nickte ich und versuchte mich darauf zu konzentrieren zu sprechen. »Ja!«, stieß ich viel zu laut hervor.

Ein Lächeln huschte über das faltige Gesicht. »Gut.« Sie schloss kurz die Augen, dann sah sie mich mit einem sehr intensiven Blick an. »Das Medaillon ist eins mit dir. Wenn du es nicht bei dir trägst, wirst du innerhalb einer Woche sterben. So wie ich.«

Ich hatte so etwas bereits vermutet, aber es ausgesprochen zu hören, ängstigte mich doch noch mehr. Ich hatte das Schmuckstück in das leichte Korsett, das ich trug, gesteckt und mir vorgenommen, bald die Kette dafür reparieren zu lassen. Es war also sicher bei mir. Nur für wie lange?

Henri sah kurz zwischen mir und Madame Laurent hin und her. »Was, wenn es gestohlen wird?«

Madame Laurent wirkte sehr ernst. »Das gilt es zu vermeiden.«

Synchron nickten Henri und ich.

»Eines Tages wirst du wissen, wann der Zeitpunkt gekommen ist, und es weitergeben. Manchmal sind es nicht die eigenen Kinder, so wie es bei dir gewesen war. Doch in den meisten Fällen bekommen die leiblichen Töchter das Medaillon vererbt. Es ist ein Segen und zeitgleich auch ein Fluch. Aber das hast du wahrscheinlich schon selbst erfahren müssen.« Es war keine Frage, doch ich nickte bestätigend, woraufhin ihre faltige Hand meine verständnisvoll tätschelte. »Mehr gibt es nicht zu sagen. Alles andere ist bei jedem Auserwählten anders.«

Nachdenklich sah ich auf meine Hände, die ich fortwährend nervös knetete. Ich fragte mich, was sie über mich und Henri wusste, traute mich aber nicht nachzufragen, solange er im selben Raum war.

»Und nun lasst uns Abschied nehmen, damit ich noch ein wenig Zeit mit meiner Brigit verbringen kann. Sie leidet sehr unter meiner Entscheidung, gehen zu wollen.« Henri kniete sich vor das Bett und küsste Madame Laurent auf die Stirn. Ihre Hand wanderte zu seinem Kopf, über den sie liebevoll streichelte. »Leb wohl, mein Junge.«

Mit belegter Stimme antwortete Henri. »Leben Sie wohl, Madame.«

»Eins noch!«, sagte sie streng.

»Ja?« Henri sah sie mit großen Augen an, denen man ansehen konnte, dass er mit den Tränen zu kämpfen hatte.

»Lass sie nicht gehen.« Mit dem Kinn deutete sie auf mich.

Henri schluckte hart und nickte, ehe er sich erhob. Ich unterließ es, mich darüber zu freuen. Vermutlich wollte er nur einer alten sterbenden Frau nicht widersprechen.

Ich rutschte näher zu ihr und legte meine Hand auf ihre.

»Meine liebe Isabelle, ich bin so froh, diesen Tag zu erleben. Ich wusste, dass du mich auf meinem Sterbebett besuchen kommst. Du hast es mir einmal erzählt, vor sehr vielen Jahren. Jahre, die für mich in der Vergangenheit und für dich in der Zukunft liegen. Nur so viel: Ich bin dir sehr dankbar.« Ich wusste nicht, worüber sie sprach, war verwirrt, doch etwas verband mich anscheinend mit dieser Frau, von dem ich noch nichts ahnen konnte. »Lass es auf dich zukommen und rede mit deinem Mann. Manchmal heilen Worte Wunden. Und eines lass dir gesagt sein: Liebe kennt keinen Stolz. Er gehört dir, schon lange.«

Sie hob eine Hand und fuhr mit ihren Fingern über meine Wange, die nass von meinen Tränen war. In ihren Augen sah ich Verständnis und Liebe, aber auch Achtung mir gegenüber, die ich mir irgendwann einmal verdient hatte – sie irgendwann verdienen würde. Die Worte, die denen Pierres so ähnlich waren, schloss ich fest in meinem Herzen ein und ich wollte sie niemals vergessen.

»Leb wohl, junge Isabelle, und weine nicht um mich. Wir werden uns wiedersehen. Ich weiß es.« Ein schelmisches Lächeln huschte über ihr Gesicht, das mittlerweile von Müdigkeit gezeichnet war.

»Leben Sie wohl«, sagte ich ergriffen und drückte ihr einen Kuss auf die Wange. Dann stand ich auf, sah noch einmal zu ihr und lächelte.

Mein Herz war schwer, als ich das kleine Häuschen verließ und in die Sonne trat. Ich musste blinzeln, so hell war es hier draußen im Gegensatz zu drinnen.

Ich sah mich um und suchte die Umgebung mit den Augen ab. Weiter entfernt war der Steg, auf dem Henri stand. Er warf Steine ins Wasser. Ich musste mich an die Worte von Madame Laurent erinnern und ging langsam auf ihn zu. Liebe kennt keinen Stolz, also blies ich den in den Wind und sprang über meinen Schatten, um mich endlich mit ihm auszusprechen. Wenn Madame Laurent recht hatte, dann würden wir glücklich miteinander werden, doch irgendeiner von uns musste dafür den ersten Schritt machen.

Der Duft der blühenden Wildblumen strömte in meine Nase, Bienen summten und ich hörte das Wasser leise plätschern. Henris Schultern hingen herab, er trauerte. Langsam trat ich auf den Steg und an seine Seite. So standen wir eine ganze Weile still nebeneinander. Jeder hing seinen Gedanken nach. Doch irgendwann hielt ich es nicht mehr aus, ich wollte, dass er wusste, wie sehr ich bleiben wollte. Bei ihm.

»Henri, ich …«, begann ich, doch als er sich umdrehte und mich ansah, traf mich das Verlangen, das aus seinem Blick sprach, unerwartet. »Ich will nicht zurück!«

»Aber warum hast du dann gesagt, dass ich zurück in mein Heimatdorf soll, und hast nie von uns geredet?« Seine Worte wirkten kühl, doch sein dunkler Blick lag auf mir. Er spiegelte all die Gefühle wider, die in Henri um das Vorrecht stritten – Angst, Wut, Schmerz und Verlangen, Zärtlichkeit und Verletzlichkeit. Dieser Mann war so vielschichtig, so wunderbar.

Erst jetzt erkannte ich, dass seine Abweisung mir gegenüber auf einem riesengroßen Missverständnis beruhte. »Ich wollte dir nur verdeutlichen, dass du dich dafür entscheiden müsstest. Für mich stand nie zur Debatte, dass ich dir nicht folgen würde.«

Langsam sickerte die Erkenntnis in sein Bewusstsein und die harte Mauer, die er um sich herum aufgebaut hatte, bröckelte. »Aber …«

»Nichts aber«, unterbrach ich ihn schroff und legte ihm einen Finger auf die Lippen. »Ich würde dir überallhin folgen.«

Stürmisch riss er mich in seine Arme, bedeckte meine Lippen mit einem Kuss, der mir den Atem raubte. Mein Herz quoll über vor Liebe.

Henri löste sich vorsichtig von mir und trat einen Schritt zurück. Aufmerksam betrachtete er mich. »Isabelle, lass mich dir bitte etwas sagen, ja?« Abwartend sah er mich an und ich nickte gespannt. Henri atmete kurz und heftig ein, dann kniete er sich vor mich hin. Perplex starrte ich ihn an. »Isabelle Vieille, bitte reise nicht ab, bleib meine Frau und vor allem: Bleib bei mir.«

Sofort verschleierten Tränen meine Sicht und ein Kloß bildete sich in meinem Hals. Ich wollte nur noch eins – laut und deutlich Ja rufen. Und das tat ich auch. Lachend griff er nach mir und wirbelte mich herum. Ich sah uns schon ins Wasser fallen, da stoppte er und küsste mich erneut.

Atemlos lösten wir uns voneinander.

Henri sah mich mit einem Blick an, der mir die Knie weich werden ließ, und sagte: »Ich liebe dich, meine Belle.«

Glücklich schloss ich kurz die Augen, weil sie so verräterisch brannten, doch dann öffnete ich sie und erwiderte: »Und ich liebe dich, Dark Lord Henri.«

Als er mich verwirrt ansah, lachte ich. »Das erkläre ich dir ein andermal.« Besitzergreifend legte ich ihm meine Arme um den Nacken und zog ihn ganz nah zu mir, bis kein einziges Blatt mehr zwischen uns passte. Als ich ihn küsste, legte ich alle meine Gefühle in diesen Kuss. Von nun an würden wir miteinander sprechen und nicht schweigen. Wir würden glücklich sein. Bis ans Ende unserer Tage. Ich ahnte es, wusste es und hoffte, dass ich recht behalten würde. Für immer.

26. Kapitel

Viele Jahre später

»Maman?«, fragte meine zweitjüngste Tochter Margot.

»Ja?« Ich sah sie wohlwollend an. Sie war ein wunderschönes Kind. Ihre dunklen Haare hatte sie eindeutig von ihrem Vater und die hellen Augen von mir. All unsere Kinder sahen sich extrem ähnlich und wiesen diese Eigenschaften auf. Nur unsere jüngste Tochter hatte zu meinen hellen Augen auch meine hellbraunen Haare geerbt.

Nervös blickte sie zu mir und suchte nach den richtigen Worten. »Weißt du schon, wer von uns einmal dein Medaillon erben wird?«, wollte die fünfzehnjährige sehr neugierige Dame wissen. Man konnte erkennen, wie sehr ihr diese Sache unter den Nägeln brannte.

Schmunzelnd gestand ich: »Das weiß ich schon seit vielen Jahren.« Bisher hatte ich jedoch lediglich mit Henri darüber gesprochen.

Erstaunt sah sie mich an. »Ich mag die Kette, aber ich will nicht weg von hier, Maman.« Margot war verliebt, das war ein offenes Geheimnis. Auch Henri wusste es. Henri, der mit Argusaugen über seine Töchter wachte. Sie war ein liebes Mädchen und würde nicht über die Stränge schlagen, ich vertraute ihr, deshalb ließ ich ihr die heimlichen Treffen mit ihrem Schwarm durchgehen. Manchmal erinnerte ich mich noch an mein früheres Leben und an die Werte von Freiheit, die ich verinnerlicht hatte. Freiheit, die in meiner damaligen Zeit nicht nur Männer hatten.

»Das weiß ich, mein Schatz, und du bist auch nicht diejenige, die das Medaillon von mir erben wird. Keine Panik«, versuchte ich sie zu beruhigen.

Erstaunt riss sie die Augen auf. »Kristin?« Da ihre drei anderen Geschwister Jungen waren und ich immer davon gesprochen hatte, das Schmuckstück einem der Mädchen zu vererben, war ihr sofort klar, dass nur ihre jüngere Schwester gemeint sein konnte.

»Ja«, sagte ich sanft.

»Aber sie ist noch viel zu jung! Woher weißt du das denn? Ich meine, seit Jahren? Sie ist doch erst drei!« Man konnte Margots Ungläubigkeit aus jeder Silbe heraushören.

Ich musste herzhaft lachen. »Sie wird es doch nicht jetzt von mir bekommen, du kleiner Dummkopf!«

Sofort verdüsterte sich ihr Gesichtsausdruck und sie sah ihrem Vater frappierend ähnlich. Noch etwas, das er an seine Kinder vererbt hatte. Sie konnten alle ein Pokerface aufsetzen, wenn es nötig war, und im nächsten Moment sahen sie einen an, dass einem angst und bange wurde. »Ich bin kein Dummkopf!«, kam es gefährlich leise aus ihrem Mund.

»Das weiß ich doch, das habe ich nur gesagt, um dich zu necken.« Liebevoll sah ich sie an, während wir durch den hohen Lavendel gingen, der hier in Troissereux überall wuchs und die Landschaft mit diesen herrlichen Lilatönen färbte.

Ich liebte meine neue Heimat und war froh, dass Henri auf mich gehört hatte und dem Soldatensein nach einem kurzen Aufenthalt in Trier den Rücken zugekehrt hatte. Stattdessen betrieben wir beide eine Schule für Jungen und Mädchen. Von überallher schickten die Menschen uns ihre Kinder, damit wir sie unterrichteten. Wir waren beide glücklich und zufrieden und unsere Kinder entwickelten sich prächtig. Die Jungs waren schon flügge und gingen ihre eigenen Wege. Unser Ältester, Pierre, benannt nach seinem Großvater, den er leider nie kennengelernt hatte, war sogar schon verheiratet. Ich war glücklich und zufrieden, genau wie Madame Laurent es mir vorausgesagt hatte. Meine Zeit war noch nicht gekommen, aber ich ahnte, wann das der Fall sein würde.

»Aber woher weißt du es?«, beharrte mein wissbegieriges Kind auf einer Antwort.

In meine Erinnerungen vertieft, blickte ich in das Tal hinab, in dem unser Haus lag, und sagte: »Weil ich mal einer Frau begegnet bin, die ich damals noch nicht kannte.«

»Jetzt aber schon?«, hakte Margot nach.

»Ja, jetzt kenne ich sie.« Mein Blick fiel auf Henri, der uns entgegenkam. Sein dunkles Haar hatte schon viele silberne Strähnen und um seine Augen hatten sich Falten gelegt. Doch noch immer bekam ich weiche Knie, wenn er mich so ansah. Mein Dark Lord, meine große Liebe.

»Hallo, die Damen. Ich dachte, ich schaue mal, ob ihr Hilfe benötigt«, sagte er mit dieser tiefen Stimme, die ich so liebte. Liebevoll nahm er uns die Körbe ab, in denen wir Beeren gesammelt hatten, um daraus Marmelade zu kochen. Dann beugte er sich zu mir herab und drückte mir einen zärtlichen Kuss auf die Lippen. Ein Seufzen entstieg meiner Kehle. Ich musste mich zügeln, ihm nicht die Arme um den Nacken zu legen und mich an ihn zu pressen. Denn sofort war mein Körper in einem Ausnahmezustand, daran hatten auch die vielen gemeinsamen Jahre nichts geändert. »Na, na, Frau Lehrerin!«, mahnte mich Henri zwinkernd und so leise, dass nur ich ihn hören konnte. Er durchschaute mich und konnte in mir lesen wie in einem offenen Buch. »Heb dir das für heute Nacht auf.«

Hitze stieg in meine Wangen, da ich mich ertappt fühlte und hoffte, dass Margot es nicht mitbekommen würde. »Wo ist denn unser kleiner Wildfang?«, fragte ich, um ein wenig abzulenken, doch ich war ebenso besorgt. Kristin war dafür bekannt, ständig Blödsinn zu machen. Keins unserer Kinder war je mit so vielen Blessuren nach Hause gekommen wie sie.

»Ich habe sie auf einen Baum gesetzt und ihr gesagt, dass sie dort Ausschau nach den Verbrechern halten soll, die heute Abend in ihrer Gutenachtgeschichte ihr Unwesen treiben werden.« Henri zwinkerte mir verschmitzt zu, doch mir blieb kurz das Herz stehen.

»Das hast du nicht, oder?«, fragte ich ihn ungläubig.

»Natürlich habe ich das getan. Du glaubst doch nicht wirklich, dass ich mein Weib anlügen würde?« Hinter mir hörte ich Margot kichern, aber ich war nicht so schnell zu besänftigen. Henri merkte es und sagte rasch: »Nur der kleine Apfelbaum, da schafft sie es sogar alleine runter.«

Seit Henri wusste, dass Kristin eines Tages die Zeit bereisen würde, war er felsenfest davon überzeugt, sie wie ein Junge aufziehen zu müssen, damit sie sich wehren und überall überleben konnte. Sie sollte gewappnet sein gegen alles, was ihr widerfahren könnte, im Gegensatz zu ihrer Mutter. Ihm schauderte es bei der Vorstellung, sie eines Tages ziehen lassen zu müssen. Und mich dann auch. Dass er vielleicht der Erste von uns beiden sein würde, der ging, davon wollte er nichts wissen. Doch ich ahnte, dass ich ihn niemals verlassen könnte, solange er lebte.

Ein wilder Schrei riss mich aus meinen Überlegungen und ich konnte gerade noch sehen, wie Kristin aus dem Baum sprang. Sie schwang einen Stock umher und schrie dabei markerschütternd. Dann sah ich, wie sie gegen einen imaginären Feind kämpfte. Sie schwang den Stock gekonnt, wie ihr Vater sein Schwert oder seinen Degen.

Margot, Henri und ich lachten. Unsere kleine Nachzüglerin hielt uns den ganzen Tag auf Trab und erhellte uns die Stunden. Sie war ein Sonnenschein, trotzdem wusste sie zu jeder Tageszeit, was sie wollte.

»Maman!«, rief sie, als sie auf mich zulief. Für ihr Alter war sie unheimlich geschickt und konnte bereits hervorragend sprechen.

»Ja, mein kleiner Augenstern?«

»Ich will heute Abend eine Geschichte hören!«, gab sie in herrischem Tonfall von sich.

»Ich möchte bitte«, verbesserte ich sie.

Kurz verdrehten sich ihre Äuglein und sie zog einen Flunsch, dann gab sie nach. »Ich möchte bitte eine Geschichte von Kalle Blomquist hören. Hörst du, Maman. Ich will!« Sie stampfte auf dem Boden auf und ballte die Hände zu Fäusten.

Ich wollte schon zu einer weiteren Ermahnung ansetzen, doch Henri schnappte sie sich und setzte sie auf seine Schultern. »Kristin Blomquist, eines Tages wirst du eine wunderschöne junge Frau sein und deinem Vater das Leben retten«, klärte er sie auf.

Jauchzend klatschte Kristin in die Hände. »Jaaaaaaa, das will ich machen!«

Margot schüttelte den Kopf und lachte, während ich lächelnd an die Frau denken musste, die mir eines Nachts in einem Krankenhaus in Verdun zu Hilfe geeilt war – meine Kristin Blomquist.

Danksagung

Bei diesem Buch muss ich in erster Linie euch, meinen Lesern, danken, denn ihr habt mich dazu inspiriert, mit einer neuen Zeitreisegeschichte zu beginnen. Die Rufe wurden immer lauter und so fing ich mit Isabelles Geschichte an. Danke euch allen, die ihr an mich glaubt und mir immer wieder so nette aufmunternde Leserbriefe, Nachrichten auf Facebook oder E-Mails schickt. Das inspiriert mich und spornt mich an, für euch neue Bücher zu schreiben.

Hinsichtlich des Warnspruchs auf dem Amulett habe ich mehreren Personen zu danken. Hierzu gehören Nina Rebiger und Puschel, die zusammen eine Übersetzung erarbeitet haben. Und auch meiner Autorenkollegin Ursula Hahnenberg sage ich hiermit Danke, denn sie hat mir noch einmal die unterschiedlichen Bedeutungen der Vokabeln erklärt und mir bei der Endfassung geholfen. Und Carmen und Sven Maas, die mir die Sicherheit gegeben haben, die ich kurz vor Abgabe noch gebraucht habe.

Ein ganz großer Dank gebührt meinem Mann, der mir den Rücken freihält und mich in meine Fantasiewelten abtauchen lässt, wenn ich gerade in einem Schreibrausch gefangen bin. Meinen Kindern ebenso, die mich ihren Stolz spüren lassen, den sie für ihre schreibende Mutter empfinden. Ich liebe euch!

Daniela, Yvonne und Christina, die besten Testleserinnen, die man sich vorstellen kann. Vielen Dank an euch drei! Ihr habt es geschafft, dass ich immer wieder verblüfft innehielt und sagte: Stimmt, da war noch was, was fehlt :-)

Und Christina noch mal im Besonderen, denn sie hat in der Nacht vor der Abgabe noch die letzten Feinheiten mit mir gebrainstormt, das war wundervoll.

Und natürlich danke, Karina, du bist immer für mich da, das weiß ich zu schätzen. Mein Schreibbuddy und meine Freundin, die mich immer anspornt. Und die Mädels von den Bookdreamers und LTF, die mich angefeuert haben, damit ich den Abgabetermin schaffe. Dankeeeeeeeeeee, dass es euch in meinem Leben gibt. Das motiviert mich unheimlich, jeden Tag aufs Neue!

Danke an meinen Verlag, meine Editoren, meine Lektorin Cathérine und die Korrektoren und an alle, die ich jetzt vergessen habe, die dieses Buch zu etwas ganz Besonderem gemacht haben.

Eure Tanja Neise

32077863R00181

Printed in Poland
by Amazon Fulfillment
Poland Sp. z o.o., Wrocław